W0405486

ELIZABETH WETMORE

Originaire de l'ouest du Texas, Elizabeth Wetmore a suivi des cours d'écriture et obtenu des bourses d'études au sein de plusieurs programmes universitaires prestigieux. *Glory*, son premier roman, a paru en 2020 aux éditions Les Escales et a été finaliste du Grand Prix de Littérature américaine 2020.

GLORY

ELIZABETH WETMORE

GLORY

Traduit de l'anglais (États-Unis)
par Emmanuelle Aronson

LES ESCALES

Titre original :
VALENTINE
Édition originale publiée par HarperCollins Publishers,
New York

MIXTE
Papier issu de sources responsables
FSC® C003309
www.fsc.org

L'éditeur de cet ouvrage s'engage dans une démarche de certification FSC® qui contribue à la préservation des forêts pour les générations futures.

Pour en savoir plus :
www.editis.com/engagement-rse/

Le Code de la propriété intellectuelle n'autorisant, aux termes de l'article L. 122-5, 2° et 3° a, d'une part, que les « copies ou reproductions strictement réservées à l'usage privé du copiste et non destinées à une utilisation collective » et, d'autre part, que les analyses et les courtes citations dans un but d'exemple et d'illustration, « toute représentation ou reproduction intégrale ou partielle faite sans le consentement de l'auteur ou de ses ayants droit ou ayants cause est illicite » (art. L. 122-4).
Cette représentation ou reproduction, par quelque procédé que ce soit, constituerait donc une contrefaçon, sanctionnée par les articles L. 335-2 et suivants du Code de la propriété intellectuelle.

© 2020, Elizabeth Wetmore.
Édition française publiée par :
© Éditions Les Escales, un département d'Édi8, 2020
ISBN : 978-2-266-31597-5
Dépôt légal : août 2021

À Jorge

« J’ai souvent dit : je suis cette poussière ;
ou, je suis ce vent.

Et plus jeune, je le croyais. En vérité,
cela n’a jamais été le cas.

J’ai vu désormais assez de poussière
et de vent pour savoir

Que je suis un léger souffle
s’efforçant toujours d’aller au-delà

Des exigences du désir,
et pour savoir que cette quête aussi sera vaine. »

Larry Levis

Gloria

Quelques instants avant l'aube, le dimanche matin s'ébroue sur les champs pétrolifères. Un jeune foreur, profondément endormi, est vautré dans son pick-up. Dos calé contre la portière côté conducteur, bottes plantées sur le tableau de bord, chapeau de cow-boy baissé sur les yeux de sorte que la fille dehors, gisant dans la poussière, ne distingue que sa mâchoire blafarde. Couverte de taches de rousseur et quasi imberbe, sa peau n'aura jamais besoin d'un rasage quotidien, même à l'âge adulte ; mais Gloria Ramírez espère qu'il mourra jeune.

Elle reste parfaitement immobile, elle est une branche d'acacia abattue, une pierre à moitié ensevelie, et elle l'imagine par terre, lèvres et joues maculées de sable, tout juste capable d'étancher sa soif avec son sang. Il sursaute et se réinstalle contre la portière du pick-up, et elle retient son souffle, observe sa mâchoire serrée, ses muscles frémissants. Le voir est un supplice et elle espère encore le voir mourir, seul et dans d'atroces souffrances, sans personne pour le regretter.

À l'est, le ciel vire au violet, puis au bleu nuit, puis au gris ardoise. Dans quelques minutes il sera éclaboussé d'orange et de rouge, et si elle lève les yeux, Gloria verra les terres s'étendre sous ce ciel, immensité marron jouxtant le bleu, immuables. Le ciel est infini et c'est ce qu'il y a de mieux dans l'ouest du Texas, encore faut-il penser à le regarder. Il lui manquera lorsqu'elle partira. Car elle ne peut pas rester ici, pas après ça.

Elle fixe le pick-up et ses doigts pressent légèrement le sable. Elle compte : un, deux, trois, quatre – mais ses membres s'efforcent d'éviter tout mouvement brusque, l'incitent à rester immobile pour rester vivante. Car Gloria Ramírez n'est plus sûre de rien en ce matin du 15 février 1976, mais elle sait ceci : s'il n'avait pas sombré dans le sommeil à cause de l'alcool, il aurait saisi son revolver, l'aurait attrapée par le cou et elle serait morte à cette heure-ci. Cinquante-deux, cinquante-trois, cinquante-quatre – elle attend et observe, écoute un petit animal qui furète et se faufile dans le buisson d'acacia, et le soleil, cette mince mansuétude infatigable, se hisse à l'est au-dessus de l'extrémité de la terre avant de s'embraser. Et ses doigts persévèrent.

La lumière du jour révèle pompes à tête de cheval et champs souillés, lièvres et barbelés, bosquet d'acacias et touffes d'herbe. Dans les tas de pierres et les piles de vieux fragments d'oléoduc, les couleuvres, les vipères cuivrées et les serpents à sonnette restent lovés, souffle lent et régulier, dans l'attente du printemps. Puis Gloria distingue une route et, au-delà, une ferme. Peut-être assez proche pour y aller à pied, mais difficile de savoir. Ici, un kilomètre en paraît dix, dix en paraissent vingt, et elle n'a qu'une certitude : ce corps – qu'hier encore elle aurait considéré comme le sien – gît sur un tas de sable, au beau milieu d'un champ de pétrole, trop loin pour ne serait-ce qu'apercevoir le château d'eau arborant le nom de sa ville, Odessa, ou la banque, ou les tours de refroidissement de la raffinerie où sa mère travaille. Alma rentrera bientôt à la maison après avoir nettoyé toute la nuit bureaux et locaux réservés au personnel. En pénétrant dans leur deux-pièces qui sentira encore le maïs, le porc et les cigarettes de Tío, elle s'apercevra que le canapé dans lequel dort Gloria n'a pas été déplié et elle s'inquiétera peut-être, si ça se trouve elle aura même un peu peur, mais surtout elle en voudra à sa fille, encore une fois, de ne pas être rentrée.

Gloria passe en revue les pompes à tête de cheval qui s'activent, telles des sauterelles d'acier géantes, insatiables. L'a-t-il emmenée jusqu'à Penwell ? Mentone ? Loving County ? Le bassin permien, c'est deux cent mille kilomètres carrés de zone plate et aride, et elle pourrait être n'importe où ; les seules choses tangibles sont sa soif et sa douleur, les soupirs intermittents, les grincements de dents, les mouvements sporadiques du foreur, les crissements et les bourdonnements de la pompe à tête de cheval à deux pas d'elle.

Une caille cacabe, et son cri finit de réveiller le jour. Gloria se tourne derechef vers la ferme. Un chemin de terre fend le désert, ligne droite filant sans hésiter vers une véranda qu'elle se figure déjà. Peut-elle y aller à pied ? Est-ce une femme qui répondra ?

Il est toujours dans son pick-up lorsque ses doigts repoussent enfin le sable – elle en était vaguement à mille. Lentement, Gloria regarde d'un côté et de l'autre ; c'est son silence, plus que toute autre chose, qui lui sauve la vie, songe-t-elle. Sans un mot, elle examine son corps. Bras. C'est un bras, un pied. L'os du pied qui s'attache au talon, et le talon à la cheville. Et là, par terre, près de la plateforme de forage en bois, son cœur. Elle tourne la tête à droite à gauche, rassemble son corps, le couvre avec les vêtements déchirés éparpillés autour d'elle, comme s'il s'agissait de détritus abandonnés, et non de son tee-shirt noir préféré, du jean bleu que sa mère lui a offert à Noël, et des sous-vêtements assortis qu'elle a volés chez Sears.

Elle ne devrait pas, elle le sait, mais au moment de se mettre en marche, Gloria ne peut s'empêcher de vérifier encore où en est le foreur. De fines mèches de cheveux blonds émergent de son chapeau de cow-boy. Mince et coriace, il est à peine plus âgé que Gloria qui aura quinze ans à l'automne prochain si elle survit à cette journée. Dans l'immédiat, sa poitrine va et vient au rythme de sa respiration, comme n'importe qui d'autre. En dehors de cela, il demeure immobile. Toujours endormi, ou semblant l'être.

L'esprit de Gloria s'affole à cette idée tel un cheval dans un fatras de fils barbelés. Sa bouche s'entrouvre et brusquement se referme. Elle manque d'air, suffoque, poisson soudain extirpé de son lac. Elle imagine ses propres membres disloqués, dispersés à travers le désert et dévorés par les coyotes qu'elle a entendus toute la nuit. Elle se figure ses os blanchis et érodés par le vent – éparpillés au hasard – et elle a envie de crier, d'ouvrir la bouche et de hurler. Au lieu de quoi, elle avale avec difficulté sa salive, se rassied sur le sable et ferme les yeux pour ne plus rien voir, ni le foreur ni la lumière du soleil ni le ciel interminable.

Ne pas paniquer. La panique, c'est le pire, lui dirait son oncle. Lorsque Tío lui parle de la guerre – et depuis qu'il est rentré l'année dernière, il en parle souvent –, il commence toujours de la même manière. Tu sais ce qu'on dit d'un soldat qui panique, Gloria ? Qu'il est mort au combat, voilà ce qu'on dit. Il conclut toujours ses histoires de cette façon aussi. Écoute, un militaire ne doit jamais paniquer. Ne t'avise jamais de paniquer, Gloria. Si tu paniques – il pointe son index à l'instar d'une arme à feu, le presse contre son cœur et appuie sur la gâchette –, pan. Et ce matin, s'il y a une chose dont elle est certaine, c'est qu'elle ne veut pas mourir ; elle presse ses deux poings fermés sur sa bouche et s'ordonne de se relever. Sans bruit si possible. Vas-y.

Puis Gloria Ramírez – dont le nom, pour les années à venir, planera au-dessus des filles des environs tel un essaim de guêpes, synonyme de ce qu'il ne faut pas faire, de ce qu'il ne faut jamais faire – se lève. Elle ne se penche pas pour récupérer ses chaussures, ni la veste en peau de lapin qu'elle portait hier soir lorsque le jeune homme s'est garé sur le parking du Sonic, l'avant-bras pendant avec nonchalance par la vitre ouverte, taches de rousseur éparses et cheveux dorés luisant dans la lumière des néons du drive-in.

Salut, Valentine. À ces mots, le fast-food a tout de suite paru beaucoup moins sordide. Sa voix traînante et douce indiquait qu'il n'était pas du coin, mais il ne venait pas de très loin non plus. La bouche de Gloria est aussitôt devenue sèche comme de la craie. La jeune fille se trouvait près de l'unique table de pique-nique, moyeu en bois branlant trônant au milieu de quelques voitures et autres camionnettes, à faire ce qu'elle faisait toujours le samedi soir : traîner, boire des limonades, taxer des cigarettes, en attendant qu'il se passe quelque chose, ce qui n'était jamais le cas, dans ce trou à rats.

Il s'est garé près de Gloria et elle a bien vu, même à travers le pare-brise, qu'il transpirait le pétrole. Ses joues et son cou étaient tannés, ses doigts noircis. Cartes et factures encombraient le tableau de bord, et un casque de chantier était suspendu au-dessus de lui. Entre les pieds-de-biche et les bidons d'eau, une multitude de cannettes de bière écrasées jonchaient aussi le plateau du pick-up. Rien ou presque ne manquait au tableau : on lui avait toujours appris à se méfier de ce genre de type. Et il lui a dit son nom – Dale Strickland – avant de lui demander le sien.

C'est carrément pas tes oignons, a-t-elle répliqué.

Les mots sont sortis de sa bouche avant même qu'elle y pense, qu'elle puisse contrôler quoi que ce soit : elle allait passer pour une gamine au lieu de la jeune femme déterminée qu'elle s'efforçait d'être. Strickland s'est penché par la vitre ouverte et lui a lancé un regard de chien battu. Elle a fixé un instant ses yeux cernés et injectés de sang. Leur couleur bleue s'est éclaircie avant de virer au gris ardoise, à cause de la lumière. Cette couleur lui a rappelé les billes qu'on ne voulait jamais perdre, ou peut-être le golfe du Mexique. En vérité, elle ne faisait aucune différence entre l'océan Pacifique et une mare aux bisons, et le problème venait en partie de là, non ? Elle n'était jamais allée nulle part, n'avait jamais rien vu d'autre que cette ville, ces gens. Il serait peut-être le début de quelque chose de bien. S'ils restaient ensemble, il l'emmènerait peut-être à Corpus Christi ou à Galveston d'ici quelques mois, et elle découvrirait enfin l'océan de ses propres yeux. Ainsi, elle a prononcé son nom : Gloria.

Il a ri, puis a haussé le volume de la radio pour souligner la curieuse coïncidence : la radio étudiante diffusait « Gloria » de Patti Smith. Et te voilà, s'est-il exclamé, en chair et en os ! C'est le destin, chérie.

Tu parles, chéri, a-t-elle rétorqué. Ils passent ce titre toutes les deux heures depuis l'automne dernier.

Elle le chantait depuis des mois, en attendant d'entendre le reste de l'album, *Horses*, savourant les crises de sa mère chaque fois qu'elle entonnait *Jesus died for somebody's sins but not mine*. Lorsque Alma la menaçait de l'emmener à la messe, Gloria éclatait de rire. Elle n'allait plus à l'église depuis qu'elle avait douze ans. Elle serrait le poing, le collait à sa bouche tel un micro et répétait la phrase encore et encore jusqu'à ce qu'Alma aille s'enfermer dans la salle de bains.

Le Sonic était mortel en ce soir de Saint-Valentin. Rien, ni personne – sinon la sempiternelle serveuse maigre et défoncée aux amphétamines qui déboulait de son boulot de jour et prétendait ne pas voir les vauriens, toujours les mêmes, qui rallongeaient leur Dr Pepper au Jack Daniel's ; la fille qui n'avait que deux ans de plus que Gloria et qui, assise sur un tabouret derrière le comptoir, gérait les commandes, sa voix se perdant dans le brouhaha des puissants haut-parleurs ; et le cuisinier qui sortait fumer de temps à autre tout en observant les voitures de ceux qui venaient draguer. Une vieille, grande et costaude, a alors claqué la porte des toilettes derrière elle et, s'essuyant les mains sur son pantalon, s'est dirigée à grands pas vers une camionnette dans laquelle se trouvait un homme encore plus âgé qu'elle, efflanqué et chauve comme un œuf, qui matait Gloria.

La femme s'est installée à côté de lui, il a désigné la jeune fille et ils ont acquiescé de concert. Mais comme il se penchait par la vitre ouverte en direction de Gloria, sa femme a saisi son avant-bras et secoué la tête. Appuyée contre la table de pique-nique, mains dans les poches de sa nouvelle veste, Gloria a jeté tour à tour un coup d'œil au couple puis au jeune homme, le bras toujours pendant à l'extérieur de son pick-up, tapotant méthodiquement du bout des doigts la carrosserie. Puis elle s'est concentrée sur les deux vieux vautours qui se chamaillaient dans leur camionnette et lorsqu'ils se sont derechef tournés vers elle, Gloria a lentement brandi son majeur. Allez vous faire foutre, a-t-elle articulé en silence.

Elle a encore balayé du regard le parking du Sonic avant de hausser les épaules – rien à perdre, tout à gagner –, après quoi elle a grimpé dans le pick-up du jeune homme. Il faisait chaud comme dans une cuisine là-dedans ; la même vague odeur de détergents industriels que sur les mains de sa mère lorsqu'elle rentrait du travail. Strickland a monté le son de la radio et lui a tendu une bière qu'il venait d'ouvrir d'une main sans lâcher son volant de l'autre. Bah, tu sais quoi, Gloria ? a-t-il fait. Je suis amoureux de toi, je crois. Et elle a fermé la lourde portière.

Tandis qu'elle s'éloigne enfin de lui, le soleil s'attarde au-dessus des roues du pick-up. Elle ne se retourne pas. S'il doit se réveiller et lui tirer dessus, elle ne veut pas le savoir. Il n'a qu'à la tuer par-derrière, le salaud. Tout le monde saura qu'il est lâche. Quant à Gloria, plus jamais elle ne répondra à ce nom qu'il a répété encore et encore durant les longues heures où elle est restée à plat ventre, visage dans la terre. Ce nom qu'il prononçait et qui s'envolait, fléchette empoisonnée transperçant, déchirant la nuit. Gloria. Railleur, méchant comme une vipère. Mais c'est fini. À partir de maintenant, elle s'appellera Glory. Mince différence, mais dans l'immédiat incommensurable.

Glory marche à travers les champs de pétrole, trébuche, laissant derrière elle pompes à tête de cheval et acacias rabougris. Elle se faufile entre les barbelés d'une clôture, s'engage sur un site de forage abandonné et se retrouve devant un panneau maladroitement écrit à la main avertissant du risque d'émanations de gaz nocifs et du danger auquel elle s'expose si elle poursuit son chemin : VOUS SEREZ ABATTU ! Un éclat de verre ou une épine de cactus s'enfonce dans son pied et son sang coule sur le sol durci et impénétrable ; elle aurait voulu que ce soit de l'eau. Un coyote hurle, un second répond, et des yeux elle cherche une arme mais, ne voyant rien, elle arrache une branche d'acacia. Sa force la surprend. Elle s'étonne de bouger encore, de l'intolérable sécheresse dans sa bouche et sa gorge, de la douleur nouvelle qu'elle a ressentie en se levant tout à l'heure, comme une petite piqûre dans la cage thoracique. À présent, c'est descendu dans son ventre, c'est devenu chaud et cinglant, tel un tuyau d'acier placé trop proche d'un four.

Elle croise des voies ferrées et les suit. Elle perd l'équilibre et tente de se rattraper aux barbelés mais s'effondre sur un tas de pierres disposées en ligne. Elle examine les gravillons dans le creux de sa main. La peau et le sang de ce type encrassent ses ongles : elle s'est tellement débattue face à lui. Pas assez, songe-t-elle, glissant un caillou sous sa langue comme le ferait Oncle Victor s'il avait soif et errait, perdu, dans le désert. À l'extrémité du monticule de pierres, une petite pancarte avec les mots FOSSE COMMUNE est fixée sur une croix métallique. Quelques mètres plus loin, se trouve une seconde tombe, plus petite et anonyme, peut-être celle d'un enfant ou d'un chien.

Glory se lève et regarde derrière elle. Elle est plus proche de la ferme désormais que du pick-up. Le vent agite l'air, doigt effleurant les herbes, et elle comprend à quel point jusqu'à présent le matin est resté immobile. Comme si même le boutelou gracieux et l'herbe aux bisons, avec leurs brins souples et fins, avaient retenu leur souffle. C'est une brise légère, à peine perceptible dans cette région où le vent souffle sans cesse, et sans aucun doute trop faible pour que sa voix porte jusqu'à lui. Il n'entendra rien si elle parle. Glory Ramírez se tourne et fixe l'endroit d'où elle vient. Pour la première fois depuis des heures, elle va enfin parler. Elle s'efforce de trouver les mots, mais ne parvient qu'à pousser un petit cri. Le son déchire brièvement le silence et s'éteint.

Mary Rose

Je croyais qu'on pouvait apprendre à se montrer plus miséricordieux à condition de se mettre dans la peau d'autrui, à condition d'imaginer ce qui se trame dans le cœur et dans la tête disons d'un voleur, ou d'un assassin, ou d'un homme qui embarque une gamine de quatorze ans dans son pick-up et la viole toute la nuit dans un champ de pétrole. J'ai tenté d'imaginer ce qui s'est passé pour Dale Strickland.

Le soleil était déjà haut dans le ciel lorsqu'il s'est réveillé, bite endolorie, bouche desséchée et mâchoires bloquées à cause des amphétamines. Il avait un goût de pétrole dans la bouche, à croire qu'il avait siroté un jerricane d'essence, et un bleu gros comme le poing sur la cuisse gauche, peut-être parce qu'il avait appuyé sa jambe contre le levier de vitesses pendant des heures. Difficile à dire. Une chose était sûre : il avait la gueule dans le cul. L'impression de s'être fait défoncer le crâne à coups de pied. Du sang maculait son visage, sa chemise, ses bottes. Il s'est frotté les yeux et les coins de la bouche. A examiné ses mains sous toutes les coutures pour voir s'il s'était coupé, puis a pressé ses paumes sur ses tempes. Il a peut-être ouvert sa braguette pour voir dans quel état il était. Il y avait du sang mais il ne parvenait pas à savoir d'où il provenait. Il s'est sans doute extrait de son pick-up pour laisser un instant la chaleur inoffensive du soleil hivernal réchauffer sa peau. Il s'est peut-être étonné de la douceur, du calme inhabituel de l'atmosphère ce matin-là, comme moi en sortant sur ma véranda lorsque, tournée face au soleil, j'ai remarqué une demi-douzaine de vautours planant lentement en cercles dans le ciel. Faire œuvre de miséricorde consiste à l'imaginer en train de fouiller de fond en comble le plateau de son pick-up en quête d'un bidon d'eau, puis de scruter le champ pétrolifère aussi lentement que possible, s'efforçant de reconstituer les quatorze dernières heures. Il ne s'est peut-être même pas rappelé la fille jusqu'à ce qu'il aperçoive ses tennis qui avaient valdingué contre un pneu de son pick-up, ou sa veste gisant près de la plateforme de forage, une veste en peau de lapin qui lui tombait juste à la taille avec son nom à l'encre bleue sur l'étiquette. *G. Ramírez*. J'aimerais qu'il se dise : qu'est-ce que j'ai fait ? J'aimerais qu'il se souvienne. Il lui a peut-être fallu un peu plus de temps pour comprendre qu'il devait la trouver, s'assurer qu'elle allait bien, ou peut-être s'assurer qu'ils étaient au clair sur ce qu'il s'était passé. Il s'est peut-être appuyé contre le hayon de son véhicule pour boire l'eau d'une vieille gourde, dans l'espoir de se souvenir de son visage. Il a flanqué un coup de botte dans le sol, fait un effort supplémentaire pour recoller les morceaux de la nuit précédente, observé à nouveau les chaussures de la fille, sa veste en peau de lapin, puis il a examiné les derricks, le chemin de terre, les voies ferrées, les rares véhicules filant sur l'autoroute en ce dimanche matin, puis au-delà, à condition de regarder avec attention, la ferme. Chez moi. Peut-être a-t-il pensé que c'était trop loin pour y aller à pied. Mais qui sait ? Ces filles dans le coin étaient de vraies dures à cuire, et celle-ci était peut-être assez folle ? Après tout, si elle l'avait décidé, elle aurait pu traverser à pied une fournaise. Il s'est écarté du hayon et a jaugé l'intérieur de sa gourde. Il restait juste assez d'eau pour se nettoyer un peu. Il s'est penché vers le rétroviseur côté conducteur et s'est passé la main dans les cheveux pour réfléchir à la suite : il allait pisser, s'il y arrivait, et irait jusqu'à cette ferme jeter un petit coup d'œil. Avec un peu de chance, l'endroit serait à l'abandon et il trouverait sa nouvelle copine assise sur le perron d'une véranda délabrée, assoiffée tel un pêcher en plein mois d'août, trop contente de le voir. Peut-être, mais par ici la miséricorde est difficile à éprouver. J'ai souhaité sa mort avant même de voir sa tête.

Le moment venu, lorsque je serai appelée à témoigner, j'expliquerai que j'ai été la première personne à voir Gloria Ramírez vivante. Cette pauvre fille, je leur dirai. Comment une enfant peut-elle s'en sortir après un truc pareil ? Le procès n'aura pas lieu avant le mois d'août, mais je raconterai à ces messieurs du tribunal ce que je raconterai à ma fille quand elle sera assez grande.

C'était un sale hiver pour notre famille, avant même ce matin de février. Le prix du bétail dégringolait sans cesse, et il ne pleuvait plus depuis six mois. Nous devions même ajouter de l'ensilage de maïs à la ration des bêtes, et certaines génisses allaient jusqu'à déterrer les racines de réglisse sauvage pour s'aider à perdre leurs veaux. Si nous n'avions pas eu les concessions de pétrole, il nous aurait peut-être fallu vendre une partie de nos terres.

Mon mari parcourait la ferme quasiment tous les jours avec les deux seuls hommes qui ne nous avaient pas laissés en plan pour aller gagner plus d'argent avec le pétrole. Les gars déchargeaient du fourrage d'un camion en chassant tant bien que mal les mouches à viande. Ils dégageaient des vaches à moitié mortes qui s'étaient emmêlées dans les barbelés – ils sont idiots ces bestiaux, que personne ne vienne vous dire le contraire – et si l'une d'entre elles ne pouvait être sauvée, ils lui tiraient entre les deux yeux et laissaient les vautours faire le reste.

Je leur dirai que Robert travaillait toute la journée, tous les jours, même le dimanche, parce qu'une vache ne choisit pas son jour pour mourir. En dehors du quart d'heure qu'il lui fallait pour avaler une platée de ragoût – on passe une demi-journée à le cuisiner et ils le dévorent en un clin d'œil –, je voyais à peine mon mari. Il nous faut une race plus résistante, il disait en flanquant sa fourchette et son couteau dans son assiette vide qu'il me tendait avant de repartir. Il nous faut des polled hereford ou des red brangus. Et comment on va se payer ça, à ton avis ? Qu'est-ce qu'on va faire ?

Lorsque je repense à ce jour où j'ai trouvé Gloria devant ma porte, mes souvenirs se fragmentent telles les chutes de tissu d'un patchwork, de couleurs et de formes différentes, gansées d'un fin ruban noir ; à mon avis ça ne changera jamais. En août, je leur dirai que j'ai fait de mon mieux, compte tenu des circonstances, mais sans leur préciser que j'ai lâché l'affaire avant la fin.

J'avais vingt-six ans, j'attendais mon deuxième enfant ; à sept mois, j'étais grosse comme une Buick. Avec le deuxième, on s'empâte toujours plus vite – en tout cas c'est ce qu'affirment les femmes dans ma famille –, et parfois je me sentais tellement seule que je gardais Aimee à la maison au lieu de l'envoyer à l'école, en prétextant une maladie imaginaire, juste pour avoir un peu de compagnie. Deux jours avant, nous avions appelé la secrétaire de l'école, mademoiselle Eunice Lee.

J'avais à peine raccroché qu'Aimee s'était mise à imiter l'air revêche de mademoiselle Lee. Il paraît qu'elle descend directement du général ; je n'y crois pas une seule seconde mais si c'est vrai, elle n'a certainement pas hérité de la beauté du bonhomme. La pauvre. Ma fille a froncé les sourcils en faisant mine de coller un téléphone à son oreille. Eh bien, merci de votre appel, madame Whitehead, mais je me fiche pas mal de savoir comment se porte le transit de mademoiselle Aimee Jo. J'espère qu'elle sera vite remise. Bonne Saint-Valentin. Au revoir ! Aimee a fait frétiller ses doigts et on a éclaté de rire. Ensuite, on a mis à cuire des petits pains briochés pour les manger avec du beurre et du sucre.

Ce n'était pas grand-chose : moi et ma fille dans la cuisine à attendre que la pâte lève, et la journée qui s'étirait devant nous comme un vieux matou. On avait tellement ri de son imitation de mademoiselle Lee qu'on s'était presque fait pipi dessus. Comme je me dis parfois, lorsque je serai sur mon lit de mort, ça restera un de mes plus heureux souvenirs.

Ce dimanche matin-là, nous jouions au rami et écoutions le culte à la radio. Aimee allait perdre et j'essayais de l'aider à rattraper le coup sans qu'elle remarque mon manège. En espérant qu'elle pioche le quatre de cœur, je lui tendais la perche. Tu ne veux pas être ma Valentine, mon petit cœur ? j'ai lancé. Ah, mon cœur ! Je l'entends battre : une, deux, trois, *quatre* fois, Aimee Jo. À l'époque, je pensais qu'il n'était pas bon pour un enfant de perdre aux cartes, surtout une petite fille. J'ai changé d'avis à présent.

Nous avons écouté la fin du sermon du pasteur Rob sur la déségrégation et ses démons. Pour lui, autant enfermer une vache, un puma et un opossum dans la même grange, et s'étonner ensuite que l'un d'entre eux se fasse dévorer.

Qu'est-ce qu'il raconte ? m'a demandé ma fille. Elle a pioché, a examiné sa carte un instant et l'a posée sur la table. Gagné, s'est-elle exclamée.

Tu n'as pas besoin de le savoir, ma chérie, j'ai répondu. Tu dois dire *gin*. Ma fille avait neuf ans, juste quelques années de moins que l'inconnue qui ne tarderait pas à venir à ma porte me demander de l'aide.

Il était onze heures. J'en suis sûre parce qu'un des diacres – du genre strict pour lequel s'amuser est péché – priait pour nous. À mon avis, n'importe quel baptiste fervent penserait que jouer aux cartes en écoutant le culte à la radio, c'est n'importe quoi. Ensuite, après onze heures, ils parlent du pétrole et du cours du bétail.

La fille a frappé, deux petits coups, mais assez énergiques pour nous faire sursauter. Au troisième coup, la porte a tremblé. Elle était toute neuve : du chêne teint en acajou. Robert l'avait commandée à Lubbock deux semaines plus tôt après une énième dispute pour savoir s'il valait mieux déménager en ville ou non. On abordait souvent le sujet. Pour lui, nous étions trop loin de tout, surtout avec la fièvre de l'or noir et un autre bébé en route. Il y a du monde par ici maintenant, affirmait-il, les équipes de forage vont et viennent sur nos terres. C'est pas la place d'une femme, ni d'une petite fille. Mais cette fois-là, ça avait tourné au vinaigre, on était allés un peu loin. Jusqu'aux menaces, on peut le dire, je crois.

Évidemment, j'en avais marre de voir des pick-up défoncer notre route, marre de sentir les relents d'œuf pourri et d'essence, marre d'avoir toujours peur qu'un foreur oublie de fermer le portail derrière lui et qu'une de nos bêtes finisse sur l'autoroute, ou que Texaco balance des eaux usées dans la fosse sauvage qu'ils ont creusée trop près de notre puits. Mais j'aime notre maison, c'est le grand-père de Robert qui l'a construite il y a cinquante ans avec des pierres qu'il a rapportées de Hill Country à l'arrière de sa camionnette. J'aime les oiseaux qui s'arrêtent tous les automnes en partance pour le Mexique ou l'Amérique du Sud, et reviennent au printemps en remontant vers le nord. Si on partait s'installer en ville, les deux tourterelles qui nichent sous le toit de la véranda me manqueraient ; pareil pour les crécerelles qui font du sur-place juste au-dessus de la terre blême avant de battre frénétiquement des ailes et de plonger à pic sur un serpent ; je ne parle même pas du ciel qui devient dingo deux fois par jour avec les couleurs. Le silence me manquerait, la nuit infinie aussi que seules les lueurs rouges ou bleues des torchères éclairent de temps à autre.

Bah, j'habite ici, j'ai dit à Robert. Je refuse de partir.

À un moment, je l'ai tapé sur le torse ; je ne l'avais jamais fait auparavant. Il n'a pas pu me frapper en retour parce que j'étais enceinte mais il s'est lâché sur la porte trois ou quatre fois de suite. Voilà, maintenant j'ai cette porte flambant neuve et parce que Aimee Jo nous a entendus crier pendant qu'elle était couchée, elle a eu un nouveau vélo, un petit Huffy avec des franges roses au guidon et un panier blanc.

On a entendu frapper trois fois et Aimee a dit : c'est qui ? A posteriori, en voyant l'état dans lequel se trouvait Gloria, j'ai été surprise qu'elle puisse trouver la force de faire trembler cette porte en chêne. Je me suis extirpée de mon fauteuil inclinable. Nous n'attendions personne. Personne ne se déplace aussi loin sans appeler auparavant, pas même les témoins de Jéhovah ou les adventistes du Septième Jour, et je n'avais pas entendu arriver de pick-up ou de voiture. Je me suis baissée pour m'emparer de la batte de baseball qu'Aimee avait laissée par terre près de mon fauteuil. Bouge pas, j'ai fait. Je reviens tout de suite.

J'ai ouvert la porte, une petite rafale de vent a soufflé et les mouches, qui s'étaient posées sur ses cheveux, son visage, sur les plaies qu'elle avait aux mains et aux pieds, se sont envolées. J'ai eu un haut-le-cœur. Seigneur Jésus, j'ai pensé avant de lever les yeux vers le chemin de terre menant à la maison. Tout était calme, à part une bande de grues du Canada qui nichaient pour l'hiver près de notre abreuvoir.

Gloria Ramírez se tenait sur le pas de ma porte, vacillant comme une ivrogne maigrichonne, tout droit sortie d'un film d'horreur. Elle avait deux yeux au beurre noir et une paupière complètement tuméfiée. Ses joues, son front et ses coudes étaient écorchés vifs, et ses jambes et ses pieds couverts d'horribles éraflures. J'ai serré la batte de baseball et j'ai crié à ma fille : Aimee Jo Whitehead, fonce dans ma chambre chercher Old Lady. Elle est dans mon placard. Et rapporte-la-moi. Tout de suite.

J'ai entendu ma petite cavaler dans la maison et je lui ai crié de ne pas courir avec la carabine. Lorsqu'elle a surgi dans mon dos, j'ai fait écran entre elle et l'inconnue sur notre véranda. J'ai tendu la main derrière moi pour prendre de celle de ma fille ma Winchester. Old Lady, c'est comme ça que je l'ai appelée quand ma grand-mère me l'a offerte pour mes quinze ans.

C'est quoi, maman, un serpent à sonnette ? Un coyote ?

Tais-toi, ai-je répliqué. File dans la cuisine et appelle le bureau du shérif. Dis-leur de faire venir une ambulance. Et Aimee, j'ai ajouté sans quitter des yeux la gamine devant moi, tiens-toi loin des fenêtres ou je te garantis la raclée de ta vie.

Je n'ai jamais levé la main sur ma fille, pas une fois. On m'a battue quand j'étais petite et je me suis juré que je n'infligerais jamais ça à mes gosses. Mais ce matin-là, je ne rigolais pas et Aimee l'a compris, je crois. Sans moufter, elle a tourné les talons et s'est enfuie dans la cuisine.

J'ai fixé encore un peu la gamine chancelante sur ma véranda avant de détourner le regard vers l'horizon. La terre est tellement plate par ici que personne ne peut vous tomber dessus par surprise, tellement plate que vous pouvez apercevoir la camionnette de votre mari garée près du château d'eau et comprendre qu'il est trop loin de toute façon pour vous entendre. Vous pouvez conduire sur des kilomètres par ici, il n'y a jamais de virage, ni de côte, pas même de faux plat. Je suis sortie sur ma véranda. Je ne voyais personne susceptible de nous faire du mal, mais personne non plus susceptible de nous aider.

Pour la première fois depuis que nous avions emménagé sur les terres de la famille de Robert, j'aurais voulu habiter ailleurs. Pendant dix ans, j'étais restée à l'affût des serpents, des tempêtes de sable et des tornades. La fois où un coyote a tué une de mes poules et traversé la cour la volaille entre les crocs, je l'ai flingué. La fois où j'ai voulu faire couler un bain pour Aimee et suis tombée sur un scorpion, je l'ai écrasé avec le pied. Les fois où un serpent à sonnette s'est lové sous le fil à linge ou près du vélo d'Aimee, je l'ai zigouillé à coups de bêche. Tous les jours, ou presque, je tirais sur un truc, je le réduisais en pièces, ou je flanquais du poison au fond d'un terrier. Et je me débarrassais toujours des cadavres.

Vous m'imaginez debout sur ma véranda, une main sur mon gros ventre et l'autre agrippée à ma vieille carabine comme à une béquille tout en essayant de me rappeler ce que j'avais mangé au petit-déjeuner – une tasse de café et une tranche de bacon froid ; j'avais aussi fumé une cigarette en douce en allant à la grange ramasser les œufs. Imaginez la nausée qui m'a prise lorsque je me suis penchée vers l'inconnue, lorsque je lui ai dit : tu viens d'où, ma petite ? Odessa ?

En entendant le nom de sa ville natale, l'horrible sortilège qui la tétanisait s'est brisé. Elle s'est frotté un œil et a grimacé. Elle a ouvert la bouche et les mots sont sortis tels des grains de sable à travers une porte à moustiquaire.

Est-ce que je peux avoir un verre d'eau ? Ma mère s'appelle Alma Ramírez. Elle travaille de nuit, mais elle doit être rentrée maintenant.

C'est quoi ton nom ?

Glory. Est-ce que je peux avoir de l'eau glacée ?

Elle aurait tout aussi bien pu me demander où je plantais mes gombos, calme comme elle était, froide. C'est l'horreur dissimulée derrière cette espèce d'indifférence qui m'a fait craquer, qui a déchiré quelque chose en moi. Dans quelques années, lorsque j'estimerai ma fille assez grande pour l'entendre, je lui raconterai que mon bas-ventre s'est durci, est devenu froid comme de la glace. J'ai perçu un vrombissement régulier, d'abord faible mais très vite plus distinct, et la phrase d'un poème que j'avais lu au lycée, avant d'arrêter les études et d'épouser Robert, m'est revenue : *j'entendis une mouche bourdonner – en mourant* ; et durant quelques secondes pénibles, glaçantes et funestes, avant de sentir enfin le coup de pied indubitable, j'ai cru avoir perdu mon bébé. Ma vision s'est brouillée et je me suis souvenue contre toute attente d'un autre vers. C'était bizarre de penser à la poésie en cet instant, quand c'était le cadet de mes soucis depuis que j'étais adulte, épouse et mère, mais là j'ai récité intérieurement : *c'est l'Heure de Plomb – dont on se souvient si on y survit.*

Je me suis redressée et j'ai secoué la tête, comme si cela allait m'aider à évacuer ce que j'avais sous les yeux, cette enfant et l'enfer qu'elle avait vécu, comme si cela me permettrait de retourner dans mon salon pour dire à ma fille : c'est juste le vent, chérie. Ne t'inquiète pas, il n'y a pas de danger. Et si on faisait une autre partie ? Tu veux que je t'apprenne le poker ?

Au lieu de quoi, j'ai pris appui d'une main sur la carabine et de l'autre je me suis caressé le ventre. Je vais te donner un verre d'eau et après on appellera ta mère.

La petite a basculé lentement d'un pied sur l'autre et un halo de sable et de poussière s'est soudain dégagé de son visage et ses cheveux. L'espace de quelques secondes, elle s'est métamorphosée en nuée de poussière, en tempête de sable implorant de l'aide, en vent mendiant un peu de miséricorde. Je lui ai tendu une main en posant simultanément ma carabine contre le chambranle de ma porte. Mais elle s'est mise à pencher dangereusement d'un côté, tel un roseau dans le vent, et lorsque je l'ai rattrapée – pour l'empêcher de tomber ou si ça se trouve pour me maintenir moi-même en équilibre tout simplement, allez savoir –, elle a incliné la tête de côté. Un nuage de poussière s'élevait dans le ciel derrière elle.

Un pick-up avait quitté la vieille route et filait sur notre chemin de terre. À la hauteur de la boîte aux lettres, le chauffeur a fait une brusque embardée, pour éviter une caille surgie de nulle part peut-être, et après avoir frôlé notre abreuvoir, il a redressé sa trajectoire.

Il était encore à un bon kilomètre de la maison mais il a continué de rouler tranquillement, soulevant dans son sillage la poussière rougeâtre. J'ignorais qui c'était, mais lui semblait savoir parfaitement où il allait même s'il avait l'air de prendre son temps.

J'ai commis des erreurs. Lorsque j'ai vu le pick-up s'engager sur notre chemin de terre, je n'ai pas laissé la gamine se retourner pour voir ce qui se passait, je n'ai donc pas pu lui demander : tu as déjà vu cette voiture ? C'est lui ?

Non, je l'ai fait rentrer et lui ai donné un verre d'eau. Bois doucement, je lui ai dit, sinon tu vas vomir. Aimee Jo a pointé son nez dans la cuisine, les yeux ronds comme des pièces de un dollar. La fille s'est mise à répéter en boucle : je veux maman, je veux maman, je veux maman.

J'ai avalé deux crackers et vidé un verre d'eau, puis je me suis penchée au-dessus de l'évier pour m'asperger le visage, assez longtemps pour que la pompe s'enclenche et qu'une odeur de soufre se dégage du robinet. Vous deux, restez ici, j'ai ordonné. J'ai un truc à régler dehors. Quand je reviendrai, on appellera ta mère.

J'ai mal au ventre, a sangloté la petite. Je veux maman. Ma colère est montée d'un coup, la bile m'a brûlé la gorge ; mais après j'ai eu honte. La ferme, j'ai riposté. J'ai installé les deux filles à la table de cuisine et les ai sommées de ne pas bouger. Mais j'ai oublié de demander à Aimee si elle avait appelé le shérif. Deuxième erreur. Et en sortant, j'ai attrapé ma carabine et me suis avancée sur la véranda, enfin prête à savoir de quoi il s'agissait, mais je n'ai pas vérifié si mon arme était chargée. Troisième erreur.

Maintenant, imaginez-vous avec moi sur ma véranda. Regardez-le pénétrer lentement dans ma cour et se garer à cinq mètres environ de la maison. Regardez-le sortir nonchalamment de sa voiture et balayer du regard nos terres arides en émettant un long sifflement grave. La portière du pick-up se referme derrière lui et il s'appuie sur le capot, examinant toujours ce qui l'entoure comme s'il avait envie d'acheter le terrain. Les taches de rousseur ressortent sur ses bras et ses cheveux paille s'ébouriffent dans le vent. La luminosité de cette fin de matinée lui donne un teint doré comme la topaze, mais de là où je me tiens je distingue parfaitement les contusions sur ses mains et son visage, ses yeux bleus rougis. Une rafale souffle un peu plus fort et il croise les bras, haussant les épaules, sourire aux lèvres, comme si la journée était décidément trop belle pour y croire. Ce type avait quelque chose de juvénile, l'air d'un môme à peine sorti de l'enfance.

Bonjour. Il jette un coup d'œil à sa montre. Ouais, j'ai encore un peu de temps avant de dire bonsoir.

Je reste là, agrippée à la crosse de ma carabine comme si c'était la main de ma meilleure amie. Je ne le connais pas mais je comprends tout de suite qu'il est trop jeune pour être l'un des agents de sécurité qui viennent parfois vérifier que la route reste bien accessible, ou un prospecteur qui passe discuter le bout de gras pour voir si par hasard on ne voudrait pas vendre. Trop jeune aussi pour travailler avec le shérif. Je me rends compte alors que je n'ai pas demandé à Aimee si elle lui a bien téléphoné.

Qu'est-ce que je peux faire pour vous ? je lance.

Madame Whitehead, j'imagine. C'est une bien belle ferme que vous avez, m'dame.

Merci. C'est poussiéreux, mais bon. Je m'efforce de parler d'une voix sûre mais je me demande comment il sait mon nom.

Il glousse – un petit rire stupide et arrogant. J'imagine, il dit. Mais c'est mieux pour ce que je fais. C'est plus facile de forer quand tout est propre et sec grâce à Dame Nature.

Il se redresse et fait un pas, paumes en l'air. Sourire figé aux lèvres, telle une aiguille bloquée sur une balance de cuisine cassée.

Écoutez, m'dame, j'ai eu un petit problème ce matin. Je me demandais si vous pourriez m'aider.

Il s'avance vers la véranda et je fixe ses pieds qui s'approchent. Puis je lève le nez : il brandit les mains bien haut au-dessus de sa tête. Le bébé me donne un coup sec dans les côtes et je pose une main sur mon ventre. Comme j'aimerais m'asseoir en cet instant. Deux jours plus tôt, j'ai tiré sur un coyote qui traversait la cour les yeux rivés sur le poulailler. Au dernier moment, j'ai quitté le viseur des yeux et je l'ai manqué ; ensuite, Aimee a hurlé parce qu'elle avait vu un scorpion, j'ai donc lâché la carabine pour m'emparer d'une pelle. Et désormais, je n'arrive pas à me rappeler si j'ai remis une cartouche. Old Lady est une Winchester modèle 1873 qui, selon ma grand-mère, correspond à ce qui se fait de mieux en matière d'arme à feu. Dans l'immédiat, je caresse du pouce la crosse en bois polie comme si elle allait me répondre : oui tu l'as fait, ou non.

Qu'est-ce que tu veux, mon gars ? je lance au jeune homme.

Il a belle allure debout dans la lumière du soleil mais il fronce soudain les sourcils. Bah, j'ai vraiment soif et je voudrais passer un coup de fil…

Il fait un pas supplémentaire mais s'immobilise en voyant Old Lady. Il ne peut pas savoir, je me dis, qu'elle n'est peut-être pas chargée. Je tape doucement le canon contre le plancher en bois de pacanier, une, deux, trois fois, et il tend l'oreille.

Madame Whitehead, votre mari est là ?

Évidemment qu'il est là. Il dort.

Son sourire s'élargit, se fait un peu plus aimable. Un fermier qui dort à midi ?

Il est onze heures trente. Je ricane, d'un rire aussi amer que des baies de genièvre. J'ai l'air bête ! Je suis seule, c'est si évident.

Il pousse un petit gloussement aigu et mon estomac se retourne. Son rire sonne creux.

Mon Dieu, madame Whitehead, votre mari s'est pris une cuite aussi hier soir ?

Non.

Il est malade ? Il a mangé trop de bonbons de Saint-Valentin ?

Il va très bien. Je pose une main sur mon ventre, songeant : calme-toi, bébé, ça va. Qu'est-ce que je peux faire pour vous ?

Je vous ai dit, j'ai eu des problèmes. Ma chérie et moi, on est venus dans le coin hier soir pour fêter ça. Vous savez ce que c'est…

Je vois, je coupe, avant de me frotter le ventre dans un sens et dans l'autre.

Et on a trop bu, il reprend, on s'est un peu embrouillés. Elle n'a peut-être pas aimé la boîte de chocolats en forme de cœur que je lui ai achetée, et je crois bien que j'ai perdu connaissance…

Vraiment ?

Je crois bien que j'ai perdu ma Valentine. La honte, pas vrai ?

Je le regarde parler, agrippée à ma carabine comme si ma vie en dépendait, mais j'ai l'impression qu'une main vient de me saisir à la gorge et serre très lentement. Dans son dos, à peine visible à l'horizon, j'aperçois une voiture rouge qui fonce sur l'autoroute. C'est au moins à deux kilomètres, et de là où je suis, on dirait que la voiture vole à travers le désert. Viens un peu par là s'il te plaît, je songe alors que le véhicule arrive à la hauteur de la sortie qui mène à notre ferme, et la douleur se précise dans ma gorge. La voiture ralentit, hésitant vaguement à l'horizon, et repart de plus belle.

Le jeune homme continue son petit manège, toujours souriant, ses cheveux blonds étincelant sous le soleil. Il est à moins de trois mètres de moi désormais. Si ma carabine est chargée, je ne le raterai pas.

Quand je me suis réveillé ce matin, il poursuit, elle avait déjà pris ses cliques et ses claques. J'ai peur qu'elle se perde par ici et ce n'est pas un endroit pour une fille, vous le savez bien.

Je ne dis mot. Je me contente d'écouter à présent. J'écoute très attentivement, mais je n'entends que lui.

Je ne voudrais pas qu'elle ait des ennuis, il fait, qu'elle marche sur un serpent à sonnette, ou qu'elle fasse une mauvaise rencontre. Est-ce que vous avez vu ma Gloria ? Il avance la main droite, légèrement de côté, paume vers le sol. Une petite Mexicaine ? Grande comme ça à peu près ?

Ma gorge se serre, mais je parviens malgré tout à avaler ma salive et m'efforce de le regarder dans les yeux. Non, monsieur, on ne l'a pas vue. Elle est peut-être rentrée en stop.

Est-ce que je peux rentrer et passer un coup de fil ?

Je secoue la tête très doucement. Non.

Il fait mine d'être surpris. Ah bon, pourquoi ?

Parce que je ne vous connais pas. J'essaie de paraître sincère. Car maintenant, je le connais : je sais qui il est et ce qu'il a fait.

Écoutez, madame Whitehead…

Comment vous savez mon nom ? Je le coupe en criant presque, une main plaquée sur le pied du bébé qui tambourine contre mes côtes.

Le jeune homme semble déconcerté. Bah, c'est écrit sur votre boîte aux lettres, m'dame. Écoutez, il enchaîne, je m'en veux de ce qui s'est passé entre elle et moi ; je suis vraiment inquiet. Elle est un peu cinglée, vous savez, vous connaissez les Mexicaines. Il me fixe ; ses yeux bleus sont un brin plus foncés que le ciel.

Il se tait et observe quelques instants la maison dans mon dos, un large sourire éclairant son visage. J'imagine que ma fille vient de jeter un coup d'œil par la fenêtre. Puis j'imagine l'autre gamine derrière le carreau, ses yeux au beurre noir, ses lèvres fendues, et j'hésite : devrais-je le quitter des yeux pour me retourner et voir ce qu'il se passe, voir ce qu'il voit ? Mais je ne bouge pas d'un pouce, je reste avec ma carabine éventuellement chargée et je tends l'oreille.

Reculez, je m'exclame après mille ans de silence. Jusqu'à l'arrière de votre voiture.

Sans ciller il réplique : et je vous ai dit que je voulais un verre d'eau.

Non.

Il lève les yeux au ciel et croise les mains derrière sa nuque. Il sifflote quelques notes que je n'arrive pas à replacer même si la mélodie me semble familière. Il ouvre à nouveau la bouche mais cette fois, il a une voix d'homme, pas de gamin.

Je veux que vous me la donniez. OK ?

Je ne sais pas de quoi vous parlez. Et si vous retourniez en ville ?

Rentrez maintenant, madame Whitehead, et allez chercher ma copine. Faites gaffe de pas réveiller votre mari qui dort là-haut, même si on sait que c'est pas vrai.

Il n'a aucun doute. Soudain, le visage de Robert apparaît devant moi, tel un fantôme. Tu as fait tout ça pour une inconnue, Mary Rose ? Tu as risqué la vie de notre fille, celle du bébé et la tienne pour une inconnue. C'est quoi ton problème ?

Et il aurait raison. Car qui est cette gamine pour moi, en fait ? Si ça se trouve, elle est montée dans la voiture de ce type de son plein gré. J'aurais peut-être fait la même chose dix ans auparavant, surtout avec un gars aussi mignon.

Madame, je ne vous connais pas, il ajoute, et vous ne me connaissez pas. Vous ne connaissez pas non plus Gloria. Maintenant soyez gentille, posez cette arme et allez la chercher.

Je sens les larmes sur mes joues avant même de comprendre que je pleure. Je suis là, avec ma carabine, cette inutile merveille de bois sculpté, et pourquoi est-ce que je ne fais pas ce qu'il me demande ? Que représente cette gamine pour moi ? Je ne suis pas sa mère. Je suis celle d'Aimee et de ce bébé dont les pieds et les poings s'agitent et me donnent des coups. Ce sont ceux-là mes enfants. Cette Gloria, elle n'est personne pour moi.

Le jeune homme poursuit, mais il ne cherche plus à demander ou à discuter quoi que ce soit. Écoute-bien, connasse, il lance…

Je voudrais tellement entendre autre chose que sa voix, une sonnerie de téléphone dans la maison, un véhicule filant sur la route, ne serait-ce que le vent, mais tout n'est que silence sur ce coin de terre particulièrement plat et isolé. Seule sa voix résonne. Et il rugit maintenant. Tu m'entends, connasse ? Tu m'entends ?

Je secoue la tête, doucement. Non, je ne vous entends pas. Je soulève alors ma carabine, l'ajuste contre mon épaule, comme je sais le faire, mais j'ai soudain l'impression qu'on a versé du plomb dans le canon. Je n'ai plus de force, je me sens aussi faible qu'une vieillarde. J'ignore si Old Lady est chargée mais je la pointe malgré tout vers son joli visage doré. Car lui non plus ne sait pas à quoi s'en tenir.

Je n'ai plus de mots, donc j'arme ma carabine et le vise même si je vois flou à cause des larmes et des regrets qui m'envahissent à l'idée de ce que je lui répondrai si jamais il me repose ne serait-ce qu'une fois la question. OK, approchez, monsieur. Si vous touchez un cheveu de ma fille, je vous explose la cervelle ou du moins je tenterai ma chance. Mais Gloria ? Vous pouvez l'avoir.

C'est alors que j'entends les sirènes. Je baisse mon arme et déjà il se détourne. Nous regardons tous deux la voiture du shérif qui fonce sur la vieille route, avec dans son sillage une ambulance et assez de poussière pour étouffer un troupeau de vaches. Juste avant notre boîte aux lettres, le conducteur donne un coup de volant et bifurque sur notre chemin de terre. Le véhicule heurte les barbelés puis se déporte vers la colonie de grues qui s'envolent en criant leur mécontentement dans une flopée de longues pattes et de battements d'ailes.

L'espace de quelques secondes, le jeune homme s'immobilise tel un lièvre en panique. Puis ses épaules s'affaissent et il se frotte les yeux. Bon, merde, il souffle. Mon père va me tuer.

Il faudra des années avant que ma fille soit assez grande pour l'entendre, mais lorsque ce sera le cas, je lui raconterai ce que j'ai vu avant de m'affaler contre le chambranle de la porte et de m'évanouir sur la véranda : deux petites filles, visage collé à la fenêtre de la cuisine, bouche bée et yeux écarquillés – seule l'une des deux était la mienne.

Corrine

Bon, il trucide tout ce qui bouge, ce petit con de chat jaune aux yeux verts et aux couilles grosses comme des pièces de un dollar. Quelqu'un l'a abandonné fin décembre sur le terrain vague derrière chez les Shepard – tu parles d'un cadeau de Noël, une mauvaise idée depuis le début, a dit Corrine à Potter à l'époque. Depuis, il n'y a plus aucune créature en sécurité. Les rossignols sont morts par dizaines. Il s'en est pris aussi aux pinsons, aux troglodytes des cactus qui nichent sous la remise, à un nombre incalculable de moineaux et de chauves-souris, et même à un gros moqueur. En quatre mois, il a doublé de volume. Sa fourrure claire resplendit comme un chrysanthème.

À genoux devant les toilettes, Corrine entend le cri paniqué d'un autre petit animal dans le jardin à l'arrière de la maison. Les oiseaux piaillent et battent furieusement des ailes par terre, et les orvets et couleuvres meurent en silence, leurs corps légers marquant à peine la terre compacte de ses plates-bandes vides. Là, c'est le cri d'une souris ou d'un écureuil, voire d'un chien de prairie. Une créature, songe-t-elle, pour reprendre le terme de Potter. Et un haut-le-cœur monte dans sa gorge.

Maintenant d'une main ses fins cheveux bruns, elle finit de se vider l'estomac, puis elle s'assied, joue collée contre le mur froid de la salle de bains. L'animal crie derechef et dans le silence qui suit elle s'efforce de rassembler les fragments de la veille. A-t-elle bu cinq ou six verres ? Qu'a-t-elle dit, et à qui ?

Le ventilateur bourdonne au-dessus de sa tête. Les relents de cacahuètes et de whisky se dissipent vers la fenêtre ouverte. Corrine se sent si mal qu'elle en a les larmes aux yeux. Et ses cheveux qui n'arrêtent pas de tomber au sommet de son crâne. Ce détail n'a vraiment rien à voir avec la quantité d'alcool qu'elle a ingurgitée hier soir mais quand même, cela fait partie de la liste. Tout comme le petit carré de papier toilette qui pend à son menton. Elle s'en débarrasse dans la cuvette, ferme le couvercle et pose son front dessus tout en écoutant le réservoir se remplir.

Eh ben, on dirait un sachet de vers de pêche oublié au soleil, lui aurait lancé Potter s'il était là. Puis il lui aurait préparé un Bloody Mary, bien tassé, avec des œufs au bacon, et tendu une tartine de pain grillé pour saucer le gras. Les affaires reprennent, aurait-il fait. Vas-y mollo la prochaine fois, chérie. Six semaines que son mari est mort – qu'il a tiré sa révérence en beauté ! – et ce matin elle entend si clairement sa voix qu'il pourrait tout aussi bien se tenir dans l'embrasure de la porte. Avec son sourire idiot et sa bonne humeur optimiste.

Le téléphone sonne soudain dans la cuisine, déchirant le silence. Corrine n'a aucune envie de parler à qui que ce soit. Alice vit à Prudhoe Bay et n'appelle que le dimanche soir – c'est moins cher. De toute manière, Corrine n'a toujours pas pardonné à sa fille la tempête de neige qui a obligé l'aéroport d'Anchorage à fermer et l'a empêchée de venir à l'enterrement de Potter. Elle ne s'étend donc jamais au téléphone, elle se contente de la rassurer. Ça va, affirme-t-elle à Alice. Je m'occupe dans le jardin, je vais à l'église le mercredi soir et le dimanche matin, je trie les affaires de ton père pour que l'Armée du salut vienne les chercher.

Que des conneries. Elle n'a même pas mis un seul tee-shirt de ce vieux bougre dans un carton. Dehors, le jardin n'est que plates-bandes vides et carcasses d'oiseaux morts, et après avoir laissé Potter la traîner à l'église pendant quarante ans, elle refuse de donner à ces connasses bien-pensantes la moindre minute ou le moindre *cent* supplémentaire. Ses affaires de rasage sont toujours dans la salle de bains. Ses boules Quies sur sa table de nuit, avec le livre d'Elmer Kelton et ses antidouleurs. Le puzzle qu'il avait commencé avant de mourir est toujours en vrac sur la table de cuisine et sa nouvelle canne est posée contre le mur juste derrière. Une pile de formulaires d'assurance, six enveloppes de la coopérative de crédit pleines de billets de cinquante principalement, assortis de quelques billets de cent, traînent sur le plateau tournant en plastique jaune au milieu de la table. Corrine songe parfois à brûler les enveloppes, une par une, avec tout l'argent qu'elles contiennent.

Le téléphone sonne à nouveau et Corrine presse ses paumes sur ses yeux. Une semaine plus tôt, elle a trafiqué le volume de l'appareil dans un coup de colère. Et maintenant, l'affreuse sonnerie retentit aux quatre coins de la maison et jusque dans le jardin. La voix au bout du fil est toujours aussi mal aimable lorsque Corrine décroche enfin et déclare irritée : vous êtes bien chez les Shepard.

À cause de vous, hurle la femme, je me suis fait virer hier soir.

Quoi ? fait Corrine. La femme se met alors à sangloter avant de raccrocher brutalement. Le son vibrionne dans l'oreille de Corrine.

Le chat est posté derrière la baie vitrée, une souris morte dans la gueule, lorsque le téléphone retentit encore. Corrine s'empare du combiné et hurle : allez au diable ! Le gros chat lâche sa victime et déguerpit à travers le jardin, grimpe au pacanier et saute par-dessus la clôture en parpaings pour disparaître dans l'allée.

Ils faisaient des projets au printemps précédent lorsque les maux de tête de Potter se sont déclarés. Il était à la retraite et Corrine aussi, même si elle ne touchait qu'une partie de sa pension car la direction du lycée l'avait poussée vers la sortie quelques années plus tôt, pour avoir fait des commentaires déplacés en salle des profs. On pourrait peut-être aller en Alaska, a suggéré Potter. Et s'arrêter en Californie pour voir ce séquoia géant sous lequel on peut passer en voiture.

Mais Corrine avait des doutes. Le soleil n'est pas foutu de se lever là-bas la moitié de l'année, a-t-elle répliqué. Et qu'est-ce qu'il y a à voir en Alaska ? Les élans ?

Alice, a riposté Potter. Il y a Alice là-bas.

Corrine a levé les yeux au ciel ; c'était devenu un tic après avoir passé trente ans à enseigner à des adolescents. Ouais, a-t-elle fait, casée avec machin, l'insoumis.

Deux jours après avoir versé un acompte sur un camping-car de luxe équipé d'une douche, Potter a eu ses premières convulsions. Il tondait la pelouse devant la maison et il s'est effondré d'un coup, claquant des dents, les membres secoués de spasmes. La tondeuse a lentement continué sa route pour finir par s'arrêter à cheval entre le trottoir et la chaussée. La gamine de Ginny Pierce faisait du vélo dans l'allée des Shepard, et Corrine l'a entendue crier de sa chambre où elle lisait un livre, la climatisation à fond.

Ils ont parcouru huit cents kilomètres jusqu'à Houston, se sont engouffrés dans un ascenseur, ont monté quatorze étages et se sont assis dans deux étroits fauteuils en skaï afin d'écouter le cancérologue leur expliquer de quoi il s'agissait. Corrine était penchée sur un carnet à spirale, enfonçant le stylo sur la page comme pour la poignarder. Glioblastome multiforme, a-t-il articulé, GBM pour faire court. Pour faire court ? Corrine l'a regardé. C'était tellement rare, a poursuivi le cancérologue, ils avaient quasiment autant de chances de trouver un trilobite dans le cerveau de Potter. S'ils commençaient la radiothérapie tout de suite, il aurait peut-être un sursis de six mois, un an éventuellement.

Six mois ? Corrine a fixé le médecin, bouche bée : oh non, non, non, se répétait-elle intérieurement. Vous vous trompez, monsieur. Potter s'est levé et s'est dirigé vers la fenêtre pour observer la brume sale baignant Houston. Ses épaules tremblaient légèrement et Corrine n'est pas allée vers lui. Elle était collée à cette chaise comme si on lui avait enfoncé un clou dans la cuisse.

Il faisait trop chaud pour reprendre aussitôt la route ; ils ont donc fait halte au Westwood Mall. Ils se sont assis sur un banc dans la zone des restaurants, serrant tous deux d'une main une bouteille de Dr Pepper bien fraîche comme s'il s'agissait d'une grenade. À la tombée du jour, ils ont regagné le parking. Ils ont roulé un moment vitres ouvertes, le vent glissant sur leurs visages et leurs mains. Vers minuit, leur odeur imprégnait chaque recoin de l'habitacle – les effluves d'un café que Corrine avait renversé la veille sur le siège, ses cigarettes, son Chanel n° 5, le tabac et l'après-rasage de Potter, leur transpiration et leur angoisse. Il conduisait. Elle allumait et éteignait constamment la radio, attachait ses cheveux, les détachait et recommençait son manège. Au bout d'un moment, Potter lui a demandé d'arrêter.

La circulation rendait Corrine nerveuse, Potter a donc contourné San Antonio. Je suis désolée, a-t-elle soufflé, je nous rallonge. Il a esquissé un sourire et tendu la main vers elle. Tu t'excuses, s'est-il exclamé, je rêve ou quoi ? Ben, faut croire que je suis vraiment en train de crever. Corrine a tourné le visage vers le bas-côté et s'est mise à pleurer si fort qu'elle n'a pas tardé à avoir le nez bouché et les paupières tellement gonflées qu'elle pouvait à peine les ouvrir.

Il n'est même pas neuf heures et il fait déjà plus de trente dehors lorsque Corrine jette un coup d'œil par la fenêtre du salon. La camionnette de Potter est garée sur la pelouse. C'était sa joie et sa fierté, une Chevrolet Stepside V8, intérieur en cuir rouge. L'hiver a été sec et l'herbe a jauni. Quelques brins que les roues de la camionnette n'ont pas écrasés tremblotent dans la brise sous le soleil. Tous les jours depuis deux semaines, le vent se lève en fin de matinée et souffle jusqu'au crépuscule. À l'époque où ce genre de choses comptait encore pour Corrine, elle se serait mise à faire le ménage dans la maison pour ôter la poussière avant la fin de la journée.

Dans Larkspur Lane, les voisins s'affairent devant chez eux, tuyau d'arrosage à la main, dans l'espoir de contrecarrer la sécheresse. Un gros camion de déménagement surgit et s'arrête devant la maison des Shepard avant de reculer lentement dans l'allée du garage d'en face. À dire la vérité, Corrine expliquerait volontiers à quiconque prenant la peine de l'interroger qu'elle n'est pas saoule, qu'elle boit tout le temps, c'est tout. Il y a un monde entre les deux.

Personne ne lui posera la question, mais ils ne manqueront pas de jaser si elle ne gare pas ailleurs la camionnette de Potter. Ainsi Corrine avale une aspirine et enfile un tailleur vert kaki à boutons dorés en forme d'ancres, vestige de ses années d'enseignement. Elle met un collant, du parfum, du rouge à lèvres, des lunettes de soleil et sort en chaussons comme si, à peine rentrée de l'église, elle venait de se mettre à l'aise pour vaquer normalement chez elle à ses occupations.

Dehors, on se croirait dans une salle d'interrogatoire : le soleil tape telle une lampe impitoyable suspendue dans le ciel vide. Un peu plus bas de l'autre côté de la rue, Suzanne Ledbetter arrose son gazon de faux kikuyu. En apercevant Corrine, elle éteint son pistolet pulvérisateur et lui fait un signe de la main, mais Corrine fait mine de ne pas la voir. Elle feint aussi de ne pas remarquer les gamins éparpillés devant les maisons voisines, telles des noix de pécan tombées d'une corbeille, ni les hommes descendus du camion de déménagement et plantés dans le jardin d'en face.

En ouvrant la portière de la camionnette de Potter, elle repère une cigarette sur la banquette avant, cassée mais réparable, et soupire de gratitude. Vite, vite, elle passe la marche arrière et se gare bien droit dans l'allée du garage, puis s'empare de la cigarette et fonce vers sa porte d'entrée, marquant une courte pause en chemin pour allumer le robinet. Un tuyau gît sur la pelouse à l'instar d'un serpent mort, buse d'arrosage à l'envers sous l'orme de Chine qu'ils ont planté avec Potter vingt ans plus tôt, juste après avoir acheté la maison. L'arbre est moche et hirsute comme des cheveux sales, un bon shampoing ne lui ferait pas de mal se dit souvent Corrine, mais il a surmonté vagues de chaleur, tempêtes de sable et tornades. En un seul été, il avait quasiment pris un mètre et Potter, qui donnait des surnoms à tout, l'avait baptisé Élastoman. Lorsque Alice en était tombée et s'était cassé le poignet droit, il l'avait rebaptisée Mademoiselle Gauche. Tout le reste est mort dans le jardin et Corrine s'en contrefiche, mais elle ne supporte pas l'idée de perdre cet arbre.

De surcroît, si elle ne s'en occupait pas, ou si elle garait sans cesse la camionnette de Potter sur la pelouse, ou si elle remettait les mêmes vêtements que ceux qu'elle portait la veille au Country Club, les gens se mettraient à compatir, Corrine en est persuadée. Ils la prendraient en pitié. Et ça l'énerve, ça lui donne envie de casser la gueule à quelqu'un – Potter en l'occurrence s'il n'était pas déjà mort. Elle flanque un coup de poing dans la couronne mortuaire fixée sur sa porte avant de claquer bruyamment le battant derrière elle. Dans la cuisine, le téléphone sonne encore et encore, mais elle ne décroche pas. Hors de question, pas maintenant.

À trois heures du matin, ils se sont arrêtés sur l'aire de repos de Kerrville pour faire le plein, manger une glace et boire un café à la cafétéria. Après avoir passé commande, il lui a dit que la radiothérapie n'était que du poison qu'ils vous injectaient dans les veines. Cela vous brûlait de l'intérieur, vous rendait encore plus malade et à quoi bon quelques mois supplémentaires.

Je ne vais pas le faire, Corrine. Je refuse que ma femme me torche le cul et me mixe mon steak pour que je puisse l'avaler.

Corrine est restée assise face à son mari, l'air incrédule. On ne s'arrête pas de jouer pour une blessure, tu l'as toujours dit à Alice. Elle a haussé le ton malgré elle, sa voix s'envolant tel un cerf-volant dans le vent. Et maintenant tu vas me claquer entre les doigts ? Un couple assis dans le box adjacent a jeté un coup d'œil dans leur direction avant de baisser les yeux en silence. À part eux, la salle était vide. Pourquoi diantre Potter avait-il choisi de s'asseoir ici ? s'était demandé Corrine. Pourquoi avait-elle à partager son chagrin avec des inconnus ?

C'est différent, a répondu Potter. Il a examiné sa glace. Puis il s'est tourné vers la vitrine et Corrine l'a imité. Avec les pompes à essence, les semi-remorques et le panneau lumineux indiquant les douches, on se serait cru en plein jour. Un poids-lourd s'est éloigné en klaxonnant à deux reprises avant de s'engager sur la voie d'accès à l'autoroute. Appuyé contre le hayon de sa camionnette, un cow-boy engouffrait un hamburger, ceinturon scintillant à la taille. Deux voitures pleines d'adolescentes ont traversé lentement le parking.

Potter et Corrine se sont enfoncés dans leurs banquettes et ont levé les yeux au plafond. Les dalles en plâtre au-dessus de leurs têtes étaient maculées d'auréoles pisseuses et de trous gros comme des impacts de balle, comme si un crétin avait eu la bonne idée de vider son chargeur pendant que les gens s'efforçaient de dîner. Au bout d'un moment, ils ont fini par se regarder. Potter avait les larmes aux yeux. Corrine, je suis en phase terminale.

Qu'est-ce que tu racontes, bordel ? Corrine a frappé du poing sur la table et du café a jailli de leurs tasses. Bats-toi ! T'as pas arrêté de le répéter à Alice, et à moi aussi d'ailleurs.

Bah, ça n'a pas changé grand-chose, que je vous le rabâche comme ça. Potter s'est penché vers sa femme et a soufflé : ça n'a pas empêché Alice de décamper en Alaska avec ce garçon. Et toi tu as arrêté d'enseigner dès que c'est devenu trop dur. Tout ce travail, Corrine… Quand je t'ai rencontrée, tu étais la seule personne que je connaissais à avoir été à la fac… Et tu as tout laissé tomber pour rester à la maison et lire des poèmes.

De peur et de rage mêlées, elle est devenue cramoisie. Mais je t'ai dit au moins dix fois que j'en avais par-dessus la tête de tout ça.

Bébé, je ne crois pas que tu te rendes compte à quel point c'est sérieux. Il a tendu la main vers la sienne, mais Corrine a croisé les bras. Arrête de m'appeler *bébé*, Potter Shepard, ou c'est moi qui vais te tuer.

Je suis déjà en train de mourir, chérie.

Va te faire foutre, Potter. C'est pas vrai. Je ne veux plus t'entendre dire ça. Et ils sont restés assis en silence tandis que le café refroidissait et que la glace fondait.

Le lendemain matin, en arrivant enfin dans leur garage, c'était la même odeur de moisi émanant des cartons et de la vieille tente de Potter, le même ronronnement lorsque le congélateur s'est mis en marche, les mêmes vieux outils couverts de poussière sur l'établi de Potter. Rien n'avait changé, sauf qu'ils n'avaient pas dormi depuis près de vingt-quatre heures. Corrine semblait avoir pris dix ans et Potter allait mourir.

Tandis qu'elle réchauffait du pain de maïs et des haricots pinto dans une poêle, il a posé sur la table de la cuisine de la sauce piquante et une assiette de rondelles de tomate. Il a désigné la baie vitrée pour lui montrer le mirage dehors à cause de la chaleur. Les températures en août, a-t-elle fait, c'est l'enfer. On se demande comment on arrive à survivre. Il a ri doucement et le silence s'est réinstallé.

Après le petit-déjeuner, ils ont placé les assiettes dans l'évier et sont allés dans la chambre. Il a allumé la climatisation et elle a tiré les rideaux. Puis ils se sont effondrés dans leur lit, Corrine de son côté, Potter du sien et, dans la curieuse pénombre du milieu de journée, ils sont restés allongés côte à côte, doigts recroquevillés, esprit paralysé de terreur. Attendant la suite.

Croyant soulager sa gueule de bois, elle se prépare un sandwich à l'œuf au plat mais en voyant le jaune frémir dans sa poêle en fonte, globe oculaire vitreux, un haut-le-cœur la submerge. Elle rassemble ses cheveux dans sa nuque, allume une cigarette au brûleur et s'appuie contre le frigo dans l'espoir que la nicotine l'aide à se souvenir plus précisément de la nuit précédente.

La soirée avait été calme au Country Club et les lieux s'étaient quasiment vidés avant minuit. Il ne restait plus que Corrine, Karla, la serveuse au bar, et quelques irréductibles que personne n'attendait nulle part. Et comme Corrine n'allait certainement pas discuter le bout de gras avec ces types, elle préférait regarder Karla essuyer des verres tandis que les hommes parlaient football et pétrole – 1976 semblait être une sacrée bonne année pour les deux –, et y allaient de leur grain de sel sur Carter et Ford – qu'ils détestaient, l'un étant jugé connard, l'autre lavette. Nixon avait été leur héros mais désormais, suite au Watergate, ils commençaient à comprendre qu'ils avaient non seulement perdu leur chef de file mais aussi la guerre contre le chaos et la dégénérescence. Tous ces Black Panthers et ces Mexicains, ces communistes et ces gourous qui niquaient en pleine rue à Los Angeles, nom de Dieu.

Tu parles, a pensé Corrine, c'est toujours pareil avec les bonhommes, n'importe où sur la planète. Même parachutée au beau milieu de l'Antarctique en pleine nuit, elle tomberait sur trois ou quatre types assis autour d'un feu de camp, s'abreuvant mutuellement de conneries et se bagarrant pour savoir qui était le mieux à même de tenir le tisonnier. Elle n'a plus tardé à n'entendre qu'un brouhaha opaque de murmures masculins.

Karla ! songe soudain Corrine, écrasant sa cigarette dans l'évier de la cuisine. C'était Karla plus tôt au téléphone, ou peut-être la gamine de Ginny. Elle appelait presque tous les jours pour prendre des nouvelles de Corrine et savoir si elle voulait qu'on lui tienne compagnie.

Le dernier jour de 1975, ils étaient sortis après dîner sur la terrasse à l'arrière de la maison et avaient observé le chat qui tenait dans sa gueule un bruant à gorge blanche. Il s'agissait d'une femelle, espèce rare dans le Sud, et depuis début novembre ils avaient entendu son chant si doux et si particulier – facilement traduisible en langage humain. Quelques jours plus tôt, Potter était rentré de l'hôpital. C'est la dernière fois, avait-il décrété alors qu'ils se trouvaient encore sur le parking de l'établissement. Corrine n'avait même pas mis la clé dans le contact. Il s'était penché vers elle pour lui tapoter le genou : j'ai essayé, pour toi, avait-il ajouté, mais c'est la dernière fois. Je ne veux plus entendre parler de traitements, ni de médecins.

Il n'avait pas voulu conduire jusqu'à l'église pour célébrer le Nouvel An et comme elle n'avait de toute façon jamais eu envie d'y aller, ils avaient mangé de bonne heure et enfilé leurs survêtements. Pendant que Corrine savourait une cigarette, Potter s'était appuyé lourdement sur sa nouvelle canne. Le chat s'était hissé sur la clôture en parpaings et trônait là comme maître des lieux, sa fourrure mordorée dans les dernières lueurs du jour. Il ne pouvait pas s'empêcher de l'admirer, avait déclaré Potter. La plupart des chats errants duraient une semaine et se faisaient écraser sur la Huitième Rue, ou tirer dessus par un gamin avec sa carabine. Avec les rayures noires sur sa tête on dirait un ocelot, avait observé Potter. Il serait sûrement un bon compagnon si tu le faisais castrer.

On ferait mieux de l'empoisonner avant qu'il ne tue toutes les créatures vivantes de ce quartier, avait répliqué Corrine. Elle avait tendu sa cigarette à Potter qui l'avait prise entre le pouce et l'index avec une certaine raideur. Il avait arrêté vingt ans plus tôt et ils s'étaient souvent embrouillés depuis parce qu'elle fumait comme un pompier. Mais il avait eu beau ronchonner, ça n'avait rien changé, avait-elle tristement songé en allant ramasser l'oiseau mort. En fin de compte, elle lui avait survécu.

Tandis que Karla essuyait les verres et coupait des rondelles de citron, Corrine fumait cigarette sur cigarette. Elle caressait du bout du pouce les noms et numéros de téléphone tracés dans le bois acajou du comptoir. D'un côté de la salle, les grandes baies vitrées surplombaient le terrain de golf. À l'origine, les prospecteurs de pétrole qui finançaient le projet vers la fin des années 1960 avaient prévu dix-huit trous, mais le chantier s'était brutalement interrompu à la suite d'un excédent de brut qui avait perturbé le marché. Le bulldozer et les tuyaux de canalisation avaient été abandonnés là et rouillaient à l'emplacement prévu pour le dixième trou, ce qui n'avait pas empêché certains membres du club de jouer avec neuf trous. Maintenant, sept ans plus tard, avec le prix de l'or noir de retour à la hausse, les neuf autres trous verraient peut-être le jour.

Lorsque Corrine a plié sa serviette en papier et fait glisser son verre au bout du comptoir, Karla lui a servi un autre whisky Coca. Était-ce son cinquième, son sixième ? Assez en tout cas pour qu'elle ait besoin de se soutenir au repose-pied du comptoir en tendant la main pour saisir son verre, assez pour que Karla place devant elle un bol de cacahuètes.

L'un des hommes a déclaré sans détour : on a deux versions qui s'affrontent, c'est typiquement la parole de l'un contre la parole de l'autre.

Un second a bu une gorgée de bière avant de reposer bruyamment son verre sur le comptoir. J'ai vu la photo de cette Mexicaine dans le journal, a-t-il lancé, et on ne dirait pas qu'elle a quatorze ans.

Le doigt de Corrine s'est immobilisé sur le numéro dont il retraçait les contours. Ces types parlaient de Gloria Ramírez, la fille qu'elle avait vue avec Potter au Sonic. Elle est montée dans le pick-up sous nos yeux, avait affirmé Potter, et on est restés plantés là comme si on nous avait cousus au siège.

Ça va, madame Shepard ? Postée à l'extrémité du comptoir, Karla observait Corrine, torchon dans une main, tasse vide dans l'autre.

Oui, m'dame. Corrine s'était efforcée de se redresser sur son tabouret, mais le bout de ses pieds avait glissé sur le repose-pied et son coude ripé sur le bord du bar.

Les hommes lui avaient jeté un bref coup d'œil avant de préférer l'ignorer. C'était un des avantages quand on était une vieille aux cheveux clairsemés et aux seins flasques : elle pouvait enfin s'asseoir dans un bar et se prendre une cuite sans qu'aucun abruti ne vienne l'enquiquiner.

Elles sont comme ça, est intervenu un troisième, elles mûrissent plus vite que les autres. Les hommes ont éclaté de rire. Et comment ! *Beaucoup* plus vite, a renchéri un autre.

Une bouffée de chaleur était montée dans la gorge de Corrine et avait envahi son visage. Potter avait parlé de Gloria Ramírez une bonne douzaine de fois, souvent la nuit dans la salle de bains où il se réfugiait parce qu'il avait tellement mal ; Corrine l'avait entendu se lamenter sur tout ce qu'il aurait voulu faire. Pu faire, aurais fait, aurais dû faire, l'avait-elle raillé parfois. Tu parles, on aurait été bien avancés si tu t'étais battu avec un type deux fois plus jeune que toi.

Mais Potter avait insisté : quelque chose clochait, il l'avait tout de suite compris. Il avait travaillé vingt-cinq ans avec des jeunes comme ça et il savait. Mais ils n'avaient pas levé le petit doigt, ils avaient regardé cette fille grimper dans le pick-up et ils étaient rentrés chez eux. Deux jours plus tard, en voyant la photo du type dans l'*American*, Potter s'était traité de lâche et de pécheur. Et le lendemain, lorsque le journal avait publié une photo de classe de Gloria Ramírez, il était resté longuement assis dans son fauteuil inclinable à examiner la jeune fille, ses cheveux noirs et lisses, son menton légèrement relevé, ses yeux fixant l'objectif, son petit sourire trop satisfait peut-être. On aurait dû interdire de mettre le nom et la photo de cette fille dans le journal, s'était plainte Corrine, elle était quand même mineure, nom de Dieu. Elle avait l'air de n'avoir peur de rien, ni personne, avait remarqué Potter, ce qui n'était certainement plus du tout le cas maintenant.

Tandis que Karla fixait le pot à pourboires, Corrine a vidé son verre en plusieurs longues et brûlantes gorgées. D'un signe de la main, elle en a commandé un autre. Karla Sibley avait à peine dix-sept ans, elle venait d'avoir un bébé et vivait chez sa mère. Alors qu'elle hésitait à servir Corrine, la vieille femme s'est écartée du comptoir, s'est levée, chancelante, et a réajusté son chemisier.

Laisse tomber, Karla, a-t-elle marmonné. J'ai mon compte. Elle s'est tournée vers les hommes. Cette gamine a quatorze ans, bande de fils de putes. On a un faible pour les petites filles, hein ?

Elle est rentrée chez elle en voiture, les yeux rivés tantôt sur la bande centrale tantôt sur le compteur de vitesse de la camionnette de Potter pour être sûre de ne pas rouler trop vite. Il était trois heures du matin lorsqu'elle s'est enfin allongée sur le canapé. Elle a tiré une couverture sur ses jambes – elle ne pouvait toujours pas dormir dans leur lit, pas sans Potter – et même si elle allait avoir du mal à se souvenir clairement des évènements, du moins pas avant la première bouffée de nicotine du lendemain matin, elle s'était endormie en se répétant ce qu'elle avait balancé aux habitués et ce qu'elle avait entendu en claquant la lourde porte derrière elle : Karla se plaignant. C'est pas ma faute ! C'est pas moi qui ai abordé le sujet. On ne peut rien dire à cette vieille bique.

Quatorze ans. Si Gloria avait eu seize ans, ou si elle avait été blanche, il n'y aurait jamais eu la moindre ambiguïté morale, songe amèrement Corrine. Elle embarque son cendrier à la cuisine et s'assied à table où elle tripote une pièce de puzzle tout en fixant les enveloppes pleines d'argent. Potter avait planché des heures sur ce puzzle, sa main gauche tremblant tellement fort parfois qu'il devait poser son coude sur la table et tenir son avant-bras de l'autre main. Tout ce temps, tous ces efforts, et pourtant il n'avait terminé que la bordure et deux chats feu et or.

Lorsque le chat errant a surgi sur la terrasse pour s'asseoir devant la baie vitrée et la fixer, Corrine s'est emparée de la canne de Potter et l'a brandie dans sa direction. Elle va finir par l'assommer, ce petit salopard, s'il continue de venir dans son jardin et de zigouiller tout le monde.

Fin février, le chat avait attrapé un quiscale noir et l'avait déchiqueté. En sortant la poubelle, Corrine avait failli glisser sur la tête bleutée. Le lendemain matin, ils avaient découvert sur le bitume une fauvette – enfin ce qu'il restait de la tête et du ventre, quelques plumes gris et noir, et d'autres jaune citron. Potter s'était arrêté et avait observé ces souvenirs de plumages frémissant dans le vent. Il avait commencé à bégayer à l'époque. Co Co Co, avait-il fait, et Corrine avait eu envie se boucher les oreilles et de crier : Non, non, non, c'est une erreur. Mais la matinée s'était bien déroulée jusque-là, pas de convulsions, pas de chutes, et Potter a fini par articuler sa phrase avec la même voix qu'à l'ordinaire, celle qu'elle entendait depuis trente ans.

Eh bien, je veux dire, si tu le fais opérer et si tu lui mets à manger dehors, il arrêtera peut-être de chasser. Il pourrait être un bon compagnon.

Certainement pas, a répliqué Corrine. Comme si j'avais besoin de m'occuper de quelqu'un d'autre, nom de Dieu.

Arrête de blasphémer comme ça, a fait Potter. Malgré tout il a ri et ils se sont tournés vers le jardin. Le chat était couché sous le pacanier. Ses drôles d'yeux verts scrutaient un petit lézard qui courait le long de la clôture en parpaings.

C'était le milieu de la matinée et dans le soleil la clôture avait une teinte gris cendré. Une légère brise ébouriffait la fourrure dorée du félin. De l'autre côté du terrain vague derrière leur maison, une ambulance fonçait toute sirène hurlante sur la Huitième Rue. Corrine et Potter écoutaient le son s'éloigner en direction de l'hôpital. Je me demande bien ce que tu vas faire sans moi, a déclaré Potter, et lorsque Corrine a dit, avec beaucoup de chagrin, qu'elle n'avait jamais pensé, pas une seule fois depuis qu'ils étaient mariés, vivre plus longtemps que lui, Potter a lentement hoché la tête. Y a pas de justice, a-t-il conclu.

Corrine s'apprêtait à lui faire répéter correctement sa phrase – *il n'y a pas de justice* – comme elle le faisait toujours, mais soudain elle a songé à sa manie de faire des fautes de temps à autre, de siffler faux, de donner un surnom à toutes les putains de créatures qui croisaient son chemin, et elle a soupiré profondément. Le son de sa voix lui manquerait. Pas de justice, comme tu dis ! Là-dessus elle a opiné du chef et s'est détournée avant qu'il puisse la voir pleurer.

Potter lui a effleuré le bras et clopin-clopant il est allé prendre la pelle posée contre le mur de la maison. Tu te surprendras peut-être, a-t-il lancé, quand je ne serai plus là.

Alors là, ça m'étonnerait, a-t-elle riposté.

Cela faisait quelques semaines qu'il s'était mis à enterrer certains des animaux qu'ils trouvaient dans le jardin, lorsqu'il s'en sentait capable. Cette fois, il lui a fallu presque dix minutes pour creuser la terre compacte et caillouteuse. Corrine lui a demandé s'il voulait un coup de main et il a répondu que non, non, il pouvait le faire. Il a creusé un trou de trente centimètres près de la clôture au fond du jardin et déposé dedans la fauvette avant de la recouvrir de terre. De l'enterrer, grommelle encore Corrine quand elle songe à cet oiseau, comme si cette bestiole avait de l'importance. Vers la fin, son mari est devenu plus sentimental. Avant de retourner sa veste à la dernière minute, le salaud.

Quelques jours plus tard, après s'être réveillé de bonne heure, Potter s'est tourné vers Corrine. Il se sentait bien, a-t-il décrété. Comme si la tumeur n'avait jamais existé, quasi. Il a laissé sa canne dans la cuisine et est sorti balayer la terrasse. Il est allé chercher sa cisaille dans le garage et a entrepris de tailler la haie à côté de la véranda. Il a ensuite ramassé les petites branches et fait le chemin jusqu'à la benne pour les jeter, puis il a admiré son œuvre et Corrine l'a engueulé parce qu'il marchait sans canne. Si elle avait été plus attentive, elle ne l'aurait pas laissé faire. Mais Potter l'a prise par la taille et s'est blotti contre elle en disant : bébé, tu sens tellement bon ; avant de l'entraîner dans la chambre où ils ont passé une heure ou deux.

Après ça, Potter a demandé une entrecôte pour dîner. Il la ferait griller et ils pourraient se faire quelques patates au four – avec du vrai beurre, pas la margarine qu'elle l'obligeait à manger depuis dix ans. S'ils sortaient maintenant une tarte aux noix de pécan du congélateur, elle serait prête à temps pour le dessert. Après dîner, il a mis l'album de Ritchie Valens et ils ont dansé dans le salon. Qu'est-ce que cela pouvait faire s'ils n'avaient plus dansé tous les deux depuis des années ? Ils le faisaient maintenant, c'est tout, a-t-il tranché. Par la suite, Corrine s'est dit qu'elle aurait dû le savoir, précisément à ce moment-là, elle aurait dû comprendre ce qu'il tramait.

Sur la petite table près de son fauteuil dans le salon, le journal du 27 février, le jour de sa mort, est plié à la page des mots croisés. Seul un mot est griffonné au crayon à papier. Trois lettres, endroit peu profond : *gué*. Près d'elle, un livre de poésie qu'elle n'a pas ouvert depuis des mois, préférant plutôt lire des articles sur le cancer et sur l'alimentation saine, y compris un entretien avec un médecin à Acapulco qu'ils pourraient peut-être aller consulter, idée à laquelle Potter s'était aussitôt opposé. Elle déambule jusque dans l'entrée et caresse du bout des doigts le boîtier en noyer de son poste de radio, tourne les boutons dans un sens et dans l'autre. Le soir, lorsqu'il faisait bon grâce au vent du nord, ils l'allumaient sur la véranda et écoutaient la radio de Lubbock. Jusqu'au jour de sa mort, seuls Corrine, Potter et les médecins ont été au courant de sa maladie. Ils s'étaient promis d'en parler bientôt à Alice et à quelques personnes à l'église, et puis Potter avait décidé d'aller plus vite que la manœuvre. Nom de Dieu.

Le timbre de la sonnette est installé sur le mur juste au-dessus de la radio et Corrine sursaute en l'entendant brusquement retentir. Elle se fige, cœur battant, la main droite encore sur le bouton du poste. La sonnette résonne derechef, puis Debra Ann Pierce frappe comme elle le fait au moins une fois par jour depuis quelque temps : trois petits coups secs à intervalles réguliers au centre de la porte, trois autres sur le côté gauche, trois autres à droite, avant de répéter trois fois madame Shepard.

Corrine ouvre et glisse son corps imposant dans l'entrebâillement. Elle serre les cuisses, comme si la fillette allait tenter de regarder entre ses jambes à l'instar d'un petit chien.

Debra Ann Pierce, c'est toi qui n'as pas arrêté de me téléphoner toute la matinée ? La voix de Corrine est rauque et elle a l'impression d'avoir une couche de peinture sur la langue. Elle détourne le visage et tousse.

Non, m'dame. Debra Ann porte un tee-shirt rose fuchsia proclamant *Superstar* et un mini-short en éponge orange. Elle tient à la main un lézard à cornes qu'elle caresse entre les yeux. L'animal a les paupières closes et Corrine se demande si la gamine est en train de se trimballer avec une créature morte quand celle-ci se tortille soudain.

Tu devrais laisser cette pauvre bête partir, lui conseille Corrine. Ce n'est pas un animal de compagnie. Écoute, je me suis couchée tard, je suis fatiguée et mon téléphone n'arrête pas de sonner depuis ce matin.

Vous étiez où ?

Ce ne sont pas tes affaires, D. A. Pierce. Pourquoi tu me téléphones ?

C'était pas moi, je le jure.

Ne jure pas, réplique Corrine, avant de regretter aussitôt ses paroles. Qu'est-ce qu'elle en a à fiche de cette môme ? Tout ce qu'elle veut, c'est qu'elle débarrasse le plancher et qu'elle la laisse tranquille.

Oui, m'dame. Debra Ann jette un coup d'œil derrière elle et réajuste son short qui lui rentre dans la raie des fesses. Elle se tourne vers la rue et fait la moue.

Est-ce que ces Mexicains viennent habiter *ici* ?

Peut-être, répond Corrine, mais ce ne sont pas non plus tes affaires.

Y en a certains qui vont être ravis ! Monsieur Davis, madame Ledbetter, le vieux monsieur Jeffries…

Corrine brandit une main. Arrête tout de suite. Ces hommes ont le droit d'être là comme toi et moi.

Non, rétorque la petite. C'est *notre* rue.

Et à ton avis, qu'est-ce que monsieur Shepard penserait de toi s'il t'entendait parler comme ça ?

La fillette baisse les yeux sur ses pieds nus et soulève les deux gros orteils en même temps. Elle adorait Potter, le seul adulte qui ne la reprenait jamais sur sa façon de parler et ne contrecarrait jamais ses plans, qui écoutait toujours ses histoires à dormir debout sur ses amis imaginaires Peter et Lily qui arrivaient de Londres et dont les récits sur le London Bridge et la reine d'Angleterre amusaient beaucoup Debra Ann. Pas une fois Potter n'avait insinué qu'elle était trop grande pour s'inventer des amis, pas une fois il ne s'était moqué.

Corrine palpe les diverses poches de son tailleur en quête de son paquet de cigarettes. Plus qu'une. Bon sang ! Elle l'allume et exhale la fumée juste au-dessus de la tête de son interlocutrice. Où est ton papa aujourd'hui ?

Il travaille à Ozona. D. A. avance la lèvre inférieure et souffle pour dégager sa frange. Ou Big Lake. La fillette approche le lézard de son visage. Je vais t'emmener chez moi, murmure-t-elle d'un ton menaçant avant de se tirer le sourcil et de s'arracher quelques poils dont elle se débarrasse d'une pichenette en direction de la haie longeant la véranda. Ses sourcils sont clairsemés, remarque alors Corrine. Peu après le départ de la mère de Debra Ann, Corrine avait apporté de la nourriture à Jim pendant que Potter et la petite regardaient des dessins animés, assis sur le canapé. À l'enterrement de Potter, D. A. s'était penchée sur le cercueil et avait fixé le visage de Potter pendant si longtemps que Corrine avait eu envie de lui flanquer une tape sur la tête et de lui dire : tu veux sa photo ou quoi, morveuse ?

Debra Ann tente de mettre le lézard dans sa poche de short mais l'animal lui griffe les mains. Je croyais qu'un peu de compagnie vous plairait, souffle-t-elle à Corrine. On pourrait finir le puzzle de monsieur Shepard.

Je suis très bien toute seule, merci.

L'enfant la dévisage et au bout de quelques secondes Corrine soupire. OK, je n'ai plus de cigarettes. Est-ce que tu peux aller en vélo jusqu'au 7-Eleven m'acheter un paquet ?

D. A. opine du chef et sourit. Il lui manque deux dents de lait, une canine en haut, une canine en bas, et sa gencive au niveau des trous est rouge et irritée. Les dents qui restent sont jaunes et ternes ; quelques miettes de nourriture, de pain peut-être, obstruent les interstices. Ses cheveux noirs sont hirsutes et emmêlés aux pointes comme si elle avait commencé à se coiffer avant d'abandonner. De surcroît, Corrine a bien l'impression d'apercevoir quelques lentes. Attends-moi, fait Corrine avant de s'éclipser à l'intérieur pour aller chercher son sac. Lorsqu'elle tend à D. A. un billet de un dollar, la petite écarquille les yeux de plaisir.

Il y a cinquante *cents* pour un paquet de Benson & Hedges, précise-t-elle, et cinquante *cents* pour te remercier de ta gentillesse. Fais attention de prendre les bonnes : des ultra lights, rien d'autre.

D. A. fourre le billet dans sa poche de short et demande à Corrine si elle n'aurait pas une boîte à chaussures pour mettre le lézard dedans et le laisser sur la véranda. Corrine répond par la négative, en précisant que de toute façon il y a un chat errant qui tue tout ce qui bouge, et l'enfant tourne aussitôt les talons et détale sur la pelouse, le lézard comprimé dans la main gauche. Corrine lui crie alors de ne pas parler aux inconnus et Debra Ann agite l'animal au-dessus de sa tête. Même de loin, Corrine distingue, ultimes réactions de défense et de désespoir, de minces filets de sang perlant des yeux de la créature.

Potter avait écrit sa lettre sur un bloc-notes jaune qu'il avait trouvé dans le bureau de Corrine. Il s'était efforcé de ne pas en demander trop au Seigneur, écrivait-il. Il n'avait que rarement imploré son aide – lorsque son B-29 avait perdu un moteur au-dessus d'Osaka, lorsque Corrine avait mal supporté la morphine juste après la naissance d'Alice, lorsqu'ils avaient tous eu une pneumonie durant l'hiver 1953. En 1968, il avait un peu prié pour que le prix du pétrole remonte, et peut-être aussi une ou deux fois pour faire une plus grosse prise lorsqu'ils pêchaient au lac Spence, mais c'était surtout pour rire. À présent, écrivait Potter, il comptait sur le Seigneur pour ne pas trop lui en demander à son tour – car il n'avait aucune envie d'aller jusqu'au terminus du voyage.

Leurs longs trajets en voiture, leurs virées en camping et la manière dont Corrine frottait ses pieds sur ses mollets la nuit lorsqu'ils étaient sous la tente parce qu'elle avait toujours froid lui manqueraient. Toutes les créatures qu'ils écoutaient, allongés, emmitouflés dans leurs sacs de couchage maintenus côte à côte par une fermeture Éclair, lui manqueraient.

Il regrettait certaines choses. Il aurait voulu faire des études après la guerre, même si cela aurait signifié accepter l'aide du gouvernement. Il aurait voulu aller voir leur fille en Alaska et il avait envoyé à Alice une lettre en ce sens. Mais plus que tout, il aurait voulu réagir différemment le soir de la Saint-Valentin. Ainsi s'exprimait un homme qui, depuis son retour du Japon où il avait bombardé les populations, avait tout au plus griffonné une liste de courses.

Il avait laissé la lettre sur la table de cuisine, avec plusieurs enveloppes contenant dix mille dollars en liquide. Durant des semaines, il avait eu peur que son assurance vie trouve le moyen de carotter de l'argent à Corrine et il s'agissait d'un petit pécule qu'il avait mis de côté en cas d'urgence, comme l'avait compris à juste titre Corrine. Au bas de la lettre, il avait rajouté à la va-vite une phrase au stylo rouge : *assure-toi que le Dr Bauman inscrive bien accident de chasse sur le certificat de décès.*

Vingt minutes plus tard, lorsque l'adjoint du shérif avait frappé à la porte, et avant même que Corrine ait le temps de lui demander quoi que ce soit, le jeune homme lui avait dit qu'il y avait eu un accident, un terrible accident, le genre d'accident qu'on ne peut pas prévoir. Ça arrive plus souvent qu'on pense, avait-il ajouté.

Lorsque Debra Ann revient un quart d'heure plus tard, sa bouche est maculée de chocolat et elle n'a plus le lézard. À la place, elle serre dans sa main crasseuse les cigarettes de Corrine tout en lui expliquant que son père ne rentrera pas avant vingt heures et que selon elle il reste du ragoût dans son frigo, mais peut-être pas. Si ça se trouve Lily et Peter ont tout mangé. Alors que Debra Ann se penche vers Corrine et tend le cou pour tenter de zieuter dans le couloir, une odeur de moisi se dégage de ses cheveux et ses vêtements. Prise de dégoût, Corrine se saisit de ses cigarettes. Elle tapote le paquet contre sa paume et hoche la tête tandis que Debra Ann déblatère sur le lézard et le vendeur du 7-Eleven qui l'a obligée à libérer l'animal avant d'entrer dans le magasin. Elle avait pourtant bien dit au lézard de l'attendre dans son panier de vélo mais évidemment lorsqu'elle est revenue il avait disparu.

Ce sont des animaux sauvages et tu vas attraper des verrues à les tripoter comme ça, lui dit Corrine. Trouve-toi un vrai animal de compagnie la prochaine fois.

J'ai vu le chat de monsieur Shepard dans l'allée derrière chez vous.

Ce n'est pas le chat de monsieur Shepard.

Bah, il le nourrissait.

Mais non !

Je suis sûre que monsieur Shepard le laissait dormir dans le garage parfois quand il faisait froid dehors.

N'importe quoi, réplique Corrine. Il n'y a même pas eu de grésil l'hiver dernier.

Il a fait froid quand même, rétorque Debra Ann. Il pourrait faire un bon animal de compagnie.

Corrine explique à la petite qu'elle ne nourrira personne, ne donnera pas d'eau non plus, ni ne nettoiera les crottes ni n'enlèvera les tiques des oreilles ni n'aspirera les puces dans ses rideaux si une bestiole quelle qu'elle soit rentrait dans sa maison.

Je vais te dire un truc, ajoute-t-elle, si tu arrives à attraper ce chat, tu peux l'emporter chez toi.

J'aimerais bien avoir un chat à moi, remarque Debra Ann, mais mon papa ne veut que des animaux qui vivent dans une boîte. J'aimerais bien aussi manger autre chose que du ragoût. J'aimerais… Mais Corrine l'interrompt pour lui demander si elle se souvient de ce que son vieux père à elle disait.

L'espoir fait vivre ? tente la fillette l'air morose.

Oui, m'dame, approuve Corrine avant de reculer et de refermer doucement la porte au nez de Debra Ann.

Alors que le téléphone sonne sans vouloir s'arrêter, semble-t-il, Corrine se prépare un thé glacé avec un lichette de bourbon. Une fois certaine que Debra Ann ne traîne pas dans le jardin, elle ressort pour s'octroyer une pause cigarette sur la véranda et décide de s'asseoir sur le rebord en béton près de la haie afin de voir sans être vue.

Au moins une fois par semaine depuis la mort de Potter, Suzanne Ledbetter vient lui donner un plat cuisiné et l'inviter à participer à une putain de réunion tricot ou à un de ces horribles après-midi cuisine durant lequel une femme concocte un plat et note ses observations sur une fiche bristol avant de la passer à la suivante qui à son tour cuisine la même chose pour ajouter ensuite ses propres remarques sur la fiche. Et ainsi de suite. C'est comme ça qu'on améliore même les bonnes recettes ! se plaît à proclamer Suzanne Ledbetter.

Au fil des ans, Corrine a appris à décliner tout rassemblement festif ou après-midi culinaire. Ce qui ne l'empêche pas, alors qu'elle traverse sa véranda un verre dans une main et une cigarette non encore allumée dans l'autre, d'avoir un congélateur plein de plats cuisinés. Et une tête pleine de conneries, songe-t-elle, s'asseyant sur le béton avant de se décaler pour jeter un coup d'œil à travers son buisson d'aubépine. De l'autre côté de la rue, deux jeunes hommes transportent une grande console de télévision jusque dans une maison de plain-pied en brique rouge, copie conforme de celle de Corrine et Potter : quatre-vingts mètres carrés, trois chambres, une salle de bains avec toilettes, ainsi que des toilettes supplémentaires faciles d'accès depuis la salle à manger. La fenêtre de la cuisine donne sur le jardin de derrière, tout comme celle de Corrine, et il y a certainement aussi une baie vitrée qui s'ouvre sur la terrasse, s'imagine-t-elle même si elle n'a jamais connu les locataires précédents, trois jeunes types qui avaient un gros clébard enchaîné au pacanier mort devant la maison et qui, fort heureusement, ont embarqué le chien lorsqu'ils ont précipitamment déménagé en pleine nuit.

Une berline blanche se gare, et une petite fille et sa mère se mettent à décharger plusieurs petits cartons de la banquette arrière. La femme est enceinte jusqu'aux dents, gonflée comme une carcasse de biche gisant depuis un moment au bord de la route en plein soleil. Aucun signe de présence masculine. Une fois la voiture vidée, la femme se plante sur la pelouse devant la maison tandis que la petite gambade autour de l'arbre mort. Elle est le portrait craché de sa mère – visage rond et cheveux blonds comme les blés. De temps à autre elle s'accroche à la robe de grossesse maternelle comme si mère ou fille menaçait de s'envoler si elle lâchait prise.

La femme – qui semble d'ailleurs trop jeune pour avoir une fille aussi grande – frotte le dos de la petite tandis qu'elles observent les trois garçons acheminant meubles et cartons jusqu'au garage ouvert avant de disparaître dans la maison. Ce sont carrément des gamins, songe Corrine. Pas plus de quinze ou seize ans, avec leurs tennis, leurs coupes militaires et leurs chapeaux de cow-boy de trois marrons différents juchés sur leurs têtes. Deux hommes d'une cinquantaine d'années, arborant les mêmes brodequins coqués marrons que ceux que Porter laçait chaque matin avant de partir pour la raffinerie, se tenaient près de l'entrée, mesurant et remesurant le chambranle pour le comparer à une porte en acajou massive appuyée telle une pocharde contre la façade. Corrine touille son verre avec son petit doigt et étudie la femme enceinte, l'air amusé. La porte d'entrée en place n'était pas assez bien pour elle, c'était ça ? Ça promet ! Et elle suce son doigt.

L'un des hommes mime la taille imposante de la porte et la femme secoue la tête. Puis d'une main elle se touche le front et de l'autre le ventre, et tandis que l'homme désigne à nouveau le chambranle, elle se plie légèrement en deux, navire gîtant doucement avant de soudain sombrer. Voyant la femme s'affaisser à terre, un des hommes pousse un cri. Corrine pose son verre et claque la langue. Le temps qu'elle se relève et enfile ses chaussons, la femme s'est mise à quatre pattes sur la pelouse devant la maison, son ventre effleurant le sol. La fillette tourne anxieusement autour d'elle. Des mots en espagnol et en anglais fusent de toutes parts comme des moineaux à travers le jardin. Un homme se précipite à l'intérieur et réapparaît avec un gobelet d'eau.

Corrine se présente et désigne sa maison de l'autre côté de la rue tandis que la petite, Aimee, tire sur la robe de grossesse de sa mère. C'est une enfant joufflue, aux cils et sourcils si clairs qu'ils sont presque transparents. La mère, Mary Rose, en proie à une contraction, expire bruyamment et Corrine songe qu'elle l'a peut-être déjà vue au lycée, énième fille ayant abandonné les études pour se marier.

Corrine ne sait comment conseiller la jeune femme ; trente ans après, son propre accouchement n'est plus qu'une zone d'ombre. Vous voulez que je vous emmène à l'hôpital ?

Non, merci. Je peux conduire. Les deux mains sur le ventre, Mary Rose regarde Corrine. J'ai vu la couronne sur votre porte. Toutes mes condoléances.

Mon mari est mort en février. Je ne l'ai pas encore retirée.

Corrine plisse les yeux et examine les hommes et les adolescents debout en rang, oscillant d'un pied sur l'autre, fixant la femme du fermier – ils connaissent bien son mari – qui semble-t-il a décidé d'accoucher au beau milieu de leur job du week-end.

Un accident de chasse, poursuit Corrine. Ces mots lui écorchent la gorge, à l'instar d'un poison, d'une griffe acérée ; elle aurait tout aussi bien pu avaler une pelletée de scorpions.

Un accident de chasse. Mary Rose se tourne et s'assied, et Corrine est surprise de voir ses yeux pleins de larmes. Je suis désolée, *vraiment*. Écoutez, on n'a pas encore d'électricité et je n'ai pas trop envie que ma fille reste seule dans la salle d'attente. Est-ce qu'elle pourrait rester quelques heures chez vous ? Jusqu'à ce que mon mari revienne ? Il est à une vente de bétail à Big Springs.

Non, m'dame, répond sans hésiter Corrine. Je ne peux recevoir personne pour l'instant, je regrette. Mais je peux téléphoner à votre mère, ou votre sœur peut-être ?

Non, merci, rétorque Mary Rose. Elles ont assez à faire.

Je veux rester avec toi, gémit la fillette à l'intention de sa mère. Je ne la connais même pas, la dame.

Je peux vous conduire à l'hôpital et attendre avec – Corrine marque une pause tandis que la petite la fixe, agrippée à la robe maternelle – Aimee.

Pas question qu'elle reste dans une salle d'attente avec une bande d'inconnus, décrète Mary Rose.

Les femmes se considèrent un instant. Lèvres pincées, la plus jeune se relève, puis demande à sa fille d'aller chercher les clés de voiture et un petit sac fourre-tout rangé dans la penderie de l'entrée. Aimee détale et disparaît dans la maison par la porte du garage. Mary Rose demande alors au déménageur en chef de bien fermer en partant, lorsqu'ils auront fini de décharger le camion, puis voyant Corrine tourner les talons – songeant déjà au thé glacé bourbon qui l'attend et espérant que ce satané chat ne soit pas allé fourrer son museau dans son verre pour lécher les glaçons –, elle lui jette : merci quand même ! Mais Corrine fait celle qui n'entend pas. Elle poursuit son chemin et une fois en sécurité de l'autre côté de la rue, balance le contenu de son verre dans la haie et rentre à l'intérieur s'en préparer un autre.

Il ne fait pas tout à fait nuit lorsque le téléphone sonne à nouveau. Corrine, qui a bien avancé avec sa bouteille de bourbon, se précipite à la cuisine et saisit à deux mains l'appareil. Toutes les putains de choses vrombissent, bourdonnent ou résonnent dans cette maison ! Elle entoure le cordon autour de l'appareil et ouvre d'un coup de pied la porte donnant sur le garage. La peau flasque sous ses bras tremblote frénétiquement lorsqu'elle brandit l'appareil au-dessus de sa tête avant de le balancer de toutes ses forces. L'appareil vole à travers le garage, heurte le béton et émet deux ultimes sonneries en atterrissant près de la Lincoln Continental qu'elle a abandonnée depuis que Potter a décidé de s'extraire de sa situation, comme il avait une fois qualifié son état de santé. Mais tu n'étais pas tout seul dans cette situation, nom de Dieu !

La cuisine est désormais silencieuse, hormis le tic-tac de l'horloge près de la table. Corrine fixe les aiguilles. Des bouteilles vides trônent au sommet de la poubelle déjà, en compagnie d'un paquet de factures de frais médicaux même pas ouvertes. Elle s'empare d'un cendrier plein à ras bord et le vide sur les enveloppes au centre de la table. Des mégots de cigarette roulent lentement et tombent sur le puzzle. La machine à glaçons libère quelques cubes d'eau congelée. À travers la baie vitrée, le ciel a pris à l'ouest la couleur d'une vieille ecchymose. Un moqueur, perché sur la clôture à l'arrière de la maison, siffle tristement avec insistance.

Corrine s'empare de la poubelle et sort. Elle referme si brusquement la baie vitrée que la canne de Potter tombe avec fracas sur le lino et vient rouler en travers du passage. Soudain la fine semelle de son chausson écrase un corps mou et Corrine vocifère en faisant un écart avant de baisser les yeux et de découvrir une petite souris brune. Elle ferme les paupières : Potter est près de la clôture au fond du jardin, elle le voit s'efforcer de creuser un trou à la pelle, elle le voit déposer délicatement l'animal dedans.

Elle aimerait pouvoir le faire, enterrer une petite créature, faire comme si cela comptait. Mais le sol est dur et ses bras faibles. Elle doit s'arrêter et reprendre son souffle pour sortir ses sacs de courses de la camionnette. Elle est loin d'être aussi en forme que Potter l'était, elle ne l'a jamais été. Elle déniche malgré tout une pelle dans le garage et la glisse sous le petit corps soyeux. Étouffant presque de colère, elle longe l'allée avec son fardeau et le jette dans la benne ouverte. Ils auraient pu en parler au moins, de quand et comment il souhaitait mourir. Potter avait dit qu'elle n'aurait jamais à s'occuper de lui et elle avait promis qu'elle ne lui demanderait jamais de tenir jusqu'à devenir méconnaissable. Mais en fin de compte, il avait choisi de faire cavalier seul.

L'alarme de la raffinerie retentit, longue plainte signalant un accident. Corrine s'appuie quelques secondes à la paroi d'acier de la benne. Sa vie durant elle a écouté cette alarme en se demandant ce qu'il se passait. Mais ces craintes diverses et variées – l'idée que son mari pouvait être couché à plat ventre dans une mare de benzène, qu'il travaillait dans la zone de l'explosion, qu'il n'avait pas bougé assez vite – sont désormais celles de Suzanne Ledbetter et d'un millier d'autres femmes dans la ville. Corrine n'est plus concernée. Sur le terrain derrière chez elle, le chat est tapi, ses yeux verts fixes et vides, en arrêt sur une couleuvre rayée qui glisse dans le canal à sec de contrôle des inondations où D. A. Pierce et d'autres fillettes de la rue faisaient autrefois du vélo, avant que la ville n'ait la bonne idée d'installer un grillage.

De l'autre côté du canal, le 7-Eleven et le A&W partagent un parking avec le bibliobus, camping-car de neuf mètres de long aménagé d'étagères métalliques dangereusement instables et d'une moquette à poils longs sentant le moisi. Six mois plus tôt, avait également été installé sur le parking un préfabriqué en tôle ondulée, édifice en demi-lune sans fenêtre baptisé le Bunny Club – club de striptease jouxtant le bibliobus. C'est un putain de miracle, songe Corrine, si les filles d'Odessa s'en sortent. Durant vingt ans, elle en avait vu au lycée des filles du coin aspirant au mieux à finir leurs études secondaires avant de se faire engrosser. Le lundi matin, il lui arrivait de pénétrer dans sa classe et d'entendre parler, à sa plus grande consternation, d'hôpital, de prison ou de refuge pour mères célibataires à Lubbock. Elle avait vu s'organiser un nombre incalculable de mariages précipités et elle croisait encore ces mêmes jeunes femmes au supermarché. Elles avaient quelques années de plus désormais mais trimballaient toujours un bébé et s'époumonaient sur des gamins plus grands qui zigzaguaient dans les rayons tels des écureuils enragés.

Alors que Corrine s'attarde dans l'allée, un pick-up déboule dans la rue principale et s'engouffre sur le parking. Dans un crissement de pneus, le véhicule tourne en rond à toute allure, plusieurs hommes criant et chahutant sur le plateau, agrippés à ce qu'ils peuvent. L'un d'entre eux lance dans le canal de contrôle des inondations une bouteille qui se brise en mille morceaux sur le béton. Puis un autre perd l'équilibre, tombe en braillant et les autres éclatent de rire. Le type se dépêche de tenter de rattraper le pick-up mais la camionnette pile soudain et le gars, les deux mains en avant, se cramponne au hayon et l'évite de justesse. Quelqu'un jette alors deux sacs par terre et le conducteur rappuie sur le champignon.

Alors que le pick-up repart de plus belle en cercle, un des types à bord se penche sur le côté, armé d'une barre de fer. Arrimé à l'arceau de sécurité, il agite son arme dans un sens et dans l'autre. Corrine hurle *stop* à l'instant où l'homme sur le parking lève les mains en l'air comme pour dire : c'est bon. Mais la barre l'atteint dans le dos et il s'écroule par terre.

Seigneur ! s'exclame Corrine, se précipitant vers sa maison. Mais tandis qu'elle prie pour que son téléphone fonctionne encore lorsqu'elle l'aura rebranché, elle se prend le pied dans la canne de Potter gisant par terre et plonge tête la première vers la table de la cuisine. Les pièces du puzzle valdinguent dans tous les sens telles de petites chauves-souris soudain délogées d'un vieux réservoir et Corrine finit vautrée sur le sol. Sonnée, elle entend le tic-tac imperturbable de l'horloge sur le mur et sent soudain une intense douleur irradier son visage, ses mains, ses genoux et ses épaules.

Lorsqu'ils étaient plus jeunes, Potter affirmait toujours en riant qu'elle tirerait sa révérence sur un coup d'éclat. Il y aurait un hold-up à la banque pendant qu'elle ferait la queue au guichet et elle refuserait de donner son sac. Ou elle ferait un doigt d'honneur à un pauvre type qui aurait eu une journée pire que la sienne, ou elle éclaterait peut-être un pneu en roulant trop vite sur la voie rapide. Ses élèves les plus âgés la frapperaient peut-être à mort avec leur exemplaire de *Beowulf*, ou ils s'éclipseraient discrètement pendant une fête au lycée et saboteraient ses freins pour se venger d'un contrôle surprise particulièrement difficile. Mais non. Elle est là, étalée en travers de la baie vitrée ouverte telle une vieille génisse.

Si les choses s'étaient déroulées comme prévu, Potter aurait dû l'enterrer. Il aurait eu du chagrin évidemment, mais il aurait aussi continué à vivre – à jouer aux cartes à l'association des anciens combattants, à passer à l'usine pour dire bonjour aux copains, à tourner et virer dans le garage ou le jardin. Il aurait fini ses putains de puzzles et écouté Debra Ann parler d'amis imaginaires qu'elle était trop grande pour avoir, ou du nombre de bouchons qu'elle avait trouvés dans l'allée en se demandant quand reviendrait sa mère qui lui manquait. Il ne se fatiguerait jamais d'écouter cette enfant et, même dans le cas contraire, il ne dirait rien. S'il était là, D. A. Pierce et la gamine d'en face, Aimee, seraient assises à la table de la cuisine avec deux bols de glace devant elles et ce satané chat mangerait chaque soir dans le garage, probablement du thon en boîte. Mais Corrine est là, seule et amochée, et qu'est-ce qu'elle va devenir maintenant ?

Le lendemain matin, elle évaluera les dégâts – une petite entaille au-dessus de son sourcil gauche, un œuf de pigeon à la tempe droite et un bleu gros comme un pamplemousse sur l'avant-bras. Sa hanche coincera pendant des semaines et Corrine se déplacera avec la canne de Potter, mais uniquement dans la maison et le jardin à l'arrière, loin des regards. Sur la pelouse de devant lorsqu'elle arrosera l'arbre et au supermarché lorsqu'elle fera quelques courses pour Mary Rose qu'elle lui apportera en même temps qu'un des plats cuisinés de Suzanne Ledbetter qu'elle ira récupérer dans le congélateur du garage, Corrine s'efforcera de se tenir droite, dents serrées, et de faire bonne figure. Et lorsque le téléphone sonnera, elle décrochera et en entendant la voix de Karla au bout du fil elle lui demandera ce qu'elle peut faire pour elle.

Et les pièces du puzzle de Potter éparpillées par terre, certaines même irrécupérables sous le frigo et le four ? Dans quelques semaines, lorsque Corrine commencera à rassembler les affaires de son mari pour les emporter à l'Armée du salut, elle griffonnera un mot pour la personne potentiellement intéressée par le puzzle, un petit message pour l'avertir qu'il manque peut-être des pièces. Car comme Potter le lui a expliqué des centaines de fois, il n'y a rien de pire que plancher dur et longtemps sur un puzzle pour découvrir en fin de compte qu'il manquait des pièces depuis le début.

Dans l'immédiat, elle se relève et rebranche le téléphone. Elle appelle le commissariat et leur raconte qu'elle n'a pas vu de plaque d'immatriculation, ni fait attention à la couleur du pick-up et qu'elle ne peut pas vraiment décrire les hommes, sinon qu'ils étaient saouls, et blancs, et qu'ils avaient l'air d'être encore des gamins.

L'homme sur le parking est parti depuis longtemps lorsqu'elle regagne l'allée. Elle a mal partout. Mais la soirée est douce, et le ciel constellé d'étoiles ; même Mars brille au sud. Une légère brise du nord souffle. Si elle sort la radio sur la véranda et la pose sur le rebord de la fenêtre, elle captera la station de Lubbock. Ils passent beaucoup de Bob Wills depuis qu'il est mort et ça lui fera du bien.

Elle est encore assise dehors lorsqu'une camionnette s'engage dans l'allée du garage d'en face. Un homme, probablement le mari de Mary Ann, sort de l'habitacle. Il fait vite le tour du véhicule pour prendre dans ses bras sa fille endormie côté passager. Corrine s'efforce de se relever et de se mettre en marche aussi vite que possible malgré son corps meurtri. Elle a une grosse bosse sur le front et, malgré tout le Chanel n° 5 dont elle s'asperge, elle empeste le tabac froid et l'alcool, mais elle s'élance vers l'homme qui, sa fille sur la hanche, s'empare sur le tableau de bord d'une lampe torche avant de se diriger vers la maison dont les fenêtres obscures et sans rideaux fixent, l'air morne, la rue.

Attendez, crie Corrine. Attendez ! Les cheveux presque blancs de la petite luisent dans la lumière des réverbères et Corrine passe un doigt autour du pied nu de l'enfant. Comme le jeune homme cherche visiblement à l'éviter, Corrine lui touche doucement l'avant-bras. Le bébé va bien ? Et Mary Rose ? Corrine respire avec difficulté et elle a un point de côté. Écoutez, poursuit-elle tant bien que mal, dites à votre femme qu'elle peut compter sur moi si elle a besoin de quoi que ce soit. Qu'elle me demande, c'est tout, et je viendrai.

Debra Ann

Si ça se trouve un autre jour ou une autre année, elle n'aurait jamais vu l'homme. Elle aurait aussi bien pu être à jouer au basket dans le parc ou à traîner sur le terrain de l'école, ou à pédaler en direction de la mare aux bisons désormais à sec pour chercher des fossiles et des silex. Lorsqu'elle était encore pleine d'eau, Debra Ann et sa maman s'y rendaient pour voir les gens sauver leurs âmes. C'est une occupation comme une autre, disait toujours Ginny, en étalant une vieille serviette de toilette sur le capot de leur voiture ; et Debra Ann grimpait, avec précaution pour ne pas toucher la carrosserie chaude avec ses jambes. Elles s'adossaient toutes deux au pare-brise, se passaient un sachet de chips pendant que les saints chantaient des hymnes au bord et que les pécheurs pataugeaient pieds nus dans le bourbier, seule leur foi les protégeant des mocassins d'eau ou des éclats de verre. Et si le pasteur souriait et leur faisait signe de s'approcher, Ginny secouait la tête en le saluant de la main. Tu es très bien comme tu es, disait-elle à Debra Ann, mais si un jour tu as l'impression qu'il faut sauver ton âme, fais-le dans une église.

Au moins, tu éviteras le tétanos. Lorsqu'elles en avaient marre, Ginny chargeait la voiture et elles rentraient en ville manger un hamburger. Qu'est-ce qu'on fait après ? demandait-elle à sa fille. Tu veux aller voir les tombes à Penwell ? Ou marcher dans les dunes à Monahans ? On peut aussi aller à la vente de bétail d'Andrews et faire comme si on voulait acheter un taureau.

Mais ce printemps, Ginny n'est pas là et tout le monde parle de la fille qui s'est fait kidnapper et agresser. Elle a été violée – les adultes pensent que D. A. ne comprend pas, mais elle n'est pas bête – et maintenant les parents sur Larkspur Lane, y compris son papa, obligent les enfants à rester sous la surveillance d'un adulte s'ils veulent s'aventurer en dehors du pâté de maisons, ou du moins à dire à quelqu'un où ils vont. Quel affront ! Plus personne ne la surveille depuis qu'elle a huit ans et durant presque tout le printemps, même si son père s'est assis à la table de la cuisine pour lui dessiner une carte, elle a ignoré la nouvelle règle.

La limite nord de la zone autorisée, c'est Custer Avenue, et la maison vide dans le virage, la limite sud. À l'ouest, on ne peut plus aller au-delà de l'allée derrière la maison de madame Shepard et celle de Debra Ann, là où madame Shepard passe des heures à regarder en faisant la moue les camionnettes qui viennent et repartent du Bunny Club. C'est un bar de striptease, ça aussi elle le sait Debra Ann. De l'autre côté, là où Casey Nunally et Lauralee Ledbetter habitent, madame Ledbetter surveille de près tout ce qui se passe. Elle ne se prive pas d'empoigner le guidon des gamins et de les bombarder de questions. Où vas-tu ? Que fais-tu ? C'est quand la dernière fois que tu as pris un bain ? Les autres filles ont deux ans de moins que Debra Ann ; trop jeunes pour enfreindre la règle, se dit cette dernière, ou elles ont peut-être peur de leurs mères.

Debra Ann découvre l'homme tout comme elle déniche la plupart de ses trouvailles. Elle regarde. Elle fait des allers et retours en vélo dans l'allée derrière chez madame Shepard, contournant les cannettes de bière, les clous et les bouteilles brisées. Elle évite les grosses pierres : elle ne veut pas faire le soleil par-dessus son guidon et s'écraser tête la première contre une benne en acier ou une clôture en parpaings. Elle reste à l'affût des pièces perdues, des pétards qui n'ont pas explosé, des sauterelles mortes, mais change brusquement de trajectoire si elle voit un serpent, juste au cas où ce soit un bébé serpent à sonnette. Elle attrape des douzaines de lézards à cornes, elle les tient au creux de sa main et les caresse entre les yeux, là où c'est dur. Lorsqu'ils s'endorment, elle les glisse dans le bocal en verre qu'elle place délicatement dans son panier de vélo.

Dans l'allée derrière chez madame Shepard, elle se hisse en équilibre sur ses pédales et regarde de l'autre côté du terrain vague. Tout ce qui s'y trouve est hors limites : le canal de contrôle des inondations en ce moment à sec, la maison dans le virage, abandonnée depuis que le fils Wallace y est mort, électrocuté dans son bain à cause d'une radio tombée dedans, et là où le canal rétrécit et cède la place à deux tuyaux d'acier au diamètre assez large pour que Debra Ann tienne debout à l'intérieur. Au-delà de tout ce territoire interdit, se trouve le bar de striptease, qui ouvre tous les jours à seize heures trente. Debra Ann n'a pris que quelques fessées dans sa vie, et encore jamais très fortes, mais en mars lorsque madame Ledbetter a téléphoné à son papa pour lui dire qu'elle avait vu sa fille faire du vélo devant l'établissement en essayant de jeter un coup d'œil à l'intérieur chaque fois qu'un client y entrait, il est devenu blafard et il lui a flanqué une fessée tellement forte qu'elle a eu mal aux fesses le restant de la journée.

D. A. pédale le long du canal et à quelques mètres du virage serré dans lequel se trouve la maison vide, elle laisse tomber son vélo par terre, grimpe sur une caisse métallique et scrute par-dessus la clôture en parpaings avant de se hisser à cheval dessus. En sautant dans le jardin, elle atterrit lourdement sur le sol dur et pousse un cri en sentant son genou heurter la terre compacte. Au dernier moment, elle roule sur le côté et évite de justesse un petit tas de pierres qui l'aurait sans aucun doute envoyée en larmes sur la véranda de madame Shepard, celle-ci s'empressant d'aller chercher alcool et pince à épiler.

Trois jeunes ormes de Chine se dressent morts au milieu du jardin et quelques planches blanchies par le soleil reposent contre la façade arrière de la maison. Plusieurs virevoltants sont agglutinés contre la baie vitrée comme s'ils avaient frappé un long moment avant de finalement abandonner. Dans le coin en haut du carreau, un petit autocollant avertit : *Oubliez le chien. Cette maison est protégée par Smith & Wesson*. En juillet dernier, lorsque toutes les filles avaient encore le droit de vadrouiller, Debra Ann, Casey et Lauralee avaient pénétré en cachette dans ce jardin pour allumer des pétards qu'elles avaient découverts dans une boîte sous les gradins de l'école.

Chaque maison sur Larkspur Lane est plus ou moins identique et ici, comme chez Debra Ann, deux étroites fenêtres donnent sur le jardin à l'arrière. Celles-ci sont sans rideaux, inquiétantes et tristes comme les petits yeux de monsieur Bonham qui vit à un pâté de maisons de là et reste assis sur sa véranda toute la journée à menacer ceux qui osent laisser ne serait-ce qu'une roue de leur vélo effleurer sa stupide pelouse. L'éclat du soleil empêche Debra Ann de voir dans la maison, mais il n'est pas difficile d'imaginer derrière un des carreaux le jeune garçon électrocuté fixant le jardin, les cheveux encore dressés sur la tête. Ça suffit pour avoir la chair de poule, avait remarqué Lauralee la dernière fois qu'elles se trouvaient là.

D. A. a faim et elle a envie de faire pipi, mais elle veut voir de plus près le terrain vague entre l'allée et le canal. Heureusement, la cocotte en papier qu'elle garde dans son panier est d'accord. *N'hésiste pas !* Lorsqu'elle l'interroge une seconde fois, juste pour être sûre, glissant ses index et ses pouces dans les quatre trous prévus à cet effet et comptant jusqu'à trois, la cocotte est sans équivoque. *Oui !* Debra Ann pose parfois à sa cocotte des questions dont elle connaît déjà les réponses, juste pour vérifier que ce n'est pas du chiqué.

Est-ce que je suis plus grande qu'un derrick ? *Non.*

Est-ce que Ford va gagner les élections ? *Peu probable.*

Est-il arrivé à mon papa de commander autre chose que de la glace à la fraise chez Baskin-Robbins ? *Non.*

De là où elle se trouve, Debra Ann aperçoit un pan étroit du club réservé aux hommes sur l'autre rive du canal. C'est quasiment vide à cette heure de la journée, seuls quelques pick-up et camions sans remorque sont stationnés sur le parking. Deux hommes, un grand et un tout petit, se tiennent près d'un camion à plateau, le grand, pied posé sur le pare-chocs. Les deux hommes discutent en buvant à tour de rôle au goulot d'une bouteille. Puis le grand regagne le club et le petit lance la bouteille vide dans la benne en acier. Après avoir regardé autour de lui, il saute par-dessus la clôture, traverse rapidement le terrain vague et dévale la berge inclinée du canal avant de disparaître dans le plus gros tuyau de drainage.

D. A. traîne jusque dans le terrain vague un vieux carton de machine à laver qu'elle a déniché dans le garage de monsieur Shepard et avec un cutter elle découpe une fenêtre juste assez grande pour son front et son nez. Elle se cache dans le carton et attend. Quelques minutes plus tard, l'homme émerge du tuyau de drainage. Il regarde à droite, à gauche, puis encore à gauche, à l'instar d'un chien de prairie guettant la présence d'un serpent-roi avant de quitter son terrier, et s'extrait du tuyau, tête la première, comme s'il sortait du ventre de sa mère. Le voyant debout, D. A. plaque une main sur sa bouche pour s'empêcher de rire. Elle n'a jamais vu un homme pareil. Il est petit, efflanqué et misérable comme un épouvantail, et il a des poignets fins comme des brindilles. Il doit peser quarante-cinq kilos tout mouillé. S'il n'avait pas une barbe de trois jours, on le prendrait pour un adolescent.

Au bout du canal, il s'accroupit, regarde à droite, à gauche, puis s'élance et grimpe en courant la berge escarpée. Une fois en haut, il se hâte le long de la clôture avant d'enjamber les barbelés gisant par terre à quelques mètres de là. Debra Ann connaît cet endroit. Elle passe par là elle aussi pour aller au bibliobus ou au 7-Eleven, c'est plus court.

Il s'arrête à la benne derrière le club pour pisser. Après quoi, il reboutonne son pantalon et frappe à la porte de service du club qui finit par s'ouvrir. Debra Ann se tortille et s'extirpe de son carton. Elle époussette son tee-shirt puis prend son élan et lance une pierre qui, dans un petit nuage de poussière, atterrit avec un bruit sourd au milieu du terrain vague. Elle ne comprend pas pourquoi le bonhomme vit là-dedans ; il doit y avoir quelque chose qui ne tourne pas rond chez lui. Il faut être à moitié bête, à moitié fou ou à moitié mort pour ne pas trouver de boulot à Odessa en ce moment, dit toujours son papa. Tout le monde embauche. Le type est peut-être les trois à la fois – bête, fou, malade –, mais quelle que soit son histoire, il n'a pas l'air dangereux. Elle le sent au fond d'elle, elle en est *convaincue*, tout comme elle est persuadée qu'il ne lui arrivera rien de mal tant qu'elle marche entre les fissures du trottoir et mange ses légumes et ne parle pas aux hommes qu'elle ne connaît pas. Lorsque Ginny est partie au printemps, elle a un peu perdu confiance, mais c'est un soulagement d'observer cet homme et de *savoir* qu'il ne lui fera pas de mal.

Elle crache par terre et ramasse un autre caillou qui cette fois atterrit dans un buisson d'acacia juste avant le canal. J'atteindrai l'autre côté avant la fin de l'été, proclame-t-elle.

Tous les jours pendant une semaine, elle se dépêche de rentrer à la maison après l'école pour aller l'espionner. Les trois premiers après-midi, elle récolte des informations : à quelle heure part-il ? Est-ce que c'est toujours à la même heure ? Va-t-il toujours au bar de striptease ? Ensuite, elle attend l'occasion de s'approcher pour voir d'un peu plus près.

Il est presque cinq heures et le soleil lui tape sur le crâne. Elle a la bouche et la gorge tellement sèches que ça lui fait mal. La chaleur l'oppresse, elle a du mal à respirer et elle a tellement transpiré auparavant qu'elle n'a plus de sueur pour lui rafraîchir la peau. Elle sort sa cocotte de la poche de son short. Le papier sec craque dans ses doigts. Est-ce que je devrais aller voir son campement ? *Oui*. Est-ce que je devrais aller voir son campement ? *N'hésite pas*.

Le tuyau de drainage est grand. Il lui suffit de se baisser légèrement pour pénétrer à l'intérieur. Elle remarque un sac poubelle qui déborde de sous-vêtements et de chaussettes sales et à côté, une petite pile de pantalons et de chemises propres soigneusement pliés. Une paire de bottes traîne près d'une caisse grillagée qui a été retournée pour faire une table basse. Un bol et un rasoir sont posés dessus, ainsi que deux enveloppes marrons. Sur l'une sont inscrits au marqueur noir les mots : *Soldat Belden, démobilisation*. Et sur l'autre : *Médecin*.

À trois mètres, l'homme avait construit un mur obstruant le tuyau par lequel passaient les eaux en cas d'inondation pour être déversées ensuite en pleine campagne en dehors de la ville. Ce qui n'arrivait jamais, à cette période de l'année. La dernière fois que D. A. avait vu de l'eau dans le canal, elle avait encore des petites roulettes à son vélo. En observant plus attentivement, la fillette repère un vieux carton d'électroménager datant de l'été précédent et que les filles avaient abandonné parce qu'une tempête de sable l'avait abîmé. L'écriture biscornue de Lauralee, avec de grandes boucles, était encore lisible : le mot *cachette* avec un grand visage souriant et deux cœurs transpercés d'une flèche.

Un sac à dos et un duvet méticuleusement roulé sont posés l'un sur l'autre contre la cloison en carton. Debra Ann s'approche de la table basse et caresse du bout du doigt le savon à barbe fissuré. Elle saisit le rasoir et un petit peigne noir qu'elle tripote tout en examinant l'enveloppe avec les papiers militaires. C'est sûrement un héros, décide-t-elle. Il a dû être blessé pendant la guerre. Depuis que sa mère a quitté la ville, D. A. cherche quoi faire de ses week-ends. Elle cherche un projet auquel se consacrer et cet homme tombe à pic. Il est là pour l'aider à s'améliorer : Debra Ann ne veut plus être de celles qui rendent leur mère tellement dingue que celle-ci décide de partir sans dire à personne où elle va, ni combien de temps elle sera absente. Est-ce que Ginny sera rentrée pour le feu d'artifice du 4 Juillet ? *Oui*.

Debra Ann laisse un premier cadeau dans un papier kraft à l'entrée du tuyau et repart en courant dans son carton pour voir la suite. L'homme ouvre délicatement le sac, comme s'il s'attendait à tomber sur une colonie de mygales, ou au moins de la bouse de vache. Mais lorsqu'il en sort une boîte de maïs à la crème, un paquet de chewing-gum et un pastel marron mal taillé, il sourit et regarde autour de lui. Il y a un message aussi, plié en deux et collant de bonbon. Debra Ann distingue le mouvement de ses lèvres pendant qu'il le déchiffre. *Ne t'inquiète pas, on va s'occuper de toi. Écris ce qu'il te faut et glisse le papier sous la grosse pierre près de la clôture. Ne dis rien à personne. D. A. Pierce.*

Elle le voit tailler le pastel avec son couteau de poche et plus tard, lorsqu'il frappe à la porte du club, elle dévale la berge en béton pour aller récupérer le papier. *Couverture marmite ouvre-boîte allumettes, merci et que Dieu te bénisse, Jesse Belden, soldat, armée américaine.*

Le lundi suivant Pâques, elle lui apporte dans un sac en papier Piggly Wiggly tout ce qu'il a demandé. Elle a rajouté deux œufs durs, un morceau de pain de maïs enveloppé dans du papier d'alu, une tranche de jambon et un ragoût vaguement décongelé avec l'étiquette portant le prénom de madame Shepard à moitié déchirée. On ne voit plus que COR et l'homme ne pourra pas savoir d'où vient le plat exactement. Elle a glissé aussi dans le sac deux tomates bien mûres et quelques lapins en chocolat du panier de Pâques que son papa lui avait laissé sur la table.

Pendant qu'il lit son mot, elle l'observe, ravie, de sa planque dans le terrain vague, ses lèvres remuant de concert avec les siennes. *Joyeuses Pâques, Jesse Belden, soldat, armée américaine, tu es un super citoyen. Est-ce que tu aimes les gombos et les haricots pinto ? Bien à toi, D. A. Pierce.*

Début mai, trois semaines après l'avoir repéré pour la première fois, D. A. attend qu'il rentre dans son tuyau et elle s'empresse de traverser le canal avec un sac de nourriture et deux cannettes de Dr Pepper. Elle braque sa lampe torche vers le tuyau. Tu es là ? Sa voix se perd dans la pénombre. Je ne dirai à personne que tu es là. Qu'est-ce que tu veux ?

Après avoir fait connaissance, Jesse Belden lui explique qu'il se reposait sur le béton parce que c'est frais, en comptant son argent et en pensant à Boomer, le cousin qui lui a pris sa camionnette pour se rembourser ce qu'il lui devait : deux mois de loyer et de l'argent pour la nourriture. Jesse ajoute qu'il était couché sur sa bonne oreille – le monde est tellement plus silencieux comme ça. Voilà pourquoi D. A. lui a presque marché dessus avant qu'ils s'aperçoivent de leur présence mutuelle.

On s'est fait une peur bleue, pas vrai ? fait Jesse.

Je me suis presque pissé dessus. Elle le dévisage, prête à se faire réprimander parce qu'elle parle mal, mais il reste silencieux. Jesse est peut-être adulte mais il est différent. Il est peut-être un peu bête, songe-t-elle ; en tout cas, il ne sait pas du tout comment les gens parlent aux enfants. Il avait les yeux secs comme la poussière sur laquelle il dort tous les soirs, dit-il, secs comme le serpent agonisant que le vieux matou a déposé un matin à l'entrée du tuyau, mais il a quand même eu les larmes aux yeux lorsque Debra Ann lui a braqué sa lampe torche sur le visage en demandant : qu'est-ce que tu veux ? Et Jesse, qui depuis plusieurs jours n'avait rien articulé d'autre que oui monsieur ou non monsieur, et qui avait encore mal aux côtes à cause du coup de barre de fer qu'il avait reçu sur le parking en implorant son cousin d'arrêter son pick-up, Jesse a répondu : rentrer chez moi.

Elle ne lui avoue pas qu'elle l'espionne depuis des semaines. Elle dit : oui monsieur ; et elle promet de toujours se mettre à sa droite pour qu'il l'entende aussi clairement que l'eau des ruisseaux de l'est du Tennessee où il vivait avant, avec sa mère et sa sœur Nadine.

Il a vingt-deux ans et elle dix, et ils sont tous deux secs comme des tiges d'ocotillo. Ils ont également tous deux des cicatrices sur leur cheville droite, lui à cause d'une coupure qui s'est infectée lorsqu'il était en Asie du Sud-Est, elle à cause d'un pétard qui a explosé avant qu'elle ait eu le temps de s'éloigner. Ils mangent des sandwiches et regardent le chat essayer d'attraper les coques de graine de tournesol qu'ils crachent par terre. Ils parlent de mettre un collier au chat pour que, s'il se perd, quelqu'un puisse dire à Debra Ann de venir le chercher.

Elle apporte des barres de chocolat qui fondent dans sa poche et ils lèchent la pâte tiède directement sur le papier. Lorsqu'elle lui demande pourquoi il travaille dans un bar de striptease, sa nuque rougit et il baisse les yeux. Sans sa camionnette, il ne peut pas aller travailler sur les forages de pétrole. Je passe la serpillière et je vide les poubelles, c'est tout, précise-t-il. Avant je récurais les réservoirs d'eau salée avec mon cousin.

Il ne précise pas qu'il est venu au Texas car il n'y avait pas d'emploi dans le Tennessee et que Boomer jurait qu'il faisait du fric à foison. Ni qu'il a passé deux semaines à l'hôpital militaire de Big Springs où il a bien dormi, bien mangé et parlé à un médecin qui en fin de compte l'a accompagné jusqu'à sa camionnette, lui a tendu une enveloppe et dit : tu as vingt-deux ans, fiston, et tu as la chance d'être revenu vivant et en un seul morceau. Tu vas t'en sortir si tu travailles honnêtement. Jesse avait senti à travers son tee-shirt la grosse chevalière de l'homme, mais il ne le mentionne pas non plus. C'est loin Odessa ? a-t-il demandé, et le médecin a pointé le doigt vers l'ouest. Cent kilomètres, et ferme bien ta camionnette le soir, a-t-il répondu. Jesse aurait voulu que cet homme soit son père.

D. A. lui confie qu'elle cherchait le chat hier et qu'elle a vu la Lincoln de madame Shepard dans l'allée de son garage, ce qui est bizarre parce que madame Shepard conduit toujours la camionnette de son mari mort maintenant. Personne n'a répondu lorsqu'elle a frappé à la porte, et Debra Ann a pensé qu'elle faisait la sieste, mais ensuite elle a ouvert le garage pour voir si elle pouvait trouver quelque chose dans le congélateur et elle est tombée sur madame Shepard assise dans le vieux pick-up de monsieur Potter, le moteur allumé. Qu'est-ce que vous faites là ? a fait D. A., et Corrine est restée assise, immobile, avant de soupirer, de jurer et de couper le contact. Qu'est-ce que *tu* fais là ?

Je cherche un couteau qui coupe.

Corrine a désigné un établi encombré d'outils de jardin et couvert de poussière. Rapporte-le quand tu n'en as plus besoin, a-t-elle articulé. Et ne cours pas avec.

Est-ce que vous avez vu le chat ?

Non, je n'ai pas vu ce putain de chat. Tu peux sortir de mon garage maintenant ?

Jesse et Debra Ann mastiquent des brins de faux kikuyu que la fillette a cueillis sur la pelouse de madame Ledbetter et conservés dans des sacs plastique. Ils boivent un litre de jus d'orange qu'un des barmen a donné à Jesse. Ils jouent au poker avec des cartes que D. A. a subtilisées dans un des tiroirs de la cuisine de madame Shepard. Il lui montre un petit sac en cuir plein de quartz qu'il a trouvés sur les rives de la Clinch qui passe tout près de la maison de sa famille. Tu peux en choisir deux si tu veux, suggère-t-il. Ils portent chance.

Avant la guerre, raconte-t-il, il avait une ouïe tellement bonne que son oncle affirmait pour rire que Jesse pouvait entendre une biche écraser un taon à plus de cent mètres. Il pouvait entendre une tique tomber de l'oreille d'un chien et un poisson-chat péter au fond d'un trou d'eau. Lorsqu'il est rentré chez lui après trois ans au front, il est allé dans les bois et a tendu l'oreille, vraiment, mais ça il ne le dit pas. Et lorsqu'il a enfin entendu quelque chose – une branche tombant par terre à cause d'une rafale de vent, un cerf arrachant de l'écorce, une détonation au loin –, il a été incapable de dire s'il entendait véritablement ces sons ou s'il s'en souvenait seulement. Le chant des cigales, le coassement des grenouilles près de la rivière, les cris des corbeaux chassant un geai bleu voulant voler leurs œufs, le bourdonnement des moustiques et des guêpes, les éclaboussures que faisait une truite arc-en-ciel lorsque Jesse la pêchait – peut-être a-t-il entendu tous ces bruits en revenant chez lui après la guerre, mais peut-être les a-t-il aussi imaginés.

D. A. vérifie toujours la cuvette des toilettes avant de s'asseoir, lui avoue-t-elle, parce que des mocassins d'eau se faufilent dans les canalisations, il paraît, et se lovent sous la lunette. Une fille à Stanton s'était assise une nuit pour pisser et un mocassin d'eau de plus d'un mètre l'avait mordue en plein sur la zézette.

La zézette ? Jesse éclate de rire. Ouais. D. A. rit aussi. Ça a gonflé comme une tique. Elle inspire profondément et remplit ses joues rondes d'air avant de se pencher et de faire basculer le chat sur son dos, palpant sa fourrure. Elle sent alors une petite boule sous ses doigts, tire et extirpe une tique grisâtre, engorgée de sang, grosse comme l'ongle de son pouce. Comme ça, s'exclame-t-elle avant de l'écraser entre le pouce et l'index.

Elle a consulté sa diseuse de bonne aventure, affirme-t-elle, et sa mère sera rentrée pour le feu d'artifice du 4 Juillet. La prochaine fois qu'elle viendra, elle l'apportera, pour qu'il puisse lui poser des questions, s'il veut. Est-ce que Boomer va lui rendre sa camionnette ? Est-ce qu'il rentrera chez lui à temps pour aller pêcher dans la Clinch, avant que l'eau ne devienne trop froide et que les poissons cessent de mordre ? Elle va au bibliobus tellement souvent, dit-elle aussi, que les deux vieilles dames qui travaillent là-bas, deux sœurs célibataires originaires d'Austin, ont menacé de l'embaucher. Elles la laissent emprunter autant de livres qu'elle le souhaite et certains matins, elle attend déjà, assise sur les marches métalliques un peu vétustes, lorsque les sœurs arrivent dans leur Buick. Parfois, l'une d'entre elles lui lance même les clés pour qu'elle ouvre la porte toute seule et ensuite Debra Ann se couche devant le climatiseur, sur la moquette qui sent le chien mouillé, et lit toute la journée.

Il y a au moins un truc bien dans chaque livre, explique-t-elle à Jesse, car elle est quasiment certaine qu'il ne sait pas lire, pas vraiment. Les histoires d'amour, les mauvaises nouvelles, les génies maléfiques, les intrigues impénétrables, les endroits et les gens qu'elle aimerait tellement connaître dans la vraie vie, ou les mots dont la beauté et la musique lui donnent envie de pleurer chaque fois qu'elle les prononce à haute voix.

Elle se lève et essuie le sang de la tique sur son short, s'étire et récite certaines des phrases les plus magnifiques qu'elle ait jamais lues. *Les grillons se devaient d'avertir tout le monde que l'été ne durerait pas toujours. Même pendant la plus belle période de l'année – ces journées durant lesquelles l'été glisse vers l'automne –, les grillons répandaient une rumeur triste, laissant présager le changement.* Bon, tu vois, s'exclame-t-elle, je n'arrive même pas à imaginer un endroit où l'automne existe, mais je comprends, je crois, la tristesse et l'idée de changement aussi bien que n'importe qui. Moi aussi, souffle-t-il.

Comme il n'y a plus d'école à partir de la fin mai, elle passe le voir tous les jours, au moins une heure avant qu'il parte travailler à seize heures trente. Tandis que le chat fait la sieste sur le sac à dos militaire de Jesse, ils restent tous deux assis côte à côte, sur des caisses que D. A. a trouvées près de la benne derrière le 7-Eleven. La véranda, comme dit Jesse, et elle lui répond que c'est bien comme véranda même si elle élabore déjà un plan pour l'inviter à déjeuner un jour où madame Ledbetter sera sortie faire une course. Elle veut lui montrer une véritable véranda, le faire asseoir dans une vraie chaise à une vraie table de cuisine. Comme ça, il verra ce qui est possible dans la vie.

Elle apporte deux fourchettes et ils mangent en moins de cinq minutes le ragoût qu'elle a volé chez madame Shepard. Même encore un peu congelé, c'est bon, affirme-t-il. Ils le savourent comme un mets préparé avec amour. Après quoi, elle pose un bout de papier sur le carton entre eux. Elle lui tend un crayon de bois, embarrassée l'espace d'un instant en s'apercevant que l'embout métallique au sommet est mâchonné. Écris tout ce qu'il te faut, lui suggère-t-elle. Je te le rapporterai si je peux.

Est-ce que tu peux écrire toi ? Il lui rend le papier et le crayon. Je suis fatigué.

Il aurait besoin d'un vieux drap. Il fait déjà trop chaud dehors pour la couverture qu'elle lui a donnée le mois passé. Il a adoré les cigarettes qu'elle lui a trouvées, même s'il ne fumera jamais devant elle. Il en voudrait bien d'autres, et peut-être aussi d'autre pain de maïs, si elle peut, et des haricots pinto à la sauce piquante.

Une tasse de lait ribot avec ça, et c'est parfait, ajoute-t-il.

C'est quoi le meilleur plat que tu aies jamais mangé ?

Poulet rôti et pommes de terre, sûrement. Peut-être aussi le steak qu'ils m'ont servi à la base le soir où je suis rentré au pays.

Ton goûter préféré ?

Les cookies aux pépites de chocolat que ma mère faisait.

Moi aussi, réplique-t-elle, et ils se taisent quelques instants. Elle le dévisage comme si elle s'efforçait de mémoriser ses traits. Je vais t'apporter une brosse à dents, déclare-t-elle, et Jesse rit. Le seul à s'être jamais préoccupé de savoir s'il se lavait ou non les dents, c'était son sergent, et il n'arrêtait pas de le seriner avec ça. Il est rentré chez lui maintenant, il habite dans une ville qui s'appelle Kalamazoo. On dirait un nom inventé, remarque D. A., et Jesse lui répond qu'il pensait la même chose avant de consulter un atlas et de voir où c'était situé, à deux pas du Canada.

Lorsque l'heure de la débauche sonne à l'usine, Jesse annonce qu'il va bientôt devoir aller travailler, mais si elle pouvait trouver un collier antipuces pour le chat et quelques boîtes de thon, ce serait bien. Un autre broc d'eau aussi, et peut-être du produit contre les moustiques. Elle note le tout pour lui et lorsqu'elle aperçoit un scorpion sortant de l'endroit où il met sa poubelle, Jesse se précipite et l'écrase avec sa botte. D. A. baisse les yeux vers ses fines sandales en plastique, le vernis à ongles rose pâle que Casey lui a mis, et elle imagine le scorpion grimpant sur le bord de sa sandale, la queue dressée, prête à administrer sa piqûre mortelle. C'est bon d'avoir quelqu'un qui vous sauve de quelque chose, songe-t-elle, même si on n'a pas besoin d'être sauvé.

Elle arrive à pédaler tout le long de Larkspur Lane et même dans le virage, sans toucher le guidon, pas une seule fois. Elle peut faire vingt-six roues d'affilée en moins d'une minute et le cochon pendu à la cage à poule jusqu'à presque perdre connaissance. Elle sait faire l'équilibre pendant trente secondes, le poirier pendant une minute et rester dix minutes sur un pied. Pour ça, elle s'entraîne sur le béton chaud du canal. Elle est capable de fourrer une barre chocolatée discrètement dans sa poche au 7-Eleven, de subtiliser un plat préparé chez madame Shepard en le cachant dans son sac à dos et, si son tee-shirt est assez large, d'écouter madame Ledbetter lui faire la leçon avec une boîte de chili coincée dans l'élastique de son short.

En temps normal, elle se serait sentie coupable de voler. Mais depuis que Ginny est partie, Debra Ann a réfléchi à ce signifiait mener une vie honorable. Elle nettoie la cuisine et s'assure que son papa se repose le dimanche. Elle passe régulièrement voir comment va madame Shepard et joue avec Peter et Lily – elle sait qu'ils n'existent pas en vrai et peu importe, ils ont des oreilles en pointe et des ailes qui brillent dans la lumière du soleil, et ils arrivent directement de Londres lorsque les choses ne vont pas comme elle le désirerait, lorsqu'elle commence à se tripoter les sourcils et à se demander où est sa maman et pourquoi elle est partie d'abord. D. A. a beaucoup réfléchi aussi à la question des petits larcins, en révisant ses leçons de catéchisme de l'été dernier, et elle est arrivée à la conclusion : voler vaut mieux que laisser un homme seul et sans nourriture.

Tous les après-midi, lorsque Jesse part travailler, elle passe à vélo voir si Casey ou Lauralee sont chez elles. Elle rentre à la maison et s'assied en tailleur par terre dans le garage pour fouiller dans le vieux coffre en cèdre de Ginny. Elle essaie d'écouter l'album de Toni Mitchell qu'elle a trouvé dans la poubelle de la cuisine, mais cela lui rappelle les virées en voiture qu'elle faisait avec Ginny dans l'ouest du Texas pour tuer le temps et voir ce qu'il y avait à voir. Elle lit un article de *Life* sur la célébration du bicentenaire des États-Unis à Washington. Elle mange un morceau de pain beurré saupoudré de sucre et s'applique à essuyer le surplus qu'elle a éparpillé sur le plan de travail. Après quoi, elle va chez madame Shepard avec une cannette de Dr Pepper et un sachet de chips, et après s'être aperçue que la camionnette de monsieur Shepard n'est pas là, elle se faufile dans la haie d'aubépine, s'allonge dans l'ombre délicatement pommelée et pense à Ginny jusqu'à ce que ses joues et son menton soient maculés de terre et de larmes. C'est un bon endroit pour pleurer – frais et secret, à l'abri des regards.

Les gens vieillissent et meurent. Monsieur Shepard était déjà malade lorsqu'il a eu son accident de chasse, même s'il refusait d'en parler. Il perdait ses cheveux, il avait commencé à marcher avec une canne, il oubliait des choses et vers la fin il n'arrivait pas toujours à appeler Debra Ann par son prénom. Tout le monde savait.

Des hommes meurent tout le temps à cause de bagarres ou d'explosions de pipeline ou de fuites de gaz. Ils tombent des tours de refroidissement ou essaient de rouler plus vite que le train ou boivent et décident de nettoyer leur revolver. Les femmes meurent parce qu'elles ont le cancer ou qu'elles font un mauvais mariage ou qu'elles montent en voiture avec des inconnus. Le papa de Casey Nunally a été tué au Viêtnam alors qu'elle était encore bébé, et Debra Ann a vu des photographies dans leur couloir – un portrait de lycée, quelques mois avant de partir faire ses classes, une photo de mariage prise pendant une permission et celle que les filles préféraient, un cliché de lui en uniforme vert avec un insigne cousu en haut de la manche. Il est à l'aéroport de Dallas/Fort Worth et brandit sa fille encore bébé vers l'objectif, souriant de toutes ses dents.

Je ne l'ai pas connu, précise Casey. Pour elle, David Nunally, c'est le drapeau que madame Nunally conserve dans son coffre en cèdre méticuleusement plié. C'est trois médailles rangées dans une petite boîte en bois gansée de satin violet et la peinture qui s'écaille des boiseries de leur maison. C'est le travail de madame Nunally au bowling, au supermarché, au grand magasin, et les douzaines d'églises où elle va prier pour trouver de l'aide, chaque paroisse un peu plus stricte que la précédente. C'est les jupes longues que porte Casey comme toutes les femmes et les filles adventistes, même l'été, et l'office le samedi, et non le dimanche. C'est Casey répétant à Debra Ann : tout serait différent si…

Lorsque les gens meurent, il y a des preuves et des règles. Le croquemort a mis à la grand-mère de Lauralee sa perruque et son chemisier préférés. Il a essayé de dissimuler son cancer sous une épaisse couche de poudre et croisé ses mains blêmes et ridées sous sa poitrine. Lauralee a déclaré que sa grand-mère avait la joue froide et qu'on avait l'impression que c'était du caoutchouc et Debra Ann avait déjà pris la main de Casey pour l'entraîner vers le cercueil lorsque madame Ledbetter avait attrapé les deux fillettes par le gras du bras et serré très fort avant de siffler dans l'oreille de Debra Ann : c'est quoi ton problème ?

Mais Ginny Pierce n'est pas morte. Elle est partie – elle a quitté la ville, en laissant un mot et la plupart de ses vêtements, en laissant Debra Ann et son papa. Et madame Shepard lui tapote le bras et propose de lui couper la frange, et madame Nunally pince les lèvres et secoue la tête. Le dimanche matin, son papa prépare le petit-déjeuner pour eux deux. Le dimanche après-midi, ils font griller des steaks et vont manger une glace chez Baskin-Robbins. En revenant à la maison, son père s'assied dans le salon pour écouter des disques ou marche jusqu'au bout de la rue pour aller boire une bière dans le jardin de madame Ledbetter.

Lorsque Ginny reviendra, Debra Ann ne veut pas que la maison soit sens dessus dessous. Sa mère pourrait tourner les talons et repartir aussi sec. Donc elle se tient à carreau et s'efforce de voir comment aider Jesse à récupérer sa camionnette. Elle s'inquiète pour son père qui ne dort pas assez et pour madame Shepard qui prétend parfois ne pas être chez elle, même lorsque Debra Ann s'allonge sur la véranda et s'écrie : je vois vos tennis sous la porte ! D. A. attend que sa mère téléphone et sursaute chaque fois que la sonnerie retentit, avant de soupirer en entendant la voix de son père au bout du fil. Elle répète ce qu'elle dira lorsque sa maman appellera enfin à la maison. Elle prendra un air dégagé, comme si Ginny appelait du service client du Strike-It-Rich pour voir s'ils avaient besoin de glace. Lorsqu'elle appellera, Debra Ann essaiera d'être chaleureuse sans être trop enthousiaste et elle posera la question qui la turlupine depuis le 15 février, le jour où elle est rentrée tôt à la maison et où elle a trouvé le mot de Ginny épinglé sur son oreiller.

Quand est-ce que tu rentres ?

Ginny

Dimanche matin, 15 février – cela lui fera une belle jambe de savoir qu'elle n'est pas la seule. Plein d'autres femmes sont parties avant elle. Lorsqu'elle s'engage dans la voie réservée aux urgences devant l'école, deux valises et une boîte à chaussures remplie de photos de famille dissimulées dans le coffre, Ginny Pierce connaît bon nombre d'histoires de femmes qui se sont fait la malle. Mais Ginny n'est pas de celles-là. Elle reviendra dans un an, deux maximum. Dès qu'elle aura un boulot, un appartement, un peu d'argent à la banque, elle reviendra chercher sa fille.

Maman, pourquoi tu pleures ? demande Debra Ann, et Ginny répond : à cause de mes allergies, chérie, et D. A. secoue énergiquement la tête, avec son air déterminé habituel : février, c'est trop tôt pour les allergies. Comme si le débat était clos. Et Ginny avale la pierre coincée dans sa gorge. Viens par là une minute, ma chérie. Fais-moi voir ton visage.

Sa fille a presque dix ans. Elle se souviendra de cette journée : toutes deux assises à l'avant de la voiture au volant de laquelle elle se fera la malle, une Pontiac capricieuse que Ginny conduit depuis le lycée. D. A. se souviendra de sa mère tendant soudain la main vers elle pour qu'elles se collent épaule contre épaule sur la banquette avant. Ginny se souviendra des fins cheveux bruns qu'elle dégage des yeux de sa fille, de son odeur de flocons d'avoine et de savon Ivory, du chocolat maculant son menton à cause des chocolats de Saint-Valentin qu'elle a mangés depuis qu'elle est réveillée, et de la peau brillante de ses joues à cause de la crème solaire que Ginny lui a mise sur le visage avant de partir. Ainsi lorsqu'elle attire sa fille à elle pour étaler une traînée de crème, sa main tremble et elle songe : emmène-la. Trouve le moyen de le faire. Mais Debra Ann s'écarte, s'écriant : arrête ! Car pour elle, il s'agit d'un dimanche matin comme un autre : sa mère la tanne comme d'habitude pour des broutilles, même ses larmes sont devenues ordinaires.

La portière de la voiture se referme presque sur le doigt de Ginny. Un sac à dos pend à une épaule, le ballon de basket de D. A. rebondit sur le bitume et roule sur l'aire de jeu poussiéreuse, une main s'agite avec nonchalance dans l'air, sa fille s'éloigne de la voiture. Au revoir, maman. Au revoir, Debra Ann.

La grand-mère de Ginny n'a jamais vraiment pris la peine de parler des femmes qui s'en sortaient, mais les histoires de celles qui y passaient en tentant leur chance ? Celles-là perdurent dans son esprit, intactes, comme si quelqu'un les avait imprimées au fer rouge sur l'écran de sa mémoire.

Durant le printemps 1935 la femme d'un fermier a servi à déjeuner à une douzaine d'ouvriers agricoles, puis s'est pendue sur la véranda. Elle n'a même pas fait la vaisselle, précisait grand-mère, elle a juste tout flanqué dans l'évier, a enlevé son tablier et est montée à l'étage se changer pour enfiler son chemisier préféré. Comme si l'histoire résidait dans l'évier plein d'assiettes sales. Plus tard cet après-midi-là, un vacher est venu à la maison pour remplir un tonneau d'eau et l'a trouvée : une chaise de cuisine renversée sur la véranda, le vent la balançant lentement en la faisant tourner sur elle-même, un pied nu émergeant de l'ourlet de sa jupe. Il avait fallu deux jours pour mettre la main sur la chaussure disparue, précisait grand-mère, et Ginny s'imaginait un chausson en cuir marron, gisant quelque part dans le jardin, couvert de sable.

Une autre femme a laissé un message pour dire qu'elle voulait voir du vert, n'importe quoi, un cornouiller, un magnolia, un peu de faux kikuyu. Elle a sellé la meilleure jument de son mari et lui a pressé les flancs. Elles ont filé à travers le désert mais ont rencontré des barbelés, juste avant Midland. C'est pas difficile de se paumer par ici, remarquait grand-mère, quand on ne sait pas où on va.

Même celles qui rentraient dans le rang n'échappaient pas aux histoires de grand-mère. Elles se perdaient un jour de déluge de grésil en rentrant de l'église. Leurs réserves de nourriture et de bois pour le feu s'épuisaient en pleine tempête de neige. Elles enterraient des bébés qu'une tornade avait emportés dans les airs avant de les projeter à terre, et des enfants plus grands qui étaient sortis pendant une tempête de sable et s'étaient étouffés avec la poussière de leur propre jardin. Sa grand-mère ne savait pas raconter une histoire qui finissait bien, songeait parfois Ginny.

Tel un cadavre, la I-20 s'étire, inerte, devant le pare-brise de Ginny. Au-dessus, le ciel est uniforme, imperturbable. Il n'y a rien par ici, sinon cette route déserte dont elle a rêvé, même si elle la voit difficilement pour l'instant. Elle allume la radio et la voix de Joni Mitchell résonne dans la voiture, douloureusement belle, limpide et sûre à l'instar d'une cloche d'église, ou d'un psaume, et c'est insupportable. Ginny s'empresse d'éteindre. Elle n'entend plus désormais que le ronronnement persistant du bitume sous ses roues ainsi qu'un léger grincement inquiétant dans le moteur. Le bruit s'intensifie lorsqu'elle appuie sur l'accélérateur et elle retient son souffle, elle croise les doigts.

À l'annonce du croisement, Ginny met son clignotant et ralentit. Elle pense tourner. Elle s'imagine sur le chemin de terre qui mène chez Mary Rose Whitehead, s'imagine frapper à la porte de celle avec laquelle elle avait attendu autrefois devant le lycée qu'on vienne les chercher – Mary Rose sa mère, et Ginny sa grand-mère – pour les ramener à la maison une bonne fois pour toutes.

La dernière sonnerie n'avait pas encore retenti et elles étaient seules sur le parking, leurs cartables bourrés à craquer – à cause de leurs affaires de sport et de tout le barda que contenaient leurs casiers –, le nez encore rouge et bouché à force d'avoir pleuré à l'infirmerie. Mary Rose tournait et retournait dans sa main un petit cadenas métallique. Elle avait dix-sept ans et depuis une demie-heure les gens s'étaient enfin rendu compte de sa grossesse. Je croyais que ma vie ne commencerait jamais, avait déclaré Mary Rose, mais plus maintenant. Tu vois ce que je veux dire ? Ginny, qui venait d'avoir quinze ans, avait secoué la tête et fixé le sol. Elle s'efforçait d'imaginer ce que sa grand-mère dirait lorsqu'elle saurait ce qui se passait : Ginny faisant la même erreur que la fille qu'elle avait perdue dans un accident de voiture dix ans plus tôt.

Mary Rose s'était penchée pour se gratter la cheville. En se redressant, elle avait pris son élan et lancé le cadenas contre la portière d'un pick-up. Les filles avaient regardé le cadenas rebondir sans laisser de traces sur la carrosserie. Bon, avait fait Mary Rose, ça rigole plus, j'imagine.

Non, ça rigole plus, songe Ginny, avant de finalement accélérer.

Malgré tout, après les cris, les larmes et les menaces, le bébé était parfait. Ginny et Jim Pierce arrivaient à peine à y croire. Ils avaient fabriqué une personne. Une fille ! Ils avaient sorti leur bible d'un carton et cherché un beau nom, un nom fort. Deborah, *réveille-toi, réveille-toi, Deborah, dis un cantique !* Mais le préposé au bureau du comté avait épelé *Debra* et ils n'avaient pas les trois dollars pour refaire la paperasse, donc c'était Debra ; et Jim était reparti travailler sur les forages tandis que Ginny jouait à la maman à la maison.

L'après-midi pendant que sa fille faisait la sieste, Ginny aimait s'asseoir et feuilleter des magazines en rêvant devant des photographies de lieux dont elle n'avait jamais entendu parler. Elle parcourait des livres d'art empruntés au bibliobus et pleins de reproductions de fresques, de tableaux, de sculptures. Elle tournait les pages lentement, émerveillée d'abord qu'on ait eu l'idée de faire tout cela, puis se demandant : les artistes avaient-ils un jour songé que quelqu'un comme elle puisse contempler leur travail ? Ginny aimait sa fille – elle l'aime – mais elle avait le sentiment d'être assise au fond d'un tonneau récupérateur d'eau de pluie pendant qu'une bruine constante le remplissait peu à peu.

Et c'est pour cette raison – plus qu'à cause des hommes dans la rue qui la sifflent dès qu'elle descend de voiture pour faire le plein, ou du vent perpétuel et des relents constants de gaz et de pétrole brut, ou même de la solitude qui l'accable sauf lorsque Jim rentre à la maison après le travail, ou de Debra Ann qui grimpe sur ses genoux alors qu'elle est trop grande pour y rester longtemps – que Ginny a pris cinq cents dollars sur leur compte commun, un des atlas sur les étagères familiales et qu'elle a quitté l'ouest du Texas comme s'il s'agissait d'une question de vie ou de mort.

Il était une fois un homme qui élevait des vaches laitières sur une terre où il vivait aussi avec sa femme et leurs trois enfants. Durant la sécheresse de 1934, le prix du bétail était tombé à douze dollars par tête, même pas ce que coûtait le transport jusqu'aux enclos de Fort Worth. Ils leur tiraient une balle dans le front, expliquait grand-mère. Parfois les hommes du gouvernement venus pour s'assurer que les fermiers réduisaient bien leur cheptel, mais souvent les fermiers eux-mêmes, qui n'aimaient pas demander à un étranger de faire le sale boulot à leur place. Un chiffon imbibé de kérosène à la main, les hommes grimpaient sur les carcasses et posaient, l'air emprunté, comme si leur situation allait changer à condition d'attendre quelques minutes, quelques jours, quelques semaines supplémentaires. Ils soupiraient et allumaient leur chiffon avant de reculer, secouant la tête. Mais il y avait toujours un vieux taureau qui refusait de mourir, qui beuglait et chancelait sous les balles transperçant son vieux cuir, ses flancs, son poitrail. Il y avait toujours une vieille génisse que tout le monde croyait morte mais qui se relevait soudain et partait en titubant à travers le champ, de la fumée s'élevant de ses flancs, une sale odeur de poils brûlés flottant dans son sillage. Bref, faisait grand-mère, et le vent soufflait sans discontinuer, tous les jours.

Des hommes d'Austin ont débarqué un beau matin et ont découvert un tas de bêtes qui se consumaient encore. Le fermier était mort dans la grange. Sa femme gisait à quelques mètres, les doigts cramponnés à la crosse d'un revolver, et la porte d'entrée de la maison était grande ouverte. Les hommes ont trouvé les enfants enfermés à clé dans une chambre à l'étage. Le plus âgé, un garçon de sept ans, a tendu aux hommes une enveloppe avec de l'argent pour le train et un morceau de papier. Sous le nom et l'adresse d'une sœur dans l'Ohio, quelques mots étaient griffonnés : *J'aime mes enfants. Envoyez-les chez eux s'il vous plaît.*

La grand-mère de Ginny était une vieille femme aux dents proéminentes. Elle croyait à l'enfer, au travail acharné et au châtiment. Si le diable vient frapper à ta porte au beau milieu de la nuit, se plaisait-elle à dire, c'est sûrement que tu as flirté avec lui au bal. Au moment de la chute, elle frappait dans ses mains très fort, à deux reprises, pour s'assurer de bien avoir l'attention de Ginny.

Je ne pars pas, avait affirmé l'aîné aux ouvriers de la ferme. Je reste ici, au Texas. Ben, d'accord, avait répliqué l'un des hommes. Tu peux venir chez moi dans ce cas.

Telle était une fin d'histoire heureuse pour toi, Virginia.

Ginny est à moins de cinquante kilomètres d'Odessa lorsque le grincement dans le moteur se précise, un bruit aigu et régulier qui ne faiblit pas même lorsqu'elle décélère à quatre-vingts, soixante-dix et soixante kilomètres heure. Des semi-remorques la doublent en klaxonnant par la droite, l'appel d'air faisant trembler sa voiture et la poussant vers la ligne médiane. Puis, le bruit cesse. La voiture vibre un instant, comme pour évacuer ses problèmes, et Ginny accélère à nouveau, quatre-vingts, quatre-vingt-dix, cent kilomètres-heure.

Le soleil est haut dans le ciel à présent. Debra Ann a certainement battu toutes les filles du quartier au basket à l'heure qu'il est. Ou elle est assise sur les gradins et farfouille dans son sac à dos en quête du sandwich que Ginny lui a préparé. Ou elle rentre à la maison à pied, au rythme des rebonds de son ballon sur le trottoir. Un ou deux ans, ce n'est rien, D. A. va s'en sortir. Elle a pris ce qu'il y a de mieux chez ses deux parents – le garçon *quarterback* remplaçant et la fille adoratrice de Joni Mitchell, deux gosses qui se connaissaient à peine le soir où ils ont bu trop de Jack Daniel's au bal de rentrée et sont allés ensuite se balader en voiture dans les champs de pétrole pendant la pire averse de grésil de 1966, une histoire aussi banale que la poussière sur un rebord de fenêtre.

Quelle femme abandonne son mari et sa fille ? Celle qui comprend que l'homme qui partage son lit est, et restera à jamais, le gamin qui l'a engrossée. Celle qui ne supporte pas l'idée d'affirmer un jour à sa propre fille : tout cela est bien assez pour toi. Celle qui croit qu'elle reviendra dès qu'elle aura trouvé un endroit où se poser.

En y réfléchissant, les chanteurs de country, ces pourvoyeurs de chansons tristes et de ballades assassines racontant comment une femme bien qui tourne mal récolte ce qu'elle mérite, n'ont rien à envier à grand-mère – ou à Ginny en fin de compte.

C'était en 1958. Les parents de Ginny étaient morts depuis moins d'un an. Le boom pétrolier commençait à se stabiliser et il y avait moins d'inconnus en ville, moins de foreurs et de manutentionnaires déboulant en voiture pour dépenser leur paie et faire du grabuge. Mais Ginny était encore assez jeune et elle tenait la main de sa grand-mère, sans trop savoir pourquoi. Parce que, c'est tout. Coupant à travers la pelouse de la mairie, elles avançaient toutes deux en direction du drugstore. Comme toutes les semaines, elles achèteraient les comprimés de grand-père et peut-être un rouleau de réglisse pour Ginny. C'était le début de l'été et le vent retombait de temps à autre, le soleil réchauffant juste ce qu'il fallait leurs visages lorsqu'elles s'arrêtaient pour contempler la lumière à travers les feuilles oblongues et diaphanes des pacaniers municipaux. Faute de l'avoir vue, elles faillirent trébucher sur la femme lovée dans l'herbe, endormie telle une vipère cuivrée.

Ginny se souvient ainsi de ce moment : elle avait humé l'air, identifiant aussitôt les relents de pisse et de whisky. Puis elle avait fixé les pieds nus de la dame, le vernis rouge vif qui s'écaillait sur ses orteils et l'ourlet de sa jupe qui remontait au-dessus de ses deux genoux écorchés. Sa clavicule saillante montait et descendait, et une mince cicatrice sur son cou avait rappelé à Ginny la carte du Texas suspendue au mur de sa classe au cours préparatoire. Quelque chose dans cette longue marque avait donné envie à Ginny de réveiller la femme pour lui dire : hé, madame, la cicatrice dans votre cou ressemble à la Sabine. C'est magnifique. Mais la grand-mère de Ginny, lèvres pincées, avait serré la main de sa petite-fille et l'avait brusquement éloignée de la femme. Bah *celle-là*, avait lâché grand-mère, elle en a déroulé du câble.

Pendant des jours, Ginny s'était demandé ce qu'elle avait voulu dire, s'imaginant toutes sortes de scénarios improbables. Elle avait aussi repensé à la manière dont la dame était roulée en boule sous le pacanier, à ses orteils exactement de la même couleur que la petite remorque que Ginny traînait partout dans le jardin. La rapidité avec laquelle sa grand-mère l'avait écartée de la femme lui avait rappelé celle avec laquelle elle entraînait Ginny hors de l'étable de son grand-père lorsqu'un taureau tentait de grimper sur une génisse.

Si grand-mère avait été moins occupée, si elle n'avait pas eu tous les jours son assiette pleine à ras bord, entre Ginny, la poussière et les chemises de son mari maculées de pétrole brut qu'il lui fallait frotter et frotter pour tenter de les détacher, Ginny lui aurait demandé pourquoi elle avait prononcé ces mots. Mais elle s'était abstenue et elle repensait parfois aux deux genoux écorchés, à la cicatrice qui ressemblait à la Sabine, avec son tracé sinueux traversant la gorge de la femme tandis que celle-ci dormait à l'ombre d'un pacanier. Ginny avait trouvé cette femme belle. Et c'était toujours le cas.

Quelques kilomètres après le Slaughter Field, les derricks et les pompes à tête de cheval cèdent la place au désert absolu. Une fois passé Pecos, la route devient plus vallonnée. L'horizon plus accidenté, et la terre rouge. Comme c'est vide par ici. Comme c'est charmant.

Les deux mains sur le volant, Ginny regarde tour à tour la jauge de température et la route. Elle s'arrête à Van Horn pour prendre de l'essence. Assise dans sa voiture, elle attend que le pompiste fasse le plein et lave les vitres. Après avoir vérifié la pression des pneus, il lui demande, cigarette au bec, si elle a besoin d'autre chose. Sa combinaison est du même gris que les yeux de Debra Ann et un petit écusson ovale brodé au nom de Gulf Oil orne sa poche poitrine. Non merci, répond-elle, lui tendant cinq dollars.

Il désigne sa banquette arrière. Vous avez oublié de rendre votre livre à la bibliothèque avant de partir. Ginny se retourne. Parmi des papiers de barres chocolatées, traînent sur le siège *Art in America* et une dictée de Debra Ann, les deux premiers mots, *annulé* et *intrusion*, mal orthographiés.

Aux abords d'El Paso, elle referme soigneusement la vitre, mais le méthane nauséabond pénétrant par le système de ventilation lui brûle les yeux et la peau. Elle est à une quinzaine de kilomètres de la frontière mexicaine. Jamais elle n'a poussé aussi loin de chez elle.

La beauté ! La beauté, c'est pas pour les gens comme nous, a affirmé sa grand-mère lorsque Ginny a essayé de lui expliquer pourquoi elle aimait s'asseoir et contempler des images l'après-midi. Tu ferais mieux de faire attention à ce qui se passe sous tes yeux, a rétorqué la vieille femme. Si tu voulais vivre en pensant à ce genre de choses, fallait y réfléchir avant ; ou naître ailleurs. Et c'est peut-être vrai, mais le prix semble cher à payer, et Ginny n'est probablement pas prête à accepter cette transaction – le monde ou sa fille – car de toute évidence elle ne peut avoir les deux.

Lorsque la courroie de distribution finit par émettre un claquement sec après Las Cruces, la voiture de Ginny, vibrant à tout-va, achève sa route sur l'accotement. La jeune femme sort de son véhicule et observe la lune qui s'élève dans le ciel, cornaline cassée au-dessus du désert, et la peur et la tristesse la submergent alors avec une telle force que pendant des années elle ne se souviendra pas de l'homme qui s'arrête derrière sa voiture, les gravillons du bas-côté crissant sous les roues de sa camionnette. Elle ne se souviendra pas de l'inscription sur le flanc de son véhicule – Garza & O'Brien, dépannage & réparation –, ni de la boîte à outils qu'il a sortie de son coffre pour remplacer la courroie sur place tandis qu'elle contemplait les étoiles, appuyée contre la carrosserie, sanglotant en silence. Et elle ne se souviendra pas de ce qu'il a dit lorsque Ginny a voulu lui donner quelques dollars. Ma petite dame, gardez votre argent. Allez, bonne chance.

Elle verra des milliers de kilomètres de ciel avant de pouvoir enfin arrêter de reprendre la route. Flagstaff, Reno, un court séjour désolant à Albuquerque qu'elle s'efforce d'oublier. Des semaines, des mois à dormir dans sa voiture après des journées à faire le ménage chez les autres et des soirées à servir des inconnus dans des bars. Elle traversera le désert de Sonora, avec ses cours d'eau à sec et ses ravines disparaissant dans des canyons, et sur le Mogollon Rim elle s'assiéra au bord d'une prairie recouverte de neige fraîche. La route qui l'emmène ailleurs est tellement sinueuse que Ginny doit s'arrêter et reculer parfois pour prendre un lacet, espérant que personne n'arrive avant qu'elle ait fini sa manœuvre.

Il y aura un bar à Reno, avec une vieille femme qui se pointera tous les soirs à neuf heures pour rester jusqu'à la fermeture, les lèvres ridées éclatantes de rouge à lèvres, les ongles couleur sang, et le sourire aussi féroce, dur et vrai que le reflet que Ginny voit chaque matin ou presque dans le miroir. Pour elle, tout cela est beau – le ciel et la mer, les toxicomanes et les vieilles femmes, les musiciens dans le métro, les files d'attente au musée. Elle verra le brouillard happer des ponts, et des forêts sombres, grouillantes de vie et de sources souterraines. Dans chaque lieu, le ciel était différent, et la terre loin d'être marron et plate comme à Odessa dans le Texas. Toute cette beauté sauvage et verte et pourtant, toujours, perdurera dans son cœur un trou gros comme le poing d'une fillette. Ginny conduira sa Pontiac jusqu'à son dernier souffle et la pleurera lorsqu'elle n'existera plus. Elle n'aimera jamais, songera-t-elle, un homme comme elle a aimé cette voiture. Et lorsque les gens qu'elle rencontrera sur son chemin s'interrogeront sur son compte, lorsqu'ils essaieront de mieux la connaître – certains l'aimeront, et elle en aimera certains, mais jamais autant que la fille qui grandit sans elle, tous les jours un peu plus –, lorsqu'ils lui demanderont d'où elle vient et quelle est son histoire, Ginny ne saura jamais vraiment quoi répondre. Chaque fois, elle se contentera de charger sa voiture et de prendre la route.

Mary Rose

Ce soir le vent souffle comme s'il avait quelque chose à prouver. Ma fille débarque juste après minuit, elle vient encore de faire un cauchemar et je n'hésite pas, j'ouvre les couvertures en soufflant : tu es en sécurité ici, viens. On est en sécurité ici en ville. Je prends le bébé dans son berceau mais je vais sûrement devoir l'allaiter pour le rendormir. On a plein de place dans ce lit, mes enfants et moi. On a tout ce qu'il nous faut.

Heureusement, ils dorment tous les deux profondément lorsque le téléphone sonne. Je décroche et écoute. Je veux connaître leurs voix, au cas où je les croise dans la rue, au supermarché, au tribunal. Homme ou femme, jeune ou vieux, ils profèrent tous plus ou moins la même chose. Tu vas témoigner pour cette basanée ? Tu vas prendre sa défense ?

Plus ils sont ivres, plus ils sont méchants. Je suis une menteuse et une traîtresse. Ils savent où je vis. Je détruis la vie de ce garçon parce qu'une fille n'est pas contente de ce qu'elle a obtenu. Je témoigne contre l'un des nôtres pour le compte d'une salope – ou toute autre insulte à laquelle ils peuvent penser. J'ai entendu ce genre de langage toute ma vie sans vraiment y prêter attention, mais aujourd'hui ça me reste en travers de la gorge.

L'interlocuteur de ce soir est bien rodé. T'embrasses ta mère avec c'te bouche ? j'interviens dans un blanc alors qu'il reprend son souffle ou avale une gorgée de bière. Puis je raccroche. Lorsque la sonnerie retentit à nouveau, je passe la main derrière la table de chevet et débranche l'appareil. L'horloge de la radio affiche en rouge 1 h 30, les bars viennent de fermer.

Bon, je suis réveillée maintenant. Je borde les enfants et place un oreiller entre le bébé et le bord du lit. Les lumières dans la cuisine et le salon sont déjà allumées mais j'actionne les autres interrupteurs de la maison – la chambre d'Aimee, la salle de bains et l'entrée. Je laisse dans la pénombre la chambre du bébé, hormis la veilleuse près de la table à langer. Dans le salon, je vérifie, derrière mes nouveaux rideaux, que la baie vitrée donnant sur le jardin de derrière est bien verrouillée. Et parce que ma nouvelle porte n'épouse pas bien le chambranle, je vérifie aussi. Une nuit la semaine dernière, je suis allée me coucher pensant qu'elle était fermée, mais à deux heures du matin en me levant pour aller faire pipi et voir si tout allait bien avec le bébé, je l'ai trouvée grande ouverte. Je suis restée ensuite jusqu'au matin assise dans la cuisine avec une tasse de café devant moi sur la table et Old Lady posée à mes pieds en bon chien fidèle. Dans l'immédiat, j'ouvre la porte pour m'assurer que l'ampoule de la véranda n'a pas grillé puis je referme énergiquement, verrouille, secoue la poignée et recommence une fois l'opération tout entière.

Le vent glisse de fenêtre en fenêtre, petit animal aiguisant ses griffes sur les moustiquaires. Là-bas, à la ferme, lorsqu'on entendait ce bruit, on pensait opossum, ou peut-être tatou. Ici, en ville, on peut croire qu'il s'agit d'un écureuil ou du chat d'un voisin. Ces derniers temps, le vent me rappelle des animaux qu'on ne voit plus depuis une centaine d'années, des panthères et des loups, ou des tornades qui menacent d'emporter mes enfants dans les airs pour les jeter ensuite par terre. J'écoute la météo et je fume une cigarette dans la cuisine en buvant une des bières que Robert garde ici. *Mes* bières, Mary Rose, il dirait. Un homme ne *garde* pas des choses dans sa propre maison. Je me penche au-dessus de l'évier pour exhaler la fumée de ma cigarette. Robert paie le loyer mais pour moi cette maison n'est pas la sienne. C'est la mienne, et celle de mes enfants.

La semaine dernière, j'ai cru voir le pick-up de Dale Strickland garé un peu plus bas dans la rue, et ensuite sur le parking du Strike-It-Rich. Hier, je l'ai vu debout sur la véranda de madame Shepard, fixant ma maison. Je l'ai vu à d'autres reprises aussi. Mais il est en prison. Je les appelle deux fois par jour pour être sûre qu'il ne s'est pas évadé, et que le juge n'a pas décidé de le libérer sous caution.

Je vois Gloria Ramírez aussi. Hier matin, lorsque Suzanne Ledbetter est venue frapper avec une assiette de cookies, je suis restée pétrifiée quelques instants, la main sur ma poignée de porte, croyant tomber sur Gloria de l'autre côté, plus épave qu'enfant. Hier après-midi, lorsque madame Shepard a envoyé la fille de Ginny avec un plat cuisiné – le troisième que cette vieille bique me fait parvenir en trois semaines, et je les ai tous balancés aussitôt à la poubelle –, je suis restée interdite devant cette grande fillette brune debout sur ma véranda. Debra Ann est le portrait de sa mère, grande, brune, les épaules carrées et les yeux gris et perçants. Je connaissais ta mère au lycée, j'ai fait. Elle m'a aidée un jour où les choses étaient un peu difficiles. J'ai pris le plat et je l'ai remerciée avant de fermer doucement la porte. Gloria pourrait être n'importe laquelle de nos filles, j'ai pensé, et je me suis assise là, dans le couloir, et j'ai pleuré jusqu'à ce qu'Aimee se penche vers moi. Ça va ? elle m'a demandé. J'ai répondu : oui, bien sûr, parce que c'est ma fille, c'est une enfant. Tu crois pas qu'on devrait appeler grand-mère, elle a ajouté, pour qu'elle vienne nous aider ? Certainement pas, j'ai répliqué. Grand-mère a déjà trop à faire. Je lui ai rappelé mes deux jeunes frères qui habitent encore là-bas, le boulot de mon père qui livre en camion des litres et des litres d'eau aux quatre coins du Texas, et les trois enfants de mon frère qui vivent avec eux pendant que leur père fore du pétrole en Amérique du Sud. Si on appelle grand-mère, elle pensera que quelque chose ne va pas, je dis. C'est à nous de nous occuper de nos affaires.

C'était qui cette fille à la porte ? Aimee avait observé ce qui se passait par la fenêtre de la cuisine.

Je ne sais pas, j'ai menti. Une gamine du quartier, c'est tout.

Elle avait l'air d'avoir mon âge. Elle était jolie ?

Je ne sais pas, Aimee. Elle avait l'air… grande pour son âge, costaude. Je ne veux pas que ma fille se lie d'amitié. Si elle se fait des amies, elle voudra se balader dans le quartier et je ne veux pas qu'elle sorte. Je m'abstiens de lui préciser que Debra Ann est le portrait craché de sa mère, une fille calme, attentionnée, qui avait toujours un livre à la main. Je m'abstiens aussi de lui dire que je n'arrive pas à concilier l'adolescente qui est restée à mes côtés sur le parking du lycée et la femme qui a abandonné sa fille.

Aimee sautille d'un pied sur l'autre, comme une balle de tennis. Peut-être que je peux sortir et lui demander si elle veut faire du vélo avec moi ?

Sortir. J'ai posé la main sur la tête d'Aimee, pressant légèrement pour qu'elle cesse de rebondir. Dans un mois ou deux peut-être, je lui ai répondu. On a tout ce qu'il nous faut ici, non ?

Je m'ennuie, elle a soupiré, et je lui ai promis que nous inviterions des gens à la maison pour son anniversaire en août. Et si tu as la carabine à air comprimé que tu demandes, je m'exclame, elle viendra peut-être à la maison et vous tirerez des cannettes dans le jardin.

Mais maman, on est seulement en juin ! s'est récriée ma fille comme si je vivais encore en février, ou comme si je ne savais plus quel jour ni quel mois on était.

Tu as tout le temps pour rencontrer ces filles mais toi et moi – j'ai pris ses joues pâles et douces dans mes mains et fixé ses yeux bleus –, combien de temps il nous reste ? Tu vas bientôt avoir dix ans !

Je vais avoir le premier nombre à deux chiffres, ce n'est pas un nombre premier, elle a proclamé.

Et je vais te protéger, Aimee, je réplique. Je te protègerai toujours.

Tous les jours ?

C'était devenu notre petit rituel depuis que nous avions emménagé en ville. Je disais : je te protégerai, et Aimee répondait : tous les jours ? Sauf que cet après-midi-là, elle a fait la moue, l'air de vouloir argumenter. Mais le bébé s'est mis à pleurnicher, pour aussitôt crier à pleins poumons parce qu'il avait faim, et j'ai été bien contente de me trouver si facilement une excuse pour tourner les talons.

J'entends les mêmes pleurs maintenant, il a faim, et même si j'ai mal aux seins, je me précipite. Dans une demi-heure, nous serons tous rendormis – la bouche du bébé tétant encore mon mamelon, Aimee me poussant dans le dos, ses pieds sur mes jambes et son bras tentant de s'agripper à mon cou. Oui, tous les jours. À jamais.

L'horloge de la radio affiche 5 h 30 lorsque je me détache de mon bébé et repars dans la cuisine. Le soleil se lèvera dans à peine une heure, je n'ai qu'à me fumer une autre cigarette en espérant que le petit ne se réveille pas encore une fois. Dans notre ancienne maison dans le désert, je m'asseyais dehors et écoutais les créatures dans les buissons pendant que le désert prenait des teintes roses, orange et or. Une fois, j'ai vu deux grands géocoucous s'attaquer à un serpent à sonnette et le manger. Ce que j'entendais là-bas, c'étaient les vrais bruits du monde pour moi, c'était ainsi que le monde était censé se manifester. Et je l'ai pensé jusqu'au jour où Gloria Ramírez est venue frapper à ma porte. Les pompes à tête de cheval et les camions transportant les tuyaux de forage sur nos terres ne me dérangeaient pas autant que les bruits ici en ville – les klaxons et les cris, les sirènes et la musique émanant des bars de la Huitième Rue.

La machine pleine de serviettes humides sent le moisi maintenant, et la table de cuisine est encombrée de ciseaux, de pastels et de bouts de papier cartonné, vestiges de l'exposé d'Aimee sur le massacre de Goliad. Je range tout en faisant du café et je viens juste de m'asseoir lorsque je me souviens du seau que j'ai placé sous le siphon fuyard du lavabo de la salle de bains. Après l'avoir vidé dans la baignoire, je fais une petite pause. Quand est-ce que j'ai pris un bain la dernière fois ou que je me suis maquillée le matin ? Je me laissais aller, aurait estimé ma mère, mais pour qui devrais-je prendre soin de moi ? Aimee et le bébé s'en contrefichent, et Robert m'en veut encore tellement d'avoir ouvert ma porte et laissé entrer cette fille chez nous, qu'il arrive à peine à me regarder dans les yeux. Pour lui, tous nos ennuis viennent d'elle.

Dans l'église que je fréquentais petite, on nous enseignait que tout péché, même s'il ne germe que dans notre cœur, nous condamne tout autant. La grâce n'était pas promise à tous, elle ne l'était même peut-être qu'à certains, et même si sauver votre âme vous donnait une chance supplémentaire il fallait toujours prier pour qu'un péché niché dans l'âme ne soit pas mortel, contrairement à une balle qui ne peut être extraite de votre corps sans vous tuer. L'église n'était pas très portée non plus sur la miséricorde. J'ai tenté de m'expliquer avec Robert dans les jours qui ont suivi le crime. Je lui ai avoué que j'avais péché envers cette enfant, que je l'avais trahie dans mon cœur, et il m'a répondu que mon seul péché était d'avoir ouvert ma porte sans d'abord penser à mes propres enfants. Le vrai péché, il a dit, c'était que des gens aient laissé leur fille traîner dans les rues la nuit. Depuis lors, je supporte à peine de le voir.

Le shérif adjoint avait embarqué Strickland sans résistance. Lorsque Aimee avait téléphoné au bureau du shérif, elle avait parlé dans le détail à la standardiste de la fille assise devant elle à la table de cuisine et de l'homme qu'elle voyait par la fenêtre. Où est cet homme maintenant ? avait demandé la standardiste. Et lorsque Aimee avait répondu : dehors sur la véranda avec maman, ils n'avaient pas traîné. L'adjoint du shérif s'était approché du jeune homme et l'avait mis en joue. Fiston, il avait articulé, je ne sais pas si tu es crétin ou cinglé, mais arrête de sourire comme ça. Tu es dans un sacré merdier.

L'adjoint avait raison. Le nouveau procureur du comté, Keith Taylor, l'avait inculpé de viol aggravé et de tentative de meurtre. La secrétaire de monsieur Taylor, Amelia, m'appelle tous les jours pour me dire que le procès est encore reporté ou pour me poser des questions sur Gloria. Est-ce que je la connaissais auparavant ? Que m'a-t-elle dit ? Me suis-je sentie menacée par Dale Strickland ?

Rentrez chez vous et ramenez-la-moi, il m'avait ordonné. Maintenant. Faites gaffe de pas réveiller votre mari qui dort à l'étage, sauf qu'il dort pas à l'étage, il n'est même pas là. Allez-y, Mary Rose, vous prenez cette gamine par le bras, vous la remettez debout et vous l'amenez, OK ?

Et j'allais m'exécuter.

Une fois le jour levé, je fais le tour de la maison pour éteindre toutes les lumières. Robert piquera une crise lorsqu'il verra la note d'électricité. On ne peut pas se permettre de louer une maison en ville, il décrétera, surtout cette année. On a déjà une maison. Oui, mais *là-bas*, je répliquerai, et tu voulais qu'on vienne s'installer en ville avant toute cette histoire, et Robert me rappellera que j'adorais cet endroit avant et que maintenant il ne peut pas se permettre d'être loin de ses vaches. Il a embauché un homme pour le remplacer pendant les trois jours qu'il m'a fallu pour mettre au monde notre fils et me rétablir suffisamment pour rentrer chez moi, mais le type a tout laissé en plan pour aller travailler sur un forage. Les mouches à viande ont infesté les plaies des bêtes, leurs oreilles et même leurs organes génitaux. Robert a perdu cinquante têtes. Ça a flingué notre marge de bénéfice pour l'année, il répète chaque fois que le sujet revient sur le tapis, c'est-à-dire tous les dimanches lorsqu'il débarque avec un paquet de bonbons pour Aimee et des fleurs pour moi.

Merci, je lui dis. Après les avoir mises dans l'eau, on reste là dans la pièce, aussi éloignés l'un de l'autre que possible – lui songeant que j'ai détruit notre vie de famille et moi qu'il aurait préféré que je laisse cette gamine seule sur ma véranda, et qu'Aimee et moi on reste les bras ballants de l'autre côté de la porte.

Le dimanche, Robert contemple le bébé comme s'il venait d'acheter un taureau d'exception aux enchères. Il tient mon fils sur ses genoux quelques minutes, s'émerveille de la taille de ses mains – des mains de *quarterback*, il fait – et il me le rend. Dans quelques années, lorsqu'il sera assez grand pour lancer un ballon ou décharger une botte de foin d'un camion ou tirer sur un serpent dehors, à la ferme, le petit lui semblera plus intéressant. D'ici là, il est tout à moi.

Une fois les enfants endormis, je donne à Robert deux plats cuisinés pour sa semaine et soit il part aussitôt, soit on se dispute et ensuite il part. C'est un soulagement d'entendre la portière de sa camionnette claquer et le moteur démarrer.

Je suis déterminée à protéger mes enfants ici en ville, mais le ciel et le calme me manquent. Quasiment dès l'instant où nous sommes arrivés dans cette maison, j'ai eu envie de repartir. Pas d'où nous venions, mais dans un endroit aussi tranquille que notre ferme l'était avant les mouches à viande, avant les compagnies pétrolières, avant que Dale Strickland déboule devant ma porte et me fasse passer pour une lâche et une menteuse.

En vingt-six ans, je ne suis sortie que deux fois du Texas. La première, pour partir en lune de miel avec Robert à Ruidoso. J'ai l'impression que ça fait plus d'un siècle – j'avais dix-sept ans et j'étais enceinte de trois mois, d'Aimee – mais lorsque je ferme les yeux je revois encore la Sierra Bianca veillant sur cette petite ville. Lorsque j'inspire lentement et longuement, je sens encore l'odeur des pins, et leur parfum s'intensifie lorsque je ramasse une poignée d'aiguilles et les serre dans ma paume.

Nous sommes rentrés trois jours plus tard après nous être arrêtés à Fort Stanton, et pour la première fois de ma vie j'ai remarqué l'odeur de l'air d'Odessa, quelque chose à mi-chemin entre la station-service et une poubelle pleine d'œufs pourris. On ne le sent pas quand on grandit ici, j'imagine.

La seule autre fois où j'ai pu respirer cette odeur de pins, c'était il y a deux ans. J'ai dit à Robert que je partais trois jours avec Aimee à Carlsbad pour voir un vieux cousin éloigné dont il n'avait jamais entendu parler. En quittant la ville, la radio a annoncé que neuf personnes étaient mortes à Denver City à la suite d'une fuite de sulfure d'hydrogène.

C'est quoi le sulfure d'hydrogène, a voulu savoir Aimee, et je lui ai répondu que je n'en avais aucune idée. C'est qui l'égorgeur des bas-fonds ? elle a demandé. C'est quoi l'IRA ? J'ai changé de station et nous avons écouté Joe Ely et les Flatlanders. Lorsque nous sommes arrivées à Carlsbad, j'ai poursuivi ma route.

Aimee… J'ai jeté un coup d'œil dans le rétroviseur : un pick-up nous suivait depuis une dizaine de kilomètres. J'ai levé le pied. Si on allait à Albuquerque ?

Aimee a levé les yeux de son coloriage et a grimacé. Pourquoi ?

Je ne sais pas, pour voir un nouvel endroit ? Il paraît qu'il y a un Holiday Inn tout neuf en ville, avec une piscine intérieure et une salle de flippers. On pourra peut-être aller en montagne voir les pins jaunes.

On pourra m'acheter un souvenir ?

Non pas de souvenir qu'on achète cette fois. Que ceux qu'on se fabrique. Les mots sont restés coincés dans ma gorge et j'ai serré à droite pour laisser le plus d'espace possible au pick-up. Lorsque ce fils de pute a enfin décidé de me doubler, il est resté un moment à ma hauteur en klaxonnant comme un malade et j'ai failli me pisser dessus. Huit ans plus tôt, je lui aurais fait un doigt d'honneur. Maintenant, avec ma fille assise sur la banquette à côté de moi, j'ai serré les dents et j'ai souri.

Les habitants d'Odessa se plaisent à dire aux étrangers que nous vivons à moins de trois cents kilomètres de tout, mais Amarillo et Dallas sont à près de cinq cents kilomètres de chez nous, El Paso est dans un autre fuseau horaire, et Houston et Austin pourraient tout aussi bien être sur une autre planète. *Tout* correspond en fait à Lubbock et les jours où ça circule bien, le trajet en voiture dure deux heures. S'il y a des rafales de sable ou un feu de broussaille, ou si l'on s'arrête déjeuner au Dairy Queen à Seminole, ça peut prendre tout l'après-midi. Et la distance entre Odessa et Albuquerque ? Sept cent trois kilomètres, un peu plus de sept heures si vous ne vous faites pas choper par le radar aux abords de Roswell.

Nous avons juste eu le temps de manger un hamburger et de faire un saut à la piscine avant de nous coucher. Pendant qu'Aimee était dans la baignoire, j'ai téléphoné à Robert pour lui dire que nous étions bien arrivées à Carlsbad et que mon vieux cousin pétait encore le feu. Il a grommelé qu'il n'était pas évident de réchauffer le gratin de poulet que j'avais laissé à décongeler sur le plan de travail de cuisine. Couvre-le avec de l'aluminium, je lui ai dit, et mets le plat au four. Après avoir raccroché, je suis restée assise sur le lit en fixant le combiné. J'étais enceinte de dix semaines et la simple idée d'attendre un autre enfant me donnait envie de me pendre dans la grange. Robert voulait un fils, même deux peut-être, mais Aimee me suffisait. J'avais pensé tenter d'obtenir l'équivalence du diplôme d'éducation générale pour pouvoir m'inscrire à la faculté d'Odessa.

À cinq kilomètres de notre hôtel, dans une rue bordée de maisons en terre cuite, se trouvait un centre de santé pour femmes, bâtiment ordinaire en briques et parpaings qui aurait aussi bien pu abriter une entreprise de paliers et de roulements à bille ou un bureau de comptable.

La porte d'entrée était en verre épais et il n'y avait pas de fenêtres. Pas plus d'une douzaine de véhicules pouvaient se garer sur le parking et derrière l'édifice, en plein soleil, se dressait une table de pique-nique avec deux bancs en bois et plusieurs cendriers débordant de mégots. Nous nous sommes assises là et j'ai expliqué à Aimee qu'elle allait devoir rester dans la salle d'attente pendant que j'irais parler avec l'homme auquel j'avais demandé de fabriquer de nouveaux meubles pour notre véranda ; bref, le sujet le plus barbant au monde. J'avais rendez-vous à dix heures, mais nous nous sommes attardées au soleil quelques minutes de plus. Je ne doutais absolument pas de la nécessité de ce que je m'apprêtais à faire mais je freinais à l'idée de bouger du banc. Regarde ce pick-up avec le coq peint sur la portière, j'ai lancé. Tu ne sens pas une odeur de cuisine ? Est-ce que la petite vieille là-bas promène un *cochon* ? Aimee a finalement demandé à faire pipi et nous sommes rentrées à l'intérieur.

C'est légal, n'arrêtais-je pas de me répéter, c'est légal depuis presque deux ans. Mais j'avais du mal à m'en convaincre avec le paquet de mensonges accumulés, après avoir parcouru sept cents kilomètres pour aller dans un autre État. Je me suis approchée du guichet et me suis exprimée aussi posément que possible, tout en glissant devant moi trois cents dollars que j'avais pris sur mon compte épargne. J'aurais pu acheter de la cocaïne, tellement j'avais l'air de vouloir passer incognito.

La secrétaire a souri et a rangé l'argent dans un tiroir. Elle m'a tendu un formulaire et a jeté un coup d'œil à

Aimee par-dessus mon épaule. Madame Whitehead, qui vient vous chercher après l'intervention ?

Personne, ai-je répondu. Je me conduis moi-même.

Il faut que quelqu'un vous ramène chez vous en voiture. Avez-vous quelqu'un ?

J'arrive du Texas.

Ah, je vois. Elle a marqué une pause et s'est mordillé un ongle. Est-ce que vous passez la nuit en ville ?

Nous sommes à l'Holiday Inn, ai-je répondu à voix basse.

Le nouveau, dans le centre ? Elle a souri, se radoucissant un peu, et j'ai opiné du chef.

OK, bien, a-t-elle fait. Certaines femmes tentent de rentrer directement et ça crée des complications. Vous avez de la chance, elle a poursuivi. Dans deux heures environ, tout sera terminé.

Deux heures ! Je me suis tournée pour regarder ma fille assise sur une chaise avec un sachet de chips et son livre d'*Alice Détective*. La femme s'est penchée vers moi pour me toucher la main. Ça arrive tout le temps. On veillera sur elle.

J'ai cligné des yeux, m'efforçant de me concentrer sur la main. La femme portait du vernis rose sur les ongles et une alliance en or à l'annulaire gauche. Merci, j'ai fait. Elle s'appelle Aimee.

J'ai fait un grand sourire à ma fille en lançant : je vais revenir en moins de deux.

Ne vous en faites pas, a soufflé la femme comme je poussais une porte battante, manquant de bousculer une autre femme, une patiente, arrivant de l'autre côté. Puis à l'intention de ma fille, elle a ajouté : tout va bien se passer ! Est-ce que tu veux un Dr Pepper bien frais ?

Oui, m'dame, a répondu Aimee. Amuse-toi bien, maman, avec le monsieur des meubles.

Nous nous sommes arrêtés au Whataburger en rentrant à l'Holiday Inn. Aimee a regardé des dessins animés pendant que je vomissais dans les toilettes et attendais que les contractions s'apaisent. C'est mon hamburger qui ne passe pas, j'ai hoqueté lorsqu'elle a frappé à la porte des toilettes. J'en ai pour une minute, j'arrive.

Cet après-midi-là, elle a nagé dans la piscine et a joué au flipper pendant que je me reposais dans un fauteuil, sirotant deux vodkas jus de pamplemousse l'une après l'autre. De bonne heure le lendemain matin, nous avons mis le cap sur les Sandia Mountains pour sentir les pins à pignons, les épicéas, les sapins, les genévriers – je fermais les yeux et nous imaginais vivant dans une petite maison en bois au fin fond d'une forêt peuplée de créatures bienveillantes, certes non sans danger mais qui jamais ne chercheraient à délibérément vous faire du mal.

J'ai dû m'arrêter toutes les heures dans une station-service pour changer ma serviette – et deux autres fois afin qu'Aimee vomisse les bonbons qu'elle avait mangés sans retenue à l'hôtel – si bien que nous sommes arrivées à la maison vers minuit. J'avais dit à ma fille : jamais je ne te demanderai de cacher quoi que ce soit à papa, sauf si c'est très important. Et cette fois, c'est très important. À mon mari, j'ai affirmé : j'ai une sale mycose. C'est ceinture pendant un petit moment. Quatre mois plus tard, j'étais à nouveau enceinte et cette fois, ayant peine à croire à ma propre bêtise, j'ai décidé de garder le bébé.

Petite, j'avais le sentiment que le temps filait trop vite. L'été, j'enfourchais mon vélo après le petit-déjeuner et en trois temps trois mouvements c'était déjà la fin de la journée. Aujourd'hui, je regarde l'horloge de la cuisine et n'arrive pas à croire qu'il soit encore si tôt. Il n'est même pas dix heures et j'ai allaité le bébé déjà trois fois depuis qu'il s'est réveillé à six heures. J'ai un peu mal au sein droit ; mon mamelon est chaud et dur. Pendant que le bébé gigote tranquillement dans son berceau, Aimee saute sur son lit en criant : je m'ennuie, tous les jours, je m'ennuie !

Et les vacances d'été ont commencé il y a trois jours.

La sonnerie du téléphone me fait sursauter, mais c'est seulement la secrétaire de Keith Taylor. La mère de Gloria a eu des soucis, m'annonce-t-elle, mais ils espèrent que Gloria pourra malgré tout témoigner. Je lui demande de quel genre de soucis il s'agit mais elle refuse de m'en dire plus. Je lui demande alors si je peux voir Gloria, lui parler pour savoir comment elle va. Amelia garde le silence quelques instants. Et vous, comment vous sentez-vous, Mary Rose ?

Oh, ça va, je réplique d'un air dégagé. Ne vous inquiétez pas pour moi !

J'ai envie d'ajouter que mes enfants sont en sécurité ici en ville, dans cette maison. Que des hommes m'appellent à n'importe quelle heure du jour ou de la nuit, parfois des femmes aussi, mais que les saloperies qu'ils me racontent en disent plus long sur eux que sur moi ; je m'efforce de ne pas me sentir concernée. Que j'ai ma vieille carabine avec moi, et un nouveau revolver dans la boîte à gants de ma voiture. Au lieu de quoi, je remercie la bonne dame de son appel et la salue.

Par terre dans la salle de bains, le linge sale se multiplie telle une colonie de chiens de prairie. Nous n'avons plus de lait ni d'œufs, et j'ai promis à l'union féminine de notre paroisse d'aller à leur réunion plus tard dans la journée. Soudain le bébé hurle comme si une guêpe venait de le piquer, et dans la foulée, à croire que c'est orchestré, Aimee tombe de son lit et se cogne la tête contre la commode. Un hurlement émane de sa chambre. Un œuf de pigeon a déjà surgi sur son front quand j'arrive, mais elle est surtout contrariée parce que je ne la laisse pas sortir seule, ne serait-ce qu'une minute.

Dans les semaines qui ont suivi le viol de Gloria Ramírez, les gens se sont réunis dans les bars, les salles de repos, ou les salles paroissiales. Ils se sont attardés dans leurs jardins ou les rayons du supermarché. Ils se sont rassemblés sur le parking de la cafétéria. Mêmes les supporters de foot à l'entraînement parlaient de ce qui s'était passé au lieu de ne penser qu'au terrain comme à l'ordinaire. À chaque fois, j'ai laissé traîner mes oreilles. J'ai appris le reste à la radio ou dans le journal.

La mère et le père de Dale Strickland étaient rentrés chez eux à Magnolia dans l'Arkansas, et à en croire le journal local et les citoyens les plus bavards de cette ville, Strickland était un bon gamin. Selon le pasteur Rob dans son habituelle homélie dominicale, il n'a jamais eu ne serait-ce qu'une amende pour excès de vitesse. S'il a manqué un entraînement de football ou une messe, personne en ville ne s'en souvient, et il a toujours respecté à cent pour cent les filles. Son père, un pasteur pentecôtiste, a fait parvenir au bureau du procureur toutes sortes de lettres et témoignages des membres de sa congrégation attestant des vertus de son fils. Il paraît même que Keith Taylor aurait apporté une table pliante supplémentaire dans son bureau pour avoir une place où les mettre.

Dans un éditorial, un journaliste a remarqué que le soir de la Saint-Valentin l'accusé n'avait pas dormi depuis deux jours parce qu'il avait pris des amphétamines que son chef d'équipe lui avait fournies, une pratique courante sur les forages. Si personne ne cautionnait la consommation de drogue – les gens parlaient encore de la fille d'Art Linkletter –, le rythme de travail dans les champs de pétrole imposait parfois aux hommes de dépasser leurs limites. Ils se battent là-bas, affirmait le journaliste, ils se battent pour extraire le pétrole du sous-sol avant que les parois des puits ne s'effondrent, ils se battent contre les prix de l'OPEP et les Arabes. On peut même dire, d'une certaine manière, qu'ils se battent pour l'Amérique.

Une semaine plus tard, deux lettres adressées au rédacteur en chef ont été publiées. Le révérend et madame Paul Donnelly de l'église First Methodist exprimaient leur chagrin et leur dégoût face à la manière dont le journal et les habitants de la ville en général traitaient cette affaire. Ils priaient, affirmaient-ils, afin que nous nous reprenions et posaient la question : et si cela était arrivé à votre fille ?

Dans une seconde lettre, un honorable citoyen nous a rappelé à tous que la victime présumée était une Mexicaine de quatorze ans qui traînait au fast-food ce samedi soir-là. Des témoins attestaient qu'elle était montée de son plein gré à bord du pick-up du jeune homme. Personne ne lui avait braqué un revolver sur la tempe. Nous ferions mieux de penser à cela, écrivait cette personne, avant de détruire la vie d'un jeune homme. En lisant ces lignes, j'ai balancé le journal à travers la cuisine, geste parfaitement vain puisque les pages sont retombées aussitôt, dans un bruissement triste, à moins d'un mètre de moi.

Après avoir déménagé en ville, j'ai souvent eu l'occasion de rétorquer, sur le parking de la cafétéria Furr's, au téléphone avec l'école d'Aimee, ou en faisant la queue pour changer l'adresse de mon permis de conduire : je vous demande pardon ? Ou : je regrette, mais c'est complètement faux. En attendant à la caisse du Piggly Wiggly, Madame Bobby Ray Price a voulu discuter de *cette sale affaire.* Aimee pleurnichait pour que je lui achète un nouveau bonbon qui, affirmait-elle, explosait dans la bouche. J'ai écouté quelques secondes madame Price avant de secouer la tête. N'importe quoi, je pensais. Mais je n'ai pas pipé mot.

J'applique vite de la glace sur l'œuf de pigeon d'Aimee et peu avant midi nous sortons prendre un peu l'air. Pendant qu'Aimee boude en traçant à la craie des chiffres sur le trottoir, je reste debout sur la pelouse, le bébé endormi dans les bras. Alors qu'il soupire et se colle à mon sein droit, une violente douleur fuse dans ma poitrine, et je le tourne de l'autre côté, Dieu merci sans qu'il se réveille. Nous voyons Suzanne Ledbetter les premières. Elle porte des sandales blanches, un bermuda de la même couleur, et un chemisier sans manches qui fait ressortir ses cheveux roux et sa peau pâle parsemée de taches de rousseur. Un grand sac de paille pend à son épaule dénudée. Elle a l'air d'avoir pris une douche ce matin, je songe avec envie. Lorsque Suzanne nous repère enfin, elle agite la main et tapote son sac. Coucou, c'est Avon qui régale !

Madame Nunally s'arrête dans sa vieille Chevrolet et nous rejoint. Madame Nunally porte d'ordinaire une blouse ou un tablier par-dessus ses vêtements en fonction du travail auquel elle se rend, mais aujourd'hui elle est vêtue d'une longue jupe noire et d'un chemisier vert clair dont les manches longues couvrent ses poignets très fins. Un petit badge à son nom est épinglé sur sa poitrine. Elle est en route pour Beall's, où elle est employée comme vendeuse deux fois par semaine. Selon madame Shepard, elle a cessé de se maquiller depuis qu'elle est devenue adventiste mais aujourd'hui elle a mis du rouge à lèvres rose pâle et de l'ombre à paupières assortie à son chemisier.

Wouah ! Regardez-moi ça, s'exclame Suzanne, vous êtes magnifique !

Mon Dieu, fait madame Nunally, vous avez vu les mains de ce bébé. Il sera joueur de football américain ! Les deux femmes se penchent quelques secondes sur le bébé, le couvant du regard et lui soufflant des baisers. Puis Suzanne me l'enlève des bras et le blottit contre sa poitrine. Paupières fermées, elle le berce un peu avant de délicatement me le rendre. Je songe à mon sein enflammé, à mes nuits sans sommeil, et l'espace d'un instant j'ai envie de le lui redonner. Attendez-moi, j'ai envie de dire, je vais chercher son sac à langer.

Où est Lauralee ? Aimee pleurniche sur le trottoir : elle a dessiné une marelle et le résultat est décevant.

À son cours de natation, répond Suzanne. Je vais aller la chercher dans pas longtemps pour l'emmener à la danse.

Madame Shepard, tuyau d'arrosage éteint à la main, se tient sur sa pelouse de devant.

Elle va bien ? je demande à madame Nunally.

Suzanne se penche et chuchote : il paraît que Potter s'est suicidé.

Quoi ? je fais. Oh, mon Dieu, non. C'était un accident de chasse.

Le bébé soupire dans son sommeil et fouit encore contre moi, mais un éclair de douleur irradie mon sein et mon bras et je le change de côté.

Potter n'a jamais chassé de sa vie, déclare Suzanne. Cet homme était bien incapable de tuer un animal quel qu'il soit.

Madame Nunally pince ses lèvres en cul de poule et fait une petite grimace. J'espère pour eux deux que ce n'est pas vrai, je murmure.

Au moment où madame Shepard s'apprête à traverser la rue, un grand verre de thé glacé à la main, la fille de Ginny surgit d'une longue haie qui longe la façade de la maison d'en face.

Debra Ann et Aimee se jaugent sur la pelouse, puis Debra Ann, qui s'est gratté sur l'avant-bras un bouton de moustique jusqu'au sang, demande à Aimee si elle veut venir faire du vélo avec elle. Non, je réponds. Restez toutes les deux ici, dans le jardin, s'il vous plaît.

Ah, allez, intervient madame Shepard. Il ne va rien leur arriver.

Non, je répète sèchement. Madame Shepard avale une longue gorgée de son thé glacé avant d'émettre un bruyant bruit de bouche de satisfaction.

J'ai déjà remercié Suzanne pour le plat qu'elle m'a apporté et madame Nunally pour le gâteau au citron.

Je remercie alors madame Shepard pour *son* plat qui, comme je peux le voir, porte encore une étiquette au nom de Suzanne.

Oh, avec plaisir, ma belle. Mesdames, poursuit-elle s'adressant à nous toutes, je connais une jeune fille qui cherche à faire du babysitting. Elle fouille dans sa poche, en sort trois bouts de papier, et nous en tend un à tour de rôle. Voici son téléphone. Elle s'appelle Karla Sibley. Je vous la recommande, les yeux fermés.

Suzanne jette un coup d'œil et fait la moue. Et vous la connaissez d'où cette fille ?

De l'église, réplique madame Shepard du tac au tac.

Ah ? fait Suzanne. Vous retournez à l'église, Corrine ?

Évidemment, Suzanne ! Ça me fait tellement de bien depuis l'accident de Potter.

Je vois. Suzanne plisse les yeux et change son sac d'épaule. Eh bien, nous prions tous pour vous à la Crescent Park Baptist.

Dieu vous bénisse, proclame madame Shepard.

Madame Nunally fronce les sourcils, puis se tourne vers Suzanne. Comment vous sentez-vous ?

J'ai perdu le bébé, répond-elle en rougissant. Mais ça va ! On réessaiera dans quelques mois.

Oh non, fait madame Nunally.

Vous avez largement le temps, lance madame Shepard. Vous n'avez que vingt-six ans.

Merci, Corrine, mais j'en ai trente-quatre.

Ah bon ? Vous ne les faites pas du tout… Madame Shepard s'interrompt et lance un regard oblique à madame Nunally. Ça vous ennuie si je fume ?

Je suis désolée, je souffle à Suzanne.

Il ne faut pas, dit-elle. J'ai une fille magnifique, intelligente, et pleine de talent. Et regardez ce que j'ai aussi ! Elle plonge la main dans son sac et nous tend des échantillons Avon – parfum, crème de jour, ombre à paupières, mini rouge à lèvres.

Madame Shepard passe les siens à madame Nunally sans même regarder ce qu'on lui donne et sort une cigarette de la poche de son chemisier. Elle ne tarde pas à exhaler de la fumée, et l'odeur est si riche, si chaleureuse que j'ai envie de lui arracher des mains sa cigarette et de tirer dessus de toutes mes forces.

Vous vous préparez toujours pour le procès ? me demande-t-elle.

Oui. Je change à nouveau le bébé de côté et jette un coup d'œil en direction d'Aimee. Avec Debra Ann, elles sont assises sous l'arbre mort, et discutent avec animation en nous regardant de temps à autre.

Suzanne se penche un peu et disperse d'un geste de la main la fumée de cigarette. Il paraît que l'oncle de la fille essaie de faire chanter la famille de monsieur Strickland.

C'est de la pure calomnie ! je m'exclame sans même réfléchir. C'est vraiment affreux de dire ça.

Je n'ai pas dit que c'était vrai, précise Suzanne. Les rumeurs se propagent vite, vous le savez bien.

Et comment ! lance madame Shepard, partant d'un gros rire sonore et factice, incongru coup de klaxon, qui me rappelle aussitôt le vilain cri des grues du Canada que j'ai laissées derrière moi à la ferme. Elle hausse les sourcils que, Dieu merci, elle n'a pas oublié de dessiner ce matin, et s'éloigne de quelques pas pour ne pas exhaler sa fumée près du bébé.

De la calomnie, vous avez raison, fait madame Shepard, mais qu'est-ce que vous attendiez d'une bande de racistes ?

Suzanne inspire profondément. Bah, parlez-vous pour vous, Corrine, parce que je ne suis pas raciste… Elle s'interrompt et balaie du regard l'assistance pour s'assurer que chacune est d'accord avec elle : non, Suzanne Ledbetter n'est pas raciste. Mais madame Shepard et moi, nous gardons le silence, et madame Nunally s'éloigne déjà vers sa voiture, en disant : allez, bon après-midi, mesdames. Suzanne prend alors congé et se met en marche lentement, comme un peu perdue. En arrivant devant sa maison, elle met un point d'honneur à vérifier si elle a reçu du courrier et à arracher deux pieds de pissenlit qui ont osé pousser dans son faux kikuyu. Pour finir, elle s'empare d'un balai posé contre sa véranda et s'active sur le trottoir.

Madame Shepard, qui n'a manifestement rien de mieux à faire ni nulle part où aller, m'observe en train de respirer mon fils. Il est encore assez petit pour que j'aie envie de le renifler de temps à autre, juste pour m'assurer que c'est bien le mien.

Les bébés, fait madame Shepard, songeuse. Il n'y a qu'une Lincoln Continental flambant neuve qui sente aussi bon. Je peux ? Elle cache sa cigarette dans son dos, se penche, et hume mon petit gars. Ma petite, lance-t-elle, je ne regrette pas les couches sales, et encore moins les nuits blanches mais cette odeur, ça me manque, oui.

Je remonte la couverture jusqu'au menton de bébé et je la fixe. Si vous aviez vue Gloria Ramírez. Il l'avait rouée de coups. Le bébé s'agite dans son sommeil, sa petite bouche s'ouvrant et se fermant. Je me penche un peu plus vers elle et j'ajoute à voix basse : madame Shepard, on aurait dit qu'un animal l'avait attaquée.

S'il vous plaît, appelez-moi Corrine.

Corrine, je répète, Dale Strickland n'est rien d'autre qu'un porc sauvage. Pire, en fait. Ils ne peuvent pas se retenir. J'espère qu'ils le condamneront à la chaise électrique, vraiment.

Elle jette son mégot sur le trottoir et le pousse du bout du pied dans le caniveau. Nous observons toutes deux la fumée s'élevant du filtre tandis qu'elle s'en rallume une aussitôt. Elle reste silencieuse, sourit, et effleure le menton du bébé. Je sais, ma douce. Espérons que le juge ne soit pas en-dessous de tout. Vous irez témoigner ?

Oui. J'ai hâte de leur expliquer ce que j'ai vu.

Bien. C'est bien. C'est tout ce que vous pouvez faire. Je peux vous demander quelque chose, Mary Rose ? Est-ce que vous dormez assez ?

D'un mouvement de tête, je désigne le bébé, prête à lui répondre que je vais bien, que mes enfants vont bien, que nous n'avons besoin de rien, mais Corrine m'épie comme un croupier qui, tout en distribuant les cartes au blackjack, surveille du coin de l'œil un joueur tricheur.

Je pourrais lui avouer la vérité. Que certaines nuits je rêve que Gloria frappe encore à ma porte mais que je ne réponds pas. Que je reste au lit, la tête sous l'oreiller pendant qu'elle frappe de plus en plus fort et que, ne supportant plus d'entendre ce bruit, je saute du lit, descend dans l'entrée de ma nouvelle maison, ouvre ma lourde porte, et trouve Aimee sur ma véranda, couverte de bleus, en lambeaux, ses pieds nus et ensanglantés. Maman, elle crie, pourquoi est-ce que tu ne m'aides pas ?

Je pourrais lui parler des coups de téléphone que je reçois, quasiment depuis le jour où la compagnie des télécommunications a branché notre nouvelle ligne, et je pourrais lui dire que certaines nuits je ne fais plus la différence entre la fatigue et la peur.

Au lieu de quoi, je déclare : je vais bien. Merci.

Corrine cherche une autre cigarette, la troisième, dans son paquet, mais s'apercevant qu'il est vide elle le bouchonne et le fourre dans la poche de son pantalon de tailleur. J'aurais juré qu'il était à moitié plein, fait-elle. Depuis la mort de Potter, j'oublie tout. La semaine dernière, j'ai perdu une couverture. Une couverture ! Elle regarde son garage de l'autre côté de la rue. Bon, je vais aller bouger l'arroseur automatique et me faire un autre thé glacé. Il va faire trente-sept degrés aujourd'hui. Et on est en juin !

Elle a déjà disparu dans sa maison lorsque je m'aperçois qu'elle a laissé Debra Ann Pierce dans mon jardin. Je reste là et observe les filles qui de temps en temps me lancent un coup d'œil et font la grimace avant de m'ignorer à nouveau royalement. Au bout d'un moment, le bébé se réveille, je fais rentrer tout le monde, et verrouille derrière moi à double tour. Pendant que les filles jouent dans la chambre d'Aimee, j'allaite le petit. Mon sein droit est en feu, et une grosseur près du mamelon confirme l'engorgement. La douleur irradie dans toute ma cage thoracique.

Lorsque nous sommes prêtes à partir pour la réunion de l'union féminine, il fait plus de trente degrés dehors et Aimee est en colère parce que j'ai fait rentrer chez elle sa nouvelle copine. Elle s'assied sur la banquette avant, donne des coups de pieds dans la boîte à gants et tripote la climatisation pendant que le bébé gigote entre nous.

Tu t'es amusée avec Debra Ann ? je demande.

Ouais, elle fait, donnant, donnant, et redonnant des coups de pied.

Arrête, Aimee. Vous vous entendez bien ?

Ouais, elle fait. Elle a deux amis, mais je crois qu'ils sont imaginaires.

C'est la deuxième fois que je me rends à une réunion de l'union féminine. Lorsque nous avons déménagé en ville, j'ai pensé qu'il serait peut-être judicieux d'arrêter d'écouter notre radio baptiste et de trouver une vraie paroisse. Ça nous ferait peut-être du bien de nous intégrer dans un groupe, et Aimee avait commencé à parler de sauver son âme. Mais la réunion du jour est atroce. Le climatiseur fonctionne à fond, en vain ; la chaleur ne fait qu'exacerber la douleur dans mon sein. En arrivant, certaines parlent d'envoyer leurs maris donner des cartons de vêtements d'été aux familles vivant aux abords de la ville dans des campements de fortune qui semblent avoir surgi de terre du jour au lendemain autour des sites de forage.

Ces campements sont atroces, proclame madame Robert Perry. Il y a des détritus partout et la plupart n'ont même pas l'eau courante. Elle marque une pause et à voix basse ajoute : et c'est peuplé de Mexicains.

Un murmure approbateur parcourt la salle. Ils ont une façon de vivre ! lance l'une avec un mépris sans bornes, et une autre rappelle quand même qu'ils ne sont pas tous pareils, pas tous *comme ça* ; et je reste là, assise, bouche bée. Comme si j'entendais pour la première fois de tels propos, comme si je n'avais pas grandi en écoutant mon père dire ce genre de choses à table, ou mes oncles et tantes à Thanksgiving, ou mon propre mari. Mais en cet instant je pense à Gloria, à sa famille, et ça me titille, comme une plaie ouverte que je ne peux m'empêcher de gratter.

Aimee et le bébé sont au bout du couloir, à la garderie de la paroisse. On est dans une église, me suis-je répété en confiant mon bébé à l'adolescente en charge qui a poussé un cri de joie en nous voyant arriver. Ils seront en sécurité ici. Je ferme les yeux et touche mon front d'une main. J'ai peut-être un peu de fièvre. J'ai l'impression qu'on me braque un chalumeau sur le flanc droit, de l'aisselle aux côtes flottantes.

Ça va, Mary Rose ? Barbie, l'épouse de B. D. Hendrix, est debout près de ma chaise. Elle pose une main sur mon épaule. Quelqu'un suggère que je dois être exténuée, puis quelqu'un d'autre fait allusion à cette sale affaire avec la petite Ramírez, et un nouveau murmure approbateur se propage. C'est vraiment une honte. Comment diantre la mère de monsieur Strickland peut-elle dormir la nuit ? Elle doit être morte d'inquiétude pour son garçon, et tout ça à cause d'un malentendu.

Il n'y a aucun malentendu, je m'exclame. Il l'a violée, et j'en ai assez que vous prétendiez toutes le contraire. Je marque une pause et balaie la salle du regard. Il fait une chaleur d'enfer là-dedans. Certaines dames, qui jusqu'alors s'éventaient avec leur exemplaire de la charte de l'union, s'immobilisent telles des statues, assises du bout des fesses au bord de leur chaise, comme attendant d'être touchées par la grâce, ce qui me pousse à poursuivre. Dans quelques heures, je comprendrai ma terrible erreur, mais dans l'immédiat ce n'est pas le cas.

Parce que vous pouvez prendre des vessies pour des lanternes, dire autant que vous voulez qu'une tempête de sable est une petite brise, qu'une sécheresse est un petit coup de chaleur, à la fin de la journée votre maison restera un capharnaüm et vos plants de tomates seront tous crevés et… Ma voix chevrote et je m'aperçois avec horreur que les larmes me montent aux yeux. Je ne vais pas pleurer devant ces bonnes dames. Je peux encore me taire et tout rentrera dans l'ordre, enfin, plus ou moins.

Je l'ai vue, j'articule. J'ai vu ce qu'il lui a fait.

Je vous demande pardon, Mary Rose – la voix vient d'au-delà du climatiseur – je sais ce que vous *croyez* avoir vu, mais sauf erreur de ma part nous vivons encore en Amérique, et ici un homme bénéficie de la présomption d'innocence.

Une vague de murmure parcourt la salle, chacun y allant gentiment de son petit commentaire à la noix. Si elles ont raison quant aux droits constitutionnels de Strickland, j'ai cependant l'impression qu'elles ont déjà toutes condamné une adolescente. Je vous prie de m'excuser, s'il vous plaît, et je m'éclipse aux toilettes.

Au bout d'un moment, elles envoient la trésorière, madame L. D. Cowden, voir comment je me porte. Madame Cowden, une des membres les plus anciennes du groupe, prétend que sa grand-mère a planté la première rangée de pacaniers dans cette ville en 1881 – l'année où cinq ouvriers chinois qui travaillaient à la construction du chemin de fer sont morts dans une explosion près de Penwell. Une tempête de sable a déraciné les vingt-cinq arbustes à peine plantés. L'histoire est un pur mensonge. Tout le monde sait que c'est Viola Tillman, la grand-mère de madame Shepard, qui a planté ces arbres, mais personne ne veut l'admettre. Il y a six ans, à la suite d'une petite altercation avec Barbie Hendrix, on a demandé à Corrine de renoncer à son adhésion à l'union. Tout aurait pu être oublié, ou du moins chacune aurait pu vivre avec étant donné les liens profonds de Corrine avec la communauté, si celle-ci n'avait pas cessé d'aller chez le coiffeur le jeudi après-midi. J'en ai marre de tout votre saint bataclan, a-t-elle déclaré aux femmes de l'association. À partir de maintenant, j'élèverai toute seule mon âme vers ce putain de Jésus.

Madame Crowden me trouve dans les toilettes jouxtant la salle de réunion, penchée au-dessus du lavabo, retenant mes larmes. Tandis que je m'asperge le visage d'eau tiède en marmonnant mon mécontentement, elle s'appuie contre le chambranle de la porte.

Voulez-vous un verre de thé glacé ? s'enquit-elle.

Non, merci.

Écoutez, tout le monde sait très bien ce que cette jeune fille raconte. Mais il n'est pas utile de nous le rappeler tout le temps, c'est tout. Et ce mot est tellement affreux.

J'éteins le robinet, et me redresse pour lui faire face. Viol, vous voulez dire ?

Elle grimace. Oui, ma chère.

J'avais accouché plusieurs semaines auparavant avec les cartons encore emballés à la maison et Robert devenant dingue à cause d'un taureau qui avait disparu et, à mon retour à la maison, Grace Cowden m'avait apporté des plats préparés pour une semaine et une pile de bandes dessinées pour Aimee. Jamais elle n'avait mal parlé à quiconque, pas que je le sache en tout cas. Je lui tends la main. Je suis désolée, Grace.

Elle prend ma paume et la presse sur son cœur. Moi aussi, je suis désolée, Mary Rose. Elle rit doucement. Quelle dinguerie ces derniers mois. Un fils de pasteur en prison. Ginny Pierce qui disparaît Dieu sait où en laissant sa famille en plan. Et vous avec un nouveau-né et un procès en plus. Et cette chaleur, perfide comme un serpent.

Elle conserve ma main dans la sienne tout en se demandant si le juge serait d'accord pour que j'écrive une lettre, tout simplement, ou quelque chose de cet ordre. Cela serait moins perturbant pour moi et ma famille. D'autant que – elle se penche vers moi – Lou Connelly a entendu dire que la mère de cette fille s'était fait expulser et que la petite avait été envoyée à Laredo dans de la famille. Si ça se trouve, elle ne viendra même pas au procès. À moins qu'il y ait de l'argent à prendre bien sûr.

Je dégage lentement ma main du cœur de Grace, me détourne vers l'évier, et tripote le robinet pendant qu'elle continue à déblatérer. Quant à nos réunions, dit-elle, eh bien, nous sommes censées passer du bon temps. Personne ne vient ici pour se sentir mal.

Avec d'autres de ces dames, affirme Madame Cowden, elles pensaient que je préférerais peut-être cesser de venir pendant un certain temps, histoire que les choses se calment et que toute cette ignominie soit derrière nous. Jusqu'à ce que je me sente un peu mieux, quoi.

Oui, je songe, jusqu'à ce que je redevienne l'ancienne Mary Rose. Je laisse mes mains sous le robinet quelques instants, observe l'eau glisser sur ma peau, une odeur de soufre et de terre s'élevant du lavabo. Ce matin-là sur ma véranda, alors qu'il était déjà menotté et assis dans la voiture du shérif adjoint, l'un des secouristes, un jeune homme aux yeux couleur sable, a posé une main à l'arrière de ma tête. L'autre m'a tendu un verre d'eau froide qui sentait le soufre. Mais qu'est-ce qui s'est passé ? Ils ont tous les deux cherché à savoir. Et j'ai secoué la tête. J'ai secoué et secoué la tête, sans trouver un mot à dire. Ils ont mis longtemps à convaincre les filles de leur ouvrir la porte, m'ont rapporté les secouristes, et lorsque enfin ils y sont parvenus, Gloria a refusé de se laisser approcher. J'ai bu le verre d'eau, et pendant que les deux hommes m'attendaient dehors je suis rentrée dans la maison, j'ai mouillé un torchon et je l'ai posé délicatement sur sa joue.

Ça va aller maintenant, je lui ai murmuré ; ma fille était debout dans un coin de la pièce, muette. Ça va aller, j'ai répété, et cette fois j'ai veillé à regarder tour à tour les deux petites. J'ai continué d'essuyer le visage de Gloria en lui promettant que ça irait, qu'on s'en sortirait toutes les trois.

Là-bas, l'eau est glacée en sortant du robinet, même l'été, mais ici en ville, elle est tiédasse ; certes sans les débris et les particules qui flottent dans l'eau tirée d'un puits. Eau propre, nouveau départ, table rase. Ses yeux étaient restés secs, elle n'avait même pas versé une larme, mais lorsque les secouristes ont voulu la faire monter dans l'ambulance, lorsque l'un d'eux a effleuré son dos pour l'inciter à avancer, elle a hurlé comme si on la poignardait. Comme si on l'avait flanquée sur une souche d'arbre et fendue en deux d'un coup de hache. Elle s'est débattue en appelant désespérément sa mère à l'aide. Elle a fini par se précipiter sur moi et elle m'a agrippée comme si j'étais le dernier poteau auquel elle pouvait se raccrocher en pleine tornade. Mais j'étais exténuée et dévastée à ce moment-là ; je me suis dégagée et j'ai tourné les talons. Elle a voulu me rattraper mais j'ai continué vers ma maison et j'ai fermé la porte. J'ai écouté ses cris pendant que les hommes s'emparaient d'elle et la contraignaient à rentrer dans l'ambulance avant de claquer la portière.

Et maintenant, ici en ville, les gens insinuent que cette gamine est une menteuse, ou une traînée, ou qu'elle veut le faire chanter. Pardonnez-nous nos offenses, d'accord. Je mets mes mains en coupe et recueille de l'eau dans mes paumes. Où vais-je trouver ma place, ici à Odessa ? À quoi vont ressembler mes journées, et que va-t-il advenir de moi ? Vais-je redevenir comme avant, l'ancienne Mary Rose ? Comme Grace Cowden ? J'esquisse un sourire et je colle mes doigts pour contenir l'eau. Je pourrais boire, dans cette coupe, si je me dépêche… Et je m'exécute. Je lape bruyamment, l'eau dégoulinant sur mon menton tandis que Grace toussote discrètement. Je me penche à nouveau pour remplir d'eau mes mains. La prudence est peut-être mère de la sureté. Mais peut-être pas. Et consciente d'avoir trahi sur toute la ligne la fille d'une autre femme, je n'ai qu'une envie maintenant : prendre des risques.

Et que pourrais-je bien faire en ce sens ?

Ceci : tandis que cette chère madame L. D. Cowden répète que je devrais me reposer et peut-être mettre de la farine dans le biberon de mon bébé, je relève la tête, soulève mes mains en coupe, et lui balance une gerbe d'eau au visage.

Grace se fige. Mais en fin de compte, ne trouve rien à dire. Au bout de quelques instants, elle s'essuie le front d'une main qu'elle secoue ensuite d'un coup sec vers le sol. Eh bien, fait-elle, quelle rudesse.

Allez au diable, je rétorque. Vous n'avez qu'à faire des cartons pour tous ces pauvres gens que vous ne pouvez pas vous empêcher de juger ?

Je pourrais avoir deux enfants malades et un garde-manger vide, Robert continuerait de se plaindre de devoir laisser la ferme. Mais dès l'instant où il apprend ce qui se passe, il rapplique. J'imagine sans peine le téléphone sonnant dans mon ancienne cuisine, et Robert debout, sandwich au saucisson à la main, pendant qu'une femme, ou le mari de celle-ci, lui fait part de sa grande inquiétude à mon égard. Une fois les enfants couchés, il me suit à la trace dans la maison tout en râlant pendant que je rassemble les livres et les jouets d'Aimee. J'ai la poitrine en feu. Je résiste à l'envie d'arracher mon soutien-gorge et de le balancer sur la moquette.

Tu pourrais au moins essayer, Mary Rose, non ? me lance-t-il. Je travaille tous les jours comme un damné pour ne pas tout perdre là-bas, ne pas perdre une terre qui appartient ma famille depuis quatre-vingts ans. Il me suit dans la cuisine et me regarde sortir un sac en papier que je remplis pour lui de boîtes de conserve afin qu'il les emporte à la ferme. Tu crois que tu rends servir à ta famille en passant pour la cinglée de la ville ?

Je m'agenouille pour examiner une étagère, m'efforçant de faire le compte dans mes boîtes. J'aurais juré qu'il me restait deux boîtes de chili, et une de maïs aussi.

La botte de Robert est juste à côté de ma jambe, assez près pour que je sente l'odeur de bouse de vache imprégnant le cuir. Durant les dernières quarante-huit heures, il a perdu plus d'une douzaine de bêtes à cause des mouches à viande. Celles qui ne sont pas mortes tout de suite, il a dû les achever d'une balle et parce que les mouches pondent leurs œufs dans la viande encore fraîche, il a poussé les carcasses avec son bulldozer pour les empiler et les arroser de kérosène.

J'empile les assiettes sales dans l'évier et tourne le robinet d'eau chaude. Qu'est-ce que tu veux que je te dise, Robert ? Les gens dans cette ville ont décidé de croire que toute cette histoire n'est qu'un malentendu, une espèce de prise de bec entre amoureux.

Bah, comment tu sais que ce n'est pas le cas ?

Je plonge les deux mains dans l'évier plein d'eau brûlante. Un effluve d'eau de Javel monte jusqu'à mes narines. J'ai dû mettre trop de produit, je songe, mais le temps que je sorte mes mains de l'eau, elles sont déjà cramoisies.

Tu te fous de moi, Robert ? Tu n'as pas entendu ce qu'ils ont dit sur ses blessures ? Ils ont dû lui enlever la rate, nom de Dieu. Et d'ailleurs, tu as écouté ce que je t'ai raconté, moi ?

Oui, Mary Rose. Je t'ai écoutée. Les trente fois où tu m'en as parlé.

Je m'enveloppe les mains dans un torchon pour tenter d'apaiser le feu sur ma peau. La cuisine pue l'eau de Javel. Aussi calmement que possible, je dis à mon mari : Robert, Gloria Ramírez a quatorze ans. Et si ça avait été Aimee ?

Je t'interdis de comparer ma fille à cette gamine !

Et pourquoi pas ?

Parce que c'est pas la même chose. Il me crie quasiment dessus désormais. Tu sais très bien comment sont ces filles-là.

Je m'empare d'une pile d'assiettes qui séchaient depuis la veille sur l'égouttoir à vaisselle et la pose si violemment sur le plan de travail que la porte du placard en tremble. Ça suffit, je lui lance. Ferme ta putain de gueule maintenant.

Robert serre les dents. En le voyant plisser les yeux et fermer le poing, j'ouvre d'un coup sec le rideau de la cuisine et regarde autour de moi en quête de ma grande cuillère en bois. Si on doit se battre, j'aimerais autant frapper la première ; et avoir des témoins éventuellement.

Excuse-moi, Mary Rose, lâche-t-il, mais je ne fermerai pas ma gueule, non.

Il continue de palabrer lorsque le téléphone se met à sonner. Laisse, je le coupe, il y a un représentant de commerce qui n'arrête pas d'appeler. Le téléphone sonne et sonne encore, s'interrompt quelques secondes, avant de retentir derechef. Robert me fixe comme si j'avais perdu la boule. Laisse, je lui hurle alors qu'il s'approche de l'appareil. C'est un putain de représentant de commerce.

Lorsque le silence revient enfin, il me demande combien de temps encore je vais empêcher Aimee de sortir de la maison, et je mens en lui répondant qu'elle s'est fait une ribambelle de copines dans la rue.

Il finit par s'approcher de moi et me demande s'il me manque, ne serait-ce qu'un tout petit peu. Toujours devant l'évier, j'empoigne alors ma poitrine et je lui parle de mes seins engorgés.

Bingo !

J'ai vu mon mari enfoncer son bras jusqu'au coude dans une vache pour faire tourner un veau se présentant en siège, et je l'ai vu pleurer lorsque ni la vache ni le veau ne parvenaient à survivre, un mot sur l'infection mammaire de sa femme, non, c'est trop, et il détale vite fait bien fait avec ses boîtes de conserve et un des plats congelés que Suzanne a cuisinés pour moi.

Il fait marche arrière dans l'allée du garage en donnant au passage un petit coup de klaxon, histoire de me faire comprendre qu'il ne rigolait pas. Je prends un cachet et réajuste la température de l'eau dans l'évier. De l'autre côté de la rue, Corrine Shepard est assise sur sa véranda. Je sors une main de l'eau savonneuse et lui fais un signe par la fenêtre. Elle m'imite en retour, le bout incandescent de la cigarette entre ses doigts zigzaguant dans la nuit. Salut, Mary Rose.

Lorsque le téléphone sonne à nouveau, j'ai toutes les peines du monde à ne pas me précipiter pour décrocher le combiné. Viens ici, enfoiré, j'ai envie de leur dire. Je suis devant ma porte avec ma Winchester et je t'attends.

Glory

Six heures du matin et Alma est fatiguée, comme toujours après une nuit à faire le ménage dans les bureaux et les salles de repos des administrations et de la coopérative de crédit, à récurer des toilettes où des hommes pissent parfois par terre à côté de la cuvette, et à vider des poubelles débordantes de restes de nourriture et de bombes aérosols vides. Mais c'est vendredi et, tout comme les six autres femmes de l'équipe, elle va enfin toucher sa paie – de l'argent pour son loyer et ses courses, de l'argent pour toutes les petites choses dont sa fille a toujours besoin, de l'argent pour envoyer au pays, et s'il reste quelques dollars, elle pourrait s'acheter un petit truc, une crème pour les mains ou un nouveau rosaire ou une barre chocolatée, et cette perspective allège peut-être un peu le fardeau de sa fatigue ordinaire.

La fourgonnette de la patrouille des frontières est déjà garée devant le portail, porte coulissante ouverte, à les attendre ; et parce que ce sont des femmes – la plus jeune a dix-huit ans et la plus âgée presque soixante, grand-mère d'une douzaine de petits-enfants –, parce que les quatre agents se tenant près du véhicule sont grands et baraqués, et parce qu'ils portent tous leur arme de service bien en évidence à la ceinture sur leur hanche droite, arrêter ces femmes sera un jeu d'enfant ou presque. Ils les relâcheront de l'autre côté du mont Zaragoza avant qu'Alma ait le temps de prévenir son frère au sujet de l'argent caché dans le placard de la chambre, avant qu'elle ait le temps de prendre une bouteille d'eau supplémentaire ou une autre paire de chaussures pour le long voyage qui l'attend jusqu'à Puerto Angel, avant qu'elle ait le temps de dire au revoir à Glory. Alma a du mal à prononcer le nouveau prénom de sa fille : Glory. Celui qu'elle s'est désormais choisi. Glory, c'est tout. La dernière lettre tronquée lui manque.

La rumeur de la présence de l'immigration se répand très vite dans la communauté grâce à la señora Domínguez qui, après être retournée dans une salle de repos pour récupérer son pull oublié, a vu par la petite fenêtre ses collègues se faire arrêter. Une fois la fourgonnette partie, elle est restée plantée là près d'une heure, comme si ses pieds étaient cloués au sol en béton, avant de s'éclipser en catimini au changement de service. Pendant des mois, les gens parleront de la triste bénédiction : Lucha Domínguez oubliant son pull, un léger gilet en coton qu'elle porte même au printemps et en été, non seulement parce qu'elle a souvent froid mais aussi à cause de sa belle couleur indigo qui lui rappelle les ciels étoilés d'Oaxaca, sa ville natale. Sans ça, il aurait fallu des semaines pour que maris, enfants, sœurs sachent avec certitude ce qui était advenu d'Alma Ramírez et Mary Vásquez, Juanita Gonzáles, Celia Muñoz, et une jeune fille de seize ans qui venait de rejoindre l'équipe la semaine précédente, et dont les autres femmes ne connaissaient que le prénom, Ninfa, et la ville d'origine, Taxco, dans l'état de Guerrero.

Trois jours après la descente, Victor frappe à la porte de l'appartement d'Alma. T'inquiète, ce n'est pas comme si j'abandonnais une chambre au Ritz, dit-il à sa nièce en posant sur la moquette des courses et deux sacs de voyage. Dans le campement des hommes à Big Lake, il y a un robinet qui fuit et des grillons gros comme des *jalapeños*. Il brandit ses deux index et les écarte lentement, trois centimètres, cinq centimètres, pour lui montrer à quel point ils sont gros, puis il balaie l'appartement du regard, l'air satisfait, comme s'il découvrait les lieux et n'était pas venu dîner au moins deux fois par semaine depuis qu'il était revenu de la guerre. Comme s'il ne remarquait pas les trous et les traces d'infiltration sur la cloison, ni la moquette qui rebique le long des plinthes, ni les vieux stores aux fenêtres dont les lattes se casseraient si Glory ne les manipulait pas avec précaution. Comme si le robinet ne fuyait pas ici aussi, mince filet d'eau puant l'œuf pourri en été.

Los grillos, les avait appelés Alma quelques semaines plus tôt, Glory avait levé les yeux au ciel. Nom de Dieu, tu ne peux pas dire grillons tout simplement ? *Ay m'ija, no maldigas al Señor*.

Parle anglais, avait répliqué Glory. Pour une fois dans ta vie, fais comme si tu venais d'ici.

Glory observe son oncle qui ramasse le reste de ses affaires sur le trottoir, puis s'approche du canapé-lit dans lequel elle dort. Il pose un troisième sac de voyage, et une petite caisse en bois contenant deux livres, un sachet de chips, une boîte de céréales, un litre de lait, et deux packs de six Coors Light. C'est mieux que là où j'étais, remarque-t-il, et il y a un parking couvert en plus. Les grêlons n'auront pas mon El Camino, hein, Gloria ?

La jeune fille se bouche les oreilles et recule vers la chambre de sa mère. Elle rappelle à son oncle la nouvelle règle mais celui-ci la fixe, l'air ahuri. Appelez-moi comme vous voulez, mais pas ça, avait-elle enjoint sa mère et son oncle, et même le procureur le jour où elle avait été convoquée dans son bureau. Mais pourquoi, *m'ija* ? s'étonne Victor. C'est ton nom. Parce que chaque fois que tu le prononces, a-t-elle envie de lui hurler, c'est sa voix à lui que j'entends.

Il est un peu plus de seize heures et des bruits de bambins rentrant de la crèche ou de centre de loisirs retentissent dans la résidence. Mères et grandes sœurs leur crient de se dépêcher et de les aider avec les tâches ménagères. Les ventilateurs ronronnent par les fenêtres ouvertes, soufflant de l'air chaud dans la petite cour. De la *ranchera* émane du parking, et Glory s'efforce de résister à l'envie d'aller dans la chambre de sa mère pour se mettre au lit et se couper du monde en se cachant la tête sous les oreillers. Là-bas, dans le champ de pétrole, il avait mis la musique à fond, s'arrêtant parfois pour changer de station, toujours de la musique country sauf une fois où il était tombé sur un programme punk de la radio étudiante qu'elle aimait tant auparavant. Et pourquoi ne mettrait-il pas la musique à fond ? Ça dérangeait qui là-bas ? Personne ne viendra t'aider, il lui avait dit ; et il avait raison.

Glory est encore dans la chambre de sa mère lorsque le gérant de la résidence, monsieur Navarro, frappe à la porte. Vous ne pouvez pas rester ici, déclare-t-il à Victor. Monsieur Navarro a eu vent de la descente de l'immigration à la raffinerie, et il ne veut pas de sans-papiers dans cette résidence. Victor explique à l'homme que sa nièce, Glory, est née ici, à la clinique d'Odessa.

¿Y tú? fait le vieil homme.

Victor répond en espagnol, langue que Glory ne comprend pas. Ici au Texas, insistait toujours sa mère, ce sont les concierges et les femmes de ménage qui parlent espagnol, pas sa fille ; les gamins qui parlent espagnol à l'école finissent en prison, ou pire. Malgré tout, Glory comprend en substance les propos de Victor. Comme sa nièce, il est américain lui aussi, affirme-t-il à l'homme. Il a obtenu la citoyenneté parce qu'il a fait deux fois le Viêtnam, *cabrón*.

Quelques instants plus tard, son oncle frappe à la porte de la chambre : il va leur trouver un autre endroit pour vivre, un endroit plus décent. Alors prépare tes affaires, Glory.

Il ne leur faut pas longtemps pour rassembler leurs vies. Quatre ans plus tôt, Glory et Alma avaient pénétré dans l'appartement meublé avec trois valises et une caisse d'ustensiles de cuisine. À présent, Glory dispose ses vêtements dans une valise, et ceux d'Alma dans une autre. Elle plie le couvre-lit de sa mère, défait les draps, et place le tout dans une troisième avec les oreillers et son couteau. Il reste une boîte à cigares en bois qui sent vaguement le cèdre et dans laquelle sont rassemblées des photos de la famille, là-bas à Oaxaca. Où le sable des plages est blanc comme le sel, raconte Tío, et où le vivaneau a goût de beurre. Glory cale la boîte dans la valise de sa mère, entre un jean bleu et le chemisier préféré d'Alma.

Dans la cuisine, elle ouvre le placard près du four. Dans la caisse, il y a de la place pour la cocotte de Glory, ses petites cuillères et ses tasses à café, les assiettes ébréchées qu'elles ont trouvées à la brocante de la paroisse, et la grosse cuillère en bois avec laquelle Alma a traversé la frontière dix-huit ans plus tôt. L'ustensile a servi à concocter haricots et ragoûts dans le studio qu'Alma partageait avec une demi-douzaine de femmes qui envoyaient toutes de l'argent au pays. Glory a parfois l'impression d'avoir reçu des fessées quand elle était petite avec cette cuillère, et l'année de ses dix ans, elle se souvient qu'Alma avait balancé l'ustensile à travers la cuisine en lui demandant d'arrêter une bonne fois pour toute de poser des questions sur son père qu'elle n'avait jamais connu. Mais où est-il ? avait demandé Glory. *¿Pues, quién sabe?* Peut-être en Californie, peut-être mort. *¿Y a mí qué me importa?*

Plusieurs années après, Glory était alors plus grande que sa mère, celle-ci avait pointé la cuillère vers la tête de sa fille parce qu'elle la soupçonnait de sécher les cours, et en ordonnant à Victor de traduire ses propos elle l'avait suppliée de se servir du cerveau que Dieu lui avait donné pour faire autre chose dans sa vie que piquer des bières chez Pinkie's ou traîner avec Dieu savait qui à la mare aux bisons. C'est à cause de cette vieille cuillère en bois que Glory se retrouve en larmes à la petite table de cuisine, assise en tailleur pour masser les marques rouge vif sur ses pieds, priant pour qu'Alma ait vite assez d'argent, de cran, et de chance pour traverser la rivière.

Il y a trente-six chambres au Jeronimo Motel, un établissement en U situé non loin du carrefour entre Pearl et Petroleum, à un kilomètre environ de la raffinerie. Les soirs où il fait chaud, les clients étouffent s'ils font fonctionner la climatisation en même temps que les plaques et la télévision, ils sortent donc de leur chambre, s'accoudent à la rambarde métallique, et contemplent les lueurs bleu et orange des torchères. Il ne fait pas beaucoup plus frais dehors, mais au moins une petite brise souffle d'ordinaire dans leur direction.

Victor gare son El Camino long et blanc – El Tiburón comme il l'appelle – face à la piscine. *Pues*, tu pourras te prélasser là-dedans toute la journée, dit-il à sa nièce appuyée à la portière côté passager, la joue contre la vitre tiède. Il est vingt-deux heures passées et le parking est plein de pick-up, de monospaces et de petites berlines. Un camping-car occupe deux emplacements de l'autre côté de la piscine, les lueurs jaunes de sa lanterne extérieure se réverbérant à la surface de l'eau. Une femme barbote. Une fois au milieu du bassin, elle se retourne sur le dos et se laisse flotter dans la pénombre, son corps émergeant à peine, ses cheveux blonds ondulant autour de son visage. Elle porte un short en jean et un tee-shirt, comme Glory s'en aperçoit à présent, et ses bras massifs, ses jambes luisent telles des dents de requin.

Après avoir aidé Glory à transporter ses affaires au premier étage, Victor lui tend une clé de chambre attachée à une breloque en plastique ayant la forme de l'État du Texas. Ce qu'il y a de bien ici, c'est que ce n'est pas trop cher donc Glory peut avoir sa propre chambre. Même si la nuit coûte deux fois plus qu'au Dixie Motel sur la Andrews Highway. Il lui donne la 15. Logique, remarque-t-il, puisque tu vas avoir quinze ans cet automne. Donne-toi quelques mois, *mi vida*, et tu te sentiras beaucoup mieux. Ta vie est ailleurs.

La chambre 15 empeste la cigarette et le graillon mais des marques d'aspirateur strient encore la moquette et la salle de bains sent le Pine-Sol au citron. Un poste de télévision trône sur une commode basse et marron qui fait presque toute la longueur de la chambre, et le grand lit est recouvert d'un couvre-pied synthétique orange. Tandis que Victor est parti à la recherche d'un Coca au distributeur automatique, Glory défait le lit pour le refaire avec les draps d'Alma aux senteurs fleuries et le dessus de lit que sa mère a acheté à l'automne dernier après avoir fait des heures supplémentaires. Les draps sont imprimés de lupins du Texas, la fleur préférée d'Alma, même si elle n'en a jamais vus en vrai. L'automne dernier, Victor avait promis à Alma et Glory de les emmener à Hill Country en avril. Alma pourrait photographier Glory assise au milieu d'un champ de minuscules fleurs bleu foncé, avait-il ajouté, et faire ensuite encadrer le cliché pour l'exposer au mur comme n'importe quel parent de ce grand État du Texas. Merci, avait dit Glory à son oncle, mais je préfère rester à la maison et lire *La Lettre écarlate*. Quelle ingratitude, avait proclamé Alma, et elles s'étaient dévisagées avant que Glory finisse par baisser le regard. Et maintenant nous sommes en juin, songe Glory. On a raté le coche.

Victor s'arrête avec un Dr Pepper frais et il s'engage à lui apporter un donut avant de partir travailler le lendemain matin. Puis il s'éloigne sur la galerie qui fait tout le tour du bâtiment. Après son départ, Glory ferme la porte et verrouille la chaînette de sécurité. Il y a une porte communicante entre leurs chambres mais seulement pour les urgences, a-t-il précisé. Il frappera à la porte d'entrée comme n'importe qui. Glory a toujours rêvé d'avoir sa propre chambre, dans laquelle s'enfermer à double tour, et malgré les circonstances affreuses qui les ont amenés ici, une étincelle de plaisir la traverse.

Un mince rai de lumière de fin de journée filtre entre les rideaux entrouverts et s'étire sur la moquette, de fines particules de poussière flottant dans la clarté. La jeune fille referme soigneusement les rideaux et l'ultime rayon disparaît. La fenêtre est à peine plus grande qu'un carton de pizza, impossible pour un homme même petit de passer par là. Malgré tout, Glory vérifie le loquet métallique. La blonde est sortie de la piscine désormais. Elle est assise sur un transat, serviette en turban sur la tête et cigarette entre les doigts, ses vêtements mouillés collant à son corps imposant. Les fenêtres des autres chambres sont sombres, le calme et le silence règnent désormais dans le Jeronimo Motel.

Le propriétaire ne supporte le bazar, lui avait dit Victor en arrivant sur le parking et Glory avait écarquillé les yeux devant les rangées de pick-up et de camionnettes d'ouvriers. Il ne loue ses chambres qu'à ceux qui travaillent et à leur famille. Tu seras en sécurité ici – il s'était incliné pour tapoter l'avant-bras de sa nièce mais s'est interrompu dans son élan –, ça va aller.

Il a peut-être raison, mais lorsque Glory se met au lit, elle glisse la main sous son oreiller et caresse le couteau à cran d'arrêt qu'elle a planqué là. Si quiconque franchit cette porte ou cette fenêtre, elle sera prête à l'accueillir. Une, deux, trois fois, Glory touche l'acier lisse du couteau et le lacet en cuir qui y est attaché. L'arme encore dans la main, se répétant les étapes – prendre le couteau, ôter la sécurité, lacérer l'air jusqu'à temps de toucher quelque chose –, elle finit par s'endormir.

Dans chaque rêve, le désert est vivant. Elle marche avec précaution mais la lune disparaît derrière un nuage et elle ne voit pas le tas de pierres, ni le nid de serpents derrière. Elle tombe et se relève en criant : ils sont déjà sur elle, s'enroulent autour de ses chevilles et ses jambes, rampent vers son ventre et ses seins. L'un d'entre eux atteint son cou et vient siffler devant ses cils. Elle se fige, attend qu'ils partent, retournent se cacher dans la nuit. La lune luit par la fenêtre du pick-up. Ses pupilles sont des trous noirs sur l'écran bleu de la nuit. C'est l'heure de passer à la caisse, Gloria, fait-il, l'heure de me rembourser toute la bière que tu m'as bue et l'essence que ça m'a coûté pour venir ici. Attends, s'exclame-t-elle. Attends ! Elle plonge la main dans sa poche de jean et agrippe le lacet en cuir. Le couteau s'ouvre sans résistance et trouve toujours la gorge.

À présent, les yeux ouverts dans le noir, Glory effleure la boursouflure sur son ventre. De la longueur d'une tige de pissenlit à peu près, la cicatrice prend naissance sous ses seins et serpente vers son ventre comme si Glory avait été coupée en deux et recousue. Puis elle s'enroule autour de son nombril avant de poursuivre son chemin jusqu'à son pubis. En se réveillant à l'hôpital, Glory était rasée et une longue ligne d'agrafes lui parcourait le ventre. Rupture de la rate, avait déclaré le chirurgien à Victor, probablement à cause d'un des coups de poing qu'elle a reçus à l'abdomen. Elle s'est débattue, débattue, et débattue. Elle avait des bandages blancs aux pieds et aux mains, et la tête rasée. Une rangée de points de suture barrait le sommet de son crâne. Victor s'était penché et lui avait murmuré que sa maman n'avait pas pu venir à l'hôpital – trop de flics, trop de questions –, mais qu'elle l'attendait à la maison. Écoute, avait-il ajouté, tu as survécu. Il avait ajouté quelque chose mais Glory sombrait déjà dans le sommeil et la douleur, et elle n'a jamais su de quoi il s'agissait. Peut-être était-ce : c'est un récit de guerre. Ou bien : c'est ton histoire.

Lorsque Victor frappe à la porte à quatre heures et demie tous les matins, il lui tend un donut au chocolat et une petite brique de lait. Ferme bien la porte, lui conseille-t-il. Si tu as besoin d'aide, appelle le zéro, c'est la réception. Après son départ, Glory se remet au lit et écoute les bruits du parking qui s'éveille. Moteur diesel, portières qui claquent. Des hommes, encore à moitié endormis, chuchotent dehors. Elle entend l'écho de leurs bottes sur l'escalier en métal, et le coup de klaxon inattendu lorsqu'un des foreurs a eu une panne de réveil. Et elle s'enfonce sous les couvertures, la main sur le couteau. Vers cinq heures, le calme revient. Jusqu'à ce que les enfants, les femmes et les petites amies se réveillent, le Jeronimo Motel devient aussi silencieux qu'une église abandonnée, et c'est à ce moment-là que Glory peut enfin dormir profondément.

Lorsqu'en fin de matinée les enfants commencent à dévaler l'escalier dans un sens et dans l'autre et à faire la bombe dans la piscine, lorsque les petites amies et les femmes partent prendre leur service ou s'en vont faire quelques courses au Strike-It-Rich, lorsque la femme de chambre frappe à la porte et finit par lui tendre des serviettes de toilettes propres puisque la demoiselle ne veut pas qu'on lui change ses draps, Glory est déjà devant la télévision depuis des heures. Tandis que les sitcoms et les publicités pour produits d'entretien ronronnent en arrière fond, elle somnole ou grignote, prend un bain ou une douche, jette un coup d'œil par le rideau entrouvert, observe un rayon de lumière qui glisse sur le sol. À deux ou trois reprises, elle décroche le téléphone pour appeler Sylvia, mais elle n'a plus parlé à aucune de ses camarades de classe depuis février. Et pour dire quoi ? Salut, c'est moi, la fille la plus stupide du monde qui est montée de son plein gré dans le pick-up d'un inconnu et dont la photo a fini dans le journal, anéantissant pour elle toute chance de tourner la page.

Son oncle rentre vers dix-neuf heures tous les soirs, avec des sacs de chez Whataburger ou KFC, et un petit cadeau pour elle – un magazine, un baume à lèvres, une petite plaque chauffante et des conserves de soupe pour qu'elle puisse se faire à déjeuner, du beurre de cacahuètes et une boîte de crackers, un manuel d'Espagnol presque neuf qu'il a trouvé par terre près d'une pompe à tête de cheval. Et tous les soirs, lorsqu'il lui tend son présent, elle se rend bien compte qu'il a fait de son mieux pour laver ses mains maculées de pétrole.

Une fois, il rentre avec une paire de lunettes de soleil, un magnétophone portable, et trois cassettes – Carole

King, Fleetwood Mac, et Lydia Mendoza. J'ai fait tout Odessa pour la dernière, précise-t-il. C'est un appareil portable. Tu peux le trimballer partout, même pas besoin d'une prise. Il lui montre où placer les piles, comment ajuster la lanière pour le porter sur l'épaule.

Je n'en veux pas, fait Glory. Je ne veux pas écouter de musique, et même si c'était le cas, je n'écouterais jamais cette merde.

OK. Victor range l'ensemble dans un sac de courses. Je vais mettre tout ça dans la commode si jamais tu changes d'avis. Je vais prendre une douche et je reviens regarder la télé avec toi. Victor ne tarde pas à affirmer à sa nièce qu'Alma va bientôt revenir et qu'ils seront à nouveau réunis devant leurs programmes favoris. Il a écrit à leur famille à Puerto Angel en indiquant leur nouvelle adresse. Alma va leur répondre, ce n'est qu'une question de temps, pour leur dire qu'elle va bien. Ta mère aura un plan, ajoute-t-il. Elle essaiera de retraverser en septembre, quand il fera moins chaud.

C'est le mois de juin, et les cheveux de Glory ont à peine repoussé sur sa tête. Ses cheveux, comme le reste de son être, s'efforcent de prendre un nouveau départ. À l'instar de Brandy Henderson, le personnage de *The Edge of Night* qui se planque et disparaît du feuilleton, l'existence de Glory est une longue pause, une cassette à l'arrêt. Mais elle se prépare à repartir de l'avant. En août, tout ce qu'elle aura à faire, c'est témoigner, lui dit son oncle. Mettre une belle robe, entrer dans le tribunal, et dire la vérité. Je ne le ferai pas, répond-elle. Peu importe ce qu'il lui arrive.

Il fait trente-six degrés dehors et le climatiseur se met à vibrer avant de finalement rendre l'âme. En quelques minutes, comme si elle attendait le bon moment pour passer à l'action, la chaleur s'infiltre à travers le carreau et s'insinue dans les fentes du rebord de fenêtre. Elle rampe dans l'interstice entre la porte et la moquette, et pénètre par la bouche d'aération au-dessus du lit.

D'ordinaire, Glory attend que ça se passe dans un bain d'eau froide mais aujourd'hui il fait si chaud que l'eau du robinet est tiède. Et sa honte par rapport à ses cicatrices et ses cheveux, son envie de rester cachée, sa peur et son chagrin à l'idée de s'être fait voler son être, d'avoir été blessée, peut-être mortellement, tout cela cède la place à quelque chose qu'elle n'a plus éprouvé depuis février. Elle s'ennuie. Ou du moins ainsi identifie-t-elle son état ce jour-là. Dans quelques années, elle dira peut-être qu'elle se sentait seule. Elle farfouille donc dans un carton en quête du maillot de bain une pièce bleu avec d'épaisses bretelles que Victor lui a acheté. Elle l'enfile sans regarder son ventre, ni ses pieds ni ses chevilles ni la cicatrice en forme d'étoile au creux de sa paume.

Tu t'es rattrapée à des barbelés pour ne pas tomber ? a fait Victor lorsqu'elle la lui a montrée à l'hôpital. Ma fille, tu es aussi résistante qu'un militaire. Mais je suis quand même tombée, a-t-elle précisé. Eh bien, évite de raconter cette partie-là de ton histoire, répond-il. Dis aux gens que tu as serré tellement fort que tu as fini par aplatir les barbelés.

Mon histoire ? Non. Ce n'est pas mon histoire.

Elle serre la poignée de porte de sa chambre, puis s'agrippe à la rambarde en fer de la galerie du premier étage. Le cœur battant, une main dans la poche de son short où elle plaque le couteau contre son aine, Glory s'efforce de se comporter comme si elle allait à la piscine tous les jours, comme si elle avait l'habitude de descendre cet escalier métallique, comme si elle était une fille normale.

Sans enlever le tee-shirt Led Zeppelin et le short en jean qu'elle a mis par-dessus son maillot de bain, elle s'assied sur un siège au bout de la piscine. Avant de quitter la chambre, elle a enveloppé une bouteille de Coca dans une serviette de toilette blanche qui gît maintenant à ses pieds au bord du bassin. Elle boit vite le soda. Durant des semaines, cachée derrière son rideau, elle a observé la femme qu'elle avait vue nager le soir de leur arrivée au Jeronimo Motel. Cette dernière descend tous les jours à la piscine avec ses deux enfants, un petit garçon joufflu qui a les mêmes cheveux blonds que sa mère et qui porte toujours le même short de bain bleu marine, et une fillette, grande et mince comme une tige, aux taches de rousseur et aux cheveux assortis qui flamboient sous le soleil.

Aujourd'hui, ils longent tous trois la piscine pour aller du côté du petit bain et lorgnent brièvement Glory comme si c'était une intruse. La fillette s'allonge sur un transat et ouvre un gros livre, et le garçon saute dans l'eau avec sa petite collection d'objets flottants – un bateau en plastique terni, une balle de tennis, un canot pneumatique rafistolé avec du scotch argenté. La mère fait quelques longueurs, puis enveloppe une serviette autour de sa tête, met ses lunettes de soleil, et s'assied près de sa fille. Elles s'étalent toutes deux de l'huile d'amande douce sur les jambes et les bras. Se rallongent et attendent que le soleil rougisse leur peau et les transforme en homards. Elles portent chacune un maillot une pièce imprimé de fleurs rouge et jaune, celui de la fille est trop grand pour son corps filiforme, celui de la mère un peu trop petit.

Glory n'a peut-être jamais vu de gens aussi peu ragoûtants. Le garçon a un gros trou dans les dents de devant, et la fillette détache les lambeaux de peau qui pèlent sur ses épaules trop exposées au soleil pour ensuite les manger en douce tout en poursuivant sa lecture. Les bras et les jambes de la mère sont potelés, glabres, et roses, tel un mollusque extrait de sa coquille.

Glory s'enfonce dans son siège et ferme les yeux. Le soleil lui brûle les paupières et chauffe tant et si bien le couteau contre sa peau qu'elle doit l'envelopper dans la serviette blanche. Mais quelques minutes plus tard, elle le remet au fond de sa poche. Alors que la chaleur s'intensifie, elle s'approche du bord de la piscine, trempe la serviette dans l'eau, puis l'essore pour se la passer sur les jambes, les bras et le visage.

Le petit garçon se dirige en canot vers le grand bain et fait du sur place à quelques mètres de Glory. Tu as de la monnaie sur un dollar ? lance-t-il brusquement comme s'il cachait un billet dans son short de bain et s'apprêtait à sortir la loque de papier détrempé pour l'échanger contre un peu de monnaie. Glory le regarde, bouche bée, comme si sa présence ou plus précisément sa voix traînante la stupéfiait.

Tu parles pas *anglais* ? demande-t-il.

T. J. ! Laisse cette fille tranquille. La femme bondit sur ses pieds et se presse le long du bassin, imposante et rapide tel un char de carnaval poussé par le vent, se débarrassant en chemin de la serviette toujours sur sa tête qui se détache et glisse dans son dos. Malgré sa corpulence, elle arrive à la hauteur du garçon et de Glory en quelques secondes.

T. J. sourit à Glory et éloigne son canot du bord de la piscine. Pourquoi tu te baignes pas ? fait-il. T'as peur de salir l'eau ? Y'a pas de courant tu sais, c'est pas le Rio Grande ici ? Il glousse, mordant son poing pour réprimer le son. Il doit peser trente-cinq kilos et même si Glory ne sait pas vraiment nager, elle se dit qu'elle pourrait sans doute le faire couler.

La mère se met à quatre pattes, tend le bras au-dessus de l'eau, et agrippe le canot du garçon. Nom de Dieu, T. J., espèce de petit con. Sors tout de suite de cette piscine. Alors que son fils proteste à grands cris, elle attire son embarcation vers le bord et lui saisit le bras. Puis elle se relève et le hisse dans le vide pendant que le garçon se débat comme un beau diable. La force de la mère est surprenante, et sensationnelle.

Glory est déjà debout, main tendue vers sa serviette, et regard tourné vers le portail. Elle va devoir passer devant la femme et son fils pour l'atteindre, ou contourner la piscine et passer devant la fillette qui a posé son livre et rit sur son transat.

Attends, lance la femme à Glory. Attends une minute, s'il te plaît. Rouge et essoufflée, la femme pose son fils sur ses pieds et l'oblige à lui faire face. Elle serre si fort le bras du gamin que ce dernier se met à vociférer. Si je t'entends encore *une* fois parler comme ça, ça va chauffer pour tes fesses. Elle resserre derechef son emprise et le garçon commence à renifler.

Tu m'entends ? Elle lui tient toujours le bras.

Oui, m'dame, articule-t-il.

Allez, file à la sieste là-haut, et que ça saute. Tammy ! Emmène T. J. dans la chambre – elle fusille du regard son fils –, il est fatigué.

La sœur se lève et, brandissant son livre en l'air, crie à sa mère : il fait trop chaud dans la chambre et tu m'as promis de m'emmener au bibliobus.

On verra, peut-être plus tard. La femme respire vite. Maintenant, dégagez tous les deux.

Le garçon s'éloigne et, bougonnant et traînant les pieds, traverse le parking en compagnie de sa sœur. La femme tend alors la main à Glory. Je suis désolée, il a pris ce genre d'attitude de son père. Glory enfonce les mains dans ses poches. Ce n'est pas très grave.

Je m'appelle Tina Allen et je viens de Lake Charles en Louisiane. Les deux morveux, c'est T. J. et Tammy. Mon mari travaille sur un forage près d'Ozona.

Glory l'observe sans un mot jusqu'à ce que Tina soupire et tourne les talons pour regagner son transat. Elle farfouille dans son sac un instant. Je vais me chercher un truc frais à boire. Tu veux quelque chose ?

Non, merci.

Allez, ma belle. Laisse-moi t'offrir un Dr Pepper. Je me sentirai mieux. Tina a un rire de cheval qui rappelle à Glory une enseignante qu'elle a détestée, avant, lorsqu'elle était une élève moyenne qui rêvait de jouer de la guitare, de gagner son propre argent, et de prendre ses propres décisions ; une prof qui traitait ses élèves mexicains de petits réfugiés basanés, et Glory et sa copine Sylvia avaient volé à l'époque une boîte de lames de cutter dans l'atelier de menuiserie et lui avaient lacéré ses pneus. J'aurais bien aimé savoir comment saboter ses freins, avait déclaré Sylvia, les deux mains tendues comme agrippées à un volant invisible. Au secours, mes petits réfugiés basanés ! Glory en rit encore, et sa copine lui manque terriblement.

Vous avez une cigarette ? demande-t-elle à Tina.

Excuse-moi, mais je crois bien qu'il te manque quelques années pour avoir le droit de fumer.

En fait, non. Depuis sa sortie de l'hôpital, c'est la première fois que Glory aligne autant de mots avec quiconque en dehors de sa mère et son oncle. Elle aimerait vraiment fumer, peut-être même s'asseoir au bord de la piscine et mettre les pieds dans l'eau.

OK. Tina avance vers elle et lui tend une Benson & Hedges fine et élégante. Je peux m'asseoir une seconde ?

Elles observent toutes deux le parking. Il est midi passé et le soleil tape très fort. La climatisation ne fonctionne toujours pas et l'établissement semble plus paisible qu'à l'ordinaire, mais de l'autre côté de la route, sur la zone de stockage de matériel de forage, le ballet des camions à plateaux est incessant. Derrière le motel, le terrain vague jonché d'éclats de verre scintille, multitude de lueurs vertes, rouges, et bleues. Et au-delà, quelques maisonnettes en bois se dressent avec leurs jardins poussiéreux et leurs fins rideaux imprégnés de fumées toxiques provenant directement de la raffinerie.

Tina tire longuement sur sa cigarette et, visage tourné vers le soleil, exhale la fumée. Lake Charles me manque, et c'est pourtant pas le paradis sur terre.

Évidemment, c'est peuplé de gars du Sud qui savent pas se comporter, et le marais est infesté d'alligators, de moustiques et de rats aussi gros que des chiens, des ragondins qu'on appelle ça – elle fait tomber la cendre de sa cigarette par terre avant de la faire disparaître du bout de l'orteil –, mais la pêche est bonne et il y a quand même des gens bien. Il y a des arbres aussi. Des cornouillers, des micocouliers et des cyprès. Les arbres me manquent ; les têtes d'écrevisses aussi. Moi et Terry, on est juste venus ici pour se faire du fric et s'acheter un crevettier. C'est tout ce que je demande, un bateau de pêche pour que Terry gagne sa vie et que les gosses retournent à l'école. C'est pourtant pas la lune.

Elle sourit à Glory. Et toi ? T'es là depuis longtemps ?

Glory avait attentivement écouté son interlocutrice et elle s'aperçoit soudain qu'elle est censée répondre à sa question, censée en dire plus sur sa vie, participer à l'échange. Je suis avec mon oncle, souffle-t-elle. Il travaille à Big Lake. Il transporte l'eau et récure les cuves. Et moi, je suis en convalescence. J'ai… eu un accident.

Ma pauvre, fait Tina, et comme Glory la dévisage elle répète : ma pauvre. C'est pour ça ton pied ?

Glory baisse les yeux. Ses pieds et ses chevilles sont couverts de dizaines de cicatrices – épines de cactus, fragments métalliques, éclats de verre, vieux clous, cailloux et fils barbelés, tout ce sur quoi elle a marché en s'éloignant de son pick-up –, et sa gorge se serre.

T'inquiète, ma douce, dit Tina.

Glory ouvre la bouche, puis la referme. Elle secoue la tête et observe sa cigarette. Je me suis fait agresser par un type là-bas dans les champs de pétrole.

Nom de Dieu, s'exclame Tina, puis après un long silence : je suis désolée.

Je suis montée dans son pick-up de mon plein gré et je suis partie avec lui.

Mais enfin, ma belle, réplique Tina, ce n'est pas une putain de raison. C'est lui le responsable de ce cauchemar, ça n'a rien à voir avec toi.

Elles restent assises en silence, puis Tina évoque à nouveau les arbres chez elle en Louisiane, les racines noueuses des cyprès chauves qui perdent leurs aiguilles en hiver et peuvent vivre jusqu'à mille ans, le tupelo avec ses baies écarlates. C'est même pas la peine d'essayer de les manger, précise-t-elle, mais ça fait du bon miel. Tina lance son mégot en direction de la barrière pour se rallumer aussitôt une cigarette. Mais il n'y a pas que la végétation et la pêche, poursuit-elle, tendant le paquet à Glory. Tu veux que je te raconte une blague ?

Pourquoi pas. Glory prend une nouvelle cigarette qu'elle glisse entre ses lèvres.

C'est quoi la définition d'une vierge à Lake Charles ? Tina inspire profondément et souffle vers le soleil trois parfaits cercles de fumée. Durant quelques secondes, ils restent en suspens dans l'air chaud tels des nuages de pluie.

Je ne sais pas. C'est *quoi* la définition d'une vierge à Lake Charles ?

Tina renifle. Une gamine de douze ans qui est moche et qui sait courir vraiment vite. Elle marque une pause et fixe l'eau de la piscine. Et elle ajoute : je n'étais pas assez laide, j'imagine, ou je ne courais pas assez vite.

Ha, fait Glory. Ha, ha. Et elles rient de concert. En plein soleil, cigarette au doigt, elles rient vraiment aux éclats.

Bon, il fait aussi chaud que sous les couilles d'un foreur maintenant, lance Tina. Je vais piquer une tête. Elle se lève, éteint sa cigarette à demi fumée, puis s'éloigne et la pose sur sa table pour plus tard. Elle pénètre ensuite dans l'eau, laissant aller son corps massif, son maillot moulant sa poitrine imposante et ses épaules. Tu veux venir, Glory ? Ça fait du bien.

En quelques secondes, le tee-shirt et le short de Glory se gorgent d'eau et l'attirent vers le fond du bassin, l'incitant presque à couler. Elle ne nage pas très bien – les piscines publiques sont pour les Blancs et même si ses amis se baignaient souvent dans les abreuvoirs au gré de leur virée en voiture, Glory, pour sa part, ne l'a jamais fait – mais là, elle découvre qu'elle flotte si elle écarte les bras et remue doucement les mains en cercle. Les yeux clos, Tina et Glory se prélassent dans la piscine, le soleil pilonnant leurs paupières, la chaleur pesant lourdement sur leur peau dénudée. Elles dérivent lentement, et Tina de temps à autre soupire : putain, putain.

Au fil de l'eau, la main de Tina effleure soudain celle de Glory qui sursaute comme si un serpent l'avait mordue. Fin février, une infirmière avait tenu le menton de Glory en lui demandant de fermer les yeux tandis qu'une autre lui enlevait délicatement les points de suture au sommet de son crâne. Avec une pince à épiler, celle-ci avait tiré sur chaque fil noir, un par un, pour ensuite les déposer en rang dans un petit récipient sur la table. C'était la dernière fois que Glory avait senti la main de quelqu'un sur sa peau.

Une fois, j'ai fait exprès de brûler le dessus de lit de ma mère, avoue Glory, et je le regrette. On se disputait à propos de l'école. Je ne voulais plus y aller. Je voulais travailler et gagner de l'argent, comme elle. Je voulais m'acheter des vêtements et une guitare, et peut-être prendre des leçons.

Les gosses font toutes sortes de conneries, remarque Tina. Regarde les miens. Ta mère s'en fichait sans doute complètement d'avoir un trou dans son dessus de lit. Elle étire longuement les bras. Glory n'a jamais vu de personne aussi optimiste que Tina.

Quand est-ce que tu vas retourner à l'école alors ? demande Tina. Tu veux faire quoi quand tu seras grande ?

Glory soulève la main au-dessus de la surface de l'eau et brandit un doigt. Première question : jamais. Deuxième question : je ne sais pas. Elle quittait souvent l'école à l'heure du déjeuner et séchait le reste de la journée. Avec Sylvia, elles profitaient de la voiture d'un ou une camarade et partaient passer l'après-midi chez la personne en question. Ils écoutaient de la musique, faisaient tourner un joint, ou certains s'éloignaient en se prenant par la taille et s'éclipsaient dans l'une des chambres.

Tina soupire, son corps massif se déployant avant de s'affaisser derechef. Pas d'école ? Vraiment ? Moi, j'ai trop hâte que mes deux petits anges y retournent. Ta maman a raison.

Peut-être. Glory dérive dans le bassin, remuant toujours légèrement les bras. Alors que l'eau les rapproche à nouveau, Glory saisit la main de Tina et l'étreint. Elle attend et, après un instant d'incertitude, elle sent la main de Tina qui étreint à son tour délicatement la sienne.

Elles ne se reverront plus. Cette journée sera trop chargée d'émotions pour Glory et elle battra en retraite dans sa chambre pour une semaine supplémentaire. Le mari de Tina obtiendra un poste plus lucratif sur une plateforme plus proche de chez eux, et après quelques heures de réflexion ils partiront en pleine nuit dans leur break avec leurs enfants endormis. Couteau dans la poche, serviette et bouteille de Dr Pepper à la main, Glory remettra les pieds à piscine, mais Tina sera déjà rentrée à Lake Charles. Glory n'oubliera jamais sa gentillesse, ni son rire guttural, ni la douce chaleur de ses doigts entrelacés dans les siens lorsque Tina lui a demandé : c'est arrivé quand ?

En février. Alma et Glory se disputaient quotidiennement à l'époque à cause de l'école et de l'argent. Glory avait décrété : je veux arrêter les études et travailler, je veux avoir de l'argent à moi. Et Alma avait secoué la tête : c'était à elle de travailler, le boulot de sa fille, c'était d'apprendre. Les garçons se garaient parfois dans la ruelle derrière chez elles et klaxonnaient jusqu'à ce que Glory, veste en peau de lapin à la main, quitte précipitamment l'appartement, mais pas avant que monsieur Navarro n'ait frappé à leur porte en les sommant d'arrêter de crier. Le soir de la Saint-Valentin, Alma avait maudit Glory en espagnol en attendant la camionnette qui l'emmenait tous les jours au travail. Glory était ensuite allée dans la chambre, elle s'était plantée devant le lit de sa mère et avait écrasé sa cigarette sur le dessus de lit flambant neuf, avec une totale désinvolture, comme elle l'aurait fait dans un pot de fleurs. Je ne comprends pas ce que tu dis, *Alma*. Tu refuses que j'apprenne l'espagnol, et ce n'est pas l'école qui va m'y aider alors parle anglais, nom de Dieu. Et deux heures plus tard, Glory avait longuement balayé du regard le parking du Sonic avant de décider qu'elle n'avait rien à perdre. Elle était montée dans le pick-up de Dale Strickland et avait claqué elle-même la lourde portière derrière elle. Ensuite, le matin s'est levé, immobile tel un cadavre. Puis le vent, qui lui a soufflé : redresse-toi et marche. Et elle a obtempéré. Les virevoltants tout juste déracinés glissaient lentement à travers champs. Lorsqu'une branche de buisson d'acacia a craqué sous le poids de son pied nu, la voix de son oncle, dans l'écho irréel qui s'est ensuivi, lui a murmuré : marche en silence, Glory. Ce ciel bleu qui épousait si parfaitement la terre lui manquerait, elle l'a su ; car elle ne peut pas rester, pas après ça. Le vent se lève toujours et retombe, il pousse, soulève, retient et relâche. Toutes les voix, toutes les histoires commencent et finissent de la même manière. *Écoutez, c'est un récit de guerre.* Ou peut-être : *c'est ton histoire.*

Suzanne

Chaque premier et troisième vendredi du mois, Suzanne Ledbetter et sa fille se rendent en voiture à la coopérative de crédit pour y déposer le salaire de Jon ainsi que le liquide et les chèques que Suzanne a récoltés grâce à ses ventes Avon et Tupperware. Afin d'éviter la foule d'ouvriers de la raffinerie qui traversent la voie rapide pour aller casser la croûte, elles se dépêchent d'arriver un peu avant neuf heures. Tandis que Lauralee attend dans la voiture ou sur le parking tout en s'entraînant avec son bâton de majorette, Suzanne remplit les bordereaux de dépôt pour le compte chèque, le compte épargne, le compte retraite, le compte vacances, le compte études et mariage de Lauralee, et celui qu'elle intitule dans son carnet le compte *œuvres caritatives*. Elle a ouvert ce dernier lorsqu'elle a commencé à travailler à plein temps, elle vendait des assurances vie à l'époque, et personne, pas même Jon, n'est au courant de son existence. C'est son filet de sécurité à elle. Si les choses tournent mal, elle aura des solutions.

Lorsque Suzanne tend à la guichetière les bordereaux, les chèques, et l'argent liquide, la femme s'extasie, comme chaque semaine, sur l'écriture soignée de Suzanne et les petits paquets minutieusement préparés. Vous êtes la femme la mieux organisée que je connaisse, je crois, déclare-t-elle, et Suzanne de répliquer : oh, vous êtes trop aimable, madame Ordóñez. Après quoi, elle plonge la main dans son sac en quête d'une carte de visite et d'un échantillon de parfum. Parce qu'elle préfère vendre des produits permettant aux femmes de se sentir belles, elle évite d'évoquer le nouveau système de conservation des aliments qu'elle trimballe dans son coffre et se contente de glisser un catalogue sous l'essuie-glace de la femme en sortant.

C'est la fin du mois de juin et le soleil est assassin. Suzanne, dont les talons s'enfoncent dans le goudron et les gravillons, regagne sa voiture dans laquelle Lauralee l'attend, vitres fermées et moteur allumé, de fines mèches de cheveux pendant de part et d'autre de son visage. Elle a les mêmes cheveux roux que sa mère, tout comme Suzanne avait ceux de *sa* mère.

On a gagné combien cette semaine ? demande Lauralee après que Suzanne a claqué la portière et tiré un mouchoir de son sac pour s'éponger le front et les aisselles.

Quarante-cinq dollars. Il va falloir mieux faire à l'entraînement cet après-midi.

Tu peux y arriver, déclare Lauralee. Son bâton tombe sur le plancher de la voiture et elle se penche pour le récupérer, râlant parce que la ceinture de sécurité lui comprime le ventre et donnant des coups de pieds dans la banquette dans l'espoir de tendre un peu plus le bras. Tu es la meilleure vendeuse d'Odessa.

Parce qu'il n'y a rien de mieux que de gagner son propre argent, proclame Suzanne. Ses livraisons trônent dans de petits paquets blancs sur le siège passager, et elle a soigneusement orienté la grille d'aération dans leur direction. Elle sort de son sac un carnet à spirale et consigne les dépôts d'argent qu'elle vient de faire, actualise ses soldes. Il lui manque cinq dollars pour atteindre le but hebdomadaire qu'elle s'est fixé. Il y a deux semaines, elle était à dix. Suzanne se tapote une dernière fois les aisselles avec le mouchoir, puis enfile ses lunettes de soleil et se remet du rouge à lèvres. Parle-moi, Arlene, songe-t-elle, posant son carnet pour s'emparer de son bloc-notes jaune sur lequel figure sa liste : *emmener Lauralee à sa leçon de piano, déposer le gratin chez Mary Rose, aller chercher Lauralee, suspendre le canevas dans la chambre de L., donner les sacs cadeaux aux dames de l'entraînement, téléphoner au Dr Bauman, aller à la coopérative de crédit*. Cocher.

Elles sont en retard. Suzanne enclenche donc la marche avant et sort du parking en faisant légèrement crisser ses pneus et couiner sa transmission. Elles roulent quasiment à quatre-vingt-dix kilomètres heure en franchissant le feu vert à l'angle de Dixie et South Petroleum Street, ce qui ne les empêchent pas de devoir s'arrêter au passage à niveau. En attendant, Suzanne pianote sur le volant tout en observant la ribambelle de voitures défiler sur Burlington Northern. Mais le train ralentit soudain pour finir par s'immobiliser et elle se ronge un ongle, passe la marche arrière et repart dans une autre direction. Il ne faut jamais dépendre d'un homme, Lauralee, décrète-t-elle. Pas même un homme comme ton père.

Non. Sa fille est soigneusement attachée derrière, une pile de partitions de piano sur la banquette à côté d'elle. Ses claquettes et ses chaussons de danse sont dans le coffre, ainsi que son sac de piscine et un grand bac en plastique rempli de Tupperwares.

J'ai eu de la chance parce que ton papa est un homme bien, poursuit Suzanne, mais ce n'est pas souvent le cas à Odessa. Tu pourras tout avoir dans la vie – elle s'efforce de croiser le regard de sa fille dans le rétroviseur – mais il ne faut jamais quitter la balle des yeux, tu comprends ? Ceux qui regardent ailleurs, ne serait-ce qu'une seconde, se la prennent en pleine face.

Suzanne croit dur comme fer à la transparence ; elle refuse le mensonge, par principe. Plus tôt Lauralee aura une vision complète de leur situation familiale, mieux cela vaudra. Elle enchaîne donc : des ploucs, voilà ce que les gens pensaient de ma famille. Des ploucs quand ils étaient métayers en Angleterre, et fermiers en Écosse, des ploucs quand ils étaient métayers encore, d'abord dans le Kentucky, ensuite en Alabama, et des ploucs ici au Texas quand les hommes sont devenus voleurs de chevaux et chasseurs de bisons, quand ils ont choisi d'adhérer au KKK et de se faire justice eux-mêmes, et quand les femmes ont opté pour le mensonge et le racisme. Voilà pourquoi tous les ans, conclut-elle, nous ne sommes que trois à table pour Thanksgiving. Voilà pourquoi personne ne viendra les voir pour la célébration du bicentenaire des États-Unis. Jamais je n'inviterai ces gens à ma table, quand bien même on me collerait un revolver sur la tempe – ce dont ils seraient bien capables.

Lorsque sa fille sera un peu plus grande, Suzanne lui expliquera que moins de cent ans plus tôt, leurs ancêtres vivaient encore dans des tranchées pour se cacher de leurs créanciers et des Texas Rangers en attendant que les flèches des Comanches leur pleuvent dessus. Ils étaient trop ignares, ou trop isolés, pour savoir que la guerre de la Red River était terminée depuis cinq ans, et que les quelques femmes, enfants, et vieillards comanches qui avaient survécus étaient confinés à Fort Sill. Jusqu'à sa mort, l'arrière-arrière-grand-père de Suzanne se servait d'une blague à tabac qu'il avait confectionnée avec la peau des testicules d'un Apache Mescalero qu'il avait tué dans la Llano Estacado. Le cousin de Suzanne, Alton Lee, la possède encore et la conserve dans un coffre en cèdre maculé de brûlures de cigarette et d'autocollants à l'effigie du drapeau confédéré.

Je n'ai pas envie d'aller au piano, glisse Lauralee. C'est barbant.

Suzanne serre les dents, se mordille l'intérieur de la joue. Ma petite, tu te crois à plaindre ? Quand j'avais ton âge, j'ai vu un garçon se faire dévorer par un alligator. Ils ont seulement retrouvé son tee-shirt des Dallas Cowboys et une de ses tennis.

Pourquoi il s'est fait dévorer ? Lauralee avait déjà entendu cette histoire une douzaine de fois et elle savait quelle question poser.

Parce qu'il ne faisait pas attention où il allait, pardi ! Quand les gens ne regardent pas où ils vont, ils se font manger par les alligators. En tout cas, la mère du garçon – elle s'appelait madame Goodrow et sa famille vivait au Texas depuis qu'ils avaient été chassés de Louisiane – a tenu le coup. Elle avait huit autres enfants donc pas le temps de s'apitoyer sur son sort, mais le père n'a plus jamais été le même. Ou du moins c'est ce que ta grand-mère Arlene nous racontait quand on était petits. Ta grand-mère aurait pu vendre un verre d'eau glacé à un ours polaire. Elle savait toujours persuader les gens. En plus, elle était belle comme un champ de lupins bleus. Cinq ans plus tard, elle a été élue reine du rodéo du comté de Harrison.

J'aimerais tellement qu'elle soit encore là, déclare Lauralee.

Comme nous tous, ma chérie. Tiens-toi droite, lance alors Suzanne comme Lauralee s'éloigne de la voiture, tu vas devenir bossue. *Leçon de piano*. Cocher.

Autrefois, Arlene et Larry Compton trimballaient Suzanne et ses frères à travers l'ouest du Texas, à l'affût des meilleures opportunités de travail. Stanton, Andrews, Ozona, Big Lake – ils essayaient toujours d'économiser pour plus tard, mais lorsque le prix du pétrole chutait ou lorsque Arlene avait fait assez de chèques en bois pour attirer l'attention du shérif, la famille chargeait la voiture et taillait la route. Suzanne et ses frères s'asseyaient serrés les uns contre les autres sur la banquette arrière tandis que leurs parents fumaient, râlaient et se rejetaient mutuellement la faute. S'ils se dépêchaient, affirmait son père, ils pourraient peut-être voir le soleil se lever sur le marais. Sa mère s'exclamait : nom de Dieu, Suzie. Si tu n'arrêtes pas de donner des coups de pieds dans mon dossier, je vais te mettre la raclée de ta vie.

De retour dans l'est du Texas, ils trouveraient à l'orée du marais un cabanon aux parois recouvertes de feutre bitumé. Le propriétaire ne reconnaîtrait pas leur nom – Compton, c'est-à-dire les fils Compton sont de retour, donc ne laissez pas vos chats traîner dehors, verrouillez vos portes, cachez votre argenterie et dites à vos filles de se méfier – ou s'en ficherait. Personne d'autre ne voulait vivre là-bas de toute façon.

Sa mère était aussi imprévisible que les chiens errants qui s'incrustaient parfois dans le jardin lorsque Suzanne laissait le portail ouvert. Lorsque son père lui demandait d'aller le fermer le soir, elle avançait à tâtons dans l'obscurité, se jurant de se souvenir de bien le fermer la prochaine fois, et espérant que les ombres qui dansaient sous ses yeux n'étaient que des effets d'optiques à cause du clair de lune. Certains matins, avant de partir chercher du travail, alors que ses frères dormaient encore ou n'étaient pas rentrés encore à la maison, le père de Suzanne lui donnait un sou. Fais-toi oublier, l'enjoignait-il. Ta mère a besoin de se reposer.

Ces jours-là, Suzanne se rendait dans la ville près de laquelle ils se trouvaient et elle dépensait sa petite somme. Et lorsque le soleil menaçait de se coucher, ou lorsqu'elle avait à nouveau faim, elle rentrait et restait sur le seuil de leur cabanon, main sur la poignée et oreille collée à la porte, bois rugueux contre la joue, bande de feutre bitumé claquant dans le vent, pour tenter de deviner ce qui l'attendait de l'autre côté.

À en croire le docteur Bauman, Suzanne a peu de chance d'avoir un autre enfant. Son utérus est envahi de fibromes, affirme-t-il, et les fausses couches sont difficiles à supporter pour son corps, son moral, et sa famille. Ils feraient mieux de tout enlever. Autant en finir, poursuit-il, puisque vous ne les utiliserez pas de toute façon – *les* étant les ovaires de Suzanne. Elle remarquera à peine la différence, jure-t-il, sauf qu'elle n'aura plus de cycle. Le rêve, non ?

Lorsque Suzanne frappe à la porte de Mary Rose, elle tient dans une main un gratin de poulet. Elle admire le bébé, s'extasie sur sa taille, son poids, et Mary Rose le lui tend sans hésiter. Suzanne évoque sa conversation avec le médecin et Mary Rose déclare qu'elle est désolée, mais elle ne regarde pas vraiment Suzanne, elle scrute plutôt le jardin et la rue. Elles ne se sont plus reparlé depuis que Corrine Shepard l'a taxée de raciste – une idée absurde qui venait de D. A. Pierce d'après ce que Suzanne a entendu dire.

Oh, ne vous en faites pas, répond-elle à Mary Rose, ça va *très* bien. Il y a des gens qui meurent de faim au Cambodge. Elle remarque alors le corps frêle de son interlocutrice et les cernes sous ses yeux. On dirait que vous non plus vous ne mangez pas assez.

Mary Rose fixe le gratin qu'elle tient désormais d'une main malgré elle, le bébé niché comme un sac de course au creux de son autre bras. Bien, merci, fait-elle d'un ton monotone.

J'ai glissé dessous un catalogue Tupperware.

Mary Rose caresse d'un doigt le fond du plat en verre. Ah, je vois.

J'en ai donné un aussi à mon amie qui travaille à la coopérative de crédit. Suzanne aperçoit un de ses ongles rongés et s'empresse de cacher sa main derrière son dos. Madame Ordóñez, vous la connaissez ?

Nous sommes à la banque Cattleman's, répond Mary Rose.

Eh bien, c'est la femme la plus gentille du monde ! Suzanne jette un coup d'œil à sa montre. Avec une petite salade verte, ça vous fera un repas complet.

Gratin. Cocher.

Suzanne est pleine de bonnes intentions mais elle ne peut s'empêcher de s'interroger à voix haute : comment peut-on être aussi bête ? Lorsque les choses tournent mal, elle dit presque toujours ce qu'il ne faut pas. Un an plus tôt, alors qu'une tornade avait balayé un terrain de mobile homes à l'ouest d'Odessa faisant trois morts et une douzaine de blessés, elle s'était demandé pourquoi diantre certains choisissaient de vivre dans un endroit aussi minable. Les survivants, avait-elle affirmé à Rita Nunally, devraient être poursuivis pour avoir mis en danger la vie de leur famille. Mais ces plats préparés qui permettent aux gens de ne rien avoir à cuisiner ? Ça, elle sait s'y prendre. Si la recette indique une boîte de velouté de champignons, elle préfère faire sauter elle-même des petits champignons frais qu'elle délaie ensuite avec du lait et une cuillère à café de farine. Et certes ce n'est pas non plus de la grande cuisine, mais chacun de ses plats est complet : de la viande, des légumes, des pâtes ou des céréales.

Elle fait ses cookies aux pépites de chocolat avec du vrai beurre, et non de la margarine ; et elle ne mégote jamais sur le sucre roux. Que du frais, jamais de conserves. Telle est sa devise. Pas de haricots pinto ni de pain de maïs pour Lauralee, se plaît-elle à dire à ses voisines, et pas de bébé avant d'avoir fini ses études. Sa fille ne mangera jamais de pissenlit, d'alligator, de serpent, ou de chou. Elle ne mangera jamais de poisson-chat ou de carpe ou n'importe quel animal aquatique qui fasse tout passer par le même boyau, et il y aura toujours un dessert en fin de repas, aussi simple soit-il. Tous les soirs avant de dîner, elle allume deux petites bougies qu'elle dispose au centre de la table, puis elle recule de quelques pas pour admirer son œuvre. C'est beau, souffle-t-elle à Jon et Lauralee. Ça donne un air de fête, même en milieu de semaine. Et dans cette lumière, personne ne distingue le bouton rouge qui pousse sur son menton, ni la dent qu'elle s'est cassée à la suite d'une chute lorsqu'elle avait quinze ans, ni les cuticules autour de ses ongles qu'elle ne peut s'empêcher de ronger.

Quand j'étais petite, dit-elle à Lauralee, j'aurais donné n'importe quoi pour vivre dans une maison avec de la moquette, et une baignoire assez grande pour s'allonger en entier, et un piano que ma mère aurait acheté grâce aux cent cinquante-six mille points de fidélité de chez Sperry & Hutchinson qu'elle aurait accumulés, léchés et envoyés. Ton père et moi, on est les premiers depuis cinq générations à posséder une maison, mais un jour tu en auras une encore plus grande, toi. Tu vas faire des études et en acheter encore plus belle que la nôtre, avec un étage et une ribambelle de fenêtres pour que tu puisses admirer le monde.

Elles sont rentrées du piano, cocher, et Suzanne accroche un canevas au-dessus de la tête de lit en osier blanc de Lauralee, seul objet que Suzanne ait réussi à terminer lorsqu'elle s'est essayée à l'artisanat au printemps précédent, après sa fausse couche. Celle-ci était d'ailleurs si précoce que Suzanne ne sait pas trop si elle était vraiment enceinte ou s'il s'agissait simplement de règles très douloureuses et abondantes. Elle a fait encadrer le canevas d'une baguette en laiton. Les petites feuilles de vigne et les roses blanches s'entrelacent autour des mots : *maison soignée, vie ordonnée, cœur apaisé*. Debout sur le lit de Lauralee, un clou entre les dents, elle tapote d'un côté du cadre, puis de l'autre, et répète l'opération afin que le tableau soit parfaitement droit. Elle recule au centre du lit et contemple son travail, avant de se pencher pour rectifier le tir encore une fois. Parfait.

Lauralee est assise en tailleur sur la moquette, avachie, et elle écoute Gordon Lightfoot sur son petit électrophone rose. Depuis la sortie de l'album quelques semaines plus tôt, ce disque tourne en boucle vingt-quatre sur vingt-quatre, et Lauralee se met dans tous ses états dès qu'elle entend la chanson du bateau qui fait naufrage dans le lac Supérieur.

Ce canevas est parfait à cet endroit, non ? fait Suzanne, descendant du lit pour toucher les fins cheveux de sa fille. Chérie, éteins un peu ce disque, d'accord ? C'est larmoyant.

Elle et Jon pourraient peut-être consulter un autre spécialiste à Dallas. Ou ils pourraient adopter, ou bien la prochaine fois qu'un de ses frères ou de ses cousins téléphonera pour demander à Suzanne et Jon de prendre en charge leurs enfants le temps qu'ils s'en sortent, Suzanne acceptera peut-être, mais uniquement s'ils sont d'accord pour les leur laisser pour de bon. Si elle décide de se faire opérer, elle n'en parlera à personne, pas avant que tout soit terminé. Elle se rendra à l'hôpital, se fera opérer et sera de retour dans sa cuisine avant que Lauralee ne soit rentrée à la maison, avant que la sonnerie de la raffinerie ne retentisse et que Jon ne sorte du travail.

Suzanne se dirige vers la table de cuisine sur laquelle sont posés son bloc-notes et les petits sacs cadeaux blancs qu'elle a rapatriés plus tôt de la voiture. En apercevant D. A. Pierce qui fait du vélo devant chez elle, elle se précipite dehors et l'appelle : Hé, Debra Ann, viens par ici, s'il te plaît. Je voudrais te parler. La petite pousse un cri strident et s'enfuit dans la rue, pédalant à toute allure sur ses petites jambes robustes. Elle donne un brusque coup de guidon pour éviter une camionnette qui vient de marquer le stop à l'angle et poursuit sa route.

Afin d'éviter un jeune homme qui court, les yeux rivés sur le ballon, elles contournent le terrain d'entraînement. Lauralee traîne la patte et Suzanne la rappelle à l'ordre. Une seconde d'inattention, et ta voiture est embarquée à la fourrière, ou en rentrant de l'église un jour, tu trouves tous tes meubles sur la pelouse, baignant dans la gadoue.

Elle transporte dans une main un Tupperware en plastique et dans l'autre six sacs Avon. Trois sacs cadeaux supplémentaires sont planqués dans l'imposant sac qu'elle porte en bandoulière à l'épaule. Il fait une chaleur d'enfer mais les cheveux roux de Suzanne sont soigneusement glissés derrière ses oreilles. Son corsaire orange est impeccablement repassé et son chemisier est aussi blanc qu'une fleur de magnolia. Même en plein cagnard, sur un terrain de football poussiéreux, elle veut que ses voisins se disent : on dirait que Suzanne Ledbetter arrive de voyage.

Lauralee marche derrière sa mère, tête basse, bâton de majorette coincé sous le bras. Elle a des jambes de lièvre et son visage est tellement taché de son qu'on a l'impression qu'un stylo rouge lui a bavé sur la peau. Suzanne a eu beau recoiffer encore une fois sa fille avant de quitter la maison, ses cheveux sont à nouveau plats. Seule une mèche légèrement ondulée résiste encore au milieu de son front. Redresse-toi, lance Suzanne. Lauralee bascule aussitôt la tête en arrière et se met à marcher en cadence, brandissant son bâton tel le glaive de Judith.

Les joueurs de football font leur première série d'abdos. Une fois à cinquante, le coach Allen leur crie de recommencer. La sueur perle sur les fronts, les maillots et les protège-épaules deviennent humides. Un des garçons s'effondre au sol et reste immobile. Lorsqu'un autre lui asperge le visage d'eau froide, les spectateurs éclatent de rire. À leur époque, c'était un *seau d'eau glacée* que le coach leur balançait au visage. Une fois, un garçon avait fait un malaise sur le terrain à cause de la chaleur et il n'était pas pour autant rentré au vestiaire. Il avait joué jusqu'à la fin du match.

Suzanne et Lauralee s'approchent des gradins dans lesquels les supporters sont installés avec des bières fraîches ou des gobelets de thé glacé coincés entre les genoux, et lorsque Suzanne entend dans un murmure *que Dieu la protège*, elle sait que la personne en question pense à Lauralee qui s'est éloignée à l'autre bout du terrain et s'entraîne à faire des huit avec son bâton.

C'est bien, chérie, lance Suzanne. Allez, change de sens maintenant et ensuite alterne.

Lauralee plaque une main dans son dos et fait tourner son bâton jusqu'à ce qu'il finisse par atterrir dans la poussière avec un bruit sourd. Elle est tellement douée, s'exclame une femme. Ça promet pour le spectacle du Super Bowl dans quelques années. Et elle est *grande*, fait quelqu'un d'autre. Que Dieu la bénisse. Tente un soleil, s'écrie Suzanne. Et une double pirouette. Lauralee lance son bâton vers le soleil, tourne deux fois sur elle-même et le bâton retombe sur la ligne de touche.

Suzanne grimpe dans les gradins et distribue ses sacs Avon rose et blanc qui contiennent des baumes à lèvres, des fards à paupières, des parfums, des crèmes et des lotions, sans oublier le catalogue du mois prochain. Chaque article est délicatement enveloppé dans un papier de soie rose maintenu fermé avec un ruban blanc à peine plus large qu'un ongle. Sourire aux lèvres et attentive à remercier chacune individuellement, Suzanne glisse dans une enveloppe blanche les chèques et le liquide qu'elle reçoit en échange avant de ranger le tout dans son sac qu'elle referme avec soin.

Il y a de fortes chances que Suzanne ait un parent qui doive de l'argent à au moins un des hommes assis à l'extrémité des gradins. Il y a de fortes chances que sa mère ait fait un chèque en bois à au moins un de leurs pères à l'époque. Personne ne lui en tient rigueur, ce qui ne l'empêche pas de passer son temps à prouver que tout le monde se trompe. Ainsi Suzanne s'efforce d'avancer. Elle rassemble, transporte, et dépose. Elle se porte volontaire, compte, organise et s'agenouille pour ramasser des miettes que personne ne remarque. Il y a toujours quelque chose à nettoyer – une table, une fenêtre, le visage de sa fille.

Rentre-lui dedans, crie un aficionado. C'est pas comme ça que vous allez battre Midland Lee, proclame un autre. Deux joueurs se percutent brutalement et s'effondrent au sol, immobiles. Oh allez, proteste un troisième, vous êtes un peu sonnés, c'est tout. Debout les gars, hurle le coach, et les garçons roulent lentement sur le côté avant de se mettre à genoux et de se relever.

Une fois les sacs Avon distribués, Suzanne ouvre le Tupperware en plastique que Lauralee est allée chercher à sa demande dans la voiture. Sous le couvercle, apparaissent trois douzaines de cupcakes au chocolat qu'elle a confectionnés pour les distribuer aux joueurs à l'issue de l'entraînement. L'une des femmes s'extasie sur le Tupperware et Suzanne s'empresse d'offrir des catalogues. Elle organise une réunion de démonstration la semaine prochaine. Ces dames devraient venir ; elle fera des canapés au fromage un peu pimentés et du thé glacé. Et n'oubliez pas vos chéquiers, s'exclame-t-elle en leur faisant un clin d'œil, tout comme Arlene l'aurait fait.

Lorsqu'elle était en forme, la mère de Suzanne était irrésistible. Tous ceux qui la croisaient lui prédisaient un bel avenir. Elle déchiffrait les situations comme personne et savait se métamorphoser au gré de ses besoins – adventiste, joueuse de cartes hors pair, mère désespérée en quête d'un coup de main. À Blanco, elle avait été catholique pratiquante. À Lubbock, elle parlait la langue des anges et marchait pieds nus sur des braises. Alors qu'ils vivaient à Pecos, tout le monde avait cru un temps qu'elle était devenue aveugle à la suite d'une explosion. Cette histoire-là a longtemps fait rire la famille.

Je mets tout ça de côté pour les études de Lauralee, explique Suzanne aux femmes présentes, et certes cela n'est pas entièrement vrai, mais ce n'est pas non plus entièrement faux.

Je suis sûre qu'elle réussira, quelle que soit la voie qu'elle choisira, décrète l'une d'elles avant de se tourner vers sa voisine pour parler du temps, de l'équipe de foot, du prix du pétrole. Une autre évoque l'affaire Ramírez et une autre encore s'interroge sur ce que la mère fabriquait pendant que sa fille traînait dans les rues. Moi, je peux vous dire ce qu'elle ne faisait pas, intervient Suzanne. Elle ne faisait pas *attention*.

Mmmmm, fait une quatrième.

Ça aurait pu être n'importe laquelle de nos filles, remarque une cinquième.

Ah non, pas la mienne, rétorque Suzanne. Je ne la quitte pas des yeux une minute.

Précisément à cet instant, alors qu'un des défenseurs trébuche au niveau de la ligne de touche et se met à hoqueter dans l'herbe, Lauralee lance son bâton dans les airs, tourne trois fois sur elle-même et lève les yeux vers le ciel, un grand sourire aux lèvres. Le bâton retombe alors si violemment sur son œil que même le coach Allen semble compatir. La jeune fille pousse un cri strident qui, tel un tourbillon de poussière, balaie tout sur son passage.

Suzanne dévale bruyamment les gradins métalliques, son sac rebondissant à tout-va sur sa hanche, oubliant aussitôt les cupcakes qui commencent à fondre au dernier rang. Elle saisit les épaules de sa fille et la regarde dans les yeux. C'est à peine rouge. Elle n'aura peut-être même pas de bosse.

Ça va, dit-elle à Lauralee. Frotte un peu de terre dessus. Mais Lauralee continue de gémir et tout le monde soudain interrompt ce qu'il fait – le coach Allen cesse de crier sur ses joueurs, les femmes cessent de farfouiller dans leurs sacs cadeaux, les aficionados cessent de se croire à la place des joueurs, même les joueurs eux-mêmes s'immobilisent. Chacun, dans un même élan coordonné, semble se tourner vers Suzanne comme pour lui dire : bah, faites quelque chose.

Je déteste ce bâton ! crie Lauralee.

Ah, certainement pas. Suzanne se ronge un ongle et jette un coup d'œil par-dessus son épaule au rang de supporters toujours assis, bouche bée, attendant qu'elle prenne le contrôle de la situation. Non, non, elle ne pense pas ce qu'elle dit, s'exclame-t-elle à leur intention.

Lauralee geint derechef et finit par s'effondrer par terre, frottant avec virulence son œil : aïe, aïe, aïe.

Arrête ça tout de suite, lui chuchote méchamment Suzanne. Tu veux que les gens te voient pleurer ? Elle remet de force sa fille sur pied, l'oblige à traverser le terrain avec elle et la pousse sur le siège avant de la voiture, la suppliant tout du long d'arrêter de pleurer et de se comporter comme une grande fille pour l'amour de Dieu. Elle met le contact et oriente les grilles d'aération vers le visage de Lauralee. Ah, l'œil a gonflé en fin de compte. Elle va avoir un beau coquard.

On peut rentrer ? demande Lauralee, enfin calmée.

Encore une minute, chérie. Suzanne referme doucement la portière, contourne la voiture et s'appuie contre le coffre pour attendre la fin de l'entraînement.

En quelques minutes, les joueurs filent au vestiaire et les coaches s'éclipsent dans leur bureau pour regarder la vidéo de l'entraînement. Les supporters quittent les tribunes et regagnent tranquillement leurs voitures et leurs camionnettes tout en poursuivant leurs conversations sur la saison sportive, le prix du pétrole et le concert d'Elvis au grand théâtre en mars dernier. Ah, Lauralee s'est remise à sangloter, flûte. Trois hommes s'approchent de la voiture et Suzanne s'empresse de s'excuser du comportement de sa fille tandis que ses interlocuteurs restent plantés là, l'air emprunté, lorgnant vers le siège avant. Puis elle leur tend à chacun un petit sac – qui pour sa femme, qui pour sa petite amie, qui pour lui-même. Naturellement motus et bouche cousue, sourit Suzanne en leur faisant un clin d'œil avant de fourrer leur argent dans sa petite enveloppe blanche. Elle leur montre le Tupperware dans son coffre.

Un jour Suzanne mourra et le moment venu, que diront les gens sur elle ? Qu'elle est morte en devant de l'argent à la moitié de la ville ? Qu'elle était une sale pocharde ? Non et non. Qu'elle est morte sans un sou en poche ? Non. Ils diront que Suzanne Ledbetter était quelqu'un de bien, une femme avec le sens des affaires et qui se conformait aux règles. Ils diront qu'elle était un ange et que sa mort est une grande perte pour la communauté. Suzanne relit sa liste, soupire, prend son stylo et se penche pour tapoter l'épaule de sa fille. Ne pleure pas devant les gens, chérie. C'est tout ce que je voulais dire.

Lauralee se redresse et s'essuie le nez du revers de la main. Je sais.

Il faut que tu sois plus forte que les autres.

Avant de rencontrer Jon, Suzanne a bien sûr eu à esquiver un coup de poing ou deux, voire une gifle. Elle s'est dégagée d'une main s'attardant sur ses fesses, remontant dans son dos ou caressant ses épaules. Elle avait douze ans la première fois qu'un garçon lui a tripoté les seins, mais elle ne racontera pas les détails à Lauralee – pas encore en tout cas, elle est trop jeune. Dans l'immédiat, alors qu'elles sont assises dans la voiture, l'air climatisé à fond, voici ce qu'elle va dire à sa fille :

Un garçon a essayé de m'attraper une fois, j'étais juste un plus âgée que toi. Il s'est planté devant moi, devant Dieu et tout le monde, et il a posé les mains sur moi.

Qu'est-ce que tu as fait ?

Eh bien, j'ai ramassé une planche et je lui ai flanqué un bon coup sur la tête. Je l'ai carrément assommé. Il est resté inconscient trois jours. Il a eu des points de suture, en plus – quinze, ou vingt peut-être, je ne sais plus.

Tu as eu des ennuis après ?

Sûrement pas. Sa mère a envoyé le shérif me demander ce qui s'était passé et quand je lui ai raconté, tu sais ce qu'il m'a dit ? La prochaine fois, choisis une belle planche cloutée et demande ensuite à un de tes frères de balancer le corps dans le marais pour les alligators. Après quoi, il m'a donné un dollar – l'équivalent de cinq aujourd'hui. Il m'a tapoté la tête et il a dit à ma mère de passer au commissariat le lendemain parce qu'il devait lui parler d'autre chose. Suzie Campton, il a ajouté en se tournant vers moi, tu sauves l'honneur ici. Et tu sais ce que j'ai fait avec son billet de un dollar ?

Tu as acheté des bonbons ?

Non, mademoiselle. Je l'ai rangé dans une boîte fermée avec un petit cadenas, et j'ai gardé la clé autour de mon cou jusqu'à ce que je quitte la maison pour de bon.

Corrine

Comme Debra Ann vient de demander si elle peut emprunter la vieille tente militaire de Potter qui prend la poussière dans le garage depuis vingt ans, Corrine lui raconte les nuits magnifiques qu'elle a passées avec Potter dans cette tente à essayer de voir un cerf dans le parc de Big Bend ou à contempler les étoiles dans les montagnes Guadalupe. Ils sont partis pour la première fois en vacances en famille pendant l'été 1949, tous les trois au Grand Canyon ; Potter et Corrine avaient tenu à deux les mains d'Alice pour qu'elle s'approche de la falaise et puisse s'extasier en apercevant le fond du gouffre. De retour au camping, ils avaient passé la fin de journée à jouer et rire avec Alice. La petite avait fini par s'endormir à même le sol, aux pieds de Corrine, et Potter avait éteint la radio, s'était accroupi pour la prendre dans ses bras, la transporter jusqu'à la tente pour la glisser dans le sac de couchage qu'ils avaient placé entre les leurs.

D. A. bâille, se gratte les pieds, se frotte les yeux et tire sur un de ses sourcils. OK, madame Shepard. Je peux la prendre ?

Voilà ce qui se passe quand on devient vieille comme moi : on se souvient, ça n'arrête pas. Mais comment vas-tu, mademoiselle Pierce ? fait Corrine, et Debra Ann sourit. C'est la première fois que Corrine la voit sourire sincèrement depuis que Ginny a disparu le 4 juillet dernier.

Je vas bien, répond Derba Ann. J'aide mon ami Jesse à rentrer chez lui dans le Tennessee.

Qui ? ne peut s'empêcher de lâcher Corrine car Debra Ann lui semble trop grande pour avoir des amis imaginaires mais qui sait ce qu'elle mijote depuis le début de l'été, quelle sorte d'histoire compliquée elle se raconte ? Comment peut-on deviner ce qui s'ourdit dans l'esprit d'une enfant ? Corrine ajoute aussitôt : je *vais* bien, ma chérie. Et Peter et Lily, tu as des nouvelles ?

Ils n'existent pas pour de vrai. Mais Jesse oui.

Ah bon. Corrine se penche et écarte les cheveux des yeux de Debra Ann. Reviens demain et je te couperai la frange.

Une fois Debra Ann partie traînant d'une main la tente derrière elle et de l'autre cramponnant un sandwich beurre sucre, Corrine se sert un verre de lait ribot et se prépare un sandwich à l'œuf tout en regardant d'un œil les nouvelles. Jimmy Carter, fuite de gaz à Sterling City, investissements en hausse pour le pétrole et en baisse pour le bétail, et rien sur Gloria Ramírez et le procès prévu dans moins d'un mois, mais ce soir l'horreur a encore frappé. Le présentateur donne l'antenne à un journaliste en direct d'une concession de pétrole près d'Abilene. Le corps d'une femme a été retrouvé, le quatrième en deux ans. Tu parles d'une aubaine, ce boom pétrolier, répétait amèrement Corrine à Potter avant.

Ça ne fait qu'attirer toutes sortes de psychopathes. Et à en croire les pronostics, la fièvre de l'or noir ne fait que commencer. Corrine éteint le téléviseur et sort s'occuper du tuyau d'arrosage.

L'été a été on ne peut plus sec et Corrine a pris l'habitude d'allumer l'arrosage automatique le matin et de le déplacer dans le jardin au fil de la journée. L'après-midi, elle avale d'ordinaire un sandwich en sirotant un thé glacé allongé au bourbon ou au scotch, puis d'un coup de volant elle va acheter des cigarettes au Strike-It-Rich. Quelques semaines plus tôt, elle a rangé la camionnette de Potter au garage une bonne fois pour toutes. Grimper et descendre de la cabine lui ruinait les genoux. Sans compter que la bande FM de la radio et l'intérieur en velours rouge de sa Lincoln lui manquaient : elle aimait trop cette impression de piloter un yacht en roulant sur la Huitième Rue. Elle glisse parfois un petit cocktail dans le porte-gobelet et fait le tour de la ville, toutes vitres ouvertes, croisant des automobilistes d'autres États et des camions qui lui bloquent le passage lorsqu'elle cherche à changer de voie. Certes elle déteste le pétrole, mais elle aime la chaleur et le paysage, cette beauté aride, cette lumière inépuisable. C'était quelque chose qui la reliait à sa grand-mère, tout comme le donut au chocolat et la tasse de café qu'elle aimait s'octroyer en guise de dîner.

Autre chose fait aussi partie des habitudes de Corrine désormais : chaque soir, après vingt et une heures, lorsque le jour tombe enfin, elle s'assied dans la camionnette de Potter, clé sur le contact, porte du garage fermée, et pendant une heure ou plus elle reste là, songeant qu'elle aimerait avoir le courage. Ensuite elle rentre en laissant la clé sur le contact, elle se prépare un autre verre, allume encore une cigarette et sort sur la véranda. Presque cinq mois que Potter a disparu – ah, ce qu'elle déteste ce mot, *disparaître*, comme s'il s'était aventuré un peu trop loin dans le désert, comme s'il allait bientôt comprendre son erreur, faire demi-tour et lui revenir.

Alice appelle tous les dimanches et parle de venir la voir. Elle aimerait que Corrine envisage de venir vivre en Alaska. Je me fais un sang d'encre pour toi, a-t-elle avoué à sa mère fin juillet.

Si je viens habiter en Alsaka, tu viendras à mon enterrement ?

Maman, tu es injuste. Tu ne te rends pas compte de ma vie ici.

Mais Corrine ne va pas continuer ainsi longtemps. Non, tu as sûrement raison, chérie. Au revoir.

À chaque rentrée, durant les trente années où elle a enseigné l'anglais dans des salles de classe surchauffées peuplées de fils de fermier, de pom-pom girls et de péquenots puant l'après-rasage, Corrine repérait dans sa liste d'élèves le nom d'au moins un gamin différent ou rêveur. Les bonnes années, elle en dégottait peut-être deux ou trois – les marginaux, les bizarres, les violoncellistes, les génies, les joueurs de tuba défigurés par l'acné, les poètes, les garçons dont l'asthme excluait toute velléité de jouer au football et les filles qui n'avaient pas appris à étouffer leur intelligence. À ces élèves-là, Corrine affirmait : les histoires nous sauvent la vie. Aux autres, elle lançait : je vous réveillerai quand ce sera terminé.

Tandis qu'un ventilateur et une fenêtre, aussi exiguë que celle d'une cellule de prison qu'elle entrouvrait tous les matins, s'évertuaient à dissiper les relents de transpiration et de chewing-gum ainsi que l'insolence ambiante, Corrine balayait l'assistance du regard, jaugeant la réaction de ses élèves non conformes. Un petit con trouvait toujours bon de faire une bulle ou de roter ou de péter, mais un ou deux de ces jeunes gens au moins se souviendraient de ses paroles. Ils obtiendraient leur diplôme, foutraient le camp et lui écriraient de l'université du Texas à Austin ou de Texas Tech à Lubbock ou encore de l'armée, et même une fois d'Inde. Et cela suffisait pour Corrine. Quand je dis histoires, expliquait-elle à ces âmes tourmentées, je parle aussi des poèmes, des hymnes, des chants d'oiseaux et du vent dans les arbres. Je parle du tumulte, du brouhaha et du silence. Je parle de la mémoire. Donc souvenez-vous-en, la prochaine fois qu'on vous cassera la figure après l'école.

Les histoires peuvent nous sauver la vie. Corrine y croit encore, même si depuis la mort de Potter elle n'arrive plus à se concentrer sur le moindre livre. Et la mémoire s'égare, telle une brise soudaine dans une plaine sans arbre, ou une tornade à la fin du printemps. Certains soirs, Corrine s'installe sur la véranda et laisse ces histoires l'emporter encore un peu.

Corrine a connu tant de mois et d'années ordinaires ou désagréables dans sa vie qu'elle a pour ainsi dire tout effacé. Par exemple, elle a oublié la naissance de sa fille durant l'hiver 1946 et la quasi-totalité du mois suivant, mais elle se rappelle chaque détail du 25 septembre 1945, le jour où Potter est rentré au pays, intact, si l'on oublie les terreurs nocturnes et son aversion inédite des avions. Trois ans dans le cockpit d'un B-29, ça suffit, a-t-il dit à Corrine, je ne mettrai plus jamais les pieds dans un avion. Potter est mort depuis cinq mois et sa voix résonne encore aux oreilles de Corrine aussi distinctement qu'un coup de tonnerre.

Il a une permission de trois jours et ils viennent de faire l'amour pour la première fois à l'arrière de la Ford de son père. Sourire aux lèvres, tachés de sang et perclus de courbatures, ils sont assis face à face. Bon, c'était vraiment nul, fait Corrine. Potter rit et lui promet de se rattraper la prochaine fois. Il embrasse son épaule parsemée de taches de rousseur et se met à chanter. *What a beautiful thought I am thinking, concerning that great speckled bird... and to know my name is written in her holy book.*

Corrine a dix ans et elle est assise au premier rang à l'enterrement de sa grand-mère. En voyant son père incapable de retenir ses larmes à tel point qu'il doit demander au pasteur de prononcer l'éloge funèbre à sa place, Corrine comprend enfin l'énormité de ce qu'elle traverse.

Elle a onze ans et elle voit un veau naître pour la première fois. Elle le regarde se lever sur ses jambes vacillantes, écoute ses tristes beuglements et elle songe combien sa grand-mère aurait aimé être là.

Elle a douze ans et son père rentre du champ de pétrole avec une bouteille de gnôle et deux doigts en moins. Ne pleure pas, ma petite chérie, fait-il. Je n'avais pas besoin de ces doigts-là. C'est pas comme *ceux-là* – et il agite son autre main. Ils éclatent de rire tous les deux, mais Corrine se souvient de ce que sa grand-mère a dit la première fois qu'ils ont vu le pétrole jaillir d'un puits. Que Dieu nous aide.

Elle a vingt-huit ans et un foreur téléphone pour expliquer qu'il y a eu une explosion au puits de Stanton. Elle fonce à l'hôpital avec Alice endormie sur le siège passager à côté d'elle, convaincue que Potter est déjà mort, s'efforçant d'imaginer comment diantre elle va traverser cette vie sans lui. Mais il est là, assis dans un lit, sourire aux lèvres. D'affreuses traces de brûlure zèbrent son visage et son cou. Chérie, articule-t-il, je suis tombé de la plateforme juste avant qu'elle explose. Et son sourire s'évanouit. Mais il y a des gars qui y sont restés.

Octobre 1929. Le père de Corrine est rentré déjeuner. Il n'est pas homme en général à parler de tout et de rien – à bavasser comme il dit –, mais aujourd'hui il est intarissable. Il arrive à peine à trouver le temps de manger son sandwich. Il y a eu un accident au puits de Penn, l'éruption de pétrole était tellement énorme que des morceaux de pipeline et des pierres ont volé dans les airs à plus de quinze mètres de hauteur. Ça a explosé à neuf heures ce matin et le brut gicle encore. Dieu sait combien de barils se répandent dans le désert. L'opérateur de forage ne sait même pas quand il arrivera à reprendre le contrôle. C'est un jour historique, proclame Prestige devant Corrine et sa grand-mère, Viola Tillman. Odessa va enfin exister sur une carte.

Corrine et Viola s'apprêtent déjà à prendre leurs chapeaux et leurs gants mais Prestige secoue la tête avant d'engouffrer le reste de son sandwich à l'œuf. Un puits de pétrole, c'est pas un endroit pour les petites filles, ni – il se tourne vers Viola – les vieilles dames. Vous restez ici. Je ne plaisante pas.

Corrine est grande pour son âge mais elle doit malgré tout s'asseoir au bord du siège pour toucher la pédale d'accélération de la Ford Model T de son père. Fillette et grand-mère zigzaguent à travers la Llano Estacado, bringuebalant tous azimuts sous l'œil médusé de certaines des hereford de Prestige qui les regardent passer en ruminant. Il leur reste à peine un kilomètre à parcourir lorsque le ciel s'assombrit soudain ; le sol sous les pneus de la voiture se met à trembler violemment et l'air devient tellement irrespirable qu'elles doivent se couvrir la bouche avec un mouchoir. Que Dieu nous aide, murmure Viola.

En retombant par terre, le pétrole recouvre tout – la sauge du désert et le boutelou gracieux que Viola aime tant, le barbon de Gérard et toutes les herbes hautes qui arrivent presque à la poitrine de Corrine. À une trentaine de mètres de l'énorme cratère, des chiens de prairie se dressent et crient, inquiets. Une petite femelle se précipite au bord d'un terrier et regarde à l'intérieur. Corrine s'imagine chaque planque et chaque tanière à dix kilomètres à la ronde, peuplée de créatures confuses qui ne sauront jamais ce qui vient de leur tomber sur la tête. Mais la cinquantaine d'hommes de tous âges debout autour de l'installation de forage ne regardent ni les herbes, ni les animaux, ni la terre elle-même. Ils fixent le ciel, l'air subjugué. Ça va tuer toute la vie, déclare Viola.

Corrine grimace en reniflant l'air tandis que sa grand-mère s'avachit contre la portière, blême, les larmes aux yeux. Elle tousse en maintenant sa main sur sa bouche et son nez. Cette odeur, souffle-t-elle. C'est comme si toutes les vaches de l'ouest du Texas avaient pété en même temps. Et nos arbres, pleure-t-elle, fixant un bosquet de jeunes pacaniers se trouvant pile sur le chemin d'une rivière de pétrole. Qu'est-ce qu'ils vont devenir ?

Mais Odessa va enfin exister sur une carte, répète Corrine, et papa dit que cette terre ne vaut pas un clou de toute manière. Viola Tillman dévisage sa petite-fille comme si c'était la première fois de sa vie qu'elle la voyait. La Llano Estacado ne présente peut-être aucun intérêt sinon les étoiles, l'espace, le silence, les chants d'oiseaux en hiver et l'odeur tenace des poteaux en cèdre après la pluie, ne serait-ce que trois gouttes, mais elle l'aime. Ensemble, la vieille femme et la petite fille ont traversé à cheval des rivières à sec et des kilomètres de créosotiers avant de s'asseoir en silence pour observer des pécaris fourrager dans les fourrés de figues de Barbarie. Ensemble, elles ont découvert et baptisé le plus grand arbre de leur domaine – *Galloping Ghost*, le surnom de Red Grange, à cause de son écorce hirsute qui ressemblait à la fameuse pelisse en raton laveur de la star du football américain. Viola a maintenant le visage couleur de cendres froides et ses mains tremblent. Ramène-moi à la maison, ordonne-t-elle à sa petite-fille.

Entendu, fait Corrine.

Tu peux me conduire jusqu'en Géorgie ?

Trois ans plus tard Viola sera morte et entretemps sa petite-fille aura bien compris ce que signifie un boom pétrolier pour en exécrer chaque facette.

Durant trois jours, le puits de Penn crache un flux continu et incontrôlable d'hydrocarbures. Un bassin grand comme une maison se forme en quelques heures et déborde très vite ensuite, le pétrole dévastant tout sur son passage. Plus de trente mille barils de pétrole se sont dispersés dans la nature avant que les hommes ne reprennent le contrôle de la situation. Et lorsque enfin c'est le cas, les hommes restent sur la plateforme glissante, mains et visages noircis. Ils crient, se tapent dans les mains et dans le dos. On l'a coiffé, s'écrient-ils. On l'a eu.

Depuis la mort de Potter, Corrine a appris à connaître le ciel nocturne aussi bien que les traits de son défunt mari. Ce soir au-dessus de Larkspur Lane, le croissant de lune se hisse au centre des cieux où il va rester une ou deux heures avant d'entamer sa lente glissade vers l'ouest. Seules une poignée d'étoiles demeurent – *onze étoiles bouillonnent dans le ciel* – et les bars sont fermés depuis deux heures. La rue est plongée dans la pénombre, à l'exception de la maison de Mary Rose qui est illuminée telle une plateforme pétrolière au beau milieu de la mer noire.

Corrine entend Jon Ledbetter avant de le voir. Sa cinq portes démarre en trombe au stop à l'angle de Custer et de la Huitième Rue, puis surgit dans le virage. Vitres ouvertes et musique à fond : la voix rauque de Kris Kristofferson vibrant à tout rompre dans les haut-parleurs de la voiture. Un verre de thé glacé laisse un cercle sombre sur le sol bétonné de la véranda. Corrine est trop vieille pour rester assise aussi longtemps en tailleur par terre et en se relevant tant bien que mal pour traverser la rue et dire à Jon Ledbetter de baisser sa putain de radio, elle manque de peu de briser son verre.

Elle est à mi-chemin lorsque Jon baisse enfin le son et le silence reprend ses droits. Le visage de Mary Rose apparaît brièvement à la fenêtre de la cuisine, cheveux blonds complètement blancs dans la lumière crue. Elle reste là quelques instants, puis tend le bras et tire le rideau. Corrine a une jambe encore un peu engourdie, elle sent les effets du bourbon qu'elle ajoute dans son thé glacé, mais elle finit par traverser complètement la chaussée. Jon est assis sur le siège conducteur, mains sur le volant ; une chanson triste passe à la radio.

Corrine connaît à peine ce jeune voisin, le mari de Suzanne, qui travaille constamment et rentre toujours de la raffinerie en pleine nuit alors que la débauche a sonné depuis longtemps, mais elle reconnaît les épaules voûtées et les mains tachées. Potter avait exactement cette allure parfois, dans les semaines et les mois qui ont suivi son retour de la guerre.

Elle s'approche à la hauteur de Jon, attentive à ne pas le toucher. À voix basse, elle lui demande s'il voudrait venir s'asseoir sur sa véranda un moment avec elle, boire peut-être un verre d'eau fraîche ou un petit remontant. Elle a cet album justement et elle pourra le mettre, si Jon a envie de l'écouter en entier.

Les Trente Glorieuses viennent de démarrer, la page de la guerre est maintenant tournée et les gens recommencent à y croire. Corrine et Potter déambulent main dans la main sur le parking du nouveau concessionnaire de voitures sur la Huitième Rue. Ils donnent quelques coups de pied dans des pneus, essaient quelques voitures, puis paient en liquide un pick-up Dodge : rien ne pourrait leur faire plus plaisir. C'est un véhicule magnifique avec un nouveau design qui donne plus de visibilité au conducteur et un moteur six cylindres. Potter tente de convaincre Corrine de dépenser un peu plus pour la benne longue, comme ça ils pourront partir loin et dormir là en contemplant la Voie lactée.

Dès que la grossesse de Corrine est devenue visible, le proviseur de son établissement l'a renvoyée chez elle en lui serrant la main et en lui offrant une conserve de la célèbre – du moins localement – sauce piquante de sa femme. Qu'est-ce que je vais fabriquer chez moi pendant six mois, se plaint-elle à la secrétaire, tricoter des chaussons de bébé ? La secrétaire a déjà connu ça. Ses propres enfants ont quitté la maison depuis dix ans et elle les aime à la folie, mais elle se réveille tous les matins et remercie Dieu de ne plus avoir à préparer le déjeuner de quiconque, ni à aider avec les devoirs. Ma belle, déclare-t-elle, vous allez être arrêtée plus de six mois.

Alice pleure toutes les nuits de minuit à trois heures du matin. Potter et Corrine ne comprennent pas pourquoi et ils n'arrivent pas à la calmer. Ils sont si fatigués que Potter commence à avoir un tic à l'œil gauche et à entendre des voix. Corrine pleure, puis s'en veut d'avoir pleuré car avant d'être mère, elle ne pleurait jamais, jamais, jamais.

Des nuits comme celle-ci, confie Corrine à Jon, elle a beaucoup de mal à supporter d'être dans la maison. En tout cas surtout pas dans le salon, ni dans la cuisine, et certainement pas dans la chambre. Elle est incapable de bouger quoi que ce soit – ni les programmes télé empilés près de son fauteuil, ni sa serviette encore suspendue dans la salle de bains. Elle continue de voir sur la moquette les taches de tabac à priser dont elle s'est plainte durant quarante ans. De voir la marque de son pouce sur son vieux couvre-volant et l'empreinte de son corps sur leur matelas. Ses chaussures traînent partout. Elle n'arrive même pas à changer la télévision de chaîne.

Est-ce que Jon veut boire un verre ? Elle, oui, en tout cas.

Jon s'empare d'un mince livre de poèmes qu'elle a laissé sur la véranda. Il le tient délicatement entre le pouce et l'index comme si l'ouvrage pouvait lui échapper de la main. *Vivre ou mourir*. Il rit. Sérieusement, c'est une question ?

Et comment, réplique Corrine. Vous voulez une cigarette ?

Avec Potter, ils ne parlent plus qu'argent et bébé. La nuit, ils ont pris l'habitude de se disputer au lit à propos de ce qui les contrarie. Corrine devient dingue à rester à la maison toute la journée. Il travaille soixante heures par semaine et ne comprend pas pourquoi elle ne perçoit pas la chance qu'elle a de ne pas avoir à faire comme lui. Elle a découvert à quel point la maternité est barbante. Il pense que s'occuper d'Alice et de la maison devrait lui suffire. Pourquoi n'essaie-t-elle pas de rencontrer d'autres jeunes mamans, ou de participer à des réunions à l'église ? Corrine ricane et lève les yeux au ciel. Ouais, ça m'occuperait au moins *deux* heures par jour, lâche-t-elle. Tous ces cons qui encouragent les femmes à rester à la maison avec leur bébé, si elles peuvent se le permettre, c'est du grand n'importe quoi. Potter n'envisage même pas en rêve ce que pourraient penser ses collègues si sa femme retournait travailler. Corrine s'en contrefiche de ce que pensent les collègues. Ils se tournent chacun de leur côté, fixant leurs murs respectifs. Et ainsi de suite.

L'opérateur de chargement a perdu l'équilibre, dit Jon à Corrine. Il était peut-être fatigué. Si ça se trouve, il s'était disputé avec sa femme avant de venir travailler, ou un de ses enfants était malade, ou il se faisait du souci pour une facture qu'il n'avait pas encore payée et il avait mal dormi. Il faisait peut-être des heures supplémentaires parce qu'un autre ouvrier s'était fait porter pâle. Ce gars roulait depuis assez longtemps sa bosse pour savoir qu'un boom pétrolier, ça ne dure pas toute la vie. Et question heures supplémentaire, sa philosophie était simple : tu prends si tu peux.

Il a glissé, il est tombé : c'est peut-être aussi simple que ça. Parce que c'était un boulot qu'il avait déjà fait une centaine de fois, il connaissait par cœur la procédure : contrôler la rangée de wagons citernes à l'arrêt près du quai de chargement à la raffinerie. C'est la dernière étape avant de les remplir d'éthylène liquide pour les expédier en Californie. Il était sur le dernier barreau de l'échelle métallique, a expliqué l'autre homme à Jon, quand un ingénieur a donné beaucoup trop tard le feu vert pour ajouter un wagon. La manœuvre a provoqué une petite secousse, et le gars a perdu l'équilibre et est allé rouler sous le train. N'importe quel autre jour, il aurait peut-être été capable de ramper pour éviter les grosses roues en acier qui lui ont écrasé les cuisses. Allez savoir ? Mais rien que d'y penser, ça l'achève Jon, et peu importe maintenant, ça ne change rien pour cet homme qui est mort ce soir sous ses yeux. C'est mon boulot de faire attention à leur sécurité, avoue-t-il à Corrine.

Alice a six mois et elle ne dort pas. Corrine reste sous la douche chaude, se penche vers le mur et se cogne la tête contre le carrelage juste assez fort pour sentir la douleur. Elle ne dort pas, elle ne dort pas, elle ne dort pas.

Leur nouveau pick-up roule à merveille, s'extasie Potter, même si le levier de vitesses est encore un peu raide. Et il faut que Corrine écoute cette radio ! Haute-fidélité qu'on appelle ça ! Il tourne à fond le bouton vers la droite. Et en entendant Hank Williams et ses Drifting Cowboys, il tape sur son volant et pousse un cri de joie. *I been in the doghouse so doggone long, that when I get a kiss I think that something's wrong* – Potter se tait.

Mmmm, fait Corrine.

Une fois de retour à la maison, elle envoie Potter faire une course et laisse Alice pleurer quelques minutes dans son berceau. Elle appelle le lycée. L'activité pétrolière bat son plein, déclare-t-elle, et je me disais que vous aviez peut-être besoin d'un coup de main. Corrine a raison, ils ont embauché deux fois plus que d'habitude et ils n'arrivent pas à trouver de prof d'anglais. Est-ce que Potter est d'accord pour qu'elle revienne travailler ? veut savoir la secrétaire. Corrine pourrait peut-être lui demander de passer un coup de fil au proviseur ?

Ils ne font plus l'amour depuis des mois – des mois ! – et c'est la faute de Potter. Corrine trouve qu'il s'est laissé aller. Après la naissance du bébé, elle a dû parcourir au moins huit cents kilomètres pour retrouver sa silhouette. Manger de la laitue et des pommes quand elle crevait d'envie de dévorer un steak avec une bonne patate au four dégoulinante de beurre. Fumer une cigarette au lieu d'engouffrer une barre de chocolat. Mais Potter, c'est une autre histoire. Il a pris quelques kilos pendant la grossesse – quinze pour être exact – à cause de toutes les nuits qu'ils ont passées à manger de la glace tous les deux au lit pendant qu'Alice donnait des coups de pied dans le ventre de Corrine. Et il a gardé le rythme, il en mange encore tous les soirs ; il apporte son bol au lit.

Corrine en veut aussi au bébé. Son amour pour Alice est tellement intense qu'elle en a été profondément choquée lorsqu'ils sont rentrés à la maison après l'accouchement. Qu'on puisse les laisser quitter l'hôpital avec une chose aussi fragile et précieuse qu'un bébé – déjà en soi ça relevait du miracle et de l'inconscience –, mais pour Corrine la naissance de sa fille est directement liée au fait que Potter ne la baise plus. Sentir les mains de son homme sur ses hanches et voir ses yeux se lever vers elle, sentir son doigt effleurer les rougeurs qui lui marquent le cou lorsqu'elle jouit et la bouffée qui monte, envahit son visage, tout ça lui manque.

Le bébé est au lit. Ils sont assis dans leurs fauteuils et écoutent Bob Wills à la radio. Corrine essaie de lire un livre, mais son oreille est toujours tendue vers le bébé. C'est un truc que je faisais avant, songe-t-elle, lire des livres. J'apprenais des poèmes par cœur et j'en avais les larmes aux yeux en les récitant. Je faisais des virées en voiture quand ça me chantait. Je gagnais ma vie.

Potter fait des mots croisés. Il pose son crayon et observe quelques instants sa femme. Corrie, souffle-t-il, je peux te poser une question ?

Mmmm. Peut-être.

Qu'est-ce qu'il te faut ?

Qu'est-ce qu'il me *faut* ?

Ouais. Qu'est-ce qu'il te faut, Corrine, pour être heureuse avec moi et Alice ?

Elle n'hésite pas une seconde. Il faut que je retourne travailler, Potter.

Chérie, c'est du *travail* de s'occuper de moi et Alice.

Oui, je sais. Mais je préférerais enseigner l'anglais dans une classe peuplée de péquenots en pleine puberté.

Je crois qu'enseigner ça fera trop pour toi.

Potter regrette immédiatement d'avoir prononcé ces mots. Et bien sûr, Corrine dégaine aussitôt. Tu te fous de ma gueule, Potter ? Tu te fous vraiment de ma gueule, là ? Je vais te dire ce qu'il me faut, Potter. Il faut que les gens arrêtent de me parler comme si j'étais devenue une parfaite imbécile depuis que j'ai accouché. Il faut que les bonnes dames d'Odessa arrêtent de me conseiller de me dépêcher d'en faire un autre. Ha ! Elle referme violemment son livre, le brandit et Potter songe une seconde qu'elle va peut-être s'en servir pour le frapper.

Il faut que je retourne enseigner, proclame Corrine, parce qu'en fait j'aime tenir en otage une classe d'adolescents et les obliger à m'écouter leur lire à voix haute *Mon Ántonia* de Willa Cather. Demandons à quelqu'un de venir s'occuper d'Alice huit heures par jour – et *tous* les jours, Potter, pense une seconde à ce que ça signifie.

Tu étais une super prof, dit-il, mais qui pourrait s'occuper d'Alice.

Je *suis* une super prof.

Ils restent assis et écoutent le tic-tac de l'horloge. Le chien d'un voisin aboie. Dans la cuisine, leur nouvelle machine à glaçons se met en marche, ronronnement régulier qui résonne aux quatre coins de la maison. Il regrettera jusqu'à la fin de ses jours ce qu'il s'apprête à dire. Pourtant Potter est plein de bonnes intentions lorsqu'il pose ses mots croisés à l'extrémité de la table et va s'asseoir sur la moquette aux pieds du fauteuil de sa femme, lorsqu'il s'interroge à haute voix : quand est-ce qu'on pourra penser à un autre bébé ?

La première chose qui lui vient à l'esprit le matin, c'est Alice ; c'est aussi la dernière à laquelle elle pense le soir avant de s'endormir pour quelques heures ; et entre les deux, ça n'arrête pas. Alice est un coup de foudre avec les répercussions qui vont avec, un incendie sur le point de se propager à un bosquet de genévriers et d'acacias. Alice incarne l'amour, et Corrine n'y est absolument pas préparée. Elle est, et sera à jamais, ce pour quoi le monde entier est fait ; et sans elle ce même monde devient inimaginable. S'il arrivait quoi que ce soit à Alice, si elle tombait malade, s'il y avait un accident, si un serpent à sonnette l'attaquait dans le jardin alors qu'elle est dehors sur sa couverture – songer à ces éventualités pousserait n'importe quelle femme à s'en remettre aussitôt à l'église la plus proche. Corrine, elle, choisit le bibliobus que quelqu'un a garé la semaine dernière sur le parking vide à deux pas de leur nouvelle maison.

Cela fait aussi partie du boulot de Jon de se rendre en pleine nuit au domicile de l'opérateur de chargement, de frapper à la porte et d'attendre que la femme de l'homme vienne ouvrir la porte. Elle ne voulait pas réveiller les enfants, raconte-t-il à Corrine, donc il s'est assis sur le canapé avec elle en attendant la sœur. Il est resté mains croisées, en prenant soin de cacher ses ongles. À la raffinerie, il s'était douché et avait pourtant enfilé une chemise propre qu'il gardait dans son casier. Mais le sang est pernicieux et lorsqu'il s'est assis sur le canapé de son ouvrier, il en avait sous les ongles et sur les jointures. La femme de l'homme lui a posé des questions et il a menti – c'était allé très vite, il n'avait pas souffert, il n'avait pas compris ce qui se passait. La femme a croisé les mains et les a portées à sa bouche comme pour réprimer un hurlement. Il y avait une chose vraie qu'il pouvait lui dire : il n'était pas seul quand le pire était arrivé, il n'était pas seul en rendant son dernier souffle. Jon était là. Le visage de l'homme dans ses mains, il lui avait murmuré que tout irait bien.

Alice marche déjà lorsqu'ils décident d'aller faire un peu de vitesse avec le pick-up sur l'autoroute, pour tester le moteur. Potter appelle son beau-père et lui demande s'il peut garder la petite une nuit. Il paraît que c'est chouette les montagnes du côté de Salt Flat, déclare Potter. Il y a des terrains de camping par là-bas mais ils feraient mieux d'y aller avant le printemps, avant qu'il fasse trop chaud.

Potter aère sa vieille tente militaire dans le jardin, vérifie les coutures, pendant qu'Alice joue avec la lourde toile tout en claironnant les seuls mots qu'elle sache prononcer : Et moi ? Et moi ?

Corrine remplit la glacière : bières, poulet frit froid et salade de pommes de terre. Puis elle charge trois bidons d'eau à l'arrière de la camionnette. Potter place dans la boîte à gants une bouteille de bourbon, une lampe torche, deux fusées éclairantes et son arme de service. Corrine y ajoute son pistolet de poche. Potter glisse deux capotes dans son portefeuille. Corrine fourre dans son sac son diaphragme, un gel spermicide et une poignée de mouchoirs.

Pendant que Potter fait manger Alice, Corrine, debout devant son lit, examine un petit déshabillé en dentelle noire qu'elle portait avant le bébé. Il lui va peut-être encore mais cela semble ridicule d'emporter ce genre de vêtements pour aller camper. Après avoir enfilé un cardigan et une jupe évasée rouge qui lui tombe juste sous le genou – Potter adore cette jupe –, elle sort de son placard ses talons noirs ; elle peut au moins les porter pendant le trajet. Elle place ses bottes près de son sac de voyage. Au dernier moment, Corrine ôte sa culotte. Elle a décidé de ne porter que des bas noirs avec un porte-jarretelles. Corrine n'a jamais de sa vie quitté la maison les fesses à l'air. C'est délicieux. Elle chausse ses nouvelles lunettes de vue, les enlève et fait un clin d'œil au miroir surplombant la commode. Et voilà ! Corrine brandit les deux mains en l'air.

Potter écarquille les yeux. Il rit un peu et lui ouvre les bras. Waouh ! Chérie, on dirait une bibliothécaire.

Corrine laisse retomber ses mains de part et d'autre de son corps. Bah merci.

Non, Corrie ! Chérie, je voulais dire…

Mais Alice se met à geindre en trottinant vers sa mère, bras tendus tel un petit robot pris dans les phares du shérif. Alors que sa femme l'effleure en passant près de lui, Potter touche délicatement la manche de son pull. C'est doux, fait-il, mais elle ne l'entend pas. Elle poursuit son chemin jusqu'à Alice pour la calmer et Potter reste dans l'embrasure de la porte, la main encore tendue vers sa femme.

Ils embrassent le bébé, la papouillent, lui parlent comme s'ils étaient en partance pour le Cameroun en cargo, puis ils la tendent à son grand-père, ainsi qu'une feuille d'instructions à suivre. Prestige jette un coup d'œil à la liste, la plie en deux et la glisse dans la poche de sa chemise. Bon, OK, fait-il. Profitez bien. Et prenez votre temps pour rentrer.

Ils filent sur la nouvelle autoroute, vers le nord en direction de Notrees. Ils passent devant les campements des hommes qui ont fleuri sur le parking du grand théâtre en attendant que d'autres maisons soient construites pour tout le monde. Dans les campements réservés aux familles qui sont disséminés sur des terrains vagues derrière le théâtre, des gamins sales et maigrichons jouent, se battent et se roulent dans la poussière. Corrine les observe par la vitre et se ronge l'ongle du pouce. La plupart ne sont probablement même pas inscrits à l'école. C'est un scandale, murmure-t-elle. Quelle honte.

De quoi ? Potter tripote la manette de commande de ses nouveaux phares : il les allume, les éteint, pour les rallumer à nouveau. Il faut bien que les gens gagnent leur vie.

C'est une honte de faire vivre des gens dans des tentes sur des terrains vagues, Potter. Ces entreprises devraient mieux les traiter.

Je crois qu'ils font de leur mieux, étant donné les circonstances. Beaucoup de gens arrivent ici en même temps, ça va très vite.

Oh, n'importe quoi ! Les compagnies pétrolières s'en foutent de ces gens et tu te mens si tu penses le contraire. En plus – elle fouille dans son sac en quête de rouge à lèvres et de poudre compacte –, ça ne te gêne pas ce qu'ils font à la terre ici ?

Potter appuie sur l'accélérateur. Ça me gênerait beaucoup plus de ne pas pouvoir mettre à manger sur la table pour toi et Alice, de ne pas pouvoir économiser un peu si jamais notre fille veut faire des études comme sa mère.

Corrine applique un rouge profond sur sa lèvre inférieure, puis inspecte ses dents dans le miroir du pare-soleil. Elle songe à la culotte qu'elle ne porte pas. Le cuir du siège est très agréable dans le creux de ses genoux. Fais gaffe, déclare-t-elle. On n'a pas envie d'avoir un accident.

OK, Corrine. Potter met la radio et ils s'allument des cigarettes. Des volutes de fumée s'échappent par les vitres ouvertes tandis qu'ils doublent des pick-up aux bennes pleines d'ouvriers. Certains les regardent droit dans les yeux. D'autres se détournent au contraire comme pour rester incognito – comme s'ils fuyaient flics, gangs, femmes et enfants restés à Gulf Shores ou Jackson ou dans n'importe quelle autre ville minable où l'emploi se fait rare et les perspectives minimes.

Ils passent devant des rouleaux de barbelés et des tas de poutrelles métalliques entassés au bord de la route. Quelques centaines de mètres plus loin, une camionnette s'arrête et deux femmes sautent à terre. Elles restent sur le bas-côté agitant énergiquement la main une ou deux minutes et lorsqu'une autre camionnette s'arrête à leur hauteur, elles grimpent à bord. Les hommes les acclament. Corrine fait la moue et glisse ses mains sous ses cuisses. Le tissu de sa jupe lui colle aux fesses ; elle transpire. Qu'est-ce que fait Alice ? s'interroge-t-elle intérieurement. Elle joue sûrement sur les genoux de son grand-père. Il va avoir des courbatures pendant plusieurs jours.

Lorsqu'ils arrivent aux environs de Mentone, le soleil flamboie juste au-dessus de l'horizon. Potter se gare près d'une table de pique-nique, dans une pente surplombant les eaux peu profondes et boueuses de la rivière Pecos. Il a fait tellement sec cette année qu'il serait impossible de s'y noyer, même en y mettant beaucoup du sien. Dans la lumière oblique du soleil, la surface ressemble à une écorce d'acacia et des nuages tels des cheveux d'ange s'enflamment de reflets rouges. À tour de rôle, ils s'éloignent à grands pas dans les broussailles pour faire pipi ; Corrine trottinant sur ses talons qui s'enfoncent dans le sable et frappant bruyamment dans les mains pour éloigner les serpents. C'est idiot de ne pas avoir encore enfilé ses bottes, elle le sait, mais comme elle surgit en chancelant d'un bosquet d'acacias, sa jupe tournoyant autour d'elle, Potter la siffle.

Salut, madame Shepard, s'exclame-t-il. La femme de mes rêves.

Pour la première fois de la journée, peut-être même pour la première fois depuis des semaines, Corrine affiche un franc sourire. Salut, monsieur Shepard.

Après avoir sagement mangé du poulet froid et bu une bière, ils repartent vers le nord. La nuit est tombée désormais mais les torches de gaz des raffineries brûlent de part et d'autre de l'autoroute. Certains soirs les flammes sont si hautes qu'on peut conduire d'Odessa à El Paso sans allumer ses phares, raconte Potter. C'est aussi fiable que le soleil de l'ouest du Texas.

J'aimerais que ça pue moins, remarque Corrine. J'aimerais bien savoir ce qu'il y a là-dedans.

Ils quittent l'autoroute et commencent à prendre de l'altitude. Potter éteint ses phares et ils roulent sur un chemin de terre dans la nuit. Les torchères encore visibles. Il jette un coup d'œil à sa femme. Ses yeux étincellent dans la lueur lointaine des flammes, sur sa joue une tache de rousseur dorée brille et il se met à chanter. *Frankie was a good girl, everybody knows. She paid one hundred dollars for Albert's suit of clothes. He's her man, and he did her wrong.* Lorsqu'il se penche vers sa femme et lui touche le genou, elle sursaute. Ils ne se sont pas touchés, même pas le moindre témoignage d'affection, depuis qu'ils ont confié le bébé à son père plusieurs heures plus tôt.

Corrine pose sa main sur celle de Potter et caresse doucement ses doigts. Tu ne serais pas en train de me faire des avances des fois ?

Potter rit. Bah, un peu. Peut-être.

Elle respire profondément. OK.

Il bifurque brusquement et file vers le désert. Dodelinant de la tête, ils se laissent balloter quelques minutes au gré du chemin tandis que Potter scrute de part et d'autre manifestement à l'affût de quelque chose. Corrine se penche en avant et regarde à travers le pare-brise. Où est-ce qu'on va ?

Je connaissais une petite hauteur par ici. Un bon endroit pour observer la lune et les étoiles. Tu veux t'arrêter et sortir un peu ?

D'accord.

Quelques instants plus tard, il se gare près d'une forêt d'acacias. Ça a l'air bien ici.

Ils s'asseyent sur le hayon, les pieds dans le vide, tout en fumant et en regardant les étoiles s'illuminer dans le ciel. Tel un sourire, un croissant de lune est suspendu juste au-dessus de l'horizon, et le Burlington

Northern file à travers le désert ; avec la distance le sifflet du train n'est plus qu'une faible plainte. Potter saute à terre et se penche par la vitre côté passager. Corrine l'entend ouvrir la boîte à gants. On va se tirer dessus maintenant ? lance-t-elle.

Ha, ha. Très drôle. Il réapparaît et se réinstalle près d'elle, la bouteille de bourbon coincée entre les cuisses. Il frotte son pied par terre. Il y a des douzaines de trucs que Potter pourrait dire à Corrine en cet instant, et celle-ci songe – et ce n'est pas la première fois – qu'elle aurait peut-être dû épouser Walter Hendrickson, le garçon de son lycée qui écrit désormais des chansons country *et* en vit.

J'aimerais tellement que tu sois contente de rester à la maison, souffle Potter.

Corrine saute à terre et s'éloigne à grands pas du pick-up. Lorsqu'elle se retourne, elle a l'air d'une furie. Je t'emmerde, Potter.

À voir sa tête, on dirait qu'il n'a qu'une envie : prendre ses jambes à son cou et se cacher dans les buissons. Elle aura peut-être la chance qu'il tombe dans un puits abandonné, ou qu'il marche sur un nid de serpents à sonnette.

Je vais te dire un truc, Potter. La seule chose que je déteste encore plus que de rester à la maison avec Alice, c'est de me sentir coupable de vouloir faire autre chose. La voix de Corrine se brise et elle mord son poing. Elle refuse de pleurer ; du coup, sa colère redouble.

Il débouche le bourbon et avale une longue gorgée, et encore une autre. Quelque part dans les broussailles, une caille se met à chanter. Et une autre répond. Des étoiles filantes dégringolent dans le ciel – elles surgissent, et aussitôt plus rien. Potter lui tend la bouteille, mais Corrine secoue la tête et allume une autre cigarette. Il la regarde fumer, puis se lève et pose la bouteille sur le hayon. Il prend sa femme par les épaules. Corrine est grande, tout en courbes, mais reste plus petite toutefois que son mari. Il plonge son regard dans ses yeux magnifiques. Pardonne-moi, Corrine.

S'il lui avait avoué être depuis tout ce temps un espion russe, elle n'en aurait pas été moins stupéfaite. Elle ne s'excuse jamais de rien, c'est un de ses défauts, mais ce n'est pas non plus le genre de Potter.

Corrine lui touche le visage, sa grande main chaude contre sa joue. Cela fait des mois qu'elle ne le touche plus ainsi.

Potter, pendant que tu survolais le Japon, j'enseignais l'anglais toute la journée et ensuite j'allais avec d'autres femmes aider à charger du bétail dans des wagons de marchandises. Tous les soirs, j'étais exténuée – je veux dire, rincée, Potter, jusqu'à l'os. J'avais même mal au bout des seins en fin de journée. Mais je me sentais *forte* aussi. Et ensuite vous êtes tous rentrés, vous, les hommes, et on n'a plus eu d'autre choix que de tomber enceinte aussi vite que possible et filer en cuisine comme un brave troupeau de vieilles vaches qu'on renvoie à l'étable. Et c'est peut-être bien. Plein de femmes sont juste ravies comme ça, j'imagine, ou peut-être qu'elles se plaignent moins que moi. Corrine se dégage et fait quelques pas. Puis elle se retourne vers son mari. J'aime Alice. Elle est la meilleure chose qui nous soit arrivée à tous les deux. Mais comprends-moi bien, Potter. Je perds la boule.

Elle revient près de lui et ils restent côte à côte au bord du hayon. Certaines torchères se sont éteintes et le ciel est constellé d'étoiles. Corrine se tient droite, raide, mais ses mains tremblent.

Dès qu'on sera rentrés à la maison, déclare-t-il, on va se mettre à chercher quelqu'un pour s'occuper d'Alice, une de ces veuves du pétrole dont tu n'arrêtes pas de me rappeler l'existence.

Ah, *enfin*. Merci. Elle éteint sa cigarette contre le pare-chocs. Je peux te demander autre chose ?

Chérie, si le proviseur me pose la question – et il le fera, tu le sais – je lui dirai que nous en avons discuté et que nous sommes d'accord pour que tu retournes travailler.

Elle ricane et lève les yeux au ciel. Il a raison, évidemment. Elle aura besoin de la permission de son mari, et encore, ils pourront toujours refuser de la réembaucher. Rien qu'à cette idée Corrine a envie de cracher par terre ou de casser une bouteille sur la tête de quelqu'un. Ce n'est pas ça, Potter. Je voudrais que tu me parles.

Que je te parle ?

Comme avant Alice. Comme lorsqu'on venait de se rencontrer.

Elle le dévisage. Difficile d'avoir l'air moins enthousiaste, songe-t-elle. À croire qu'elle vient de lui demander de s'arracher une dent avec une pince.

Oh, nom de Dieu, laisse tomber. D'une pichenette, elle envoie son mégot vers un créosotier, s'assied lourdement sur le hayon et balance ses jambes dans le vide.

Potter fait trois fois le tour de la camionnette, puis s'arrête devant sa femme. Il pose doucement une main sur ses jambes pour arrêter leur mouvement de balancier. Madame Shepard, est-ce que vous voulez bien boire un coup avec moi ?

Oui. Je crois. Corrine saisit la bouteille, la débouche et boit deux longues gorgées. Un filet de bourbon coule dans son cou.

Son joli cou, long et gracile, parsemé de quelques taches de rousseur. D'un doigt, il l'effleure et s'émerveille de la douceur de sa peau, d'une nouvelle ride. Tu as un cou magnifique, je te l'ai déjà dit ?

Pas depuis longtemps.

Oui. Il se penche et lèche du bout de la langue le bourbon qui a coulé jusqu'à sa clavicule. Quel beau mot, clavicule.

Corrine se blottit contre lui et lève les yeux vers les étoiles. Tu crois qu'on peut nous voir ici ?

Nan, on les verra arriver avant.

Mari et femme face à face. *Parle*, songe-t-elle.

Je peux goûter ? fait-il, pressant ses lèvres contre les siennes. Quelle femme magnifique avec ses nouvelles lunettes et ses cheveux relevés en chignon. Ta bouche bourbon est douce et chaude.

Corrine ôte ses lunettes.

Remets-les. S'il te plaît.

Elle s'exécute, l'observe quelques secondes, puis avale une nouvelle gorgée de bourbon. Faudrait pas qu'on oublie de vérifier s'il y a des phares.

Tu devrais peut-être boire encore une petite gorgée, suggère-t-il. Ça donne du courage.

Elle boit derechef, puis lui tend la bouteille. Au courage.

Au courage, répète-t-il. Il pose la bouteille et lui prend la main, la presse contre son cœur, puis contre sa braguette. Tu ne m'as jamais fait autant bander.

Elle glousse et il lui écarte doucement les jambes, remonte sa main le long de sa cuisse et écarquille les yeux en sentant sa peau nue.

Tu veux bien te lever un peu, Corrine, que j'admire ces bas noirs ?

Elle fait quelques pas, réajuste furtivement sa jupe, visage et cheveux illuminés sous la clarté de la lune, talons noirs, demi-sourire aux lèvres.

Mon Dieu, chérie. Viens ici. Il la hisse sur le hayon – l'acier est froid contre ses creux poplités –, puis il l'attire au bord. Allonge-toi.

Jon avait arrêté de fumer après la guerre et il s'était promis qu'il n'y retoucherait plus, mais en tirant une bouffée, il sent sa poitrine se détendre, s'agrandir, et c'est tellement bon putain, ça soulage tellement, qu'il pourrait en chialer. Qu'est-ce qu'on dit à un type en train de mourir dans vos bras ? N'aie pas peur. T'es pas tout seul.

L'album s'achève. Jon et Corrine écoutent le bruit du saphir qui se soulève du disque pour se replacer sur son support.

On en écoute encore un peu ? fait-il.

De musique ? demande-t-elle.

Oui.

Tu vas changer de face ?

Jon se lève mais trébuche dans la pénombre et se rattrape à l'épaule de Corrine. Il va pour se redresser lorsqu'elle saisit sa chemise et l'attire à elle, comme s'il était un gamin venant de glisser d'un ponton, comme si elle était un navire sur le point de sombrer, ou comme s'ils avaient tous deux du mal à nager dans une mer agitée. Corrine lui prend la main et la pose contre son visage puis, après une courte pause, il fait de même avant de se rasseoir. Ils contemplent alors ensemble les ultimes étoiles. Le soleil va bientôt se lever, dit l'un des deux. Vaudrait mieux se rentrer.

Pendant le trajet retour le lendemain après-midi, Corrine prend la main de Potter, la pose sur sa jupe et la fait remonter sous le tissu, glisser sur le petit bleu au niveau de son genou droit avant de l'immobiliser sur la peau nue de son entrecuisse. Ils ont la gueule de bois, sont exténués et perclus de courbatures – et ils ne sont pas allés jusqu'aux montagnes en fin de compte. Corrine tend le cou et passe la tête par la vitre ouverte, s'efforçant de se voir dans le rétroviseur. Une fois à la maison, leurs problèmes seront les mêmes. Ils resteront un jeune homme et une jeune femme venant de tourner la page de la pire guerre de leur histoire. Ils auront les mêmes inquiétudes, les mêmes peurs et une petite fille à nourrir et aimer. Ils se disputeront à cause de l'argent et du sexe, pour savoir qui doit tondre la pelouse, faire la vaisselle et payer les factures. Dans quelques années, Corrine menacera de tout plaquer parce qu'elle tombera amoureuse du professeur d'histoire-géo, et quelques années après, Potter fera quelque chose de similaire. Chaque fois, ils serreront les dents et attendront de s'aimer à nouveau, et lorsque l'amour renaîtra, ce sera merveilleux. En attendant, ce matin-là dans le pick-up, les cheveux de Corrine tournoient comme des fous et une petite irritation marque son cou si charmant.

Chérie, fait-il, tu es magnifique.

Debra Ann

Les histoires de Jesse sont tellement plus intéressantes que les siennes. Il était dans l'armée et il a combattu à l'étranger. Lorsqu'il est rentré dans l'est du Tennessee, lui raconte-t-il, il gardait toujours ses papiers de démobilisation dans la poche poitrine de sa chemise, comme s'il allait à tout moment devoir les présenter pour se justifier, comme si le simple fait de rentrer au pays en vie faisait de lui un criminel. En arrivant sous les drapeaux, ils lui ont soigné les dents, explique-t-il, et la première fois que sa mère l'a revu après, elle se cachait la bouche quand elle riait, avec ses grandes mains aux doigts tordus et rougis, couvertes d'égratignures et de cicatrices à cause des coups de marteau, des crochets à viande et des machines à coudre industrielles.

À la fête organisée pour son retour à la maison, Jesse est resté dans le mobile home familial à regarder les gens sourire et se serrer les mains. Il s'efforçait de bien faire en sorte que ses interlocuteurs restent à sa droite mais quand même, il avait du mal à entendre ce qu'ils disaient. Il hochait la tête, souriait et les laissait lui remplir son verre, et lorsqu'on lui a demandé où il avait été, il a répondu : j'en sais foutre rien, j'ai jamais appris à prononcer le nom comme il faut, et il a pensé aux deux garçons qu'il avait tués. Les tantes ont parlé de travailler dans les champs de coton ou à l'usine de textile. Les oncles d'aller chercher du boulot à la mine dans l'est du Kentucky ; leurs regards s'adoucissaient lorsqu'ils se rendaient compte que Jesse les dévisageait. On peut dire que t'as choisi ton moment pour revenir à Belden Hollow, ont-ils fait. Il ne se passe *rien* ici.

Ensuite son cousin Travis est arrivé, il a déboulé dans la cour dans le Ford F-150 flambant neuf qu'il venait d'acheter au Texas. Et en liquide avec ça, il a ajouté. Il portait des bottes neuves et il se faisait appeler Boomer maintenant – parce qu'il avait failli, a-t-il expliqué, se faire exploser dès sa première semaine de travail.

Comme c'est une enfant, et une fille, Jesse ne répète pas à Debra Ann ce que son cousin lui a dit ensuite. Pas besoin de s'y connaître en pétrole. Il suffit de faire ce qu'ils te disent et de ramasser ta paie tous les vendredis. Trois cents dollars par semaine, et toutes les gonzesses de l'ouest du Texas que tu veux. Oublie pas tes capotes, mon frère, et en avant la musique.

Jesse raconte plutôt à D. A. qu'il a quitté le Tennessee en janvier, son sac à côté de lui sur la banquette de sa camionnette et le numéro de téléphone de Boomer dans la poche. Il n'arrêtait pas d'entendre un truc dans sa tête, genre qu'il devait se reprendre en main. Lorsque les arbres après Dallas ont disparu, il n'arrivait pas à croire que la terre puisse être aussi poussiéreuse et aride. Même le ciel bleu devenait sale quand le vent soufflait assez fort. Parfois il avait même du mal à distinguer le ciel de la terre, la poussière, de l'air.

Et tu es arrivé à Odessa, dit Debra Ann.

Oui. Le chef d'équipe de Boomer m'a regardé et il a éclaté de rire. Ça t'embête pas les petits espaces, nabot ? il m'a demandé. Lorsque je lui ai répondu que je faisais partie de ceux qui, comme on disait dans le jargon, nettoyaient les galeries des Viet-Cong, monsieur Strickland m'a filé vingt dollars pour acheter des bottes et il m'a dit de revenir le lendemain avec des vêtements de rechange.

Mon papa récurait les cuves d'eau salée, remarque D. A., juste après ma naissance. Il dit que la première fois qu'il a grimpé dans une cuve avec son masque, son aspirateur et une raclette métallique aussi grande que lui, il a failli faire une crise cardiaque tellement c'était étriqué et sombre là-dedans.

Ils sont assis côte à côte à l'entrée du tuyau de drainage, genoux repliés contre la poitrine pour éviter que leur peau nue ne touche le moindre centimètre de béton. Quand je me suis retrouvé dans une cuve, dit Jesse, j'ai eu l'impression d'être un homme. En sortant, je ressemblais à une statue en onyx comme celles que je voyais là-bas au Viêtnam. J'étais couvert de pétrole des pieds à la tête. Il m'a fallu vingt minutes sous la douche pour tout enlever.

Mon papa détestait ça. Il en avait mal au ventre.

Tu m'étonnes, fait Jesse avant de devenir silencieux. Chez lui, il n'y avait rien à faire sinon pêcher dans la rivière Clinch et chercher des silex à Paint Rock ou à Greasy Cove. Et éventuellement aller en voiture jusqu'à l'hôpital militaire une fois par semaine pour voir si son ouïe s'était améliorée. Mais ici à Odessa, il travaille. Comme n'importe quel homme. Jesse s'empare d'un morceau de craie et dessine sur le béton.

J'économise quasiment tout ce que je gagne, dit-il à Debra Ann, grâce à ton aide. J'aurai assez d'argent d'ici un mois environ pour rembourser Boomer et il faudra bien qu'il me rende ma camionnette.

Il voit Boomer de temps à autre au club de striptease, assis au bar avec les types qui avaient fait tomber Jesse du pick-up. Ils boivent et matent les filles, et lorsqu'ils voient Jesse balayer du verre brisé ou passer la serpillière pour nettoyer du dégueulis, ils l'interpellent en criant et rient, mais sans chercher à lui parler plus, sans même lui demander où il vit.

D. A. lui montre la carte postale arrivée juste après le 4 Juillet. Ils se la passent et se la repassent, l'examinant recto verso. La statue d'un cow-boy appuyé, chapeau incliné sur les yeux, contre un panneau indiquant GALLUP, NOUVEAU-MEXIQUE.

Mais le cachet de la poste indique Reno, remarque Jesse.

Je sais, fait Debra Ann. Je ne sais pas du tout où est ma mère, et elle prend la carte des mains de son ami avant de partir en courant vers la berge sans dire au revoir. Elle se dépêche de s'éloigner, d'aller se cacher là où personne ne peut la voir pleurer.

Debra Ann n'a jamais pris l'avion, jamais quitté le Texas, mais avec Ginny, chaque mois, elle allait passer une heure ou deux chez son arrière-grand-mère qui vivait à l'ouest d'Odessa. Ginny s'asseyait à une extrémité du canapé, Debra Ann à l'autre pendant que la vieille femme leur resservait du thé glacé en parlant de la seconde venue de Jésus. En regagnant la voiture, Ginny prenait parfois la main de Debra Ann. Et si on allait à Andrews se manger une glace ? suggérait-elle. Ou tu veux aller dans les dunes de Monahans pour regarder les étoiles se lever, et passer en ville après acheter un cheeseburger au drive-in ?

Elles s'asseyaient sur le capot de la voiture et écoutaient le vent qui soufflait assez fort pour qu'elles sentent le goût du sable dans leurs bouches et qu'elles en retrouvent le soir dans le fond de la baignoire. Et Debra Ann avait l'impression que chaque étoile s'illuminait pour elles. Voilà la ceinture d'Orion. Ginny désignait le sud. Et voilà les Pléiades. On dit qu'elles sont sept, mais elles sont neuf en vérité, et un millier d'autres étoiles qu'on ne distingue même pas.

Un soir, lorsqu'elles ont vu un pick-up descendre le chemin de terre où elles se trouvaient, Ginny s'est redressée et a observé les intrus, plissant ses yeux gris et bombant le torse.

Faut qu'on y aille ? a demandé Debra Ann.

Non, a répliqué Ginny. On a autant le droit d'être là que n'importe qui. Elle est descendue du capot et s'est penchée par la vitre de la voiture pour prendre quelque chose dans la boîte à gants, puis elle a augmenté le volume de la radio avant de revenir à sa place. L'émission de jazz a commencé et elles ont écouté Chet Baker et Nina Simone, la trompette, le piano, les voix se perdant dans les dunes.

Essaie de te souvenir de ce soir, a dit Ginny. Elle avait les larmes aux yeux. Une grosse lune orange s'est levée au-dessus des dizaines de kilomètres de sable clair s'étendant dans ce coin du monde vide. Elle a souri à sa fille en lui tendant les clés de voiture. Tu veux nous ramener à l'autoroute, D. A. ? Il y a une quinzaine de kilomètres de chemin de terre avant d'arriver sur le bitume.

Un jeune homme a surgi d'une galerie adjacente et s'est planté devant lui, raconte-t-il. Ils étaient dans un espace aménagé sous terre, tellement près de la nappe phréatique que Jesse sentait l'odeur de l'eau. Et il était stupéfait qu'un gars soit apparu dans le noir comme ça, quand il n'était pas censé être là. Ils se sont fixés, bouche bée, et Jesse n'a pas vu l'autre avant que celui-ci ne lui balance un coup de crosse dans l'oreille gauche.

Il ne précise pas à Debra Ann que l'écho de son revolver résonnait encore dans la galerie lorsqu'il s'est relevé et a vu les deux gars avec un trou similaire dans la poitrine, ni qu'il a secoué la tête pour tenter de se débarrasser de la sensation de sourdine qu'il avait dans son oreille en sang, comme si quelqu'un avait soudain érigé un mur de briques entre lui et le monde. Ce n'est pas la peine de lui dire qu'il se réveille encore en pensant à eux. Étaient-ils frères ? Et si c'était le cas, est-ce que leur maman veille toutes les nuits en attendant leur retour et en se demandant ce qui leur est arrivé ?

Jesse a économisé presque assez d'argent pour récupérer sa camionnette et il commence à croire qu'il pourra peut-être rentrer chez lui avant l'hiver, lorsqu'une des danseuses lui apprend que Boomer est parti vivre ailleurs. Elle lui tend une serviette en papier sur laquelle sont griffonnées les nouvelles coordonnées du cousin. Tu n'as qu'à y aller quand tu auras l'argent, il a dit.

Jesse examine le numéro inscrit juste au-dessus du logo du club, une silhouette féminine avec de gros seins et des oreilles de lapin sur la tête. *Penwell, Texas, mobile home derrière la station-service.*

Mais comment je vais aller jusqu'à Penwell ? demande-t-il à la femme.

C'est seulement à vingt-cinq bornes d'ici. Elle caresse doucement le bras de Jesse. Je regrette, mon cœur, je t'aiderais si je pouvais. Et malgré la mauvaise nouvelle, la chaleur de ses doigts perdure sur la peau de Jesse durant plusieurs heures.

Il ne pleut plus depuis neuf mois et les arrosages automatiques fonctionnent jour et nuit. D. A. se vante auprès de qui veut l'entendre de ne pas avoir pris de vrai bain depuis la mi-juin. Elle se contente de courir dans les jets d'eau et ça lui suffit. C'est l'avantage quand on n'a plus de mère, affirme-t-elle à Aimee qui réplique que la sienne n'arrête pas de la surveiller.

Aimee fait quinze centimètres de moins que Debra Ann ; et ses cils sont si pâles qu'ils sont presque invisibles. Ensemble, les filles traversent en courant les rideaux d'eau dans le jardin d'Aimee tandis que leurs visages chauffent au soleil, se couvrent de taches de rousseur et finissent par peler. Lorsque la frange de D. A. devient si longue qu'elle lui cache les yeux, la petite se met à quatre pattes et fait mine d'être un chien de berger poursuivant Aimee sur la pelouse. Elles se passent des sachets de chips, se racontent des histoires à dormir debout, se font piquer par des aoûtats et se transmettent la teigne sans même s'en rendre compte. Les piqûres sur leurs bras et leurs jambes les démangent, croûtent et laissent des cicatrices. Lorsque leurs épaules deviennent rouge tomate, elles s'asseyent à l'ombre de la clôture en parpaings et ignorent la mère d'Aimee qui sort toutes les cinq-dix minutes et balaie du regard avec anxiété le jardin. Aimee dit que le téléphone n'arrête pas de sonner chez elle. Hier, elle a entendu sa mère demander dans le combiné s'ils n'en avaient pas marre de l'appeler avant de raccrocher si violemment qu'elle avait dû percer le tympan de celui ou celle qui était au bout du fil.

À la piscine, madame Whitehead reste assise avec raideur au bord de son transat, le bébé dans les bras, et observe Aimee qui saute du grand plongeoir pour la première fois. Lorsque le tour de Debra Ann arrive, celle-ci s'avance, maigrichonne et tremblante, au bord du tremplin puis au bout de quelques longues secondes baisse le regard et voit Aimee dans le grand bain qui lui fait signe d'y aller. Elle s'élance alors dans le vide et très vite son corps en boule s'immerge dans l'eau. Avant même de remonter à la surface, elle se sent forte et capable de tout. Aimee ressent la même chose.

Leur confiance est ancrée à leurs corps, à leurs muscles, à leurs tendons et à leurs os. Elle les pousse en avant : *vas-y*. Elles s'imaginent athlètes de haut niveau, gymnastes, nageuses olympiques et elles gagnent des médailles d'or au plongeon et en natation synchronisée. Pendant que madame Whitehead change le bébé et essaie de lui faire boire son nouveau biberon, elles chahutent dans l'eau et sautent du bord. Elles s'asseyent au fond de l'eau, les fesses sur le carrelage rugueux du bassin, et observent au-dessus de leurs têtes les flopées d'enfants, bras et jambes efflanqués projetant de longues ombres tous azimuts. Elles retiennent leur respiration aussi longtemps que possible et lorsqu'elles émergent enfin à la surface, à bout de souffle, madame Whitehead est debout au bord, suppliant à cor et à cri qu'on les aide.

C'est quoi ton problème ? s'exclame Aimee avant d'inspirer profondément et de replonger sous l'eau, battant vigoureusement des pieds pour s'éloigner au plus vite de sa mère.

Tout va bien ! lance Debra Ann. On joue, c'est tout.

Madame Whitehead cale le bébé sur son autre hanche et ajuste son chapeau. Sortez de l'eau tout de suite et venez vous asseoir un peu, ordonne-t-elle à Debra Ann. S'il vous plaît.

Aimee lit l'entretien avec Karen Carpenter dans le magazine *People* et se promet de boire au moins huit verres d'eau par jour, et lorsqu'elles décident de quitter la piscine, elle emporte ses vêtements dans une cabine individuelle pour se changer. D. A. se tracasse pour son père qui travaille trop. Elle trouve aussi qu'elle ne cuisine pas assez bien pour lui. Des macaronis au fromage, ce n'est pas très équilibré. Aimee raconte que sa mère ne dort pas la nuit et chaque fois que son papa vient les voir, ils restent dans la cuisine et se disputent au sujet du procès. La semaine dernière, ils ont cassé une lampe.

Papa veut qu'on retourne à la ferme, *tout de suite*, rapporte-t-elle à Debra Ann. Il dit qu'il en a assez de payer un loyer et un prêt. Ma mère ne peut pas être une vraie connasse. Aimee prononce ce mot lentement, remarque D. A., comme pour le faire durer, flotter dans l'air entre elles deux à l'instar d'un parfum merveilleux, une odeur de popcorn bien gras ou de barre chocolatée fondue.

Elle demande à Jesse où il était ces derniers temps, pourquoi il n'avait envie de voir personne, mais il répond qu'il ne sait pas. C'est peut-être à cause de la chaleur, mais un bourdonnement persiste dans sa bonne oreille, une douleur diffuse qui perdure même après la fermeture du bar, une fois que le videur a éteint la musique.

Il ne précise pas que le bruit est là lorsque l'une des danseuses prend quelques dollars dans ses pourboires et les lui tend : merci, Jesse, tu es vraiment un cœur. Il est là lorsqu'il passe la serpillière par terre et trimballe les poubelles jusqu'à la benne, lorsqu'il va chercher sa paie et dit bonne nuit au barman, qui a fait la guerre lui aussi et qui laisse Jesse entrer avant l'arrivée des filles pour se doucher dans les loges. Et Jesse lui en est extrêmement reconnaissant, vraiment. Mais quand même, il aimerait bien que le gars lui propose de s'asseoir au bar pour boire un verre avec le reste du personnel à la fin de la nuit.

Il ne précise pas que le bruit le poursuit jusqu'à son campement, s'allonge avec lui sur sa palette pendant qu'il attend que le chat vienne se lover contre lui, et qu'il est encore là au réveil lorsqu'il s'étire en compagnie du félin et s'étonne de la chaleur, de son intensité et de sa persistance. Au lieu de quoi il affirme qu'il peut dormir n'importe où depuis qu'il a fait la guerre, mais en vérité son lit lui paraît plus dur qu'il y a un mois et certains matins il se réveille en pensant que jamais il ne rentrera chez lui. L'été est là et il n'a pas encore été pêcher dans la Clinch. Sa sœur Nadine ne lui a pas crié de mettre un chapeau à cause du risque d'insolation. Il est à un millier de kilomètres de sa maison. Je suis juste très fatigué, j'imagine.

Je comprends, fait Debra Ann, car c'est ce que les adultes disent selon elle. Moi aussi, je me sens fatiguée.

Elle gratte furieusement une vilaine rougeur sur sa cheville. Lorsqu'elle se met à saigner, Jesse se lève et va chercher un mouchoir. Elle n'a pas le droit d'aller à l'intérieur. Jesse ne veut pas qu'elle voie ses sous-vêtements traîner par terre, ni son matériel de rasage abandonné sur la caisse retournée qui lui sert de table basse. Mais elle a déjà vu tout ça, pourrait-elle lui avouer si elle le voulait. Parfois quand tu es au travail, je rentre avec le chat et je fais la sieste sur ta palette.

Il faut que tu arrêtes de te gratter, lui dit-il. Sinon ça se propage. Le champignon va sous tes ongles et contamine tout ce que tu touches.

D. A. éloigne brusquement la main de sa jambe et examine ses ongles. Raconte-moi quelque chose, fait-elle. Raconte-moi la fois où tu as pêché un poisson-chat à deux têtes. Parle-moi de ta sœur Nadine qui s'est fait baptiser deux fois parce qu'elle croyait que la première n'avait pas marché. Parle-moi de Belden Hollow et des fossiles.

Mais Jesse n'a pas envie, il n'a plus envie depuis quelques semaines. Debra Ann pourra peut-être encore apporter quelques tomates du jardin de madame Ledbetter, peut-être encore des cachets pour dormir comme ceux qu'elle avait trouvés dans le tiroir de la cuisine de madame Shepard. S'il arrive enfin à bien dormir, il se sentira peut-être mieux.

Peut-être, fait D. A., mais je crois pas qu'il va en rester. Elle ne dit pas à son ami qu'elle pense arrêter de voler depuis que la carte postale de Ginny est arrivée, depuis qu'elle a compris qu'elle aurait beau essayer d'être une fille digne, beau essayer de s'occuper de tous les inconnus coincés dans l'ouest du Texas, ça ne changerait rien du tout. Ginny ne reviendra pas au Texas, en tout cas pas dans l'immédiat.

Allongés à l'ombre au fond du canal à sec, ils plongent des gants de toilette dans un seau d'eau glacée, les essorent et se les appliquent sur le visage. Si tu as besoin d'aller à Penwell, dit-elle nonchalamment, je peux t'y conduire.

Tu es trop petite pour conduire. Jesse rit. Il saisit un glaçon dans le seau et le fourre dans sa bouche. D. A. plonge à son tour la main dans le seau et s'empare du plus gros glaçon qu'elle puisse trouver. Elle le lance aussi fort que possible et le cube de glace glisse sur le béton où il fond presque immédiatement.

Attends une minute, fait Jesse avant de s'éclipser dans son abri. Il ne tarde pas à réapparaître avec une liasse de billets – sept cents dollars. Il lui en manque cent et il pourra aller à Penwell récupérer sa camionnette.

Je peux les tenir ? demande Debra Ann et lorsque Jesse lui tend le paquet, elle bondit sur place en s'exclamant : on est riches, on est riches, on est riches.

Il réclame alors son bien et à contrecœur D. A. lui rend la liasse. Je peux t'apporter un élastique pour les attacher tous ensemble, suggère-t-elle. Quand est-ce que tu vas rentrer dans le Tennessee ?

Il n'y a pas de boulot là-bas, réplique-t-il, mais quand j'aurai ma camionnette je pourrai rester ici beaucoup plus longtemps et me faire plein d'argent en bossant sur un forage.

Il s'abstient de dire que s'il rentre voir sa mère et Nadine les mains vides, il aura encore merdé comme il a toujours merdé.

Ils restent silencieux un moment, chacun se redressant de temps à autre pour tremper son gant, l'essorer et le poser sur la partie de son corps qui en a le plus besoin. Front, nuque, poitrine.

Je n'ai pas vu notre chat depuis deux jours, remarque Jesse. Il faudrait qu'on lui donne un nom.

Tricky Dick ? propose Debra Ann. Elvis ? Walter Cronkite ?

Nan, tu peux pas donner à un chat un nom d'humain, répond Jesse. C'est un bon chasseur. Si on cherchait un nom dans ce thème-là ?

Nimrod ? fait la petite. Sniper ?

Nimrod, répète Jesse. C'est bien ça.

Elle enroule le gant de toilette autour de son poignet et compte jusqu'à cinq avant de l'ôter.

L'après-midi touche à sa fin et l'ombre s'étend un peu plus dans le fond du canal. Jesse se décale légèrement et reste assis en silence. Sa mère ne savait jamais ce qu'il fabriquait avec Nadine lorsqu'ils étaient gamins. Tant qu'ils rentraient à l'heure pour manger, elle s'en fichait. D. A. est une dure à cuire, songe-t-il. Elle lui manquera quand il rentrera.

Debra Ann l'observe attentivement depuis quelques minutes, elle scrute les émotions qui traversent son visage. Ma mère me laissait conduire tout le temps, déclare-t-elle.

Non, fait Jesse. Tu ne touches même pas les pédales, je suis sûr.

Oh si. Il faut que je m'asseye au bord du siège, mais je les touche. Elle plonge derechef une main dans le seau mais tous les glaçons ont fondu. Après quoi, avec son doigt mouillé elle dessine sur le béton chaud un cœur qui s'évapore presque aussitôt.

Si tu as besoin de quelqu'un pour t'aider à aller à Penwell, souffle-t-elle, je pourrai emprunter le pick-up de madame Shepard pendant une heure. Tu pourras nous emmener, on récupérera ta camionnette et je te suivrai au retour. Si on s'y prend bien, si on y va pendant qu'elle fait ses courses, elle se rendra même pas compte que son pick-up a disparu.

Si elle ne s'en rend pas compte, c'est du vol, rétorque Jesse.

C'est pas du vol si on le lui rapporte.

Et si tu as un accident avec en revenant, je ne me le pardonnerai jamais.

J'aurai pas d'accident.

Si tu étais un peu plus grande, si tu avais treize ans, ou même douze, je dis pas. Mais là, non.

D. A. se lève et avance vers lui. Elle croise les bras en plissant les yeux. Ben, je suis assez grande apparemment pour t'aider depuis le début de l'été. Je suis assez grande pour pas aller répéter qu'il y a un homme qui vit là dehors, qui mange les plats cuisinés de madame Ledbetter et qui travaille au bar de striptease.

Les quatre fillettes appuient une vieille échelle métallique contre la nouvelle clôture en béton de Mary Rose qui fait presque deux mètres de haut et, parce qu'elle a les plus petits pieds et qu'elle est la meilleure à la poutre, Casey installe les cibles. Tous les cinquante centimètres, elle se penche avec précaution et pose une cannette de Dr Pepper vide. Après avoir disposé une douzaine de cannettes, elle avance jusqu'au bout du mur et s'assied à califourchon. Les filles regardent Aimee s'entraîner. Chaque fois qu'elle tire, elle dégomme une cannette. Une fois qu'elle les a toutes fait tomber, Lauralee va les ramasser, grimpe à l'échelle et les tend à Casey. Et leur manège recommence depuis le début.

Aimee prête volontiers sa carabine mais Casey en a peur et madame Ledbetter a dit que Lauralee ne toucherait jamais d'arme à feu. Ainsi Lauralee s'occupe des scores : combien de coups tirés, combien de trous dans les cannettes. D. A. essaie à son tour, mais elle touche le mur et la balle fait un ricochet tellement inattendu que Casey perd l'équilibre et tombe de la clôture en béton. D. A. décide alors de se contenter de regarder Aimee.

Tous les jours, Aimee se place un peu plus loin des cibles et tous les jours elle tire de mieux en mieux. Certains soirs, révèle Aimee à Debra Ann, quand elles sont toutes parties, elle reste avec sa mère dans le jardin et elles s'entraînent jusqu'à ce qu'il fasse trop sombre pour distinguer les cannettes.

Chaque matin, pendant que les autres filles ont leurs cours de natation ou de catéchisme, D. A. apporte à manger à Jesse et lui demande s'il a gagné assez d'argent pour rentrer chez lui. Chaque après-midi, elle regarde Aimee caler sa carabine contre son épaule et dégommer les cannettes les unes après les autres.

Début août, Mary Rose sort sur la terrasse et observe Aimee. Sa fille touche quarante cannettes de suite. La mère s'éclipse à l'intérieur de la maison quelques minutes et revient avec deux pelotes de fil de coton et un petit poinçon en bois. Très vite, les filles forment une ligne de production : D. A. fait un trou dans le fond d'une cannette d'un coup de poinçon, Lauralee passe le fil dans le trou pour le faire ressortir avec adresse par le haut, Casey fait un nœud pour empêcher la cannette de glisser sur le fil, et ainsi de suite. On dirait une guirlande de Noël, lance Casey après avoir fixé la vingtième cannette. Elles accrochent la moitié de la guirlande dans les branches du petit orme que Mary Rose a planté la semaine où elles ont emménagé. Et laissent le reste pendre dans le vide. D. A. se précipite, tire dessus pour rendre les cannettes plus difficiles à atteindre et bondit hors de la ligne de tir. Sous les yeux des filles, Aimee touche toutes les cannettes avant d'épuiser ses munitions. Pendant qu'elle détend le doigt avec lequel elle a appuyé sur la gâchette, Debra Ann récupère les cannettes et compte les trous. Cinq tirs, crie-t-elle à Lauralee, cinq trous dans la même cannette. Cinq cannettes, cinq tirs, un trou dans chaque cannette. Lauralee note les résultats dans son cahier.

Tu sais jouer de la gâchette, lance D. A. à Aimee. Tu pourras peut-être m'apprendre l'été prochain.

J'ai une bonne histoire que ma mère me racontait, déclare Debra Ann lorsque Jesse lui annonce être trop fatigué pour sortir s'asseoir près d'elle sur leurs caisses. Si ça ne te dérange pas, lance-t-il faiblement du fond du tuyau de drainage, je vais juste rester allongé sur mon lit et t'écouter.

Tout va bien avec l'argent ? demande-t-elle. Oui, répond-il, il aura bientôt la somme, mais cet après-midi il est vraiment fatigué. Il fait trop chaud la nuit pour dormir et il a mal à l'oreille. D. A. se lève et s'approche du tuyau. Est-ce que je peux m'asseoir au bord ? fait-elle. Tu m'entendras mieux.

Jesse a une toute petite voix. OK, mais n'entre pas. Je ne veux vraiment voir personne pour le moment. Le tuyau fait quinze centimètres de plus que Debra Ann. La fillette pose le pied sur le petit contrefort en béton et se laisse glisser contre la paroi incurvée pour s'asseoir, le dos bien calé. C'est le début du mois d'août et il fait une chaleur accablante. Même à l'ombre, l'air lui brûle le visage, la nuque, les épaules.

C'est l'histoire d'une vieille femme de fermier qui vivait au bord de la rivière Pecos, commence-t-elle, à l'époque où ils élevaient encore des moutons dans cette partie du Texas. Elle était belle, elle avait des cheveux roux tellement épais que dans la lumière du soleil on aurait dit qu'ils flambaient.

Mais elle n'avait pas de chance. Un jour il y a eu soudain une tempête de neige alors que ses enfants étaient partis à cheval vérifier les clôtures avec leur père et ils sont tous morts de froid. Les secours ont trouvé les enfants dans le lit à sec d'une rivière, blottis contre leurs chevaux. Son mari était à quelques mètres, la tête posée sur les barbelés que sa femme l'avait aidé à installer quelques semaines plus tôt.

Pendant trois ans, personne ne l'a plus vue. Elle ne venait plus en ville, pas même pour acheter du café ou un pain de maïs. Le chef de gare lui gardait son courrier dans une vieille malle en bois derrière le guichet et, même si quelques hommes affirmaient parfois qu'ils iraient bientôt prendre de ses nouvelles, personne ne voulait se mêler de ses affaires. En plus, les deux dernières années avaient été difficiles pour tout le monde. Ils avaient tous terriblement souffert de l'extrême vague de froid et de l'écroulement de l'empire du bétail texan, et de toute façon elle était sûrement morte, se disaient-ils.

Pour finir, ils ont eu l'idée de tirer à la courte paille et d'envoyer le perdant dépendre son cadavre ou chasser les vautours de son squelette, mais lorsque le gamin de seize ans qui avait choisi la paille la plus courte est arrivé chez la femme, elle était bien vivante et cultivait son jardin. Elle était émaciée, avait la peau tannée, les mains couvertes de cicatrices et de taches brunes, et les cils et sourcils tellement blanchis par le soleil qu'ils en étaient presque blancs.

Mais quel jardin elle avait ! Le jeune homme n'avait jamais rien vu de pareil. Il n'y avait pas eu d'averse digne de ce nom en trois ans mais la femme faisait pousser là-bas des fruits et des légumes comme il n'y en avait plus que dans l'Ohio ou en Louisiane – pêchers, melons opulents, maïs et pieds de tomates. Il y avait du chèvrefeuille sous sa fenêtre de cuisine et un coin de son jardin était planté de fleurs sauvages. Les colibris butinaient de fleur en fleur. Le jeune homme subjugué essayait de comprendre et au bout d'un moment, il a remarqué une profonde tranchée qui allait de la rivière Pecos au jardin. Cette femme avait, à elle toute seule, modifié le cours de l'eau !

Elle l'a renvoyé en ville avec deux paniers, un plein de melons, l'autre de concombres, et tous ceux qui se trouvaient aux alentours de la gare lorsque le jeune homme est rentré en ont bien profité. Un homme a sorti son couteau et découpé en tranches les concombres. Un autre est allé chercher une machette pour fendre les melons en quatre. Les hommes ont dévoré la chair orange à mains nues jusqu'à ce que leurs mentons deviennent tout poisseux et leurs chemises trempées de jus. Ils ont festoyé et se sont régalés. Et tout le monde s'est mis à admirer la femme pour sa main verte et son courage. Comme était-ce possible d'avoir un jardin aussi vert dans le désert ?

Un soir, alors que les hommes étaient assis près de la gare à boire du whisky de contrebande en savourant des pêches que la femme avait fait parvenir en ville, l'un d'eux a lancé sur le ton de la rigolade qu'elle était peut-être une sorcière. Elle avait peut-être jeté un sort et changé le cours de la rivière Pecos. Ou elle a peut-être tout bonnement creusé une tranchée, a vociféré un vieux attablé dans un coin ; mais tout le monde le prenait pour un menteur et un fou si bien que personne n'a fait attention à ce qu'il disait.

Des mois ont passé et chaque fois qu'un homme allait voir à cheval comment se portait la femme, elle le renvoyait en ville avec un panier de fruits et légumes.

Ensuite, comme on pouvait s'y attendre, il y a eu une épidémie de grippe.

Comme on pouvait s'y attendre ? a répété Jesse. Sa voix était rauque et grave, à peine audible.

Oui, a répliqué Debra Ann. C'est l'expression que ma maman utilisait tout le temps.

Comme on pouvait s'y attendre, disait Ginny, et elle voulait dire que toutes les histoires à dormir debout se devaient d'avoir une certaine dose de désastre.

Et parce que les hommes ne pouvaient croire que c'était juste à cause de la malchance ou de leur propre bêtise, ils ont décidé de trouver un bouc émissaire. Comment une femme pouvait-elle faire pousser un jardin aussi merveilleux toute seule ? N'importe quel être humain qui se respecte se serait tué, a déclaré un homme, ou serait au moins parti pour le Midwest.

Lorsque plusieurs bébés et jeunes enfants ont fini par mourir, le destin de la femme a été scellé. Si elle répandait la mort sur leurs rejetons, ont décrété cinq hommes de la ville, ils iraient eux-mêmes la trouver pour en avoir le cœur net.

Ils avaient commencé à boire avant le coucher du soleil et ils étaient à moitié ivres.

Ils ont quitté la gare après minuit et le malheur a commencé à frapper presque aussitôt. L'un était tellement saoul qu'il est tombé de cheval, s'est cogné la tête contre un rocher et s'est étouffé dans son propre vomi. Un autre a voulu faire un détour pour montrer à ses acolytes d'étranges poches de gaz qui s'enflammaient si on jetait dessus la flamme d'une allumette, mais ils avaient trouvé plus de gaz que prévu et le type s'était instantanément transformé en torche humaine.

Ils se sont donc retrouvés à trois à chevaucher vers cette pauvre femme pour lui demander si elle était une sorcière. C'est alors qu'un orage a éclaté au-dessus de leurs têtes, venant de nulle part, et la foudre est tombée sur un homme et sa monture. L'un des deux autres a aussitôt tenté de le sauver – aucun n'était assez intelligent pour comprendre le principe de l'électricité – et il est mort lui aussi.

Si bien qu'en fin de compte un seul homme, ivre, apeuré et en colère, s'est présenté devant la porte de la femme.

Et tu sais ce qui s'est passé ? fait Debra Ann.

Non, quoi ? Jesse parle tellement bas que la petite se penche et répète sa question. Tu sais ce qui s'est passé ?

Non, quoi ? Il semble chercher à parler plus fort sans y parvenir et D. A. se demande si son ami va bien, si la chaleur, la solitude, la rudesse de la vie dehors n'ont pas eu raison de lui. Est-elle vraiment capable de le remettre sur pied toute seule ?

Bah, dit-elle, l'homme a frappé, enfin tambouriné plutôt en lui criant d'ouvrir cette putain de porte.

Et qu'est-ce qui est arrivé à la femme ? demande doucement Jesse. Du mal ?

C'est toujours la question que je posais à ma mère.

Qu'est-ce qu'elle répondait ? Jesse veut le savoir et D. A. ferme les yeux.

Sa mère marquait une pause, se levait du lit de Debra Ann et ramassait quelques vêtements par terre. La femme a pris sa lanterne et a ouvert la porte, poursuivait Ginny. Et dans la lueur vacillante, on aurait dit qu'elle avait les cheveux en feu.

Debra Ann se souvient des yeux cernés de sa mère, de ses ongles rongés jusqu'au sang. Qu'est-ce que la femme a fait ensuite ?

Ginny riait faiblement. Eh bien, elle lui a tiré dessus et elle l'a tué sur le coup. Après quoi, elle a traîné son corps jusqu'à la limite de sa ferme. Ginny revenait vers le lit de D. A. et bordait sa fille.

Ensuite, on ne l'a plus jamais embêtée. La femme a cultivé son jardin tous les jours mais n'a plus jamais rien envoyé en ville. Le soir, elle s'asseyait sur sa véranda et contemplait les étoiles qui surgissaient petit à petit dans le ciel. Elle a vécu jusqu'à cent cinq ans et elle est morte tranquillement dans son sommeil, et quand quelqu'un a finalement songé à aller voir ce qu'elle devenait, elle n'était plus qu'un tas d'os sur son lit.

Et son jardin ? demandait Debra Ann à sa mère. Qu'est-ce qu'il est devenu ?

Tout est mort certainement, répondait sa mère en haussant les épaules. Mais ça avait été merveilleux.

Le chat émerge soudain du tuyau de drainage, fait le dos rond et se frotte contre la jambe de Debra Ann. Quelques minutes plus tard, Jesse sort à son tour et s'assied près de la petite, les bras enlaçant ses genoux repliés contre sa poitrine. Dans la lumière éclatante du soleil de l'après-midi, ses yeux luisent. C'est une bonne histoire, déclare-t-il. Je regrette que ta mère soit partie.

D. A. hausse les épaules et commence à gratter la teigne qui s'est désormais propagée jusqu'à son mollet. En fait, je m'en fiche complètement. Elle s'arrache plusieurs poils du sourcil. Et ta camionnette ? Quand est-ce que tu vas la récupérer ?

Jesse sort la serviette en papier de sa poche et la lui montre. Je crois que Boomer vit là-bas maintenant, dit-il.

C'est en pleine cambrousse. D. A. attrape le chat et le fait rouler sur le dos. Trop loin pour y aller à pied en tout cas.

Tu as vu les couilles qu'il a celui-là ? Elle rit et Jesse se balance légèrement d'avant en arrière, s'efforçant de rire aussi. Il se penche et caresse le ventre du félin, puis ils restent tous deux assis en silence jusqu'à ce que l'heure sonne pour Jesse d'aller travailler et pour D. A. de rentrer chez elle préparer le dîner.

Mary Rose

Il est à peine neuf heures ce matin et il fait déjà tellement chaud que je n'ai qu'une envie : enlever mes collants. Mais je ne peux décemment pas me présenter dans une salle d'audience jambes nues. Le temps de traverser la rue pour aller chez Corrine avec Aimee et je me sens comme un saucisson comprimé dans son boyau. Aimee traîne la patte derrière moi, très contrariée car elle croyait aller témoigner aujourd'hui au tribunal comme moi. Elle s'est assise avec Gloria Ramírez dans la cuisine, me rappelle-t-elle. Elle a appelé le shérif, et elle ne comprend pas pourquoi personne ne veut entendre ce qu'elle a à dire. Un enfant n'a rien à faire dans un tribunal, je lui répète pour la énième fois. Je raconterai ce qui s'est passé pour toutes les deux.

Lorsque je tends le bébé à Corrine, celle-ci penche la tête vers lui, fixe ses yeux quelques instants, puis fait la moue avant de le tendre à Aimee. Elle est encore en chemise de nuit et ses cheveux sont complètement hirsutes d'un côté. Merci de me les garder, Corrine, dis-je. Le bébé de Karla a une gastro, c'est pour ça qu'elle n'a pas pu venir.

Aimee s'apprête à donner une pichenette sur le front de son frère mais lorsque Corrine lui promet qu'elle pourra boire du Dr Pepper sans limite, regarder la télévision, et même voir D. A. Pierce si elle ne le réveille pas, ma fille tourne les talons et s'éloigne dans le couloir sans vraiment me dire au revoir. Le bébé est suspendu à son bras comme un sac de patates, sa petite bobine dodelinant d'un côté et de l'autre. Je m'apprête à crier *attention* mais me ravise et rebrousse chemin pour aller chercher son sac à langer que j'ai oublié à la maison.

D'après Keith Taylor je devrais en avoir pour la matinée, dis-je en revenant à Corrine. Tête inclinée, elle plisse les yeux et me scrute comme pour savoir où se trouve Robert, pourquoi il n'est pas là pour m'accompagner au tribunal, m'aider à traverser toute cette épreuve, et j'ai envie de lui répondre que je n'ai pas besoin de lui. Ça n'allait pas bien avant que Gloria Ramírez vienne frapper à notre porte. Mais qu'il m'en veuille d'avoir ouvert à cette gamine ? Qu'il la blâme, elle, pour ce qui s'est passé ? Sa haine et son racisme ? Je n'avais jamais remarqué tout ça auparavant, j'imagine, mais je ne peux plus penser à lui désormais sans penser à elle. J'aimerais pouvoir en parler à Corrine, mais nous restons là toutes deux, plantées en pleine chaleur, et mes enfants sont déjà en train de lui voler sa journée.

Je ne sais pas ce que je ferais sans vous, Corrine, je fais. Les vaches de Robert tombent comme des mouches en ce moment. Comme des mouches, ha ! Des mouches à viande, je devrais dire !

Corrine esquisse un sourire et les rides de son visage s'accentuent et me rappellent l'écorce du vieux pacanier sur ma véranda à la ferme, ou les ruisseaux à sec qui sillonnent nos terres. Mais en l'observant plus attentivement, je m'aperçois que ce supposé sourire signifie en fait : allez, arrêtez vos conneries, Mary Rose. On sait toutes les deux qu'il vous en veut d'avoir accepté de témoigner pour commencer.

Ma chère, articule-t-elle à la place, vous m'avez l'air exténuée.

Ah oui ? Et vous, vous êtes magnifique, je réplique.

Elle rit. C'est de bonne guerre.

Ça va – je plonge la main dans le sac à langer et en sort un mouchoir pour éponger la sueur qui menace de ruiner mon maquillage –, j'ai hâte que justice soit faite.

Vraiment ? Corrine palpe la poche de sa robe de chambre et je me réjouis à l'idée de fumer une cigarette même si cela signifie rester en pleine chaleur quelques minutes supplémentaires, mais elle hausse les épaules en guise d'excuses. Je perds tout, dit-elle. Cigarettes, allumettes, somnifères. J'ai même réussi à perdre une casserole et une conserve de sauce piquante. Le chagrin abrutit, j'imagine. Elle me fait un clin d'œil, mais sans le moindre sourire elle me demande à nouveau si je dors bien.

Je pourrais lui parler du téléphone qui sonne jour et nuit, des messages laissés sur mon nouveau répondeur, du bébé qui veut téter toutes les deux ou trois heures. Lorsqu'il s'endort enfin, je lui enlève le mamelon de la bouche et me lève pour vérifier que la porte est bien fermée et pour allumer les lumières. Je vérifie et revérifie les fenêtres, écoute attentivement le moindre bruit : le vent qui s'infiltre à travers une moustiquaire ou un pick-up qui démarre après la fermeture d'un bar ou la plainte solitaire de la sonnerie de la raffinerie. Je crois parfois entendre une fenêtre s'ouvrir quelque part dans la maison, et je suis convaincue qu'on vient nous faire du mal. Et toutes les nuits, je pense la même chose : lorsque Dale Strickland sera condamné et envoyé en prison à Forth Worth, tout ça rentrera dans l'ordre. Les gens se fatigueront, les coups de téléphone s'arrêteront, et j'aurai fait ce qu'il faut pour Gloria.

Je tends le sac à langer à Corrine en lui répondant que je ne dors pas bien, non, mais que j'ai bon espoir que les choses s'améliorent vite. Et au fait, moi aussi je perds des trucs : des conserves, des boîtes d'allumettes, un tube d'aspirine et même quelques serviettes de toilette.

Il doit y avoir un problème avec l'eau, déclare-t-elle.

Sur le parking devant le tribunal, Keith Taylor me tend un gobelet de café qui me semble assez fort pour réveiller un cheval. Monsieur Ramírez, l'oncle ? Il m'a encore appelé ce matin, dit-il. Elle ne vient pas, Mary Rose.

Je ne devrais pas être surprise – depuis juin, Victor ne laisse personne du bureau de Keith s'entretenir avec sa nièce, je le sais, on m'a prévenue ; ils ne savent même pas où elle vit exactement – et pourtant je m'écrie : mais pourquoi ?

Deux hommes debout près d'une dépanneuse – veston et chemise blanche, chapeau de cow-boy vissé sur la tête et coûteuses bottes en peau de serpent aux pieds – s'interrompent et nous observent. Puis celui avec le Stetson blanc se penche vers l'autre et lui chuchote quelque chose à l'oreille. Le type opine du chef sans cesser de regarder dans notre direction et je lutte contre l'envie de leur hurler : vous avez quelque chose à me dire ? C'est vous, bande d'enfoirés, qui appelez chez moi en pleine nuit ?

Mary Rose, je vous avais avertie, ça pouvait arriver, répond Keith. Monsieur Ramírez ne veut pas lui faire subir cette épreuve, et je ne peux pas le lui reprocher. Il lève son gobelet de café en direction des hommes et les salue sobrement d'un signe du doigt. Keith est grand et bel homme, et il est connu dans le coin pour toujours aller au procès, quel que soit le dossier qu'il défend ; et pour être un célibataire endurci. Il a au moins dix ans de plus que moi mais ce matin il en paraît dix de moins. De surcroît, j'ai l'air deux fois plus exténuée que lui.

Il faut qu'elle témoigne, je proteste. Nous restons tous deux en plein soleil. Je sens la chaleur du bitume à travers ma semelle trouée et je crève d'envie d'arracher la taille élastique de ma jupe en jean. Lorsque la greffière, madame Henderson, passe près de nous les bras chargés de dossiers, Keith caresse doucement sa moustache blonde du bout de l'index et bombe le torse.

Après quoi il soupire et laisse retomber ses épaules.

Écoutez, Mary Rose, cette fille a tout perdu, même sa mère, et monsieur Ramírez sait ce que certains disent dans cette ville, ça ne peut pas lui échapper. Il pense peut-être qu'elle a assez souffert. Il ne veut sûrement pas l'exposer davantage.

Je n'arrive pas à y croire. C'est tout ? Vous allez le laisser faire ?

Keith remonte son pantalon et essuie quelques gouttes de sueur perlant sur son front. Il lève les yeux vers le soleil comme s'il avait envie de le dégommer du ciel. Franchement, fait-il, je ne peux pas le blâmer, pas du tout.

Il faut qu'elle vienne dans ce tribunal leur raconter ce que ce salopard lui a fait. Vous ne pouvez pas l'obliger à témoigner ?

Non, Mary Rose. Je ne peux pas l'obliger.

Mais pourquoi ? Comment est-ce qu'on va obtenir justice ?

On ? Keith rit. Comment ça *on* ? Il s'immobilise un instant mais des taons gros comme des cacahuètes viennent aussitôt se poser sur sa chemise. Il les chasse d'une grande main parsemée de quelques taches de rousseur et un courant d'air chaud glisse entre nous.

Vous savez ce que je déteste le plus dans mon travail ?

Perdre un procès ?

Bien sûr ! On pense tout de suite à ça, mais non en fait. Il sourit et hoche à nouveau la tête en direction des deux hommes qui s'acheminent maintenant vers le tribunal. Ce que je déteste le plus, Mary Rose, c'est quand on essaie de me prendre pour un con. Pardonnez-moi d'être vulgaire.

Keith boit une gorgée de café et grimace – le breuvage est redoutable –, avant d'en prendre une autre. L'équipe de ménage avec laquelle madame Ramírez travaillait ? Elles nettoient les bureaux dans cette ville depuis des années et personne ne leur a jamais demandé leurs cartes de sécurité sociale. Merde, elles ont passé la serpillère et vidé les poubelles au tribunal pendant trois ans avant que le conseil municipal ne se réveille et en fasse tout un foin. Sa fille est venue frapper à votre porte environ un mois plus tôt et comme par hasard les services de l'immigration attendaient madame Ramírez à la sortie de la raffinerie après son service ? C'est censé être une coïncidence ? Faut quand même pas déconner, s'emporte-il. Excusez-moi.

Il avale le reste de son café et jette le gobelet par terre. On a le rapport du shérif, reprend-il, on le rapport de l'hôpital, et on vous a, vous. Il va bien falloir que ça suffise.

Je lui jette un coup d'œil et fais quelques pas pour ramasser le gobelet avant d'aller le jeter ostensiblement dans une poubelle non loin de nous. Je me demande – ce n'est pas la première fois – si je devrais lui parler des coups de téléphone malveillants que je reçois depuis des mois : ah ça vous aimez les basanés, hein, madame Whitehead ? Tu sais ce qu'on fait aux traîtres, Mary Rose ? Je vais venir chez toi te violer, salope.

Ce n'est pas sérieux, je le sais, ce ne sont que des ivrognes racistes, et Keith me rappellerait sans doute que nous sommes dans un pays libre, que chacun a le droit de *dire* ce qu'il veut. De toute manière, je refuse de demander de l'aide, à Keith ou à qui que ce soit d'autre. Je veux qu'on me laisse tranquille avec Aimee Jo et le bébé. Et je veux être prête si quelqu'un se pointe à ma porte.

On y va ? je lance à Keith.

OK. Rentrons dans le bâtiment et profitons un peu de l'air climatisé pour nous rafraîchir avant d'aller en salle d'audience. Il effleure d'une main le bas de mon dos et nous traversons le parking. Grand Dieu, ce qu'il fait chaud, proclame-t-il. Puis il lance : salut, Scooter, comme l'avocat de la défense passe à notre hauteur dans l'escalier.

Pendant que nous répétions mon témoignage la semaine dernière, Keith m'a mise en garde à propos de l'avocat de Strickland. Assis dans la salle à manger, il me posait des questions par la porte battante maintenue ouverte tandis que j'allaitais le bébé dans la cuisine.

Il ne lâche jamais l'affaire, ce fils de pute, a dit Keith alors que j'avais posé le bébé et nous avais préparé deux verres de thé glacé. Pardonnez-moi l'expression – et il a fait un clin d'œil à Aimee qui me suivait à la trace, une glace à l'eau dans la bouche. Elle l'a fixé comme si elle se voyait déjà mariée avec lui. Je serai avocat, comme toi, a-t-elle fait. C'est une bonne idée, tu as bien raison, a-t-il répondu. Quand tu seras en fac, choisis le droit des affaires. Le droit pénal, ça te crèvera trop le cœur.

Il a alors fait mine de lui prendre le nez mais Aimee a repoussé sa main et levé les yeux au ciel. Je suis trop grande pour ça, monsieur Taylor.

Oui, c'est vrai. En tout cas, a-t-il poursuivi, Scooter Clemens vient de Dallas. Highland Park. Son Stetson est d'un blanc tellement immaculé qu'on pourrait manger sur le bord. Hormis le chapeau, il n'a rien d'un cow-boy. Keith m'a fixé droit dans les yeux. Sa famille vit au Texas depuis toujours. Ils ont sûrement au grenier un coffre en cèdre plein de cagoules blanches.

Ah bon, pourquoi ? a fait Aimee. Et Keith a balbutié je ne sais quoi avant de finalement lui répondre : bah, pour Halloween, évidemment.

Aimee, ta glace coule partout sur la moquette, j'interviens. Va la finir dans le jardin.

Elle a soupiré, pincé les lèvres, et j'ai bien vu qu'elle avait envie de discuter mais Keith lui a offert une pièce de un dollar si elle nous laissait parler cinq minutes, et elle a disparu plus vite que ça, en refermant bruyamment la porte de la cuisine derrière elle.

Scooter Clemens est sans pitié, a fait Keith. Il tire des types d'affaire depuis trente ans. Il ne faut pas vous étaler dans vos réponses, restez succincte. Ne vous énervez pas, et surtout ne regardez jamais Dale Strickland en salle d'audience.

Le juge Rice est vieux croûton avec un cou épais, de gros sourcils blancs broussailleux et des épaules de déménageur. Il me rappelle le bulldog qui nous coursait mon frère et moi sur le chemin de l'école. Lorsqu'il n'est pas au tribunal, il s'occupe du bétail sur les terres familiales qui s'étendent de Plainview au Texas à Ada dans l'Oklahoma.

Les huissiers font entrer Strickland dans la salle et j'entends leurs pas résonner mais je fixe mes genoux jusqu'à ce que l'accusé prenne place. Scooter demande si l'on peut enlever les menottes de son client – c'est pas comme si qu'il allait disparaître, lance-t-il en jouant les paysans – et soudain j'étouffe. Mais le juge Rice refuse catégoriquement, cet homme est en détention provisoire jusqu'à ce qu'on le déclare coupable ou innocent. J'expire, ou soupire plutôt ; soulagée. Ne le regarde pas.

Nous prêtons tous serment, puis le juge Rice sort un revolver des plis de sa robe et le pose sur son bureau. Le marteau de l'ouest du Texas, proclame-t-il. Bienvenue dans mon tribunal. Je lève les yeux vers lui mais il observe l'assistance. Je compte sur vous là-bas pour bien vous comporter, ajoute-t-il, brandissant son marteau maison vers le fond de la salle.

Je me lève et jure de dire toute la vérité rien que la vérité sans quitter le visage de Keith des yeux. Regardez-moi, n'a-t-il pas cessé de me rabâcher pendant que nous répétions. Regardez-moi, dit-il encore. Racontez-moi ce que vous avez vu. J'expose mon histoire, puis la séance est suspendue un quart d'heure. Hormis les jurés, il n'y a dans la salle qu'une poignée de personnes, tous des hommes d'âge, de taille, et d'allure diverses. Keith m'en désigne un jeune assis seul au dernier rang. Bras croisés sur sa large poitrine, il porte une chemise blanche et une cravate noire. Sa moustache est soigneusement taillée et ses cheveux sont si courts que je distingue par endroit son cuir chevelu. Keith se penche vers moi. C'est l'oncle, souffle-t-il, et aussitôt je brûle d'envie de bondir de mon siège, de me précipiter vers lui, et de lui demander comment elle va, où elle se trouve, pourquoi elle n'est pas là.

Je suis de retour à la barre depuis à peine une minute quand me revient en mémoire ma dernière conversation avec Keith, l'ultime avertissement qu'il a proféré avant de rassembler ses affaires ct de s'extasier sur le bébé à nouveau réveillé et affamé. Ne regardez pas Strickland, Mary Rose. Regardez n'importe qui d'autre dans la salle d'audience, mais pas lui.

Je fixe donc madame Henderson qui finit par lever le nez et me faire un clin d'œil. Mon collant me serre le ventre comme un étau mais au lieu de tenter d'écarter discrètement l'élastique pour me soulager je croise posément les mains sur mes cuisses et m'efforce de sourire au juge.

Comment allez-vous, madame Whitehead ? Scooter Clemens baisse les yeux sur son bloc-notes comme pour l'examiner avec attention.

Très bien, merci.

J'ai entendu dire que vous avez traversé quelques moments difficiles. Vous vous sentez mieux ?

Oui, absolument, je réplique. Mais je me demande bien ce qu'il a entendu dire.

Comment ça va à la ferme ? Vous perdez beaucoup de bêtes à cause des varons, n'est-ce pas ?

À cause des mouches à viande, je rectifie.

Ah, je vous demande pardon, madame Whitehead. Des mouches à viande.

Mon mari a perdu presque tout son cheptel.

Ah bon ! Clemens sort un mouchoir de sa poche et s'éponge le front. Je regrette d'apprendre ça, madame Whitehead. Saluez Robert pour moi, je vous prie. C'est une sale affaire, ces parasites – il replie son mouchoir qu'il replace dans sa poche avant de se tourner vers moi pour m'adresser un sourire. Heureusement que vous êtes près de lui là-bas avec les enfants. Il doit être content de voir vos doux visages quand il rentre à la maison le soir. Clemens se frappe le front et jette un coup d'œil vers les jurés. Je me tourne vers eux moi aussi et m'aperçois soudain que nous ne sommes que deux femmes dans la salle d'audience – madame Henderson et moi. Nous n'avons rien à faire là, je songe. Ce tribunal n'est pas pour nous.

Ah, je vous demande pardon, madame Whitehead, fait Clemens. J'ai complètement oublié que vous viviez en ville maintenant avec les enfants.

Oui, je fais. Nous avons déménagé en avril. C'est *lui* qui a voulu qu'on vienne ici, j'ajoute à l'attention de la cour. J'explique qu'après avoir vu Dale Strickland et ce qu'il a fait à Gloria Ramírez, j'ai tout bonnement eu envie de prendre ma fille sous mon bras et de partir loin d'ici. Après quoi, je mentionne en passant Ginny Pierce qui a peut-être disparu pour toujours. Je parle de Raylene McKnight qui a pris la moitié des économies familiales, deux valises, et son fils de dix ans, et a quitté Midland pour Dallas puis Atlanta puis Londres puis Melbourne en Australie. Vous imaginez toutes ces escales et ces correspondances, je lance à la cour avant que le juge Rice ne me coupe : s'il vous plaît, s'il vous plaît, peut-on s'en tenir à votre histoire ? Chère madame, poursuit-il, je n'aime pas les récits compliqués. Pouvez-vous me dire quel est le lien avec ce qui nous occupe aujourd'hui ? La réponse est : il n'y en a pas – cela n'a rien à voir avec Gloria Ramírez. Malgré tout, une bouffée de chaleur me monte au visage et je songe : c'est mon histoire, vieux coq. Vous pouvez bien m'écouter quelques minutes, non ? Au lieu de quoi, j'acquiesce : oui, votre honneur, et je tire sur l'élastique de ma jupe.

Bon, je regrette que cette petite affaire vous ait chassée de votre propre maison, fait Scooter. Quand tout sera terminé, j'espère que vous pourrez retourner aux côtés de votre mari, comme il se doit.

Monsieur Clemens, je ne crois pas que ça vous regarde…

Keith secoue imperceptiblement la tête, et j'entends d'ici ce qu'il me rappellerait s'il le pouvait : ne le laissez pas vous mettre en boule, Mary Rose.

Et comment va votre fils ?

Très bien. Merci.

Vous êtes bien installée dans votre nouvelle maison en ville – il jette un coup d'œil à son bloc-notes – sur Larkspur Lane, c'est bien ça ?

En entendant le nom de ma rue, je regarde brièvement vers la défense. Strickland fixe la table devant lui mais l'ombre d'un sourire plane sur son visage. À la moindre occasion, il rappliquera chez moi. Il se garera devant mon garage et cette fois il n'aura même pas le temps de lâcher le volant de son pick-up, je lui ferai sauter la cervelle.

Larkspur Lane, répète Clemens. Ce n'est pas là où habite Corrine Shepard, ça ?

Pour un homme qui ne vit pas à Odessa, je réplique, vous m'avez l'air de connaître tout sur tout.

Il glousse, et j'ai carrément envie de lui démolir le portrait.

Que devient-elle ? Ça va ?

J'imagine.

Il paraît que c'est un sacré numéro, toujours prête à faire des queues de poisson en voiture et à mettre le feu aux poudres avec ces dames de l'église mais bon, sa famille vit ici depuis des générations, Odessa n'était même pas un arrêt pipi sur la ligne de chemin de fer qui reliait le Texas à la Californie à l'époque, donc elle est incontournable. Il se tourne vers les jurés. Plusieurs hommes sourient et secouent la tête.

Vous vous entendez bien avec vos voisins, madame Whitehead ?

À ces mots, Keith Taylor soupire bruyamment et se lève. Votre honneur, où va-t-on exactement avec toutes ces questions ?

Depuis un moment, le juge Rice tenait sa tête dans sa main, les yeux mi-clos. Il se redresse soudain et me regarde. J'ai entendu dire que vous avez récemment passé un sacré savon à Grace Cowden à l'église, fait-il.

Keith remonte les épaules vers ses oreilles et grimace en observant son bloc-notes.

Ma femme en parle encore. Le juge rit. Ah vous, les femmes ! Vous cherchez toujours la petite bête. D'ailleurs, à propos de ma femme, monsieur Clemens, il est bientôt treize heures, et j'ai rendez-vous avec madame Rice pour déjeuner au Country Club. Avez-vous des questions pertinentes à poser à madame Whitehead ?

Scooter Clemens opine solennellement du chef. Oui votre honneur. Madame Whitehead, pouvez-vous nous dire à quelle distance est votre maison de la FM182 ?

La vieille route ? je lui demande.

La vieille route ? répète-t-il incrédule. Non, m'dame, je parle de la FM182.

OK. Je hausse les épaules. Tout le monde l'appelle la vieille route par ici.

Eh bien, pas le juge Rice. Et moi non plus. Il se tourne vers les jurés l'air moqueur et entendu, et j'ai soudain l'impression que mon ventre post-partum encore flasque va faire craquer mon collant. Je songe à Aimee Jo et mon petit garçon d'à peine quatre mois, tous deux avec madame Shepard afin que je puisse venir faire mon devoir civique, parler de cette horreur. Je n'ai rien demandé, moi. Ça m'est tombé dessus. Mes seins me grattent et me brûlent parce que je n'ai pas allaité depuis presque quatre heures, et je m'inquiète : qu'est-ce que je vais faire si, devant tous ces hommes, les kleenex que j'ai glissés dans mon soutien-gorge ne suffisent pas à absorber les fuites de lait. Eh bien, personne ne dit FM182 par ici, je rétorque alors à Scooter. Tout le monde sait bien qu'on l'appelle la vieille route, j'enchaîne, sauf quand on n'est pas d'ici évidemment, et c'est sûrement son cas car vu ses bottes il n'a jamais dû écraser une bouse de vache. Les jurés se mettent à rire, et je leur rappelle à tous que j'ai été la première à voir Gloria Ramírez ce dimanche matin-là.

La vieille route, admet Clemens. OK. Madame Whitehead, le matin où cette petite Mexicaine – il regarde son bloc-notes –, Gloria Ramírez, a frappé à votre porte, qu'est-ce qu'elle a dit ?

Qu'est-ce qu'elle a dit ?

Oui, madame. Que vous a-t-elle dit ?

Bah, elle n'a rien dit, je réponds.

Pas un mot ? Monsieur Clemens jette encore un coup d'œil aux jurés, et je l'imite. J'en reconnais trois. Ils semblent bienveillants mais déconcertés, comme pleins de compassion pour moi.

Elle m'a demandé un verre d'eau, et elle a dit qu'elle voulait voir sa maman.

Est-ce qu'elle avait bu de l'alcool la veille ? Elle avait la gueule de bois ?

Ça m'étonnerait, monsieur Clemens. C'est une enfant.

Mouais, elle a quatorze ans…

Oui, je le coupe, c'est donc bien une enfant.

Clemens sourit. Bon, quatorze, dix-sept ans, c'est du pareil au même non ? Enfin c'est ce que disait toujours mon vieux papa.

J'ai envie de bondir de mon siège, d'attraper une chaise et de la lui balancer au visage. Mais je reste assise, j'écoute, je tripote nerveusement mes doigts.

Vous a-t-elle dit qu'elle avait été agressée ?

Pardon ?

Je m'efforce d'être délicat, madame Whitehead. Est-ce que Gloria Ramírez vous a dit avoir été violée ?

Je l'ai *vue*. J'ai *vu* ce qu'il lui a fait.

Mais est-ce que la jeune fille vous a dit avoir été violée, madame Whitehead ? A-t-elle employé ce mot ?

Cette enfant n'avait même pas de chaussures. Elle avait marché cinq kilomètres pieds nus pour lui échapper. Nom de Dieu, il l'a frappée tellement fort qu'il lui a éclaté la rate.

Le juge Rice se penche vers moi et me souffle : madame, évitez de blasphémer dans mon tribunal, je vous prie.

Vous vous foutez de moi ? j'ai envie de lui répondre. Vous vous foutez de moi, ou quoi ? Mais je baisse les yeux et m'oblige à ne pas tirer sur mon collant. Oui, votre honneur, je fais.

Il est écrit ici – Scooter consulte encore son putain de bloc-notes – que mademoiselle Ramírez présentait des blessures et des écorchures sur les mains et les pieds potentiellement compatibles avec une chute. Aurait-elle pu s'éclater la rate, comme vous dites, en tombant ?

Au lieu d'attendre ma réponse, il me rappelle que j'ai juré de dire la vérité, toute la vérité, et parce qu'il veut être sûr que les choses soient bien claires pour tout le monde, il reprend en articulant exagérément comme si j'étais une gamine : madame Whitehead, il vous suffit de répondre oui ou non. A-t-elle dit qu'il l'avait violée ?

Oui, je réponds. Elle l'a dit.

Elle a employé ce mot ?

Oui.

Keith Taylor se pince la lèvre inférieure entre l'index et le pouce et tire dessus. On dirait qu'il va pleurer. Je regarde monsieur Ramírez dans le fond de la salle d'audience mais il fixe ses genoux.

Je vous prie de m'excuser, Mary Rose, mais ce n'est pas ce que vous avez déclaré dans votre déposition. Vous ne seriez pas en train de vous avancer un peu là ?

Non, je réplique. J'ai oublié de le préciser jusqu'à maintenant.

Je vois.

À cet instant, Keith se lève et demande à me parler en privé. Le juge Rice rejette sa requête – l'heure tourne et il a besoin d'aller au petit coin – mais Keith peut venir à la barre, s'il le souhaite. Keith fait quatre grands pas et s'arrête devant moi. Mary Rose, murmure-t-il, vous devez dire la vérité.

Elle n'a pas employé exactement ce mot, j'avoue à la cour, mais elle n'avait pas besoin de le faire. Ça sautait aux yeux.

Clemens sourit comme s'il venait de gagner le gros lot. Vous vous êtes donc avancée. Et ce monsieur qui est assis là ? Monsieur Strickland ? L'avez-vous vu ce matin-là ?

Oui, il est aussi venu chez moi.

Que voulait-il ?

Il la cherchait.

Il s'inquiétait pour sa petite amie ?

Elle n'était pas sa petite amie. C'est une enfant et il est adulte.

Mmmm, fait Scooter. Je ne pense pas que mademoiselle Ramírez lui ait fait part de son âge. Il articule exagérément son patronyme sans quitter le jury des yeux pour s'assurer que chacun l'entende bien.

Il cherchait donc cette jeune femme qui était sortie avec lui la veille ?

Elle était morte de peur quand elle a frappé à ma porte. Il l'aurait tuée.

Comme le savez-vous ? Est-ce qu'elle vous l'a dit ?

Elle n'a pas eu besoin de le faire. Je l'ai *vue*.

Monsieur Strickland vous a-t-il menacée ? demande Clemens.

Il m'a hurlé d'aller la chercher à l'intérieur. Il m'a traitée de connasse.

Madame Whitehead, intervient le juge Rice, *s'il vous plaît* surveillez votre langage.

Il avait donc la gueule de bois – Clemens se tourne derechef vers les jurés, comme s'ils étaient tous de vieux copains de faculté –, comme bon nombre d'entre nous au lendemain de la Saint-Valentin, j'imagine. Et il était un poil irascible parce qu'il s'était chamaillé avec sa petite amie et que celle-ci l'avait laissé en plan, c'est bien ça ?

Objection, s'exclame Keith Taylor, et le juge Rice répond : nan, Keith. Allez, il y a mieux à faire.

Objection, votre honneur ! Il essaie de réécrire l'histoire.

C'est *ça*, votre objection, Keith ? Le sourire de Clemens est complètement factice. C'est un serpent. Si on mettait l'air climatisé à fond, son rythme cardiaque s'effondrerait.

N'est-ce pas ce que nous sommes censés faire ? riposte Clemens. N'est-il pas de notre devoir d'accumuler assez de preuves pour prendre une décision *au-delà du doute raisonnable* avant de ruiner la vie d'un jeune homme ?

Mais trop c'est trop pour moi. Je m'exclame d'un coup : c'est une enfant, espèce de raclure.

Clemens regagne sa table et se prend la tête dans les mains. Le juge Rice donne un coup de crosse sur son bureau et déclare si faiblement que l'assistance entière doit tendre l'oreille : madame Whitehead, je comprends que tout ceci a été dur pour vous et votre famille, mais croyez-moi si vous jurez encore une fois dans mon tribunal, je vous envoie passer la nuit en cellule. C'est bien compris ?

Oui.

Oui, qui ? Sous ses sourcils blancs, le juge Rice est devenu rouge tomate.

Oui, je répète.

Oui, *qui* ?

Je sais ce qu'il veut. Lorsque j'étais à peine plus âgée qu'Aimee, je me disputais beaucoup avec mon père parce que je cherchais toujours à avoir le dernier mot. Puis un jour, nous nous sommes plantés face à face dans l'allée du garage, lui m'interrogeant et moi le regardant droit dans les yeux. J'étais fière d'avoir le courage de le regarder dans les yeux, et j'ai croisé les bras lorsqu'il a posé sa question.

J'ai dit : oui.

Et il a fait : oui, qui ?

J'ai ricané : ouais.

Il m'a giflée. Oui, qui ?

Oui. Il m'a giflée à nouveau. Oui, qui ?

Oui.

Après la troisième gifle, j'ai dit à mon père ce qu'il voulait entendre – oui, *monsieur* – mais je n'ai jamais oublié ni jamais vraiment pardonné. Je me suis aussi promis de ne jamais lever la main sur mes enfants. Je balaie la salle d'audience du regard en quête d'un peu de soutien, d'un regard susceptible de m'aider à traverser cette matinée. Monsieur Ramírez hoche légèrement la tête et je me demande à quoi ressemble son existence à Odessa depuis ce qui s'est passé. Je m'interroge sur la mère de Gloria : dans combien de temps reverra-t-elle sa fille ? Rien n'est plus important que cela, certainement pas ma fierté en tout cas. Je me tourne alors vers le juge et je pince les lèvres ; puis, je souris : Oui, votre honneur.

Mais il n'en a pas fini avec moi. Il déclare : c'est vraiment dommage d'entendre une jeune femme – une mère – s'exprimer ainsi dans un tribunal.

Oui, votre honneur.

Merci. Est-ce que ce jeune homme vous a menacée ?

Monsieur le juge, il était… je n'avais jamais rien vu de pareil. On aurait dit que le diable lui-même avait débarqué dans mon jardin. Je n'ai jamais vu de ma vie quelqu'un d'aussi diabolique.

Clemens se lève. Objection ! Il suffit de répondre oui ou non à cette question.

Est-ce qu'il vous a menacé, Mary Rose, vous ou votre famille ?

Non, votre honneur.

Merci, fait Clemens, et le juge s'enfonce dans son siège. Il croise les mains derrière sa tête. Maître

Clemens, avez-vous d'autres questions à poser à cette jeune femme ?

Une dernière. Madame Whitehead, avez-vous pointé une arme sur monsieur Strickland ?

Je vois Keith soupirer, farfouiller dans quelques papiers, et se pencher en avant. Mais je ne regarde pas Strickland. Oui, absolument, je réponds.

Victor Ramírez se tient déjà à côté de sa voiture, la main sur la poignée de la portière, lorsqu'il me voit traverser le parking en courant. Nous avons dix minutes avant la reprise de l'audience et je n'ai pourtant couru que quelques mètres mais je suis à bout de souffle en arrivant à sa hauteur. Je vérifie d'un coup d'œil que mon chemisier n'est pas mouillé, puis je fais encore un pas vers lui. À croire que me rapprocher au plus allait m'aider à me sentir mieux.

Je suis désolée, je fais. Je veux aider Gloria.

Glory, rectifie-t-il et il se met à contempler le ciel comme si je n'étais pas là.

Est-ce que je peux la voir, lui parler ? Savoir comment elle va ?

Il émet un petit rire. Non, madame. Non, il ne vaut mieux pas. Il ouvre la portière et s'assied derrière le volant.

Alors que je saisis la portière, il pousse gentiment ma main.

Vous partez ?

Oui, madame.

S'il vous plaît, monsieur Ramírez, demandez-lui de témoigner.

Vous n'écouteriez pas ce que Glory pourrait dire. Vous comprenez ça, madame Whitehead ? Puis il claque la portière, démarre et s'éloigne.

Keith se lève et réajuste fermement son col. Mary Rose, pouvez-vous encore une fois décrire à la cour dans quel état se trouvait Gloria Ramírez quand vous l'avez trouvée sur le seuil de votre porte ce matin-là ?

Oui.

Essayons de faire court, je vous prie, intervient le juge Rice. Si je fais attendre madame et qu'il n'y a plus de plat du jour, je dormirai avec mes chevaux ce soir. L'assistance éclate de rire. Dale Strickland rit, un son faux et creux qui me hérisse le poil. Même madame Henderson se fend d'un sourire. Seuls Keith Taylor et moi restons de marbre.

Tandis que je regagne ma place, Strickland tend les bras et m'effleure la main du bout du pouce. Un frisson m'envahit. Une porte s'ouvre au fond de la salle d'audience, et un trait de lumière illumine les grains de poussière qui flottent dans le vide entre nous.

Keith s'approche, mais le reste de l'assistance ne moufte pas, ou ne fait pas attention. Ou bien il y a beaucoup de bruit et tout le monde se rend compte de ce qui se passe mais dans mon souvenir un grand silence s'installe et j'ai envie de hurler à pleins poumons.

Mary Rose, souffle Strickland d'une voix si faible que je peux à peine l'entendre. L'ongle de son pouce frotte lentement ma paume. Ses mains sont toujours attachées et je sens le métal des menottes contre mon poignet. Mary Rose, répète-t-il – je déteste tellement qu'il sache mon nom –, je veux que vous sachiez que je suis vraiment désolé pour tous les ennuis que j'ai pu vous causer, à vous et votre famille. Il sourit, bouche fermée, lèvres pincées. Quand tout sera fini, ajoute-t-il, j'espère vous revoir dans de meilleures circonstances, peut-être chez vous à la ferme ou ici en ville.

Il a parlé si doucement que je me demande si je n'ai pas rêvé. Mais je suis sur le point d'apprendre autre chose sur Dale Strickland : il est plus intelligent que moi. Car lorsque je lui réponds, je fais en sorte que toute l'assistance m'entende. Essaie un peu de venir, je m'exclame, et je te ferai sauter ta putain de cervelle.

Elle est folle, lâche quelqu'un, puis une vague de murmures s'élève dans la salle. Dale Strickland me sourit, et le juge Rice assène un nouveau coup de crosse sur son bureau. Il fulmine. J'espère que votre mari pourra s'occuper de ce bébé sans vous ce soir, madame Whitehead, parce que je vous place en détention séance tenante, proclame-t-il.

Très bien, je réplique. Je n'ai pas peur de vous, mon vieux. Et l'huissier m'embarque.

Je ne passerai pas la nuit en cellule – juste six heures. Assez longtemps, remarque le juge Rice en s'arrêtant devant moi après la fermeture du tribunal à seize heures. Êtes-vous prête à rentrer chez vous, jeune dame ? Vous retiendrez la leçon ?

Oui, je réponds.

Oui, qui ?

Oui.

Il m'observe quelques instants. Allons-nous avoir une nouvelle altercation ? Il finit par secouer la tête et s'éloigner vers la sortie.

Le temps qu'ils trouvent les clés et me fassent sortir, mon chemisier est trempé, mes seins sont tellement gonflés de lait que je peux à peine me tenir droite. Je presse mon sac contre ma poitrine en traversant le hall, et j'entends tout le monde rire sur mon passage. Même en dehors du tribunal, même après avoir traversé le parking jusqu'à ma voiture, leurs rires me poursuivent.

En arrivant chez Corrine, le bébé est tellement agité que j'arrache un bouton de mon chemisier dans ma précipitation. Il hurle et ses petits ongles me griffent les seins. Lorsque enfin il se met à téter, nous soupirons tous deux et fermons les yeux, soulagés.

De retour à la maison, ma fille ne dit pas un mot pendant que j'ouvre des boîtes et prépare le dîner, pas un mot pendant que j'allaite son frère pour la deuxième fois en deux heures. Je reste de marbre alors que le téléphone sonne et que son père laisse un message sur le répondeur, et là aussi elle garde le silence. Elle ne bronche pas ce soir-là pour aller se coucher.

Au crépuscule, Corrine traverse la rue et nous nous installons sur la terrasse à l'arrière de la maison avec un pichet de vodka jus de pamplemousse et la bouteille de vodka. Corrine s'empare d'un cendrier. Nous allumons la lumière extérieure et laissons la porte entrouverte. Le ciel est violacé, signe d'une éventuelle tempête de sable.

Alors, fait Corrine, où diantre avez-vous passé l'après-midi ? Elle craque une allumette et ses yeux luisent brièvement dans la lueur de la flamme. Ce soir, une petite brise indécise souffle.

Voilà enfin l'occasion de faire tomber le masque et de dire la vérité à quelqu'un. Mais je livre à Corrine l'histoire d'une fille avec des fuites aux seins qui répond à un juge et se fait envoyer au trou. Je m'applique à tout mettre en scène : moi criant à Strickland que je lui ferai volontiers sauter la cervelle, Keith Taylor lâchant *oh merde*, et le juge Rice frappant à coups de crosse sur son bureau avec une telle force que tout le monde croyait qu'il allait le fendre. Et je raconte si bien cette histoire que Corrine ne s'arrête plus de rire. C'est la meilleure histoire judiciaire que j'ai jamais entendue, s'exclame-t-elle. Je m'en souviendrai jusqu'à ma mort.

Comme tout le monde dans cette ville, je dis.

Elle me tend la bouteille et j'ajoute de la vodka dans un verre à moitié plein de jus de fruit. Ne vous en faites pas, ils passeront à autre chose.

Oh, bien sûr. Les gens auront tout oublié de cette histoire d'ici une semaine ou deux. Nous rions de concert. Nous savons toutes deux que cette histoire me poursuivra des années ; et Aimee aussi. Elle restera la fille dont la mère folle a passé un après-midi en cellule. Ce jour nous changera à jamais. À partir de là, lorsque nous jouerons aux cartes, je l'obligerai à se battre sur chaque point, et lorsqu'elle perdra, elle saura pourquoi, je m'en assurerai – et pas toujours avec gentillesse. Nous passerons des heures dans le jardin à tirer sur des cannettes et les fois où elle commencera à se plaindre d'être fatiguée ou de vouloir aller jouer avec Debra Ann ou une autre fillette du quartier, je lui ordonnerai de filer dans l'allée récupérer les cannettes. Remets-les sur le mur et on recommence. On recommence, je crierai. Encore. Encore ! Tu dois toucher ta cible dès le premier coup.

J'obligerai son père à venir en ville s'il veut la voir, et il me faudra vingt ans avant de retourner fouler les somptueuses terres arides de notre ferme, avant de m'asseoir à nouveau sur ma vieille véranda pour contempler le soleil couchant, sans rien pour me séparer du ciel sinon un chemin de terre, quelques vaches, oiseaux et coyotes de temps à autre. Et lorsque je surprendrai Aimee rentrant à la maison après avoir fait le mur pour aller avec ses amis faire une virée dans les champs pétrolifères, je la giflerai tellement fort que sa joue sera encore marquée le lendemain matin à son réveil. Je mettrai des années à m'excuser, et lorsque enfin je serai prête à lui demander pardon, chacun de nos échanges sera devenu explosif.

Le ciel est noir à présent et le jardin plongé dans la pénombre, hormis la faible lueur provenant de la fenêtre de cuisine.

Vous ne répondez pas ? demande Corrine alors que le téléphone s'est mis à sonner.

Sûrement pas, je réplique. J'ai acheté un engin qui le fait pour moi. Ça m'a coûté dans les deux cents dollars et j'ai dû le commander à Dallas.

Le répondeur s'enclenche et ma voix retentit avant de se perdre dans le jardin.

Mon Dieu, fait Corrine. On n'est jamais au bout de ses surprises ! Je n'aurai plus jamais à répondre au téléphone. Elle saisit ma tapette à mouches et frappe la table d'un coup sec : une de moins. Puis tend la main vers la bouteille de vodka.

Le vent tourne et la raffinerie se rappelle à notre bon souvenir. Nous nous redressons, nous bouchons le nez, et attendons de voir ce que va faire le vent. La voix traînante de Keith Taylor résonne dans la nuit. C'est Keith Taylor, commence-t-il, et nous sourions toutes deux. Oh fichtre, fait Corrine, le pouce et l'index toujours sur le nez, si j'avais trente ans de moins. Aïe aïe aïe. Et nous éclatons de rire. Je ris de si bon cœur que je sens mes épaules se détendre, mes omoplates se relâcher.

Il y a du neuf. Il marque une pause, et nous l'entendons s'ouvrir une bière. Le silence est si long que je me demande s'il n'a pas posé le combiné pour aller faire autre chose, ou si le répondeur fonctionne vraiment.

Tout était plié à seize heures, reprend-il. Agression sexuelle. Un an de prison avec sursis et de mise à l'épreuve, assorti de dommages et intérêts à payer à la famille Ramírez. Ce genre d'affaire est difficile. Je regrette, Mary Rose. À dix-sept heures il était sorti du tribunal. Le répondeur s'éteint.

Corrine et moi demeurons silencieuses, assises dans le noir, mais je devine ce qu'elle pense. Car qui a cru, ne serait-ce qu'une minute, qu'il serait condamné ? Qui, sauf moi ?

Je suis désolée, souffle-t-elle, mais je m'éloigne déjà pour aller vérifier portes et fenêtres, et voir si mes enfants vont bien. Puis, je passe dans l'entrée récupérer Old Lady dans le placard et m'assurer qu'elle est chargée. En me voyant revenir sur la terrasse, carabine à la main, Corrine se lève en maugréant. Elle sort deux cigarettes de son paquet et les pose sur la table.

Si vous avez une remarque, je lui lance, allez-y, j'écoute. Mais n'allez pas me dire de me calmer.

Sûrement pas, réplique Corrine. Mettez-vous en colère. Je crois bien que c'est la seule chose qui me pousse hors du lit le matin.

Le vent forcit et pour la première fois je me demande s'il ne va pas pleuvoir dans les jours qui viennent. Corrine pose les mains sur Old Lady et caresse doucement la crosse en noyer. C'est une magnifique carabine, Mary Rose. Potter en avait une comme ça. Je l'ai envoyée à Alice quand il est mort. Elles sont tellement belles parfois qu'on oublie de quoi elles sont capables. En tout cas, c'est dur d'être seule tous les jours avec deux gamins. N'hésitez pas à me demander un coup de main si vous avez besoin.

Je ris. Ouais, c'est ça.

Pardon ?

Est-ce que vous avez déjà demandé un coup de main à qui que ce soit ?

Non, répond Corrine. Le vent lui ramène quelques mèches de cheveux dans les yeux. Elle chancelle en contournant la table pour repartir chez elle, et trébuche sur une des rallonges dans mon jardin.

Je m'empare de la prise et lui crie d'attendre une seconde. Je branche et la lumière inonde mon terrain. Mon Dieu ! s'exclame Corrine, clignant des yeux et mettant ses mains en visière. C'est une vraie cour de prison chez vous !

Six rallonges blanches sillonnent le jardin à l'arrière de la maison, chacun reliée à un projecteur en aluminium. Le fin du fin en matière de lumière, comme disait ma grand-mère. Elle en utilisait de semblables lorsque les coyotes lui mangeaient ses poules. Mon jardin n'est plus que halos lumineux, plus le moindre recoin d'ombre. Je vois tout.

Après le départ de Corrine, je reste plantée là, la lumière filtrant à travers ma jupe. Je ne peux pas tirer avec Old Lady dans le jardin, pas à cette heure de la nuit, je la pose donc pour m'emparer de la carabine d'Aimee. J'aligne des cannettes de Dr Pepper sur la clôture au fond du jardin et fume l'une des cigarettes de Corrine. Puis je dégomme une par une les cannettes, les écoutant chacune atterrir dans la poussière de l'allée. Lorsque j'aperçois le chat de Debra Ann, je le vise. Il joue avec une sauterelle sur la clôture, lui donne des coups de pattes jusqu'à ce que l'insecte tombe. J'ôte la sécurité. Comme est-ce de détruire une vie tout simplement parce qu'on le peut ? je me demande. Le chat s'éloigne et je demeure immobile ; j'écoute le vent, et lorsque le bébé se réveille et pleure, à nouveau affamé, je pose la carabine et rentre pour m'occuper de lui.

Debra Ann

Le ciel prend la couleur d'une vieille ecchymose et le nuage de poussière, visible à plus de quatre-vingts kilomètres de là, déferle sur des villes encore plus petites qu'Odessa, des villes comme Pecos, Kermit et Mentone. La nuée rouge capture virevoltants, petites pierres et moineaux, tout ce qu'elle peut soulever et trimballer quelques instants dans les airs avant de le rejeter violemment par terre. Lorsque le vent afflue dans ces plaines assoiffées, le soleil disparaît et la poussière engloutit tout – châteaux d'eau et enclos, tours de refroidissement, derricks et pompes à tête de cheval, champs de sorgho et chemins de terre. Les bêtes s'agglutinent, certaines affolées meuglent à la recherche du veau dont elles ne sentent plus l'odeur à cause de la tourmente. À la raffinerie, les hommes descendent des tours et se précipitent à l'abri. Les foreurs désertent leurs plateformes et battent en retraite dans leurs pick-up, à trois sur la banquette avant. S'ils sont nouveaux ou jeunes, ou s'ils sont Mexicains, ils s'allongent sous une bâche étendue à la hâte sur le plateau, quatre ou cinq corps blottis en cuillère l'un contre l'autre, s'efforçant de ne pas se frotter au voisin.

Sur Larkspur Lane, Debra Ann, debout devant chez elle, observe la masse de poussière qui s'élève à trois cents mètres au-dessus du sol. Virevoltants et journaux dévalent la rue. Des branches tombent des pacaniers et les lignes électriques se balancent comme manipulées par un marionnettiste fou. La moustiquaire de la fenêtre de chambre de madame Shepard s'envole, atterrit sur une plate-bande de pensées près de la porte, puis décolle à nouveau avant de finalement disparaître dans la rue. D. A. se rend chez Aimee et les deux fillettes se postent dans le jardin en compagnie de Lauralee et Casey, les yeux et les cheveux plein de poussière, les vêtements plaqués sur la peau. Plus tard, elles apprendront que cinq personnes sont mortes à cause d'une tornade qui a ravagé un terrain de mobile homes dans l'ouest de la ville. À la raffinerie où monsieur Ledbetter est de service, un homme a chuté d'une tour de refroidissement et il est mort sur le coup ou presque.

La poussière masque le soleil et le ciel est désormais violet. La tempête s'acharne sur les filles mais elles restent stoïques. Madame Shepard ouvre sa porte et crie : Non mais ça ne va pas, ou quoi ? Rentrez chez vous ! Et les fillettes restent de marbre. Mais lorsque le vent faiblit soudain, que tout devient immobile, qu'elles lèvent les yeux au ciel qui a pris une belle couleur lavande – un ciel à tornades comme dit madame Ledbetter –, lorsque les oiseaux se taisent et que le vent gronde tel un train lancé à pleine vitesse dans leur direction, elles courent se réfugier chez Aimee.

Hier, Jesse a enfin obtenu la somme nécessaire pour récupérer sa camionnette. Il ne leur reste plus qu'à trouver le bon moment, lui a dit Debra Ann. Que fait-il en ce moment, se demande la petite tout en regardant par la fenêtre de la cuisine chez Aimee. Pense-t-il à la même chose qu'elle ? Lauralee téléphone à sa mère et l'écoute hurler quelques instants. Je vais me prendre une belle raclée en rentrant, rapporte-t-elle aux filles après avoir raccroché. Casey appelle le bowling pour dire à sa mère où elle se trouve, et D. A. appelle le gardien de la raffinerie où son père vient de se faire embaucher. Il gagnera un peu moins, elle le sait, mais il rentrera à la maison plus tôt et il ne travaillera pas le samedi, en principe. Les choses iront peut-être un peu mieux, confie-t-elle à ses amies, et elles opinent toutes du chef. Peut-être, oui.

Elles s'agglutinent devant la fenêtre de cuisine à l'affût d'une tornade et mangent tout ce qu'elles trouvent. Le téléphone sonne et la mère d'Aimee déboule dans la pièce pour décrocher. La moitié de la journée est déjà passée mais elle est encore en chemise de nuit. Elle saisit le combiné d'une main et écoute, entortillant le fil autour d'un de ses doigts qui devient cramoisi. C'est fini, articule-t-elle d'une voix blanche. Pourquoi est-ce que vous continuez de m'appeler ? Elle raccroche doucement.

À l'autre bout de la maison, le bébé se met à pleurnicher mais madame Whitehead ne va pas le chercher. Elle se contente de prendre une cigarette dans la poche de sa chemise de nuit, puis de l'allumer. Elle nous regarde comme si nous étions des inconnues, y compris

Aimee, songe Debra Ann. Celle-ci consulte l'heure sur le four : il est un peu plus de treize heures.

Maman, lance Aimee, pourquoi tu ne m'as pas dit de rentrer ? C'est une sale tempête. Peut-être même une tornade.

Madame Whitehead s'approche de l'évier, et jette un coup d'œil par la petite fenêtre. En effet, dit-elle avant de fermer brusquement le rideau. En effet. Elle scrute le bout de sa cigarette quelques secondes et fait tomber la cendre dans le bac. Elle s'empare d'un verre et le remplit de thé glacé avec le pichet qui trône sur le comptoir.

Vous êtes malade ? s'enquiert Casey, oscillant d'un pied sur l'autre, sa longue jupe balayant presque le sol de la cuisine.

Non, répond madame Whitehead. Elle avale une gorgée de thé et fixe son verre. Ses cheveux sont ternes et plats, ses yeux brillants et cernés. Elle n'est pas sans rappeler la mère de Debra Ann les mauvaises semaines, lorsque sa fille la suivait de pièce en pièce en lui posant toutes sortes de questions. Tu veux que je te raconte une blague ? Et si on regardait la télé ? Si on s'asseyait dans le jardin ? Si on s'allongeait dans ton lit, je pourrais te lire quelque chose ? Les semaines vraiment mauvaises, Ginny cessait tout bonnement de parler. Elle passait des heures dans la baignoire, rallumant le robinet de temps à autre pour que l'eau reste chaude, tournant mollement les pages de son *National Geographic*, soupirant sans cesse, de telle sorte que D. A. l'entendait à travers la porte close. Aujourd'hui, la mère d'Aimee ressemble à un roseau dans une tempête, songe Debra Ann, qui résiste dans l'espoir de ployer sans rompre.

Je suis peut-être malade. Madame Whitehead ricane. Je dois être exténuée.

Aimee regarde les autres filles et elles brandissent leurs paumes ouvertes. Qu'est-ce qui ne va pas, maman ?

La veille le juge Rice a rendu son verdict, explique Madame Whitehead aux filles : un an de prison avec sursis et cinq mille dollars à verser à la famille de Gloria.

Les fillettes restent bouche bée. Cinq mille dollars ? répète Debar Ann. C'est énorme.

Ouais, renchérit Casey, il va le sentir passer.

Ça suffit ! s'exclame madame Whitehead. Vous ne savez pas de quoi vous parlez.

Il y a une justice ! proclame Debra Ann. Oui, rit Lauralee et elles se tapent toutes dans les mains.

Oh, taisez-vous ! *Taisez-vous*, toutes.

Un an avec sursis, fait-elle, et sa voix se brise. Cinq mille dollars. Bordel de Dieu.

Les filles n'auraient pas eu l'air plus choquées si un serpent à sonnette avait surgi dans la cuisine. Aimee fait deux pas en arrière et brandit les mains en l'air comme si sa mère allait lui tirer dessus. Maman, c'est de l'hérésie.

Ah, chérie, non. C'est du blasphème. Et qu'est-ce que ça peut faire de toute manière ?

Et elle lance contre le mur de la cuisine son verre à moitié plein qui explose en mille morceaux. Des filets de thé coulent sur le papier peint à fleurs et forment une flaque sur le lino. Le bébé hurle quelque part dans la maison, et madame Whitehead s'effondre par terre comme si quelqu'un venait de lui enlever la colonne vertébrale. Qu'est-ce que je vais devenir ? murmure-t-elle.

D. A. ne sait pas non plus ce qu'elle va devenir, elles l'ignorent toutes, mais quelque chose cloche lorsqu'on regarde dans le vide ; ça, elles sont assez grandes pour le savoir. Elles se détournent donc, quatre gamines tournant de concert sur leurs talons pour faire face au mur. Elles attendent, mais puisqu'au bout de plusieurs minutes madame Whitehead n'a toujours pas bougé d'un pouce, Debra Ann décide d'appeler madame Shepard. Elle décroche et écoute, puis tapote plusieurs fois le combiné. Il n'y a plus de téléphone, déclare-t-elle. Le vent a dû faire tomber les lignes.

Tu te trompes, fait la mère d'Aimee, ça fonctionnait tout à l'heure.

Oui, m'dame, mais plus maintenant.

Aimee, pâle comme un linge, écarquille ses grands yeux bleus : qu'est-ce qu'on va faire ?

Les hurlements du bébé transpercent l'air avant de se muer en une plainte lugubre et continue qui donne envie à D. A. de se boucher les oreilles. Je vais aller chercher madame Shepard, dit-elle. Elle s'approche d'Aimee et l'enlace. Ensuite, j'irai à Penwell avec mon ami mais je reviendrai bientôt.

Après le départ de Debra Ann, Aimee s'agenouille près de sa mère. Tu peux te lever, maman ? Tu veux boire quelque chose ? Mais Mary Rose reste les mains plaquées contre ses cuisses. Je ne crois pas, ma chérie.

Et lorsque madame Shepard pénètre dans la pièce quelques minutes plus tard encore en chaussons, elle s'arrête et observe la scène : le verre brisé, le thé glacé sur le mur et le sol, les trois filles appuyées contre le chambranle de la porte, mal à l'aise, et le bébé qui s'égosille comme s'il était en feu. Madame Shepard frappe brusquement dans ses mains : les filles, allez chercher ce putain de bébé et emmenez-le dans la chambre d'Aimee. Elle se penche vers Mary Rose qui pleure à chaudes larmes.

Aucune des fillettes n'a jamais vu quelqu'un ainsi secoué de sanglots, pas même à un enterrement, et elles sont trop jeunes pour comprendre que ce n'est pas du chagrin mais de la rage.

Madame Shepard frictionne le bras de la jeune femme et glisse une main dans son dos. OK, fait-elle, vous allez vous lever et venir vous asseoir à table.

La mère d'Aimee secoue la tête.

Ma douce, j'ai le dos en compote alors levez-vous maintenant.

Sans un mot, Mary Rose se lève et se dirige vers la table. Elle s'assied et pose la tête sur la toile cirée, ses épaules frémissant au rythme des pleurs. Corrine essuie le mur et rassemble d'un coup de balai les éclats de verre dans un coin. Ça ira pour le moment, déclare-t-elle, on nettoiera après. Alors qu'elle vient de servir deux verres de thé glacé et de les placer sur la table, elle s'aperçoit que les filles sont toujours dans le chambranle de la porte, bouche bée. Qu'est-ce que vous faites encore là ? lance-t-elle. Allez chercher ce satané bébé avant qu'il fasse une attaque.

Les petites avancent vers la chambre d'Aimee, le vent soufflant sur la maison comme pour la démanteler. Elles s'asseyent par terre et font des grimaces au bébé. Casey suggère de jouer à *Isis* parce que la déesse est capable de maîtriser le vent, mais Lauralee rétorque qu'elles devraient jouer à *Hulk* parce qu'il fait de la colère une chose positive. Aimee n'a pas envie de jouer.

Elle regarde tour à tour son petit frère puis la fenêtre. Elle a réfléchi au sens du mot *sursis* – ou du moins au sens qu'elle lui donne –, dit-elle à ses amies. Dale Strickland peut continuer d'aller où il veut, il peut manger une glace quand il en a envie, et aller voir un match de football. Et Glory Ramírez ? Qu'est-ce qu'elle devient ? Et Aimee et sa mère ?

Une demi-heure plus tard, madame Shepard entre dans la chambre d'Aimee avec un biberon pour le bébé. Elle regarde leur petit cercle : trois visages ronds et blafards et le nouveau-né accroché aux cheveux de sa sœur. Mais où est Debra Ann ? demande-t-elle. Pourquoi elle n'est pas avec vous, les filles ?

Corrine

Entre le vent qui soufflait et le bébé qui hurlait, l'air suffisamment chargé de poussière pour étouffer un taureau et Mary Rose refusant d'ouvrir ses putains de rideaux, ne serait-ce que deux minutes pour laisser entrer un peu de soleil, Corrine n'a évidemment pas pu entendre ni voir Jesse et D. A. ouvrir la porte de son garage pour en sortir le pick-up de Potter. Plantée désormais sur le bitume poussiéreux, poings serrés et aisselles moites, elle fixe l'emplacement vide : seule une flaque d'huile de moteur gît par terre là où se trouvait le véhicule.

Mary Rose traverse en courant la rue, finissant de boutonner son chemisier, son sac rebondissant contre sa hanche. Elle n'a pas lacé ses chaussures et ne porte pas de chaussettes. En voyant Corrine immobile devant le garage vide, elle s'arrête brusquement. Où est la camionnette de Potter ? Où est Debra Ann ?

Je ne sais pas. Corrine a encore la gueule de bois après les Salty Dog de la veille et elle se frotte si fort les paupières qu'elle voit des étoiles. Elle s'efforce de rassembler ses souvenirs : quand a-t-elle vu le pick-up pour la dernière fois ? Quand a-t-elle écouté Bob Wills à la radio avant d'enclencher le point mort et de mettre le contact dans l'espoir d'avoir assez de volonté pour aller jusqu'au bout ? Quand a-t-elle fixé les jauges avant de soupirer et de couper le moteur pour rentrer se préparer un verre de thé glacé ? Pas hier soir, mais avant-hier soir. Après quoi, comme toujours, elle a laissé la clé sur le contact.

Mary Rose se précipite dans la cuisine de Corrine, décroche le téléphone et plaque le combiné contre son oreille. Maintenant d'un pied la porte ouverte, elle appuie plusieurs fois sur le commutateur de l'appareil, écoute encore, et appuie derechef. Il restait combien d'essence dans le réservoir ? lance-t-elle par l'entrebâillement de la porte.

À peine un demi plein, je crois. Corrine examine le garage. Tout est à sa place, hormis la vieille tente de Potter qui n'est plus là. Les cartons de décorations de Noël sont soigneusement étiquetés et alignés sur l'étagère près du reste de leur matériel de camping. Ses pelles et ses râteaux sont entreposés dans un coin, recouverts d'une couche fraîche de poussière grise, mais soudain Corrine le voit traverser le jardin avec dans sa pelle une couleuvre, une souris ou un moineau. Elle le voit creuser un trou, une putain de tombe pour telle ou telle créature. J'aurais dû mourir avant lui, songe-t-elle. Il était tellement plus doué que moi pour vivre.

Corrine s'avance au centre du garage et tourne sur elle-même, examinant une nouvelle fois la pièce. Le pick-up de Potter a disparu, le téléphone ne fonctionne plus, et même si la tempête s'est calmée, l'air reste irrespirable. Elle s'attarde encore une fois sur la flaque d'huile, puis elle remarque enfin le bout de papier qui traîne à côté sur le béton.

Mary Rose sort de la cuisine et tend la main vers Corrine qui brandit une serviette en papier dans sa direction, une serviette du club de striptease, pliée en deux. Certes l'écriture sous le logo est un peu effacée mais les femmes déchiffrent les mots *Penwell* et *station-service* et au verso un nom : *Jesse Belden.* Un bras croisé sur le ventre, Mary Rose oscille doucement d'avant en arrière, puis se penche jusqu'à ce que ses cheveux balaient le sol. Il faut qu'on aille la chercher.

Elle repart dans la cuisine et s'excite tant et si bien sur le téléphone que Corrine l'entend du garage. Mary Rose ressurgit – toujours pas de téléphone, nom de Dieu –, le visage gris comme des cendres froides ou comme la fine couche de poussière qui recouvre désormais l'établi de Potter. C'est pas loin de notre ferme, déclare-t-elle. Ses yeux bleus s'éteignent. Je sais qui l'a emmenée.

Vous connaissez ce monsieur Belden ? Corrine jette un coup d'œil au mot. Debra Ann a parlé de lui une ou deux fois mais je croyais que c'était un de ses amis imaginaires.

Ce n'est pas son vrai nom, réplique Mary Rose d'une voix atone. Je sais qui c'est. Elle retraverse en courant la rue avant de disparaître dans sa maison. Moins de cinq minutes plus tard, elle se tient dans l'allée du garage de Corrine, carabine dans une main, une poignée de cartouches dans l'autre. J'ai dit aux filles de ne pas bouger et d'appeler Suzanne Ledbetter dès que les lignes téléphoniques seront rétablies, proclame-t-elle.

Corrine brandit ses deux paumes ouvertes : on va mettre tout ça dans mon coffre.

Mary Rose secoue la tête. Il faut y aller.

La sueur perle sur son front et ses cheveux pendent dans sa nuque. Elle sent la friture et la transpiration et ses pupilles sont énormes, telles des lunes noires cernées de bleu clair. Il ne faut pas effrayer les gens, fait Corrine, et j'ai un revolver dans ma boîte à gants au besoin.

Il va la tuer, rétorque Mary Rose, et l'espace d'un instant Corrine songe qu'elle a peut-être raison. Mais D. A. semblait aller mieux ces derniers temps, déterminée et débordante d'activité ; elle avait même arrêté de s'arracher les sourcils. Si cet homme lui faisait du mal, il n'y avait eu aucun signe avant-coureur. Autre chose taraude Corrine : un message que Debra Ann lui a montré quelques semaines plus tôt. *Merci de m'aider. Je t'en sais gré*. Qu'est-ce que c'est que ça ? lui avait demandé Corrine, et la fillette avait répondu : ça fait partie de mon projet d'été.

On ne sait rien, affirme Corrine. Debra Ann a dit que c'était son ami.

Qu'est-ce qu'elle en sait ? s'écrie Mary Rose. C'est une gamine et c'est un – sa voix se brise et s'assombrit –, c'est un monstre. Un salaud, éructe-t-elle comme si elle venait d'avaler un verre de vinaigre. Elle serre si fort sa carabine que ses doigts sont presque blancs. Elle n'est plus que rage et détermination.

Dangereuse, songe Corrine. Elle inspire profondément et s'efforce de rester calme. Nous ne savons pas encore comment se présente la situation. Debra Ann fait peut-être une fugue.

Ça ne va pas, non ? Mary Rose regarde Corrine comme si la vieille femme avait perdu l'esprit. Strickland voulait Aimee mais il a pris D. A. à la place. Et c'est de ma faute.

Quel que soit la dose d'oxygène que Corrine avait réussi à absorber, ses poumons se vident d'un coup, et elle tend le bras vers l'établi de Potter pour se soutenir. La poussière et les toiles d'araignée accumulées depuis le printemps s'envolent. Elle suffoque à nouveau et elle tousse dans son épaule. Je ne vais pas y arriver, pense-t-elle.

Laissez-moi mettre cette arme dans mon coffre et je vais nous emmener à Penwell. Elle se redresse et tend la main vers celle de sa voisine mais Mary Rose la repousse. De quel côté vous êtes, la vieille ?

S'il vous plaît, fait Corrine. Elle lui tend derechef la main mais Mary Rose a déjà tourné les talons et se précipite de l'autre côté de la rue où elle pose sa carabine contre la carrosserie de sa voiture et fouille frénétiquement dans son sac à la recherche de ses clés. Une fois qu'elle les a trouvées, elle récupère Old Lady et l'installe sur le siège passager. Elle démarre sans même lancer un coup d'œil à Corrine.

La ferme des Whitehead se trouve à cinq kilomètres de Penwell. Assez près pour y aller à pied, comme Glory Ramírez l'a fait, et si vous aviez marché avec elle, vous vous seriez peut-être rattrapé au fil barbelé qui sépare la voie ferrée du cimetière de fortune, simple tas de cailloux rectangulaire, et une tombe plus petite, anonyme, à l'écart – un chien ayant appartenu à un des ouvriers, un bébé emporté par la maladie, un enfant mordu par un serpent. Et par manque d'attention ou parce que vous regardiez derrière vous, vous auriez pu tomber sur les graviers, tout comme Glory. Vous auriez pu observer, avec la même peur au ventre, le vent soufflant sur les prés. Vous auriez pu vous retourner vers l'endroit d'où vous veniez et vous auriez peut-être ouvert la bouche pour vous rendre compte qu'aucun son n'en sortait. C'est à la tombe plus petite que Glory s'est assise et a ramassé un gravillon, et c'est là que Jesse Belden hisse D. A. Pierce sur ses épaules et brave les herbes sauvages – ce qui n'empêche pas qu'elles lui fouettent le bas des jambes et que les ultimes velléités de la tempête de sable les malmènent – afin que la petite puisse voir le cimetière dont elle lui parle depuis le début de l'été.

Corrine est incorrigible au volant : elle roule toujours au moins trente kilomètres heure au-dessus de la limite autorisée même si elle n'est pas particulièrement pressée. Elle roule en l'occurrence sur la I-20 comme si elle avait la mort aux trousses. L'aiguille du compteur de vitesse tremblote entre cent trente et cent quarante mais la berline blanche de Mary Rose roule plus vite, et la distance entre les deux voitures s'agrandit. La jeune femme a pris au moins huit cents mètres d'avance.

Dans la mesure où la tempête progresse vers le sud à quinze kilomètres heure, elles conduisent dans un nuage de poussière rouge et blanche. Alors qu'elles approchent de Penwell, le vent redouble et la voiture de Corrine se met à tanguer. Celle-ci commence à avoir mal au cœur. Elle n'a rien avalé de la journée et elle a soif ; elle a trop bu hier soir, comme tous les soirs depuis la mort de

Potter et elle n'est qu'une vieille femme complètement désemparée devant ce monde en train de se disloquer.

Dans l'allée de son garage, lorsque Mary Rose a craché ce mot – *salaud* –, sa voix était aussi morne que les terres qui s'étendent à perte de vue sous ses yeux et elle a senti son cœur se serrer. Elle connaît ce ton, elle l'a déjà entendu, d'ordinaire dans la bouche d'un homme ou d'un groupe d'hommes. Et certes Mary Rose est en colère et elle a peur, certes une enfant se balade en voiture avec un homme qu'elles ne connaissent pas, mais Corrine se demande pourquoi les accents dans la voix de Mary Rose lui semblent si familiers.

Il ne s'agit pas du cri de rage aigu que l'on entend lorsqu'une foule brûle un livre ou lance une pierre à travers une fenêtre ou plante une croix imbibée de kérosène dans un jardin avant de l'enflammer. Le ton monocorde de Mary Rose, cette voix vide, froide et sans relief – tout cela n'est plus que peur et rage mâtinées de fureur. C'est la voix de quelqu'un qui est déjà fixé. Il ne manque plus que l'étincelle qui justifiera ce qui est sur le point d'advenir. Toute sa vie Corrine a vu ce poison traverser ses étudiants et leurs parents, traverser les hommes dans les bars ou les gradins, traverser les fidèles à l'église, les voisins, les pères et mères de cette ville. Elle a vu ses proches verser ce poison dans leurs plus beaux verres, le servir dans la vaisselle que leurs ancêtres avaient embarquée dans des chariots en quittant la Géorgie et l'Alabama, tout en affirmant avoir gagné à la sueur de leur front tout ce qu'ils possèdent ; personne ne leur a jamais fait de cadeau, ils l'ont bien mérité, à force de tout donner pour cette raffinerie et ces champs de pétrole. Et s'ils n'ont aucun pouvoir sur ceux qui contrôlent les cordons de la bourse et leur verse leur salaire, ceux qui peuvent les virer d'un claquement de doigts, ils ont celui de s'en prendre à quelqu'un d'autre. À force de répéter et de décliner sous moultes formes leur haine, ils finissent par occulter l'humanité de celui ou celle qu'ils honnissent et par oublier la gravité de leur propos. Chacun s'arrange comme il peut pour fermer les yeux sur la réalité, pour maintenir l'illusion. Du moment qu'on arrive à craquer une allumette, à attacher une corde à une branche solide et à rentrer à temps pour dîner à la maison ou pour aller voir le match de football. Et si la haine incontrôlable de Mary Rose est peut-être plus justifiable que celle de la plupart de ces abrutis et de ces pécheurs, Corrine sait aussi ceci : d'une manière ou d'une autre, cette haine finit toujours par être fatale. Mais bon sang, qu'est-ce qu'on peut faire comme ravages avant de tirer sa révérence.

Corrine appuie sur l'accélérateur et s'efforce de rattraper Mary Rose. À cent cinquante, sa Lincoln tremble et rugit comme un avion. Lorsque Mary Rose freine avant de virer vers une route transversale et de remettre les gaz, Corrine a l'impression qu'une tonne de poussière s'abat sur son pare-brise. Elle freine à son tour et dérape en jetant un coup d'œil dans le rétroviseur ; et pour la première fois de sa vie elle aimerait qu'un policier pose son journal, ou interrompe sa pause-déjeuner pour faire attention à elle, ne serait-ce qu'une minute.

Il est quasiment quinze heures. Il y a moins d'une heure Corrine pénétrait dans son garage mais d'ordinaire à cette heure-ci elle s'est déjà concocté, et depuis belle lurette, son premier thé glacé au whisky pour aller s'installer sur sa véranda. Sentant ses mains trembler

– autre signe qu'elle n'a absolument rien à faire là –, elle rit et frappe du poing son volant. Elle aurait dû filer voir les flics, ou s'arrêter au 7-Eleven pour leur demander s'ils avaient un téléphone en état de marche. Tout ce qu'elle demande, et depuis la mort de Potter elle n'a jamais varié, c'est qu'on la laisse boire et fumer tranquille, glisser doucement mais sûrement vers ce cher au-delà. Mais la voilà, vieille veuve aux poumons fragiles, en partance pour sauver le monde au volant de sa Lincoln Continental. Tout cela est si ridicule que Corrine se frappe le front et se met à pleurer de rire, les larmes creusant une ribambelle de sillons sur son visage poussiéreux. Et merde, songe-t-elle. Je suis là maintenant.

Corrine colle Mary Rose de près lorsqu'elles traversent en trombe Penwell, petite ville quasi fantôme égarée sur bande de terre désolée, uniquement bordée de pompes à tête de cheval, d'une voie ferrée et d'une rangée unique de poteaux téléphoniques semblant se dresser vers l'éternité. Environ soixante-quinze citoyens vivent ici de façon permanente, la plupart dans des mobile homes qu'ils ont transportés d'Odessa avant de les installer sur l'ancien site des premiers derricks en bois de pacanier. Il ne reste de la station-service et de la boîte de nuit qu'un tas de planches et de verre brisé, ainsi qu'un amoncellement de virevoltants contre un panneau rouillé gisant par terre. CE SOIR, ON DANSE.

Deux petits garçons, debout au bord de la route, acclament les femmes qui franchissent sans ralentir un feu qui ne fonctionne plus depuis quarante ans. Elles dépassent la station-service sans voir aucune trace du pick-up de Potter. À la sortie de la ville, la route vire vers le sud et longe la voie ferrée. L'asphalte cède la place à un chemin de terre creusé d'ornières et encombré de virevoltants. Le nuage de poussière flotte toujours au-dessus de leurs têtes, et le vent reste imprévisible. Il s'intensifie et retombe, secoue les voitures avant de soudain les laisser en paix. Mary Rose fait une embardée pour éviter un tronçon de pipeline tombé en travers du chemin, et Corrine l'imite quelques secondes après.

Mais lorsque Mary Rose freine une seconde fois avant de se déporter contre toute attente sur le bas-côté, Corrine se retrouve nez à nez avec une femelle tatou suivie de ses quatre petits. Corrine pile et braque brusquement vers la droite, heurtant violemment son visage contre le volant si bien que des étoiles surgissent temporairement à la périphérie de son champ de vision.

Les deux voitures roulent encore quelques mètres au bord du chemin et finissent par s'arrêter. Le pick-up de Potter est garé un peu plus loin, près d'une autre camionnette manifestement plus vieille. Corrine klaxonne à tout-va et tente de s'avancer à la hauteur de la voiture de Mary Rose, mais la route est étroite et Mary Rose l'ignore. Corrine plonge alors la main dans sa boîte à gants et place son revolver près de ses cigarettes. S'ils sortent tous vivants de ce traquenard, elle fumera le paquet en entier une fois rentrée chez elle. Elle se noiera dans l'alcool et dormira pendant trois jours.

La voiture de Mary Rose redémarre et s'approche lentement des deux camionnettes. Alors qu'elle n'est plus qu'à quelques mètres, Corrine remarque l'homme et la fillette qui marchent le long de la voie ferrée. Il est petit et mince, les épaules voûtées et les cheveux noirs, rien à voir avec l'homme dont la presse a publié la photographie suite à ce qu'a subi Gloria Ramírez. Debra Ann a la frange dans les yeux et elle porte son short en éponge et son tee-shirt rose fuchsia préférés. L'homme porte dans une main une bouteille d'eau ; oh mon Dieu, Corrine donnerait tout et plus encore pour en boire une gorgée. Et il tient délicatement dans l'autre les doigts crasseux de Debra Ann.

Corrine baisse sa vitre et se penche pour les héler mais elle voit au même instant la portière de Mary Rose s'ouvrir et elle décide de klaxonner. Une longue plainte continue retentit, qui n'est pas sans rappeler la sonnerie de la raffinerie, et le raffut attire leur attention. Jesse et D. A. s'immobilisent, se détournent, et après une courte pause, il se penche pour dire quelque chose à la petite. Celle-ci hausse les épaules et se frotte les yeux avant de regarder par terre.

Mary Rose bondit hors de sa voiture et se précipite vers eux, carabine sur l'épaule, semant des cartouches derrière elle. Le cœur de Corrine tressaille comme si elle venait d'empoigner une clôture électrique. Elle vit en face de cette jeune femme depuis des mois, elle l'a vue devenir aussi frêle qu'une feuille d'acacia, elle a remarqué ses yeux cernés pendant qu'assise sur sa véranda elle surveillait sa fille comme si elle allait se volatiliser d'un instant à l'autre.

Quelques semaines avant le procès, alors que les filles donnaient le bain au bébé et qu'en compagnie de Mary Rose elle fumait une cigarette sur la terrasse de celle-ci à l'arrière de sa maison, Corrine avait même distingué dans son regard une sorte de désespoir.

Est-ce que vous avez besoin de quelque chose ? avait-elle demandé à Mary Rose.

Non, avait répondu cette dernière. Je ne crois pas.

C'est quand la dernière fois que vous avez dormi toute une nuit ? Mary Rose avait lâché un rire qui s'apparentait plus à un grognement qu'autre chose. Bah, je suis de celles qui doivent se lever pour pisser toutes les dix minutes, s'était-elle exclamée. Et c'est comme ça depuis le premier jour de ma grossesse. Le bébé a trois mois, donc je dirais que ça fait treize mois que je n'ai pas fait une nuit entière, à peu de choses près.

Ma douce, et Robert ? Je suis sûre qu'il viendrait en ville vous aider si vous le lui demandiez.

Robert doit s'occuper de ses vaches. Le regard de Mary Rose s'était perdu dans son jardin et elle avait donné un coup de pied dans une des nombreuses rallonges traversant sa terrasse. Et de toute façon je n'ai pas envie de l'avoir ici.

Elle avait fait quelques pas pour aller écraser une grosse araignée noire. Keith Taylor était ici l'autre jour pour m'aider à me préparer pour le procès, avait-elle poursuivi, et il m'a demandé comment c'était de vivre en ville, si mon mari me manquait, et je n'ai pas su quoi lui répondre.

Une des fillettes avait crié dans la maison et les deux femmes s'étaient tues, l'oreille aux aguets, prêtes à être appelées pour une chose ou une autre, pour résoudre tel ou tel problème domestique, mais les filles avaient échangé quelques mots pour finalement redevenir silencieuses.

Parce que si je m'interroge sur ce qui n'existe plus entre Robert et moi… Mary Rose s'était interrompue et avait fixé ses mains, les tortillant dans un sens et dans l'autre. Eh bien… qu'est-ce que j'en sais au fond ? Merde, j'ai eu mon premier costume de pom-pom girl quand je portais encore des couches. Comme nous toutes. Si on a de la chance, on a douze ans quand un homme ou un garçon, voire une femme bien attentionnée qui veut juste nous expliquer la vie, nous révèle le but de notre existence sur terre. On est là pour leur remonter le moral. Leur sourire et apporter un peu de lumière dans la pièce. Pour les soutenir et les connaître, et être gentilles avec tous ceux qu'on rencontre. J'avais dix-sept ans quand j'ai épousé Robert et j'ai quitté la maison de mon père pour aller directement vivre dans la sienne. Mary Rose s'était assise sur une chaise de jardin, avait posé sa tête sur la table et s'était mise à pleurer. C'est ce que je suis censée faire, c'est ça ? avait-elle soufflé. Lui remonter le moral ?

Corrine s'était levée et avait attendu que les larmes de sa voisine cessent de couler, mais Mary Rose avait continué de pleurer et au bout d'un moment, Corrine, embarrassée de la voir dans cet état, lui avait touché l'épaule. Appelez-moi si vous avez besoin de quoi que ce soit, avait-elle murmuré, avant de s'éclipser.

Corrine court à peine trois mètres que déjà ses poumons se serrent et lui disent : *non*, non madame, il fallait y penser il y a vingt ans. Elle se penche, en plein désert, respire péniblement, puis se redresse et fait quelques pas. Elle a mal dans tout le visage à cause du coup de volant, et une bosse enfle sur son front. Elle vomit un peu dans le sable, de la bile et de l'eau, et se demande si elle ne s'est pas fait un traumatisme crânien.

Mary Rose a pris de l'avance et Corrine appelle Debra Ann de toutes ses forces, encore et encore, s'efforçant chaque fois de surmonter les douleurs dans ses poumons, sa gorge desséchée et sa tête contusionnée.

D. A. et Jesse observent les deux femmes, l'une devançant largement l'autre et traçant dans leur direction, et l'autre traînant la patte derrière elle telle une vieille génisse ; oh comme Corrine aurait aimé écouter Potter durant toutes ces années lorsqu'il lui répétait que haranguer des adolescents toute la journée n'était pas de l'exercice, peu importait le nombre d'heures passées debout.

Laisse-la partir, Strickland. À l'instar d'une barre d'acier, la voix de Mary Rose transperce Corrine jusqu'au plus profond d'elle-même. Ce n'est pas lui, Mary Rose, crie-t-elle. Ce n'est pas le même homme.

Mary Rose cesse de courir et fixe le jeune homme. Elle est assez proche pour distinguer ses traits, Corrine le sait. Elles voient toutes deux nettement son visage. Allons, lance Corrine, c'est monsieur Belden.

Debra Ann fait la moue en se tournant vers Jesse, et ce dernier se penche un peu pour lui prendre gentiment le bras. Il lève le nez et fait un grand signe aux femmes.

Dieu merci. Corrine se remet en marche.

Non, lâche Mary Rose. Elle soulève la carabine qu'elle appelle Old Lady, la cale contre son épaule et appuie sur la gâchette.

La détonation déchire l'air. Debra Ann et Jesse tombent à terre et restent immobiles. Mary Rose les regarde, tête légèrement inclinée de côté comme pour chercher à résoudre une énigme. Je les ai ratés, déclare-t-elle froidement. Je les ai carrément ratés.

D. A. et Jesse pleurent désormais, et répètent tous deux : qu'est-ce qui se passe ? Qu'est-ce qui se passe ? Et même si la voix de Jesse est plus forte et plus grave que celle de Debra Ann, c'est encore malgré tout celle d'un garçon incrédule.

Debra Ann, hurle Corrine, lève-toi et viens ici *immédiatement*. La fillette se lève tel un spectre et se met aussitôt à courir.

Mary Rose extrait la douille vide sa carabine et se baisse pour ramasser une des cartouches éparpillées au sol à ses pieds. Après avoir rechargé son arme, elle observe la situation, sans bouger d'un pouce. Elle le guette, attend sa prochaine réaction. Elle sait tirer, se dit Corrine. La prochaine fois elle ne le loupera pas. Et comme si elle lisait dans les pensées de Corrine, Mary Rose crie en direction de Jesse : la prochaine fois je ne te raterai pas !

Corrine arrive à la hauteur de Mary Rose en même temps que Debra Ann. C'est mon ami, s'exclame la fillette. Je l'aide.

Il t'a fait du mal, réplique Mary Rose.

Non. Debra Ann tire convulsivement sur son sourcil et jette par terre les quelques poils qu'elle s'arrache. C'est mon ami.

Ça va ? fait Corrine en la regardant. Comme Debra Ann acquiesce, Corrine ajoute : qu'est-ce que tu fabriques ici ?

Je l'aide à rentrer chez lui. D. A. se frotte le nez d'un revers de main puis essuie un filet de morve brunâtre sur son short. Il a besoin de sa camionnette et je l'ai conduit ici.

Ah, chérie, fait Corrine.

J'allais revenir. Debra Ann rougit. Je ne voulais pas voler le pick-up de monsieur Shepard. Je sais que vous l'aimez.

Elle se met à pleurer. Personne ne fait attention à Jesse, sanglote-t-elle. Ni à moi.

Et elle a raison, Corrine le comprend instantanément. Debra Ann et Jesse ont besoin de tellement plus que ce qu'on a pu leur donner jusqu'alors. Un sifflement retentit au loin – la raffinerie peut-être, ou un train encore à plusieurs kilomètres de là. Le vent balaie leurs cheveux et chacun a du mal à entendre. Dans le désert aride, les cactus ont noirci et se sont ratatinés sur eux-mêmes. Les graines d'acacia, grises et desséchées, restent accrochées à leurs branches ou gisent en tas au pied des troncs, et Jesse Belden, toujours allongé dans la poussière, pousse de petits cris, fragile créature terrorisée. Il sait d'expérience qu'une balle peut déchiqueter un corps.

Lève-toi, ordonne Mary Rose. Lève-toi et mets les mains en l'air.

Il ne peut pas vous entendre, crie Debra Ann. Le visage de la petite est couvert de poussière et de larmes, une griffure lui barre la joue. Il n'entend pas – un sanglot monte dans sa gorge –, c'est de ma faute.

Lève-toi, répète Mary Rose. Lève-toi tout de suite.

Jesse se redresse à genoux et oscille légèrement en se prenant la tête dans les mains.

Mary Rose, intervient Corrine. *Ça suffit.*

J'ai laissé passer l'occasion avant. La voix de Mary Rose est chargée de regret. Corrine lui empoigne le bras et la secoue, ce qui fait tressauter la carabine. Ça suffit, Mary Rose. Ce n'est pas le même homme. Elle saisit

Debra Ann et la lui montre telle une offrande. Regardez. Elle est saine et sauve. Vous voyez ?

Il ne va pas bien, madame Whitehead, fait la fillette. Je suis responsable de lui.

Je veux rentrer chez moi, crie Jesse aux femmes. Je veux voir Nadine.

D. A. s'élance pour le rejoindre mais Corrine la rattrape et la houspille. Va t'asseoir dans ma voiture, allonge-toi sur la banquette arrière, et ne t'avise pas de regarder par la vitre.

Oui, fait Mary Rose calmement. Dites-lui de ne pas regarder par la fenêtre.

Corrine n'a jamais entendu de propos plus terrifiants, et soudain elle n'a qu'une envie : s'asseoir au beau milieu du champ désertique, fermer les yeux et dormir. Elle imagine Potter debout près de son pick-up dans un champ non loin de là. Il a quitté la maison avant l'aube, elle en est certaine, parce qu'il voulait voir le soleil se lever une dernière fois. Il ne ratait jamais une occasion de voir le soleil se lever. Même s'ils se trouvaient dans un coin désolé et dévasté de la région, Potter prenait toujours le temps de contempler l'astre solaire se hissant au-dessus de l'horizon. Tu as vu ce rouge ? lui lançait-il. Et la couleur de cc ciel ? Ces nuages ? Encore un jour glorieux ! Et il souriait. Qu'est-ce qu'on fait aujourd'hui, madame Shepard ?

Corrine ne veut pas s'emparer de la carabine et prendre le risque d'une balle perdue ; elle pose donc la main sur celle de son amie qui maintient le canon. Qu'est-ce qu'on va faire, Mary Rose ?

Les larmes coulent sur le visage maculé de poussière de Mary Rose mais elle continue malgré tout de tenir en joue Jesse, doigt sur la gâchette, prête à tirer. Je veux une putain de justice, lâche-t-elle.

Je sais, ma douce, mais vous n'allez pas tirer sur un innocent.

Un innocent ? répète Mary Rose. On ne sait pas ce qu'il a fait, ou fera, mais une chose est sûre : personne ne lui demandera des comptes.

Corrine glisse lentement son pouce sur la main agrippée au canon, puis remonte le long de l'avant-bras de Mary Rose. La crosse est plaquée fermement contre l'épaule de Mary Rose, son bras tendu comme une corde de violon. Elle tremble de rage.

Mais dans ta colère, souviens-toi de ta compassion, songe Corrine. Mary Rose, si vous tirez sur cet homme, vous ne serez plus jamais la même. Debra Ann non plus, et moi non plus.

Tous les jours, quand le téléphone sonne, je m'attends à entendre sa voix au bout du fil, fait Mary Rose. Toutes les nuits, je me dis que quelqu'un va entrer chez moi et s'en prendre à mes enfants. Il est en *liberté*. Il n'a rien eu, rien.

Je sais. Mais celui-ci n'est pas votre homme.

Corrine aurait fait n'importe quoi pour être avec Potter le matin de sa mort. Non pas pour l'arrêter – elle savait trop bien ce à quoi il faisait face, à quoi ressemblerait sa fin de vie s'ils laissaient la maladie progresser – mais elle se serait tenue à ses côtés et aurait regardé le soleil se lever. N'ai pas peur, lui aurait-elle murmuré. Tu n'es pas tout seul.

Merci de m'avoir supportée toutes ces années, lui aurait-elle dit, moi et toutes mes conneries. Potter aurait ri et désigné une créature ou une autre détalant dans les broussailles. Tu as vu ? Une famille de cailles bleues. Tu as vu les petits, il y en a neuf, non ? C'est mignon, hein, Corrine ?

Et c'est mignon, oui, elle s'en rend compte désormais. Potter avait tout compris. Comment avait-elle pu considérer le monde avec autant de nonchalance ? Comment avait-elle pu s'extraire de l'équation, s'interroge-t-elle, à toujours se méfier, détruire et donner si peu en retour ? Elle le pleurera jusqu'à la fin de ses jours, mais ce n'est pas demain la veille qu'elle va passer de l'autre côté – enfin si tout le monde dans ce champ le veut bien.

Il est quinze heures passées. Le soleil et la chaleur sont implacables, et un vent cuisant souffle sur leurs visages. À genoux dans la poussière, mains sur la tête, tête baissée, Jesse Belden ressemble à un prisonnier qui a attendu cet instant toute son existence. *Voici le soldat rentré de la guerre. Voici les années et les murs et la porte*... D'où viennent ces mots ? De quelle chanson, de quel poème, de quelle histoire ? Lorsqu'elle rentrera à la maison, elle essaiera de les retrouver. Elle sortira tous les livres des étagères, s'il le faut. À la maison sans Potter, à la maison avec un putain de chat errant et une gamine sans mère, à la maison avec une jeune femme dont le visage n'est plus qu'un fouillis de poussière grise, de larmes et de rage, et qui a toujours le doigt sur la gâchette. À la maison avec ce jeune inconnu agenouillé dans la terre.

Corrine maintient sa main sur l'épaule de Mary Rose. On va rentrer en ville, assure-t-elle, et on demandera à Suzanne de s'occuper des enfants un peu plus longtemps. On s'assiéra dans mon jardin, on boira un verre et on démêlera tout ça.

C'est quoi le problème ici ? chuchote Mary Rose dans un souffle. Pourquoi personne ne s'intéresse à une fille comme Glory Ramírez ?

Je ne sais pas.

Mary Rose scrute Jesse Belden. J'ai envie de tuer quelqu'un.

Pas cet homme. Corrine rit doucement. Peut-être une autre fois. Elle empoigne le canon de la carabine et sa main tremble sous le poids d'Old Lady tandis que Mary lâche prise. Corrine pose l'arme à terre et l'éloigne du bout du pied. Vous n'êtes pas seule, dit-elle.

N'ayez pas peur, ajoute Corrine à la cantonade à l'attention de tout le monde. D. A. Pierce, petit témoin livide, nez collé à la vitre de la voiture de Corrine, s'efforce de comprendre ce qui se passe alors que Mary Rose avance vers Jesse et l'aide à se relever, qu'elle lui demande pardon et lui avoue à quel point on a vite fait de devenir ce que l'on déteste le plus, ou ce que l'on craint le plus. J'ignorais que c'était possible, ajoute Mary Rose, et je préférerais que ce soit encore le cas.

Ils rentrent à Odessa en conduisant lentement, Corrine et D. A. ouvrant la marche dans la Lincoln, Jesse à leur suite dans le pick-up de Potter, et Mary Rose fermant le convoi, sa berline blanche tellement poussiéreuse qu'elle se confond presque avec les champs alentour. Demain matin, dit Corrine à Jesse, elle le ramènera et ils prendront sa camionnette, qu'ils ont laissée près des tombes de ces ouvriers du chemin de fer. Il rentrera ensuite dans l'est du Tennessee. Votre sœur vit là-bas, c'est ça ? Oui, m'dame, répond-il, et ma mère.

En arrivant dans l'allée du garage de Corrine, Jesse gare le pick-up de Potter derrière la voiture de cette dernière et reste assis sur le siège à la regarder lui apporter un verre d'eau. Après quoi il s'endort, les mains encore agrippées au volant, mais lorsque Corrine jette un coup d'œil par la fenêtre quelque temps plus tard, le pick-up est vide et Jesse a disparu. Elle le retrouvera demain matin, l'accompagnera à Penwell, lui donnera de l'argent, et s'assurera qu'il rentre bien chez lui.

Corrine aide Mary Rose à traverser la rue et la confie à Suzanne qui ouvre et ferme la bouche une demi-douzaine de fois avant de finalement pincer les lèvres et garder le silence. Si le moindre détail de la situation s'ébruite, Corrine le sait, Mary Rose a de fortes chances de se faire enfermer dans une institution à Big Springs.

Doucement, Corrine rentre chez elle et fait couler un bain chaud à Debra Ann qui macérera dedans pendant plus d'une heure et laissera en sortant tant de sable et de poussière au fond de la baignoire que Corrine s'interrogera à haute voix : quand est-ce que tu t'es lavée pour la dernière fois ?

Avec du savon ? répliquera Debra Ann.

Dans l'immédiat, Corrine est assise par terre, dos contre le chambranle de la porte de la salle de bains, jambes tendues devant elle. Elle a mal partout – aux genoux, aux fesses, aux seins, partout. Si tu me voles encore quelque chose, prévient-elle, je t'envoie directement chez Suzanne Ledbetter. Elle sera trop contente de se charger de toi.

Je ne le ferai plus, dit Debra Ann. Est-ce que vous pouvez me frotter le dos ?

Non, chérie. Madame Shepard veut juste rester assise là.

Mais je n'y arrive pas et ça gratte.

Corrine soupire et tente de se lever, mais son dos fait des siennes. Elle roule sur le côté et respire bruyamment quelques instants avant de prendre appui sur le mur pour se redresser. Elle s'avance dans la salle de bains. D. A. est recroquevillée dans la baignoire, épaules avachies et dos constellé de piqûres d'aoûtat et de croûtes mal cicatrisées. De longues et vilaines griffures zèbrent les endroits qu'elle parvient à atteindre. Tout le reste n'est que sang séché et peau infectée. Corrine s'empare d'un gant de toilette et le plonge dans l'eau avant de s'agenouiller et de frotter doucement la peau de la fillette. À partir de maintenant, tu peux venir quand tu veux, tant qu'il est au moins dix heures, dit-elle à Debra Ann, et je t'ouvrirai, je te le promets. L'enfant soupire profondément et ferme les yeux. Ça fait du bien.

Il va falloir montrer ces piqûres à un médecin. Corrine essore le gant et le pose sur le rebord de la baignoire. Tu peux venir prendre un bain chaud et regarder la télévision, poursuit-elle, et je ferai en sorte que le stock de Dr Pepper soit plein.

Tout ce que je te demande en retour – Corrine marque une pause et écarte quelques mèches de cheveux mouillés des yeux de Debra Ann –, c'est que tu ne dises à personne que madame Whitehead a tiré avec sa carabine. Pas la peine de faire souffrir quiconque plus que nécessaire.

D. A. hoche la tête et s'enfonce dans l'eau. Une fois étendue de tout son long, ses cheveux bruns en éventail autour de son visage, elle s'imagine flottant dans un lac. Elle n'a jamais voulu faire souffrir personne.

Des orages succéderont vite à ce nuage de poussière. Il pleuvra durant trois jours et à partir du moment où les gouttières sur Larkspur Lane déborderont, le canal derrière chez Corrine se remplira en moins d'une heure, emportant tout ce que Jesse a décidé de laisser derrière lui – sa poêle, la couverture que Debra Ann lui avait apportée alors qu'il avait froid, les médicaments qu'elle lui avait donnés alors qu'il était malade, et même ce vieux matou errant qui, quelques minutes avant l'inondation, a été vu s'engouffrant dans le tuyau de drainage à la suite d'une couleuvre qu'il avait prise en chasse.

De l'autre côté de la rue, l'eau envahit l'allée de Mary Rose, s'infiltre sous la clôture et monte lentement jusqu'à la terrasse, recouvrant la demi-douzaine de rallonges encore branchées dans la prise extérieure. Durant des jours, Mary Rose observera son jardin à travers la baie vitrée en se demandant s'il est électrifié. Elle calfeutrera sa porte de derrière et surveillera de près sa fille.

Le temps que l'eau redescende et que tout redevienne sec, Jesse sera rentré chez lui. Sa première lettre arrivera en septembre, une page unique portant la mention *dicté à Nadine* au-dessus de la formule de politesse. Il y décrira le long et ennuyeux trajet jusque dans l'est du Tennessee – que l'on prenne la route du Sud ou celle du Nord, indique-t-il, c'est moche partout –, et sa joie de retrouver le petit mobile home de sa mère à Belden Hollow. Il promet d'écrire à nouveau dans un mois et espère que D. A. l'imitera.

Il pêchera dans la rivière Clinch et essaiera de trouver du travail dans sa ville natale, mais lorsque, toujours sans emploi, il aura dépensé tout l'argent que Corrine lui a donné, il flanquera son sac dans sa camionnette et prendra la direction de la Louisiane. Il travaillera sur les forages et les plateformes off-shore à Lake Charles, Baton Rouge et Petroleum City, avant de pousser jusqu'à Gulf Shores pour se faire embaucher sur un crevettier. Il se rendra ensuite à Jackson pour travailler dans le bâtiment, à Dixon où il se fera embaucher dans la prison, dans le nord de la Floride où il trimera comme ouvrier agricole, et enfin à la Nouvelle-Orléans, où il comprendra qu'il est assez vieux pour se laisser pousser la barbe, ce qui lui tiendra chaud les mois d'hiver. Il ne vivra pas vieux – trop de choses contre lui –, mais chaque fois qu'un inconnu se montrera un tant soit peu généreux à son égard il se rappellera Debra Ann et la manière dont il conclut chacune des lettres qu'il lui envoie, qu'elle soit longue ou courte.

Merci pour ta gentillesse. Je ne l'oublierai jamais. Tendrement, Jesse Belden.

Karla

Les hommes meurent parce qu'ils essaient d'aller plus vite que le train et que leurs camionnettes calent sur les rails, ou parce qu'ils boivent et se tirent accidentellement dessus, ou parce qu'ils boivent, escaladent un château d'eau, et dégringolent l'équivalent de dix étages. Pendant la saison de castration, parce qu'ils perdent l'équilibre dans le couloir de contention et que le veau leur flanque un coup de pied dans le cœur. À la pêche, parce qu'ils se noient dans le lac ou s'endorment au volant sur le chemin du retour. Dans un carambolage sur l'autoroute, au cours d'une fusillade au Dixie Motel, ou à cause d'une fuite de sulfure d'hydrogène aux abords de Gardendale. On dirait que la bêtise a encore tué, déclare Evelyn lorsqu'un des habitués annonce la nouvelle en fin d'après-midi. Ça se passe comme ça d'habitude mais aujourd'hui, le 1er septembre, le schiste de Bone Springs refait parler de lui. Désormais les hommes mourront à cause de la méthamphétamine, de la cocaïne, et des antidouleurs. Ils mourront à cause de déversements accidentels de pétrole ou de tiges de forage mal stockées ou de feux provoqués par des émanations de gaz. Et les femmes, comment meurent-elles ? D'ordinaire, ce sont les hommes qui les tuent.

Durant le printemps 1962, juste après la découverte de gisements de gaz naturel près de Wink, aime raconter Evelyn aux nouvelles recrues, l'une de ses serveuses a terminé son service, roulé son tablier, et bu quelques verres avec des habitués. La voiture de la fille était encore garée sur le parking lorsque Evelyn avait fermé ce soir-là, et elle est restée là quasiment une semaine avant qu'on ne retrouve le corps. Sur un site de forage abandonné, précise Evelyn, parce que c'est toujours là qu'on retrouve les corps. Le salopard l'avait brûlé. On ne s'habitue jamais à ce genre de détail.

Evelyn est petite et nerveuse, avec des avant-bras en feuilles de sisal et une choucroute violacée sur la tête. Les prochains gisements de gaz seront encore plus grands qu'à Wink, nous annonce-t-elle à notre réunion hebdomadaire. Faites chauffer le moteur, les filles. Préparez-vous à faire du fric. Et attention au prochain tueur en série.

Vous élevez la marmaille à Midland
mais vous semez la pagaille à Odessa.

C'est un établissement familial. Nous gardons nos bijoux et nous soignons notre maquillage. Nous portons des chemisiers à carreaux rouge assortis aux rideaux et aux nappes. Nos jupes en jean nous arrivent juste au-dessus du genou. Nos santiags sont marron avec des coutures roses. Quand nous nous penchons sur une table, nous sentons le savon, la cigarette et le parfum. Certaines d'entre nous partent, mais la plupart restent.

Il te suffit de sourire, expliquons-nous à Karla Sibley le jour de son arrivée, et tu pourras te faire de gros pourboires, peut-être les plus gros de la ville ; avec ça, tu n'auras même pas besoin d'enlever ton chemisier, ha, ha !

Il y a deux rondelles de tomates dans la salade du soir, précisons-nous. La vinaigrette est servie dans un ramequin séparé. Il y en a quatre différentes. Mémorise-les bien. On sert la bière dans des verres frappés, le thé glacé dans des bocaux, et le *surf'n'turf* dans nos assiettes argentées qui ont la forme de l'état du Texas. Ne remonte jamais tes manches, même l'été, sinon tu vas te brûler avec le métal et ça fait des marques. Comme ça, et nous remontons nos manches. Tu vois ?

Ce premier soir d'essai, nous la renvoyons plus tôt chez elle pour ne pas avoir à partager les pourboires mais avant son départ Evelyn lui dit quelques mots pour l'encourager. Karla, ma belle, le boom pétrolier ça signifie qu'on peut se faire un mois de loyer en un vendredi soir. C'est-à-dire pouvoir verser un acompte pour acheter une voiture ou placer un petit pécule à la banque. Pouvoir payer une caution, aider un de nos gamins à décrocher de la dope, régler un semestre de frais de scolarité à la faculté, tout ça sur une semaine de pourboires. Donc quand un client nous demande de sourire, tu peux être sûre qu'on le fait. On lui sourit de toutes nos belles dents blanches même quand on n'en a pas envie.

Après la fermeture, après avoir récuré les tables, balayé les sols et roulé dans des serviettes assez de couverts pour nourrir l'armée américaine, nous buvons un verre avant de prendre la route, après quoi nous sortons à deux ou trois pour rejoindre nos voitures. Nous attendons le temps nécessaire pour être certaines que personne n'a de pneu ou de batterie à plat. Nous sommes équipées au cas où : câbles ou bombe anti-crevaison dans le coffre, revolver et spray auto-défense dans le sac à main. Evelyn, qui est gauchère, conserve un petit revolver dans son sac et un autre dans la boîte à gants de sa Ford Mustang. Derrière le comptoir, elle garde pour les problèmes courants un antique pistolet à bétail paralysant et un fusil à pompe pour les situations incontrôlables.

Deux heures du matin et il fait encore un peu plus de trente degrés. Les pluies récentes ont anéanti la poussière et à présent dans la clarté de la lune les nuages sont blêmes et vides telles de vieilles églises. Le feu rouge sur la rue principale semble bien seul, mais si Evelyn dit vrai au sujet du schiste de Bone Springs, ou de la plateforme d'Ozona, ça n'arrêtera pas de circuler d'ici quelques mois, avec des plaques d'immatriculation des quatre coins du pays et des hommes qui ont faim et de l'argent plein les poches. Ça promet.

Du lundi au vendredi, la mère de Karla travaille à la chaîne dans une entreprise de paliers de forage mais elle est ravie de s'occuper du bébé le soir. Les nouvelles s'occupent du service du midi le premier mois, explique Evelyn à Karla, donc celle-ci engage une babysitter pour Diane et travaille quatre jours par semaine. Dans la réserve où nous mangeons sur une table pliante avant d'attaquer, elle scotche au mur une fiche cartonnée avec son numéro de téléphone : *preneuse d'heures sup tous les soirs ou le week-end. Merci, Karla Sibley*. Quelqu'un trace un trait en travers de son nom de famille et écrit : *chérie !* Et en dessous : *souris !* Car ça n'a pas l'air de lui venir naturellement.

Tandis que Karla attend qu'une fille soit malade, elle avale des litres de café et compte ses pourboires en s'efforçant de se rappeler de sourire. Elle a perdu son dernier boulot, se remémore-t-elle, un poste sympa au bar du Country Club, parce qu'elle n'arrivait pas à s'entendre avec les habitués. Corrine Shepard ne compte pas, lui a dit son manager. Ce sont nos clients masculins qui pensent que tu ne les aimes pas. Karla roule donc quelques couverts en plus à la fin de chaque service et astique la machine à glaçons jusqu'à temps de se voir dans l'acier immaculé, si ce n'est le reflet de son propre visage, du moins la forme vague de ses boucles brunes et de son large front, les ombres noires sous ses yeux parce que son eyeliner a bavé et que son bébé à la maison ne fait toujours pas ses nuits.

Les commerciaux de l'industrie du pétrole viennent déjeuner et on dirait qu'ils sortent tout droit du rayon eau de Cologne de chez Dillard's. Ils portent des polos et des pantalons en toile beige. S'ils arrivent de Houston, ils se sont arrêtés à San Angelo pour s'acheter des bottes en peau d'autruche ou d'alligator. S'ils arrivent de Dallas, ils ont fait halte chez Luskey's ou chez James Leddy's. Ils portent tous un Stetson et ont tous un chéquier dans la poche de leur chemise.

Ils trimballent des tubes cartonnés renfermant des cartes topographiques qu'ils étalent sur la table après déjeuner. Les nouveaux réservoirs se trouvent là, là et là – ils désignent de vastes étendues de pâturages, ou disons des terres où les bêtes paissaient autrefois –, trois milliards de barils de pétrole et assez de gaz naturel pour embraser deux fois la planète. L'infrastructure est déjà là, affirment-ils aux prospecteurs et aux éleveurs fauchés, ou elle le sera bientôt. Les commerciaux parlent concessions, passages canadiens, bassins d'eaux usées, puits et plan d'urgence en cas de déversements accidentels d'hydrocarbures. Ils évoquent la découverte d'une nouvelle réserve de pétrole de schiste dans le sous-bassin du Delaware et de gisements de gaz naturel près du domaine des Bowman. Ils achètent et vendent de l'eau et assurent qu'ils fermeront les barrières derrière eux pour que les bêtes ne s'échappent pas sur l'autoroute. Ils opinent du chef et promettent de rappeler à leurs hommes qu'un bon taureau vaut trois mois de salaire. Lorsqu'ils trouvent enfin un terrain d'entente, ils sortent leurs chéquiers, font signe à Karla et la jeune femme sert une tournée de shots de whisky.

Elle paie la babysitter et aide sa mère pour le prêt. Elle ouvre un compte épargne pour Diane. Elle voit l'annonce d'une Buick Skylark 1965 à vendre dans *The American* et comme c'est son jour de repos, elle part voir la voiture. L'entrepôt est situé aux abords de la ville, six bâtiments en tôle ondulée face à l'église du Long Fleuve de l'Évangile de la vie, un nom déconcertant puisque la rivière la plus proche est le Pecos et qu'on dirait plutôt que tout le comté est allé chier dans ses eaux en même temps. C'était la voiture de sa mère, explique la femme à Karla, et elle n'a plus roulé depuis le crash de 1972. Elle n'est peut-être pas très nerveuse sur l'autoroute mais c'est une huit cylindres et elle n'a que huit mille kilomètres au compteur. Pour deux cents dollars en liquide, Karla peut la prendre.

Karla s'installe sur le siège avant, débauche de velours doré qui sent encore le tabac de la vieille dame, le talc et le chewing-gum à la menthe. On pourrait planter une tente sur la banquette arrière tant elle est spacieuse, et Karla imagine déjà Diane bringuebalant là-dessus tandis qu'elles tracent sur l'autoroute en direction de leur nouvelle vie. La femme lui tend un trousseau de clés – une pour le contact et la porte conducteur, une pour la boîte à gants et une pour le coffre. Karla met le contact mais le moteur tousse et s'éteint. Elle répète l'opération et cette fois le moteur vrombit. Karla sent son corps vibrer jusqu'au bout de son pied posé sur l'accélérateur. Oh, oui, songe-t-elle. Et cent cinquante ça vous irait ? suggère-t-elle à la dame.

Pourquoi Dieu a-t-il donné du pétrole
à l'Ouest du Texas ?
Pour se faire pardonner le paysage.

Le soir, il y a du fric à se faire, affirmons-nous à Karla qui assure pour la première fois le service du soir. Après vingt et une heures, ce sont principalement des hommes aux portefeuilles pleins et aux cheveux encore mouillés parce qu'ils viennent de passer chez eux se prendre une douche. Karla, ma belle, on te prévient, ils ont beau macérer sous l'eau chaude jusqu'à ce que leur peau desquame, ils schlingueront toujours le vieux pet.

Nous lui indiquons quels sont les hommes qui ne pensent pas à mal – quand ils lui font une blague, lui glissent un bras autour de la taille, la demandent en mariage – et ceux pour lesquels c'est le contraire. Écoute leurs putains d'histoires, nous ajoutons à propos des premiers. Ris de leurs blagues. Quant aux autres, nous lui conseillons de ne jamais se retrouver seule avec eux. Ne leur dis pas quand tu t'en vas. Et fais attention à celui-là : nous lui désignons Dale Strickland assis au bout du comptoir qui picole tout seul – c'est un tordu et il aime les brunes. Attachez vos ceintures, les filles, s'exclame Evelyn. Ça va commencer à bouger d'un jour à l'autre maintenant.

Karla nous raconte que le papa de Diane est dans la marine, actuellement en poste en Allemagne, mais nous sommes occupées à rouler des couverts et ses mensonges nous entrent par une oreille et en ressortent par l'autre. Peu importe son nom, ajoute-t-elle, c'est un gars de Midland.

Qu'est-ce qui importe ? Diane a fait la sieste aujourd'hui et Karla a pris une douche chaude avant de venir travailler. Elle nous montre un Polaroïd pris le matin même. Karla est rousse et elle a les yeux caramel. Son nez est constellé de taches de rousseur et ses joues potelées lui donnent un air de gamine. Son débardeur noir révèle d'autres taches de rousseur sur ses épaules. Le bébé, habillée en rose de la tête aux pieds, fixe l'objectif avec de grands yeux innocents, sa petite joue collée à celle de sa mère. Quatre mois aujourd'hui, nous annonce Karla. Son nom veut dire *divine*. Elle est magnifique, proclamons-nous, elle te ressemble comme deux gouttes d'eau.

Le centre de santé pour femmes de Santa Teresa se trouve à cinq cents kilomètres au nord, juste de l'autre côté de la frontière de l'État, au niveau de Las Cruces, et à l'époque Karla partageait une voiture avec sa mère. Elle a bien pensé la prendre malgré tout, mais même si elle arrivait à bon port, il lui faudrait passer la nuit là-bas, et comment expliquerait-elle alors la situation à sa mère ? Et que ferait-elle si elle se faisait arrêter entre Odessa et El Paso ? Elle avait entendu parler des shérifs de ces patelins-là : ils avaient le chic pour savoir ce que les filles avaient dans la tête quand ils les repéraient sur la voie rapide, seules dans leur voiture, et ils les embarquaient aussitôt au poste, après quoi ils appelaient leurs pères. Terminé, il n'y a rien à voir.

À huit semaines, Karla s'est rendue dans un magasin de produits naturels et a acheté des teintures d'actée à grappe et d'écorce de racines de cotonnier à une femme aux cheveux frisés vêtue d'une longue robe aux couleurs aveuglantes. Mélangez ça avec de l'eau chaude et buvez-en beaucoup. Des litres. Vous aurez envie de faire pipi toutes les dix minutes. Si vous épuisez votre réserve, revenez.

Karla a tellement bu de cette infusion qu'elle a eu mal au ventre comme jamais. Ça avait goût de terre et de moisi, et lorsqu'elle allait aux toilettes pour vomir ou chier, sa mère pulvérisait du désinfectant dans la salle de bains en lui demandant ce que diantre elle avait bien pu avaler. Elle est allée aux répétitions de la fanfare et elle a fait une dissertation sur *La Complainte du vieux marin*. En sport, elle a fait exprès de rester immobile à la balle au camp pour se prendre le ballon dans le ventre jusqu'à ce que le prof lui crie de dégager. Ensuite, elle a fixé le carrelage des douches dans le vestiaire. *De l'eau, de l'eau, partout de l'eau, et pas une seule goutte à boire*. Et pas une goutte de sang nulle part, a-t-elle songé. Dans les toilettes aux quatre coins du lycée, elle n'a eu de cesse d'examiner le papier en s'essuyant et le fond de ses culottes. Mais la grossesse a tenu. Elle a tenu, et tenu, et tenu. Mon utérus est un navire sur une mer d'huile et j'attends les alizés, s'est dit Karla. Dix semaines, quinze – elle s'est retrouvée à vingt semaines et il était trop tard pour faire encore semblant.

La femme au magasin de produits naturels se présente ensuite : elle s'appelle Alison et est-ce que Karla allaite ? Les sages-femmes à son accouchement ne voyaient pas l'idée d'un bon œil puisqu'il fallait qu'elle trouve un boulot au plus vite, lui répond la jeune femme. Alison lui donne alors plusieurs joints et lui conseille d'éviter l'alcool et la méthamphétamine. C'est l'automne désormais et Alison porte une robe couleur de feu de forêt et de whisky. Café et herbe, c'est le meilleur cocktail pour une mère célibataire, assure-t-elle à Karla. Ne vous faites pas piquer. Ne partagez jamais. N'en parlez jamais à personne, pas même à votre petit ami – surtout pas à lui. N'achetez pas de matériel pour fumer. Roulez des joints plutôt et mettez-les dans un paquet de cigarettes, jamais dans un sac plastique.

Ça va aller, fait Alison. Mais ça ne fait que commencer.

Est-ce que Karla aime son bébé ? Oui, plus que tout. Diane a un prénom fort et un sourire qui ferait fondre le cœur du diable en personne. Lorsqu'elles sont toutes les deux dans la journée, Karla ne peut pour ainsi dire pas la lâcher. Mais elle a appris beaucoup de choses en devenant mère. Qu'elle peut vivre en dormant très peu contrairement à ce qu'elle s'était toujours imaginé.

Qu'elle n'a pas besoin de beaucoup de temps pour s'écouter penser après neuf heures de travail d'affilée, un petit détour dans le désert pour contempler brièvement les étoiles avant de rentrer, ça suffit. Qu'on peut aimer un être de tout son cœur et souhaiter cependant qu'elle n'existe pas.

C'est bête qu'on ne te connaissait pas à l'époque, lui glissent plus tard deux d'entre nous. On aurait pu te prêter un peu d'argent au besoin. On aurait pu t'emmener au Nouveau-Mexique. Et on se serait gardé d'en parler aux bigotes enragées.

Comment appelle-t-on une mère célibataire
qui doit se réveiller de bonne heure le matin ?
Une élève de seconde.

Une fois à la maison après le travail, madame Sibley enfile un jogging, prend sa petite-fille dans ses bras et se plonge dans ses grands yeux bleus. Bon alors, mademoiselle Diane, tu n'as rien d'autre à me dire ? Elle la fait manger, lui donne le bain, la berce et l'installe sur ses genoux pour qu'elles regardent ensemble le prêche d'Oral Roberts.

Dans un cadre suspendu dans l'entrée, madame Sibley possède un fragment de l'uniforme gris de l'arrière-arrière-arrière-grand-père de son défunt mari. La relique trône à côté d'un daguerréotype du héros en question. Elle possède aussi un coffre en cèdre plein de photographies de la vieille plantation familiale et elle ne parvient toujours pas à comprendre comment sa famille, en quelques générations, a pu en arriver là : se retrouver coincée dans l'ouest du Texas à se frotter sans cesse les yeux à cause de la poussière et à s'efforcer de conserver son toit tandis que les Mexicains et les féministes dominent le monde.

Lorsque Karla rentre après le service, elle reste un moment dans la pénombre derrière sa mère et sa fille et observe la lueur bleue de la télévision encore allumée devant leurs visages endormis. Il est l'heure d'aller se coucher, murmure-t-elle en emportant sa fille dans son berceau. Karla aime sa maman mais elle s'inquiète pour elle : la peur et la haine de madame Sibley ne vont-elle pas finir par la tuer ? Que deviendra-t-elle lorsque Karla et Diane seront parties ? Après avoir bordé mère et fille, Karla sort dans le jardin à l'arrière de la maison et fume un joint. Elle réécrit sa vie : et si elle s'était acharnée un peu plus pour aller dans cette clinique à Santa Teresa ?

Les torchères brûlent ce soir à la raffinerie. Le ciel est clair, les étoiles rares. Si Karla ferme les yeux, elle imagine facilement sa ville dans quinze, cinquante ou cent ans, bref le temps qu'il leur faudra pour extraire tout ce qu'ils peuvent du sol. Elle imagine facilement ce qu'il restera une fois que le matériel de forage aura disparu, que les derricks et les pompes à tête de cheval seront empilés en pièces détachées dans des camions à plateau et acheminés vers un nouveau désert ou un littoral. Elle voit sa ville sans les églises, les bars et le terrain de sport du lycée, sans le stade à l'est, ni les concessionnaires de voitures qui pensaient fermer pour de bon pendant la dernière dépression, ou jusqu'à la prochaine reprise économique. Elle la voit sans l'hôpital où tous ceux qu'elle connaît sont nés et où tout le monde mourra, vite, avec un peu de chance.

Certes cette année chacun parle du schiste de Bone Springs et du sous-bassin du Delaware, mais lorsque le prix du pétrole baissera, les parkings se videront et les hommes abandonneront leurs campements, et ce ne sera plus que cannettes de bière vides, carreaux cassés et serpents sous les lits. Mais ici en ville, rideaux, tissus et vieux tee-shirts resteront suspendus aux fenêtres des petites maisons en briques, et les petites maisons en bois tomberont en ruine. On verra encore des tricycles renversés dans les jardins, des bouteilles de Dr Pepper vides et des jouets d'enfant délavés, des tennis sans lacets, du linge suspendu et des rebords de fenêtre couverts de sable. Et il subsistera une femme quelque part, qui refuse de renoncer. Chaque soir avant le dîner, elle nettoie la table de cuisine à cause du sable. Chaque matin, elle balaie la véranda. Elle balaie et balaie, mais la poussière continue de s'amonceler.

Tu peux quitter la ville, assure madame Sibley à sa fille, mais si tu le fais, je ne pourrai plus t'aider.

Comment fait-on pour aller à pied
de Midland à Odessa ?
Il faut prendre à l'ouest et quand on marche
dans une bouse de vache, on est arrivé.

Dale Strickland est saoul comme un cochon lorsqu'il règle enfin son addition et quitte le box qu'il occupait depuis près de trois heures. Sous nos yeux, il s'achemine vers le petit coin et lorsqu'il s'arrête devant Karla, nous l'entendons toutes d'où nous sommes. Hé, salut Valentine. Bah, t'en fais une tête.

L'une de nous s'approche pour dire à Karla qu'elle a une commande de prête en cuisine. Comme nous le faisons depuis toujours, certaines depuis trente ans. Souris, lui lance-t-il. Pourquoi tu souris pas ? T'as du charbon dans le cul, ou quoi ?

Karla se penche vers lui et lui murmure quelque chose à l'oreille. Nous la regardons faire mais nous ne saurons jamais ce qu'elle a dit. En tout cas, Strickland prend son élan pour la frapper au visage mais il rate son coup et titube. Comme il arme à nouveau son bras, Evelyn hurle à certains habitués de le mettre dehors. Karla reste plantée à l'accueil, bouche bée, comme si c'était la première fois de sa vie qu'on essayait de lui coller un gnon.

Comment tout ça va finir à votre avis ? Un bon vieux règlement de comptes ? Ces hommes sortent Strickland sur le parking et lui flanquent une telle raclée que nous ne reverrons plus jamais sa tête dans les parages ? Oui, bien sûr. Certes ils vont un peu le malmener. Mais nous savons toutes comment ça va se passer : nous nous féliciterons en riant qu'il ait été trop ivre pour viser et Evelyn l'interdira de séjour pendant deux semaines ou jusqu'à ce qu'il vienne présenter ses excuses à Karla.

Personne ne veut en faire tout un plat et faire empirer la situation plus que nécessaire, déclare Evelyn. On ne veut pas que les choses dégénèrent. Quand ça dégénère, les gens sortent leurs flingues, et on veut à tout prix éviter que quiconque sorte son flingue. Nous sommes on ne peut plus d'accord. Mais lorsque Evelyn part s'enfermer dans son bureau nous convenons : c'est quand même tranquille pour Dale Strickland et ceux dans son genre de traverser la vie sachant qu'au bout du compte ils s'en sortiront toujours.

À Karla, qui oublie tout le temps de sourire, nous disons : c'est notre gagne-pain. On n'a pas de temps pour ces conneries. Mais nous nous promettons de ne plus jamais la laisser le servir, de le faire à sa place même si ça signifie lui refiler une bonne table dans notre rang, et Evelyn lui donne un petit bonus en lui conseillant de prendre quelques jours de vacances, comme elle le fait toujours dans ce genre de situation.

Il pleut depuis un moment lorsque nous sortons pour rejoindre nos voitures. Toute la nuit, il pleuvra des cordes, et la poussière et l'odeur de pétrole disparaîtront. Au lever du soleil, l'orage finira par s'éloigner de la ville et il sera tombé presque huit centimètres d'eau. Lorsque la pluie cesse, c'est un soulagement. Nous vérifions qu'il n'y a pas de carreaux cassés, ni de poteaux électriques tombés. Les oiseaux commencent à pépier et chanter, et nous sortons de chez nous pour lever les yeux vers le ciel bleu azur.

Combien de temps faut-il à deux foreurs mexicains pour obtenir une table dans l'établissement d'Evelyn un vendredi soir où il y a plein de monde ?

Sans rigoler. Evelyn s'approche d'eux avec deux cartes, souriante, sa nouvelle couleur orange flamboyant sur sa tête tels des feux de piste d'atterrissage. Vous avez vos papiers, les gars ? lance un habitué installé au comptoir, et Evelyn le fusille du regard. Feriez mieux d'aller faire vos valises, poursuit l'habitué, et certaines d'entre nous rient, d'autres lèvent les yeux au ciel et d'autres encore regardent par terre, mais aucune ne proteste.

Nos arrière-grands-pères contraignaient des hommes à sortir de leurs lits avec des fouets et des torches, ils tiraient des enfants par les pieds pour les obliger à voir leurs mères se faire traîner par les cheveux dans les champs. Certains de nos pères et de nos frères possèdent encore un fouet à bestiaux sous le siège avant de leur pick-up. Nos arrière-grands-mères jouaient les fragiles jusqu'à ce que cette fragilité leur colle à la peau. Certaines d'entre nous continuent de le faire. S'exprimer, prendre la défense d'autrui nécessiterait un courage que nous n'imaginons même pas.

Sommes-nous coupables ? Nous le sommes, oui, à cent pour cent. Si nous y pensions une seconde, ce que nous évitons de faire par-dessus tout, notre culpabilité serait aussi éclatante que le soleil en plein mois d'août. Asseyez-vous au bar et observez-nous longuement, nous tous pécheurs impénitents – faussaires, menteurs, rêveurs, racistes, voleurs et assassins. Nous avons encore la possibilité d'être sauvés, tous autant que nous sommes. Mais que Dieu vous aide si vous avez la malchance de croiser notre chemin avant que cela ne soit le cas.

Hé, Evelyn, déclare un des habitués une fois les deux hommes affamés et incrédules installés dans un box aussi éloigné que possible du comptoir, j'en ai une bonne. Pourquoi Jésus n'est pas né au Texas ? Parce qu'ils ont pas pu trouver de vierge, ni d'hommes assez sages pour être Rois mages.

Ce soir, l'éclairage de plusieurs nouvelles plateformes de forage masque les étoiles, mais la belle Karla est debout dans le désert, les yeux rivés vers le ciel. Elle regarde la pleine lune se lever derrière les tours de refroidissement de la raffinerie. Elle scrute les cieux en quête d'étoiles – sa mère dit toujours qu'il y en a moins qu'avant – car il n'y a pas grand-chose d'autre à regarder et savoir observer les étoiles permet parfois de sauver sa peau. Il tombe du grésil et il gèle l'hiver, et il y a des tornades au printemps, des incendies à la raffinerie. Mais le ciel ne vous avertira jamais d'une fuite de gaz ou d'un déversement accidentel de produits chimiques dans la nappe phréatique, ni ne vous dira comment éviter un jeune homme à peine sorti de prison qui cherche à faire payer quelqu'un.

Lorsque les hommes en ont eu fini avec lui, après un dernier coup de pied dans les reins parce que pourquoi pas, ils affirment que Dale Strickland est resté un moment assis sur les graviers avant de s'éloigner en titubant vers son pick-up et de quitter le parking. Karla pensait l'avoir échappé belle. Les gens croient que les champs pétrolifères pullulent de serpents et de scorpions, mais diable, ce ne sont pas eux les plus dangereux du comté. Au moins les serpents à sonnette préviennent lorsqu'ils arrivent, enfin la plupart du temps.

Pourquoi est-ce qu'elle ne lui a pas souri ? Peut-être parce que Diane continue de ne pas faire ses nuits et que Karla est exténuée. Peut-être parce qu'elle a dix-sept ans et qu'elle est déjà mère, pour le meilleur et pour le pire. Ou peut-être parce qu'elle ne le sentait pas, c'est tout. Et que faisait Karla dehors, dans un champ désert, au beau milieu de la nuit, quand elle savait qu'une fille n'a rien à faire là ? Elle admirait les étoiles et fumait un joint ; elle tuait un peu le temps avant de rentrer chez elle après avoir passé neuf heures à se forcer à sourire tant et si bien qu'elle avait bien cru que ses dents allaient se déchausser.

Quelle est la différence
entre un seau de merde et Odessa ?
Le seau.

Il s'est vraiment fait allumer la gueule, déclare le shérif qui est venu nous poser quelques questions en fin d'après-midi. La personne qui l'a percuté a pris le temps de le faire deux fois, la première avec le pare-chocs avant, la seconde avec le pare-chocs arrière. Elle lui a aussi pris son portefeuille. Est-ce que l'une d'entre vous a une idée de ce qui a pu se passer ?

Assise dans un box où elle établit les emplois du temps de la semaine suivante, Evelyn lève le nez. Il est peut-être sorti de son pick-up pour pisser et il a trébuché dans le noir en voulant retourner à sa voiture – elle hausse les épaules – et l'autre conducteur l'a vu trop tard. Il a peut-être pris quelqu'un en stop et ils se sont embrouillés pour l'essence. Il a peut-être été poussé. Il a peut-être finalement rencontré quelqu'un de plus méchant que lui, ou qui avait plus à perdre. Elle hausse derechef les épaules. Ça doit être quelque chose dans ce goût-là, j'imagine.

Ouais. En tout cas, il a souffert, remarque le shérif. Il a erré toute la nuit et une bonne partie du lendemain matin dans les champs pétrolifères. Quand on l'a retrouvé, il était couvert de boue rouge et de piqûres d'aoûtat des pieds à la tête. Des scorpions l'avaient mordu aux chevilles, il avait une bosse grosse comme une balle de baseball sur le front et les deux bras cassés. C'est un miracle qu'il soit vivant, assure le médecin.

Mon Dieu, c'est affreux. Evelyn prend le shérif par le bras et l'entraîne vers un box. Je ne souhaite ça à personne, enfin presque.

Est-ce que vous avez eu des ennuis avec lui ces derniers temps ? Le shérif se tourne vers nous. Nous secouons toutes la tête. Nous pensons à la boue rouge sur les pare-chocs de Karla et à la carrosserie de sa portière côté passager récemment cabossée, et à son pas léger. Et nous sommes bien contentes qu'elle soit de repos aujourd'hui.

Toujours les mêmes embrouilles. Evelyn lui tend une carte. C'est sûrement la première fois qu'on lui fonce dessus et ce ne sera sûrement pas la dernière. C'est dur de voir en ce gars la moindre humanité – elle rit – et c'est valable pour nous tous d'ailleurs.

En tout cas il ne se souvient de rien, dit le shérif. Ça montre ce qu'il s'est pris.

C'est peut-être mieux ainsi, réplique Evelyn. Un mal pour un bien, quoi.

Le shérif parti, elle se dirige vers son bureau et s'y enferme. Après la fermeture, elle s'assied avec nous et boit tellement de Manhattan qu'elle décide de dormir sur le lit de camp dans son bureau. Les filles, elle nous sort, je deviens trop vieille pour ce merdier. Pendant que nous enfilons nos vestes et que nous nous préparons à partir, elle reste dans l'embrasure de la porte et nous regarde monter dans nos voitures.

Quelle est la première chose
qu'une fille d'Odessa fait en se réveillant le matin ?
Elle cherche ses chaussures et rentre chez elle à pied.

Le soir, nous observons Karla qui fait de petits tas avec son argent – un pour l'école, un pour sa Diane chérie, un pour sa mère. Lorsqu'elle reçoit son diplôme de fin d'études secondaires qu'elle a obtenu par correspondance, nous lui autorisons un verre de vin après le service pour célébrer la bonne nouvelle. Quand elle aura dix-huit ans en novembre, nous annonce Karla, elle partira avec Diane à San Antonio. Elle s'inscrira peut-être dans une faculté là-bas.

Ils en ont plusieurs ? demandons-nous étonnées. Mais pourquoi ?

À l'exception du lustre au-dessus de nos têtes et de la lumière qui filtre sous la porte du bureau d'Evelyn, la salle est obscure. Nous avons terminé notre journée, compté nos billets et à présent nous sommes assises toutes ensemble dans le grand box. Qu'est-ce que tu veux faire quand tu seras grande ? demandons-nous à Karla. Infirmière ? Professeure ? Bibliothécaire ? Philosophe ? Ha, ha ! Elle veut faire quelque chose de beau et vrai, répond-elle, quelque chose qui changera le monde. Ah, une rêveuse, songeons-nous.

Je vais y arriver, poursuit-elle. Je peux le faire.

Et pourquoi pas ? Elle est futée.

Tiens voilà un peu d'argent, lui disons-nous comme c'est son dernier jour. Trois cents dollars et un sac de vêtements trop petits pour nos bébés maintenant. Allez, on s'embrasse, et voilà aussi un petit revolver pour ton sac à main. Ne t'en sépare jamais. Tu n'en auras peut-être pas besoin mais au cas où, ne le rate pas.

Bonne chance, Karla la belle ! Il va sans dire que tu es une voleuse et qui sait une tueuse mais nous, on est avec toi. Tu vas nous manquer. Regarde-nous dans ton rétroviseur. Regarde-nous rapetisser et rapetisser pour finir par disparaître.

Pourquoi les filles d'Odessa
ne jouent-elles pas à cache-cache ?
Parce que personne n'irait les chercher.

Cette région. Terre sans relief, ciel uniforme. En combien de temps un derrick rouille-t-il dans un endroit aussi sec ? Comment décrire le trajet pour rentrer à la maison ? Un fil de fureur piqué dans un ruban marron ourlé d'asphalte ? Tandis que le vent lui ébouriffe les cheveux et que la lune décroissante se lève sur les champs pétrolifères, Karla Sibley, debout dans le jardin de sa mère, tend l'oreille pour voir si elle entend son bébé. Hier, elle a eu dix-huit ans. Ce soir, leurs valises seront faites et chargées dans le coffre d'une voiture que Karla aime déjà comme s'il s'agissait d'une vieille grand-mère. Lorsqu'elles reviendront à Odessa, Diane dépassera sa mère d'une tête. Elles arpenteront cette ville et personne ne les reconnaîtra.

Glory

Parce qu'elle se réveille brusquement parfois, le couteau à la main, le doigt déjà sur le cran d'arrêt, Victor a appris à rester à l'autre bout de la pièce lorsqu'il la réveille. *M'ija*, fait-il, prenant soin de ne pas prononcer le nom qu'elle exècre. C'est l'heure de se lever. Parfois il lui donne le nom d'un de ses oiseaux préférés – troglodyte, comme le petit oiseau gris qui construit son nid partout, même sous les pompes à tête de cheval ou près des voies de chemin de fer, ou tête brune, comme le vacher à tête marron qui pique le nid des autres. En chantant, chantant, toujours en chantant, matin, midi et soir. Tu ferais pareil, dit Victor à sa nièce, si tu faisais faire tout ton boulot à quelqu'un. Cet après-midi, Glory somnole en respirant lentement et régulièrement sous une des légères couvertures de sa mère lorsqu'il l'appelle : phébi, comme le moucherolle qui tient son nom de son chant.

On y va, souffle-t-il d'une voix plus paisible qu'à l'ordinaire. Il est temps qu'on foute le camp toi et moi.

Ils programment leur départ depuis la mi-août, le jour où Victor est rentré du tribunal et a frappé à sa porte, tenant son chapeau d'une main crispée, le col de sa plus belle chemise blanche maculé de sueur. Pour aller au procès, il avait taillé son épaisse moustache et s'était rasé le crâne. Il s'était frotté les mains si longtemps qu'il s'était éraflé le bout des doigts. Il avait les yeux cernés en entrant dans la chambre de Glory et ses mains tremblaient légèrement lorsqu'il a posé son chapeau sur la commode.

Est-ce qu'il va payer ? a-t-elle voulu savoir. Est-ce qu'il va payer pour ce qu'il a fait ?

Victor a écouté le bruit de la chasse d'eau, puis de la douche du voisin. Oui, a-t-il menti, Dale Strickland va payer pour le restant de ses jours.

À présent, c'est le début du mois de septembre et Victor revient du bureau du procureur. Glory lui demande à nouveau si Dale Strickland va payer pour ce qu'il a fait. Son oncle palpe dans sa poche de pantalon les cinq mille dollars, principalement en billets de cent, entourés d'un élastique. C'est l'argent de Glory, mais elle ne le sait pas encore. Lorsqu'ils arriveront à Puerto Ángel, il les donnera à Alma. Tiens, dira-t-il à sa sœur, pour vous trouver un plus bel appartement, vous acheter quelques meubles et payer les frais de scolarité de Glory. Un unique et héroïque rayon de lumière filtre par les rideaux à peine entrebâillés. Victor va continuer de faire croire à sa nièce que Strickland est en prison à Fort Worth, et qu'il sera un vieux croulant incontinent lorsqu'il en sortira. Ils devront le pousser en chaise roulante pour qu'il franchisse le portail, lance Victor, avec ses fausses dents et son sac de caleçons de rechange.

J'espère qu'il crèvera là-bas, réplique-t-elle, remontant un peu les draps d'Alma sur son visage. Les grosses chaleurs n'ont pas duré cette année et si Glory allume encore le climatiseur l'après-midi en rentrant de la piscine, ce n'est que pour quelques minutes, juste le temps de chasser de sa chambre l'odeur de renfermé. Les récents orages ont anéanti la poussière et pulvérisé les records de précipitations. Dans le quartier où Glory vivait auparavant avec sa mère, Muskingum Draw a été inondé. Des gamins flottaient sur de vieux pneus un peu partout en ville et, lorsque le niveau de l'eau est enfin descendu, la mare aux bisons est réapparue, désormais pleine de boue épaisse et de mocassins d'eau. À l'extérieur de la ville, après la décrue, ruisseaux et torrents sont restés nombreux, avec quelques passages à sec pour le bétail. Si Glory regarde bien quand ils traverseront le désert cet après-midi, déclare Victor, elle verra des fleurs qu'elle n'a jamais vues – des marguerites, des morelles et des fleurs de cactus d'un blanc immaculé.

Quand elle était petite, peut-être quatre ou cinq ans, une tempête de neige, chose rare, s'est abattue sur Odessa. À l'aube, Alma avait réveillé sa fille et elles étaient sorties voir les cristaux de glace qui recouvraient le sol, les trottoirs et les pare-brise. C'était la première fois qu'elles voyaient de la neige et elles étaient restées bouche bée devant leur appartement. Le soleil n'avait pas tardé à prendre un peu de hauteur et les flocons s'étaient mis à scintiller. Pourvu que ça tienne, avait imploré Glory, mais à midi la neige n'était plus que boue rouge et herbe détrempée. Glory avait accusé Alma d'en être responsable – comme si sa mère, à condition de faire un petit effort, aurait pu faire en sorte que le soleil cesse de réchauffer l'atmosphère.

Glory se lève et commence à faire ses valises. J'espère qu'il souffre, dit-elle encore à son oncle. Victor acquiesce et serre l'argent dans sa poche. Tiens, sale chicano, avait lâché Scooter Clemens, fâché que Strickland ne soit pas venu faire son sale boulot lui-même. Il avait posé bruyamment les billets sur le bureau de Keith Taylor pendant que ce dernier, assis et silencieux, faisait la moue en regardant par la fenêtre. Après avoir signé l'accord, Victor s'était levé, chapeau à la main, et avait imaginé ses deux gros pouces écrasant la gorge du bonhomme. Mais parmi tout ce que Victor avait appris de la guerre – entre autres que vivre un jour de plus n'est en fin de compte qu'une simple question de chance ; que pour les hommes conscients de pouvoir mourir d'un instant à l'autre, nous sommes tous frères ; ou que les actes héroïques sont la plupart du temps petits et accidentels mais n'en sont pas moins précieux –, la plus grande leçon se résumait à ceci : rien ne fait plus souffrir que la vengeance. Et Victor ne goûtait guère la vengeance, même s'il était le seul à être le témoin de celle de sa nièce.

Il s'empare d'une valise vide et la pose sur le lit. Phébi, répète-t-il, ce fils de pute va payer jusqu'à la fin de sa vie. Crois-moi.

Et il paiera peut-être oui, d'une façon ou d'une autre, songe Victor, mais tout ça n'a plus rien à voir avec lui, ni Glory. Les flics, les avocats, les professeurs, les hommes d'église, le juge et les jurés, les gens qui ont élevé ce garçon avant de l'envoyer dans le monde – ils sont tous coupables.

Ils chargent leurs valises et leurs caisses à l'arrière d'El Tiburón, étendent par-dessus une bâche qu'ils fixent avec des briques rouges. Il est seize heures passées lorsqu'ils se présentent à la réception. Le préposé continue de faire sa caisse tandis qu'ils rendent les clés de leurs chambres ; d'abord le jeune homme, puis la fille qui descend à la piscine tous les jours vers midi avec le même tee-shirt Led Zeppelin, serviette dans une main, Dr Pepper dans l'autre, et ces derniers temps un magnétophone portable en bandoulière sur l'épaule. Dans quelques heures, le garçon songera qu'il aurait dû s'interrompre quelques instants pour les remercier d'avoir toujours payé leur note à l'heure et leur souhaiter bonne chance pour la suite.

La carte routière que Victor déplie sur le volant fait soixante centimètres de large sur quatre-vingt-dix de long. Il la replie en deux, puis encore en deux, et encore en deux afin que Glory puisse la tenir facilement dans ses mains. Du bout de l'index il désigne, au bord du pli, la frontière, ligne bleu clair séparant deux États dont le tracé est plus dentelé, plus complexe du côté du golfe. La ligne s'affine chaque fois que la carte est révisée, a remarqué Victor, la rivière s'effaçant peu à peu à force de dragages, de clôtures et de barrages. Plus aucune vieille dame ne s'assied sur sa véranda au bord de l'eau pour observer les bateaux à vapeur transportant des passagers vers le golfe ou dans l'autre sens, tandis que des échos de jazz, de country ou de Tex-Mex flottent au-dessus de l'eau pour perdurer bien après le passage des navires.

À Los Ebanos, deux heures de route au sud de Laredo, il y a un bac, indique Victor à sa nièce. Une douzaine de passagers et deux voitures peuvent traverser à chaque fois. Victor glisse son index sur plusieurs autoroutes et autres routes secondaires se frayant un chemin à travers le désert et les monts Chisos, faisant halte au lac Amistad pour repartir de plus belle de l'autre côté, longeant sur près d'un millier de kilomètres la frontière. Victor prend la carte des mains de sa nièce, la retourne et désigne la côte embrassant la mer. Ensuite on descend jusqu'à Oaxaca et Puerto Ángel, fait-il, deux mille cinq cents kilomètres de routes tellement chaotiques que tu vas avoir mal aux fesses pendant une semaine. Il jette un coup d'œil à sa montre et se tourne vers l'ouest. Tant qu'à faire, il préférerait ne pas conduire dans cette partie du Texas la nuit avec Glory à bord. Si on se dépêche, lance-t-il, on pourra être à Del Rio avant le coucher du soleil.

Sur une voie rapide, quelque part entre Ozona et Comstock, sur une portion de route tellement isolée qu'ils n'ont croisé aucun véhicule depuis plus d'une heure, l'El Camino commence à avoir quelques ratés. Victor peste et appuie sur l'accélérateur ; le moteur tousse et crache comme un vieillard mais ils roulent encore quatre-vingts kilomètres. Le soleil flotte juste au-dessus de l'horizon lorsque Victor marmonne quelque chose au sujet d'un filtre encrassé et se met en quête d'un endroit pour s'arrêter. La joue contre la vitre tiède, Glory somnole sur le siège passager, s'efforçant d'imaginer à quoi ressemble la ville natale de sa mère, si l'endroit sera très différent des vieilles photographies qu'Alma conservait dans une boîte à cigares. La jeune fille a les cheveux longs désormais et son cou est légèrement moite bien que la nuit à venir promette une belle chute de température.

Tandis que son oncle vocifère et bricole sous le capot d'El Tiburón, Glory sort et se dresse sur la pointe des pieds pour finir par perdre l'équilibre. Elle aimerait bien fumer une cigarette mais Victor dit que ce n'est pas de son âge. Elle se dirige donc vers l'arrière de la voiture et baisse le hayon. Elle sort un paquet de chewing-gum de sa poche et en gobe trois. Elle s'assied sur le métal tiède. La sueur perle sous son soutien-gorge et à sa taille, et elle se frotte vigoureusement les yeux. *¡Pedazo de mierda!* s'exclame Victor, s'adressant à la voiture. Tu ne vas pas me faire ça.

Un tatou mort gît sur l'accotement un peu plus loin. Deux vautours planent en cercle au-dessus de la carapace abîmée de l'animal. Comme le vent se lève et souffle doucement dans son cou, Glory s'aperçoit que l'odeur de la carcasse vient aussi dans sa direction et elle lève les yeux vers le ciel bleu azur, respire profondément.

Díos mío, grommèle Victor, un tournevis glissé derrière l'oreille. Armé d'une pince, il s'applique à resserrer une durite, mais en fermant l'arrivée d'essence, des vapeurs de carburant lui remontent dans le nez et il s'éloigne en toussant et crachant. T'inquiète pas, Glory, parvient-il à articuler, je vais réparer ça. Il s'affaire encore quelques minutes puis sort la tête du capot. Va me chercher un bâton, un mètre environ et gros comme ça – il brandit son petit doigt pour lui montrer l'épaisseur désirée –, pour que je le passe dans l'arrivée d'essence et que je débouche ce tuyau.

Glory se hisse sur le plateau de la voiture pour examiner le désert qui les entoure. Ils n'ont plus vu de pompes à tête de cheval depuis Ozona et il n'y a aucun bâtiment par ici, pas même une ferme au loin. Le seul signe de présence humaine, c'est une clôture de barbelés qui borde la voie rapide à perte de vue et une barrière ouverte à une cinquantaine de mètres. C'est différent, se dit-elle, sentant ses battements de cœur s'accélérer. Là-bas dans le champ pétrolifère, la terre était plate comme une table vide. Ici le sol est rocailleux, accidenté par endroits, plat, pelé et rougeâtre à d'autres. Les cactus épars et multiformes sont parsemés de fleurs minuscules. Sur le bas-côté, un pied de phacélie violette s'est frayé un passage dans une fissure de la roche, petit cri de joie dans tout ce marron, et comme Victor le lui avait promis, elle découvre des morelles avec leurs fleurs jaune vif et leurs résistantes feuilles vert foncé. Les plants mourront dans quelques mois, les racines peu profondes s'étioleront et le vent arrachera ce qui reste ; le sinistre amas de brindilles sèches et de feuilles mortes virevoltera alors, déraciné, à travers le monde – d'où le nom, virevoltant. Je ne suis pas au même endroit, articule Glory alors que les poils bruns sur ses bras se hérissent. Il est enfermé à Fort Worth.

L'accotement est étroit, elle fait donc attention aux éventuelles voitures et aux serpents, tout en cherchant un satané bâton. Une fois arrivée à la barrière ouverte, elle s'arrête et observe. Une fine couche de poussière grise recouvre les barreaux métalliques du passage canadien et un lézard à cornes se tient immobile au milieu, fixant une procession de fourmis. Juste derrière, un moqueur est perché sur un barbelé et chante une mélodie complexe qu'il a composée ou empruntée, qui sait ? Il commence à faire plus frais mais Glory sent encore la transpiration couler dans son dos tandis qu'elle s'avance sur le passage canadien, regardant avec méfiance à travers les barreaux comme si quelque chose pouvait surgir et l'attaquer, lui piquer, lui mordre les jambes.

Après l'orage, l'eau s'est déversée dans le désert, inondant les ravines, une crue si soudaine qu'elle a surpris une famille de cailles bleues insouciantes, mais maintenant le sol n'est plus que détritus, cannettes rouillées et cartouches usagées. Elle a chaud dans son jean épais. Les semelles de ses tennis sont fines et un fil barbelé ou une épine de cactus pourraient les transpercer. Ses chaussettes couvrent à peine les cicatrices qui lui barrent les pieds et les chevilles. Arrivée désormais sur un chemin de terre, elle écoute le chant régulier des cigales et suit du regard deux virevoltants filant à travers le désert. Il y a que dalle par ici, songe-t-elle, et un murmure de rage lui monte dans la gorge, un grondement sourd à l'intention de son oncle qui l'a envoyée jusque-là. Un géocoucou surgit soudain d'un buisson et détale devant elle. Glory plonge aussitôt la main dans sa poche et serre le couteau dont elle ne se sépare jamais.

À une quinzaine de mètres, quelques buissons d'acacias morts se dressent le long du chemin de terre tels des spectateurs à la parade. Sachant que les branches se casseront facilement, Glory se précipite, poussée par sa colère, main chaude dans le bas de son dos l'incitant à avancer. Quand elle donnera à Victor son putain de bâton, elle lui dira qu'elle veut rentrer à Odessa.

Il pourra retourner travailler et elle ira s'allonger au bord de la piscine, regarder ses cicatrices brunir, rougir, luire sur sa peau hâlée. Et ils attendront qu'Alma puisse revenir, retraverser la frontière. Afin de faire fuir les bêtes qui sans aucun doute ont trouvé refuge dans le bosquet, Glory marche quelques mètres d'un pas lourd et naturellement les vibrations dans le sol affolent plusieurs créatures – un rat, deux cailles bleues et une famille de chiens de prairie déjà installée pour la nuit.

Glory est sur le point d'atteindre les acacias lorsqu'elle entend comme le crépitement d'un hochet, d'une *maraca* pleine de haricots secs, le terrifiant chuintement d'une quinzaine d'anneaux de grandes écailles s'entrechoquant. Un vieux serpent à sonnette rampe sur le sable, imprimant dans son sillage une ligne discontinue. C'est une femelle longue et grosse, près de deux mètres de muscles lourds et de peau épaisse, floquée de losanges marron qui s'étirent vers la queue en une succession de rayures noires et blanches. Sa tête est plate comme une vieille cuillère en bois et ses deux crochets affûtés sont aussi larges et longs que l'index de Glory. La bête a déjà senti la présence de la jeune fille lorsqu'elle s'arrête au milieu du chemin et se love avant de mobiliser ce qu'il lui reste de force pour dresser la tête et siffler dans la direction des jambes dénudées de Glory, s'efforçant d'évaluer la taille de l'animal qui potentiellement les menace, elle et les dix petits qu'elle s'apprête à mettre au monde.

Le vieux reptile est si faible que même si elle mordait, elle n'injecterait pas de venin, mais Glory ne peut le savoir – ni que l'animal n'a plus que quelques heures à vivre d'ailleurs, juste assez pour voir le dernier de ses petits percer la membrane amniotique et se dérouler sur le sol blanchâtre, son corps noir et or luisant à la clarté de la pleine lune.

Glory se fige, les doigts serrés sur le couteau éventuellement capable d'arrêter un homme mais tout bonnement inutile en cet instant. Certes elle espérait rester en colère pour revendiquer un peu d'espace et de liberté de décision, mais maintenant elle a d'autres chats à fouetter : le soleil menace de se coucher et un serpent sacrément gros lui barre la route. Elle observe le reptile et ce dernier fait de même, sifflant, agitant constamment le bout de sa queue, bruissant bourdonnement incessant. Lorsque le serpent baisse la tête et déroule son long corps pour ramper vers des broussailles, Glory compte jusqu'à cent, tend l'oreille et lorsque son cœur se calme enfin, elle arrache une branche d'acacia et s'empresse de rebrousser chemin.

Glory et Victor n'arriveront pas à Del Rio avant le coucher du soleil. De retour à l'El Camino, la jeune fille s'aperçoit que son oncle a démonté le filtre à essence et l'a aspergé de nettoyant moteur. En attendant que le filtre sèche, ils s'asseyent sur le capot pour contempler le coucher de soleil et écouter les coyotes se motiver pour la nuit. La pleine lune qui se lève dans la foulée est rouge sang, spectaculaire dans le ciel s'assombrissant. Essaie de mettre tes oreilles dans l'eau, avait suggéré Tina à Glory tandis qu'elles se laissaient flotter dans la piscine cet après-midi-là. Écoute et tu verras, les bruits ne seront plus qu'une seule et même rumeur. Un semi-remorque transportant des pipelines ou de l'eau, un camion à plateau s'engageant sur l'autoroute, une pompe à tête de cheval en plein labeur, tout fera le même bruit. On peut penser qu'on entend n'importe quoi, avait ajouté Tina, ses grands bras blancs flottant à côté d'elle telles des bouées. Et tu as vu ce ciel ? C'est une merveille, une putain de merveille.

Après avoir traversé Comstock, Victor et Glory ont pris l'autoroute 277 et longé la frontière en passant par Juno et Del Rio. À Eagle Pass, le bitume au niveau d'El Indio cède la place à des graviers puis à de la terre, et la route épouse un peu plus la frontière. Victor conduit lentement, surveillant dans le rétroviseur qu'aucun gyrophare ne les suit, lançant de temps à autre un regard oblique à sa nièce assise à côté de lui. Est-ce qu'elle va bien, cette enfant qui n'a jamais quitté pour ainsi dire sa ville natale ?

Ça va ? demande-t-il.

Oui – Glory lève les yeux au ciel, mâche son chewing-gum et fait une bulle aussi grosse que son visage –, mais la prochaine fois c'est toi qui iras chercher ton foutu bâton.

Il sourit et fixe la route, à l'affût de tout éventuel tatou ou coyote déboulant sur les côtés, voire un lynx. Des feux de circulation apparaissent à l'horizon et il les regarde devenir de plus en plus lumineux et gros au fur et à mesure qu'ils se rapprochent. Lorsqu'ils croisent une voiture de police, Victor jette à nouveau un coup d'œil dans son rétroviseur pour voir si le véhicule ralentit pour faire demi-tour. Victor ne reviendra pas dans ce lieu magnifique, le Texas. Pour lui, il s'agit d'un membre malade, qui doit vite être amputé avant que l'infection ne gagne le cœur – ce qu'il avait réussi à oublier en rentrant du Viêtnam lorsqu'il avait dû trouver un travail et veiller sur Alma et Glory. Même si, songe-t-il à présent, son retour d'Asie du Sud-Est aurait dû lui mettre la puce à l'oreille. Il était descendu de l'autocar dans le centre d'Odessa pensant retrouver sa sœur, au lieu de quoi il était tombé sur son ancien patron à la station-service.

L'homme portait son bleu de travail et une casquette Shell, et Victor avait eu le sentiment d'être parti la veille. Le vieux Kirby Lee n'avait pas changé d'un iota. En voyant le jeune homme, il l'avait attiré à lui pour l'étreindre, ses yeux bleu acier étincelant de plaisir. Bah, merde, Ramírez, t'as une sacrée chance pour un basané. On dirait que tu vas pouvoir boire encore une Tecate ou deux. Là-dessus, Victor avait serré à son tour son ancien patron dans ses bras, inhalant l'odeur d'essence sur son bleu de travail, et le serrant, le serrant, tant et si bien que le bonhomme avait commencé à se tortiller. Tout du long Victor s'était répété : il pense pas ce qu'il dit, il pense pas ce qu'il dit, il pense pas ce qu'il dit. Je suis rentré au pays vivant.

Victor roule toujours, la boule dans sa gorge l'obligeant à garder le silence. Il songe à l'été où il était allé faire les vendanges en Californie. Il avait les doigts en sang tous les soirs et le temps était long, mais il aimait la région et la femme qui l'avait emmené en ville un dimanche pour manger du chocolat sur le port et se promener dans le parc à la tombée de la nuit. Penser qu'un jour peut-être il pourrait la revoir par hasard lui manquera. Les cinémas, les glaces Blue Bell et la poitrine de bœuf fumée lui manqueront. Son salaire régulier, le soleil se couchant derrière les dunes à Monahans lui manqueront ; il regrettera aussi le cri étonnant et affreux des grues lorsqu'il s'asseyait au bord de la rivière Pecos, ce mince et peu profond cours d'eau, une bière fraîche dans une main et son livre sur les oiseaux dans l'autre. Les oiseaux au Mexique seront plus ou moins les mêmes mais la rivière sera différente. Elle lui manquera.

Pourquoi tu ne me parles pas de la guerre ? Glory semble inquiète et l'espace d'un instant, Victor se demande s'il s'est mis à parler tout seul à voix haute. Tout à l'heure peut-être, répond-il.

On est encore au Texas ? demande-t-elle tandis qu'ils traversent El Indio, un village sans éclairage public, sans station-service et sans aucun panneau en anglais. Oui, acquiesce Victor. On est au Texas.

Parle-moi du Texas, fait-elle, ou du Mexique.

Victor aurait des dizaines d'histoires à raconter à sa nièce sur le Texas. Tellement ! Mais ce soir il ne songe qu'aux choses tristes. Des ancêtres pendus à des poteaux dans Brownsville, leurs femmes et leurs enfants obligés de se réfugier à Matamoros et de regarder pour le restant de leurs jours les terres de l'autre côté du fleuve, ces terres qui appartenaient à leur famille depuis six générations. Des Texas Rangers tirant sur des fermiers mexicains comme sur des lapins pendant la récolte de canne à sucre, ou ligotant des hommes à des acacias avant d'incendier les arbres, ou leur enfonçant dans la gorge des tessons de bouteille de bière.

Ils le faisaient pour le plaisir, lui dirait Victor. Ou parce qu'ils avaient parié. Parce qu'ils étaient saouls, ou parce qu'ils détestaient les Mexicains, ou parce qu'ils avaient entendu dire que les Mexicains étaient de mèche avec des esclaves affranchis ou ce qu'il restait de Comanches et qu'ils venaient tous pour piquer les terres, les femmes et les filles des colons blancs. Et ils le faisaient peut-être parfois parce qu'ils se savaient coupables, et après avoir déjà poussé si loin leur propre iniquité, ils pensaient n'avoir plus rien à perdre. Mais ils le faisaient principalement parce qu'ils le pouvaient. Río Bravo, comme l'appelait le papa de Victor – un fleuve déchaîné, un fleuve de scélérats et de desperados –, mais papa ne parlait pas de lui ni des siens. Il parlait des âmes perdues qui avaient lynché des centaines d'hommes et quelques femmes entre 1910 et 1920. Il parlait des Texas Rangers qui durant l'été 1956 avaient fait monter dans une bétaillère deux des oncles de Victor, et vingt autres hommes, pour les abandonner dans la Sierra Madre avec une unique bouteille d'eau et un conseil : débrouillez-vous entre vous, les gars. Regarde dans n'importe quelle ravine autour de la frontière, pourrait préciser Victor à sa nièce, dans n'importe quel cours d'eau à sec, n'importe quelle cuvette, regarde sous les acacias rabougris qui font quand même un peu d'ombre pour se protéger du soleil, et tu nous y trouveras ; tu nous trouveras partout. Tu pourrais bâtir une maison avec les squelettes de nos ancêtres, une cathédrale avec leurs os et leurs crânes.

Au lieu de quoi, il lui parle du village de sa mère et des vivaneaux qui sont tellement nombreux dans la mer qu'ils sautent sur les bateaux de pêche pour trouver un peu d'espace.

Peu impressionnée, Glory fait à nouveau une bulle, si grosse cette fois qu'elle lui explose au visage et que la jeune fille est obligée de décoller lambeau par lambeau le chewing-gum de sa peau. Raconte-moi une *bonne* histoire, déclare-t-elle.

Un opossum surgit du bas-côté et se fige devant la voiture. Victor freine et braque, soulagé de ne pas sentir de choc. OK, fait-il, en voilà une que ma grand-mère nous racontait quand on était gosses. Je t'emmènerai sur sa tombe une fois à Puerto Ángel. Je te préviens, c'est triste.

Ça parle du Texas ?

Oui.

Vas-y.

Vers la fin de la guerre de la Red River, alors que les Comanches et les Kiowas avaient déjà perdu mais que personne n'était encore prêt à l'admettre, un groupe de guerriers arriva dans une ferme. Ils défoncèrent la porte et, le fermier et sa femme s'étant absentés, ils ne trouvèrent qu'un bébé endormi dans un berceau près du lit. Ils pensèrent voler le bébé, mais il était tard et ils étaient fatigués, et s'ils kidnappaient d'ordinaire femmes et enfants, les bébés signifiaient plus de problèmes qu'autre chose. Ils sortirent donc le berceau dans le jardin et lardèrent le nourrisson de flèches. La pauvre petite chose ressemblait à un porc-épic – Victor s'interrompt et jette un coup d'œil à sa nièce qui le fixe avec horreur et ravissement –, c'est comme ça que le décrivait ta grand-mère, ce n'est pas de moi.

Pues, le fermier et sa femme rentrèrent chez eux – ils étaient juste descendus au ruisseau laver des draps – et ils découvrirent leur bébé. La pauvre petite chose était tellement criblée de flèches qu'ils durent enterrer le berceau avec. Un régiment de Texas Rangers entendit parler de cette histoire. La moitié des rangers était sudiste, l'autre moitié nordiste, mais ils étaient tous d'accord qu'il ne fallait pas laisser passer ça. Ils parcoururent donc la plaine jusqu'à ce qu'ils tombent sur une Arapahoe avec *son* bébé. Ils envisagèrent de cribler le nourrisson de balles et les comptes seraient réglés. Mais certains hommes n'aimèrent guère cette idée. Cribler un bébé de balles, c'était barbare, affirmèrent-ils, et ils n'étaient pas des barbares. Les hommes décidèrent donc de tirer une seule et unique balle dans le front du nouveau-né. Mais c'était sans tenir compte du calibre de la munition par rapport à la grosseur de la tête de l'enfant et ils furent horrifiés lorsque le crâne du petit éclata comme un melon – Victor marque à nouveau une pause –, c'est ce que disait ta grand-mère encore une fois, précise-t-il.

Les deux communautés étaient désormais quittes, mais l'affaire s'était révélée beaucoup plus horrible et compliquée que ce que chacun avait cru et personne ne fut vraiment surpris lorsque les spectres des deux bébés commencèrent à hanter les hommes. Chaque fois qu'ils arrivaient dans une ville, chaque fois qu'ils bivouaquaient, les bébés se trouvaient là. Les hommes passaient leurs journées à s'entretuer et à s'occuper de leurs blessés, et les bébés rôdaient toujours dans les parages, à les observer. La nuit, ils pleuraient – des cris d'agonie insupportables qui ne s'arrêtaient qu'au lever du soleil.

Et les mères avaient dû mourir peu de temps après leurs petits car soudain deux jeunes femmes apparurent autour du feu de camp et elles étaient loin d'être aussi calmes que les rejetons. Elles hurlaient, vociféraient, leurs jupes bruissant tandis qu'elles sortaient de force les hommes de leurs tentes et les tiraient par les pieds jusqu'au feu de camp. Elles détachèrent les chevaux qui s'enfuirent dans les plaines et les hommes se retrouvèrent isolés. Certains se suicidèrent, mais la plupart errèrent pour finir par mourir de soif ou d'étouffement à cause d'une des tempêtes de sable que les mères avaient provoquées. Lorsqu'elles leur envoyèrent la foudre, les feux de prairie se propagèrent si vite que les hommes ne purent y échapper. Lorsque la pluie et le gel s'abattirent sur leurs têtes, des crues soudaines les engloutirent ou ils moururent de froid. En moins de cinq ans, tous les hommes des deux camps étaient morts, et les mères, ayant remis les compteurs à zéro, prirent leurs bébés dans leurs bras et repartirent dans leurs tombes.

Et c'est là que ta grand-mère se penchait et brandissait son doigt vers moi et ta mère en disant : *no matarás*. Glory, tu ferais bien d'ouvrir tes livres d'espagnol si tu dois vivre au Mexique. Victor s'avance un peu sur son siège et scrute un îlot de lumières. Laredo, déclare-t-il. Tu veux qu'on s'arrête manger quelque chose ?

Mais Glory garde le silence. Quel genre de femme, s'interroge-t-elle, raconte ce genre d'histoire à des enfants ? Le genre de femme que Glory aurait voulu connaître.

Les lumières de Laredo se précisent. Ils roulent tranquillement et au bout d'un moment, Glory plonge la main dans son sac pour prendre son magnétophone et une cassette. Elle glisse la cassette dans l'appareil et appuie sur lecture. Lydia Mendoza, l'Alouette de la frontière, s'exclame Victor, et contre toute attente Glory perçoit quelques chevrotements dans sa voix. *Una vez nada más en mi huerto brilló la esperanza*...

Glory baisse sa vitre et se mordille les lèvres. L'enregistrement n'est pas de très bonne qualité et les paroles ne sont pas faciles à saisir mais Glory comprend malgré tout quelques mots, *nada más* et *esperanza* – il y avait toujours au moins une Esperanza par classe à l'école Gonzalez. Glory tend le bras par la vitre, laissant filtrer le vent entre ses doigts. Elle est heureuse de ne pas être morte mais elle donnerait cher pour pouvoir hanter Strickland le reste de sa vie. L'espoir brille, c'est peut-être ce que vient de dire la chanteuse, songe Glory, mais elle n'a pas envie de demander à son oncle, dont les yeux luisent désormais dans la pénombre ; et peu importe en vérité par cette belle nuit étoilée. La voix de l'interprète et le doux grattement de ses doigts sur les cordes de la guitare suffisent peut-être.

Il est minuit passé lorsqu'ils arrivent à Laredo et achètent quelque chose à manger avant de faire une sieste à tour de rôle sur le parking. Mais seulement une heure, déclare Victor. Il veut traverser la frontière avant le lever du soleil et ils ont encore plus de trois cents kilomètres à parcourir.

Après avoir quitté la ville, la route suit de si près la frontière qu'ils ont parfois du mal à savoir s'ils se trouvent au Texas ou au Mexique. Le ciel est noir comme l'hématite, et les panneaux, qui indiquent tous un trou paumé – San Ygnacio, Zapata et Ciuded Miguel Aleman –, ne sont d'aucune aide.

On est encore au Texas ? demande régulièrement Glory.

Oui.

Et maintenant ?

Pues, qui sait ? Le Texas, le Mexique, c'est la même poussière partout.

Elle lui parle de sa rencontre avec le serpent à sonnette, de sa taille, sa façon de se mouvoir. Elle ne précise pas qu'elle n'a eu peur qu'une autre fois dans sa vie. Ce reptile devait faire dans les deux mètres, affirme-t-elle, et il était aussi large que ma cuisse.

Tu rigoles ? fait Victor. Tu vas devenir une légende. Glory Ramírez, la fille qui a fait fuir un crotale de quatre mètres.

Il ne faisait pas quatre mètres, corrige-t-elle. Ça n'existe pas, les serpents aussi longs.

Et alors ? Les histoires abracadabrantes fonctionnent comme ça, *mi vida*.

La plupart des étoiles ont disparu lorsqu'ils quittent l'autoroute et traversent Los Ebanos, petit village encore endormi d'une demi-douzaine de maisonnettes en bois. À l'embarcadère du bac, cinq hommes sont assis sur des chaises pliantes devant un cabanon festif décoré d'enseignes lumineuses et de guirlandes de lumières. Un sixième homme est adossé contre un ébénier vieux de deux cents ans, sa cigarette allumée rougeoyant dans l'obscurité. Un câble d'acier gros comme le poing est enroulé autour de l'arbre. Il traverse le Río Bravo et s'enroule de la même façon sur l'autre rive où une douzaine d'hommes et de femmes ont déjà embarqué sur le bateau plat. Ici, depuis toujours, pas de forces de l'ordre pour surveiller le passage de la frontière. Les années de sécheresse, lorsque la rivière devient par endroits presque un ruisseau, le bétail va et vient tranquillement d'une rive à l'autre en quête de nourriture. Les hommes et les femmes habitent d'un côté et travaillent de l'autre, et les enfants mettent parfois plusieurs années avant de savoir de quelle berge ils sont originaires.

Ce soir, la plupart des femmes et des hommes reprendront le bac dans l'autre sens pour rentrer chez eux au son des oiseaux, des vaches et des coyotes, des ocelots et des lynx. Ils écouteront de la musique pendant la traversée, de la Tex-Mex ou de la country, de la *ranchera*, ou de la *norteña*, ou du jazz émanant de la fenêtre du salon d'une vieille dame qui tous les soirs met un disque, se verse un whisky et s'assied sur sa véranda pour contempler le coucher du soleil – Billie Holiday, John Coltrane et le damné du centre de l'Oklahoma qui savait faire *chanter* une trompette.

Nul ne pose de question lorsque Victor et Glory embarquent sur le bac à Los Ebanos. Nul ne leur demande leurs papiers. Des caisses sont entassées au milieu de la plateforme en bois, ainsi que plusieurs tuyaux en acier et quelques planches. Un chien efflanqué au poil jaune trône sur les planches et observe la rivière. Comme Glory le remarque, les deux rives sont très proches. Malgré les récentes précipitations, le cours d'eau est à peine plus large qu'une quatre voies, et la distance à parcourir pour gagner l'autre côté est peu ou prou la même que celle qui séparait le Jeronimo Motel de la piscine. Naturellement, lorsque sur l'autre rive quelqu'un signale en criant qu'ils sont prêts et que les hommes à bord s'emparent du câble et se mettent à tirer, passant une main par-dessus l'autre et ainsi de suite, le trajet ne dure guère – il ne fallait pas plus de temps à Glory pour tresser les cheveux de sa mère le soir avant que celle-ci ne parte travailler, ou à Alma pour fouiller dans son sac le matin en quête de quelques sous à donner à sa fille. Tout comme il n'en faut pas plus pour parcourir une pile de factures à la recherche d'une lettre venant du pays, ou pour aller au bout du couloir voir ce que font les enfants, ou pour noyer le moteur d'une voiture achetée avec un salaire de militaire. Ou encore pour observer un vieux serpent dans le désert et se demander ce qui va se passer ensuite. Ils atteignent donc l'autre berge et l'un des hommes positionne deux épaisses planches de bois pour le débarquement des voitures. Ce faisant, Victor et Glory regardent droit devant eux, sans jamais se retourner pour jeter un dernier coup d'œil au Texas.

Ils filent vers le sud, vitres ouvertes et soleil dans les yeux. Glory est assise jambes repliées. Une fois dans le delta du Río Bravo, qu'on appelle aussi la Laguna Madre, ils prendront vers l'ouest et pénétreront dans le cœur du pays de sa mère. S'ils tiennent le rythme, ils seront dans la ville natale d'Alma pour la Saint-Michel fin septembre. Imagine, lui dit Victor, toi, moi et ta maman assis au bord de l'eau, les pieds dans le sable, avec les lampions scintillant sur tous les bateaux de pêche du port et un millier de bougies flottant tout autour. Tu vois la scène, phébi ?

Non, répond-elle. Elle se frotte un pouce dans la paume, puis touche les marques sur ses pieds et ses chevilles. Victor les appelle ses cicatrices de guerre. Quelque chose dont elle devrait être fière. Ça signifie que tu t'es bien battue, ça signifie que tu en es revenue. Tu comprends ?

Pas encore.

Essaie.

Elle lève les yeux et se tourne vers la vitre ouverte. Elle s'efforce de se figurer ses pieds marqués avançant sans hésiter, la menant là où il faut. Loin d'un pick-up garé au beau milieu des champs pétrolifères. À travers le désert et le long d'une route, jusqu'à la porte de quelqu'un. En bas d'un escalier métallique afin de poser les mains sur le béton rugueux et d'entrer dans l'eau, de repousser le bord et de se rendre compte qu'en bougeant lentement les bras en cercle, elle peut flotter et finir par toucher quelque chose de solide.

Glory observe les deux fines cicatrices sur ses mains, au centre de chaque paume. Dans un an, elles auront diminué, elles seront moins dures. Dans deux, elles auront disparu. Mais les cicatrices sur ses chevilles et ses pieds s'épaissiront, se rallongeront, liens cramoisis qui la ramèneront pour toujours à ce matin unique. À la fille qui s'est levée avant de s'écrouler à nouveau, qui s'est agrippée à un fil barbelé pour ne pas retomber. La fille qui a marché pieds nus dans le désert et qui a sauvé sa peau. Elle ne peut imaginer raconter autrement son histoire.

Remerciements

Pour ces cadeaux précieux que sont l'argent, le temps, l'espace et le calme, je sais gré à la National Endowment for the Arts, la Rona Jaffe Foundation, l'Illinois Arts Council, la Hedgebrook et la MacDowell Colony, ainsi qu'au Barbara Deming Memorial Fund, à Amy Davis et au Writers Workspace à Chicago.

Deux chapitres ont été publiés sous forme de nouvelles, en version plus courte. Un grand merci aux éditeurs de la *Colorado Review* et de la *Baltimore Review* pour avoir publié *Valentine* et *Women & Horses*.

Pour les leçons d'écriture, les conseils avisés et les encouragements, je tiens à remercier Chris Offutt, Marilynne Robinson, Luis Alberto Urrea, Lan Samantha Chang, James Alan McPherson, Connie Brothers, Deb West et Bret Lott.

Pour leur instinct, leur infinie patience et leur soutien sans faille, je dois beaucoup à Helen Garnons-Williams, aux correcteurs et aux héros de la production de chez Harper, ainsi qu'à toute l'équipe de Georges Borchardt, Inc.

Je ne remercierai jamais assez Samantha Shea et Emily Griffin, qui ont cru en *Glory* depuis le début, et ont travaillé sans relâche sur le texte. Merci d'aimer les livres, et d'aimer le mien.

Merci de lire mes histoires et de me raconter les vôtres. De vous occuper de mon fils afin que je puisse écrire. De votre soutien et de vos encouragements, surtout à la genèse du livre – Caroline Steelberg, Skye Lavin, Karyn Morris Brownlee, Jon Chencinski, Mildred Lee Tanner, Ellen Wade Beals, Joan Corwin, Rochelle Distelheim, Tammi Longsjo, Christie Parker, César Avena, Tim Winkler, Ellen McKnight, Chris Pomeroy, Mike Allen, Casebeer, Mark Garrigan, Tim Hohmann, Seth Harwood, José Skinner, Joe Pan, Johnny Schmidt, Nick Arvin, Jeremy Mullem, Steve Yousha, Tayari Jones, Rebecca Johns, Brandon Trissler, Michelle Falkoff, Dan Stolar, Jessica Chiarella, Amy Crider, Bergen Anderson, Nick Geirut, Lindsay Cummings, Kelly et Jason Zech, Nathan Hoks et Nikki Flores, Chad Chmielowicz et Katie Wilson.

Merci d'être ma famille – Cary et Jorge Sánchez, David et Christopher Erwin, Grace Sliger, Maria González, Mary Logan Erwin et Curtis Erwin, et surtout mes parents, Tom et Carol Wetmore.

Merci de jouer les grands-mères et les tantes. D'écrire des nouvelles, des chansons et des poèmes. De marcher avec moi à travers les champs de maïs, autour de la ferme, dans le désert, d'aller voir la mer et de rentrer à la maison. Merci d'avoir continué à croire en moi et de m'avoir aidée à ne rien lâcher – Bryn Chancellor, Julie Wetmore Erwin, Judy Smith, Stephanie Soileau et Megan Levad.

Merci pour les chansons, l'amour et les aventures, et pour les sacrifices que vous faites – Jorge Sánchez et Hank Sánchez.

Composition et mise en pages
Nord Compo à Villeneuve-d'Ascq

Imprimé en France par

MAURY IMPRIMEUR
à Malesherbes (Loiret)
en juillet 2021

Visitez le plus grand musée de l'imprimerie d'Europe

ami
atelier-musée
de l'imprimerie
Malesherbes-France

POCKET - 92 avenue de France, 75013 PARIS

N° d'impression : 255483
S31597/01